Fanny Bechert

Elesztrah 1: Feuer und Eis

Elesztrah 1 – Feuer und Eis

Eine verbannte Jägerin auf der Suche nach ihrem Gefährten …
Ein Krieger aus den Reihen der königlichen Garde …
Eine Macht, die beide untrennbar miteinander verbindet …

Als die Elfe Lysanna herausfindet, dass ihr Gefährte von dem gefürchteten Flammenden Lord gefangen gehalten wird, verspürt sie nur einen Wunsch: ihn zu befreien. Dabei zählt sie auf die Hilfe ihres Clans ›Angelus Mortis‹.
Mitten in den Vorbereitungen auf den bevorstehenden Kampf taucht jedoch der Elfenkrieger Aerthas in ihrem Dorf auf, mit dem sich Lysanna auf unerklärliche Weise verbunden fühlt. Liegt es daran, dass sie beide geheimnisvolle Kräfte in sich tragen, die sie gemeinsam lernen müssen, zu beherrschen? Denn ihre vereinte Macht könnte die einzige Möglichkeit sein, den Flammenden Lord endgültig zu vernichten.
Doch selbst wenn ihnen das gelingen sollte, steht die wachsende Zuneigung, die zwischen Aerthas und Lysanna entsteht, unter einem ungünstigen Stern.

Die Autorin

Fanny Bechert wurde 1986 in Schkeuditz geboren und lebt heute mit ihrem Mann und ihrer Katze Lucy im Thüringer Vogtland. Im »realen Leben« Physiotherapeutin, griff sie erst 2012 mit dem Schreiben ein Hobby ihrer Kindheit wieder auf. Was zuerst ein Ausgleich vom Alltag war, nahm bald größere Formen an, und so veröffentlichte sie im Juni 2015 ihren ersten Roman im Fantasy-Genre.
Auch heute geht sie noch ihrem Hauptberuf nach, obwohl die Tätigkeit als Autorin einen immer größeren Stellenwert in ihrem Leben einnimmt.

Fanny Bechert

Elesztrah

Band 1: Feuer und Eis

Fantasy Roman

STERNENSAND VERLAG

www.sternensand-verlag.ch | info@sternensand-verlag.ch

2. Auflage, November 2016

Umschlaggestaltung: Alexander Kopainski | alexanderkopainski.de
Karte: Sternensand Verlag GmbH
Bilder: shutterstock.com | fotolia.de
Elesztrah-Wappen: Fanny Bechert
Lektorat / Korrektorat: Sternensand Verlag GmbH | Martina König
Satz: Sternensand Verlag GmbH
Druck und Bindung: Smilkov Print Ltd.

ISBN-13: 978-3-906829-27-2
ISBN-10: 3-906829-27-2

Land des ewigen Eises
Nördliche Höhlen
Frostwall
Kambrion
Eleszirah
Orksiedlung
Großer Wasserfresser
Netherlande
Netherburg
See der Farben
Hohenfels
Laubschatten Wald
Geisterfelder
Klingensang
Klagender Hain
Sternenberg
Hain der Hochahnen
Trollsiedlung
Grüner Gürtel
Shazar-Gron
Al'Arizon
N
W
O
S

Prolog

Zehn Jahre zuvor …

Der Elfenkommandant trieb sein Pferd zügig durch den Laubschattenwald, seine Soldaten dicht hinter sich. Es war still, nur das Trampeln der Pferde und die Geräusche der Waffen und Rüstungen waren zu hören. Den Elfen selbst kam kein Ton über die Lippen.

Die Sonne versank bereits hinter den Wipfeln, doch der Anführer des Trupps konnte die letzten warmen Sonnenstrahlen, die vereinzelt durch das dichte Laubwerk der Bäume fielen, auf seinen unbedeckten Händen spüren. Sie bildeten einen angenehmen Kontrast zu der kalten Luft, die das schnelle Reittempo ihm entgegentrieb.

Der Elf war tief in seinen Gedanken versunken. Er dachte an seine Schwester, die einzige enge Verwandte, die er noch besaß. Er hatte sie seit einer Weile nicht mehr gesehen und malte sich, wie schon oft zuvor, ihre nächste Begegnung aus.

Bisher hatte sie noch nicht von seinem Eintritt in das Heer des Prinzen erfahren. Sie billigte es nicht, dass er sich ebenfalls dem Kampf hingab, hatte sie es sich doch zur Aufgabe gemacht, ihren kleinen Bruder vor allem Bösen zu beschützen. Aber sie hatten eben mehr gemeinsam als nur die smaragdgrünen Augen und das lange, silbern glänzende Haar. Auch ihre Körperkraft und ihr Streben nach Gerechtigkeit glichen sich sehr und so war es nicht anders zu erwarten gewesen, als dass er sich in den Dienst des Herrn von Hohenfels stellen ließ. Immerhin waren ihre Eltern ebenfalls in dessen Armee gewesen, auch wenn sie in der großen Schlacht um Hohenfels vor einigen Jahrzehnten ihr Leben ließen. Seine Eltern …

»Kommandant, Kommandant!«, rief einer seiner Männer und riss ihn aus seinen trüben Gedanken. »Wir erreichen gleich die Grenze zu den ›Geisterfeldern‹!«

›*Noch erhellen die letzten Sonnenstrahlen den Wald, doch es dürfte dunkel sein, bevor wir die Grenze erreichen*‹, dachte sich der Elf. Doch auf den Geisterfeldern herrschte ohnehin stets das Zwielicht, also spielte die Tageszeit keine bedeutende Rolle. Daher gab er seinen Männern ein Zeichen, weiterzureiten.

Es dämmerte, als sie die Brücke überquerten, welche den Laubschattenwald von den Feldern trennte. Je weiter sie ihr Weg führte, desto kühler wurde es, obgleich zwischen den hüfthohen Sträuchern und dünnstämmigen Bäumen, die den Pfad säumten, kein Lüftchen wehte.

Eine beklommene, unbehagliche Stimmung legte sich über die Gruppe. Der Kommandant zügelte das Tempo seines Schimmels, der Rest der Männer tat es ihm nach. Dies hier war ein Ort der Stille und Ehrfurcht, keiner für wilden Galopp.

Doch so düster dieser Teil des Landes ihm und seinesgleichen auch erscheinen mochte, für die Tiere des Waldes machte es keinen

Unterschied, auf welcher Seite der Grenze sie sich bewegten. Das leise Zwitschern der Vögel, die den Abend willkommen hießen, beruhigte die Reiter etwas.

Wieder versank der Trupp in Schweigen und nun grübelte der Kommandant über die bevorstehende Mission. Es sollte ein verdeckter Angriff auf ein kleineres Lager von Orks werden, ohne großes Risiko. Doch Orks waren immer ein Risiko, sie waren unberechenbar.

Plötzlich hörte er ein Rascheln und vernahm kurz darauf eine Bewegung in den Büschen zu seiner Linken. Ein junges Reh schnellte aus dem Blattwerk hervor. Es konnte sich noch knapp vor dem Pferd des Kommandanten vorbeizwängen, um dann auf der anderen Wegseite zu verschwinden. Nur ein paar Sekunden später und es wäre unter den Hufen seines Reittieres zertrampelt worden.

Ein weiteres Rascheln, eine weitere Bewegung aus derselben Richtung und ein weißer Tiger sprang auf den Weg und blieb direkt vor der kleinen Truppe stehen. Sein Auftauchen kam so überraschend, dass sich das Pferd des Elfen aufbäumte und seinen Reiter abwarf.

Unsanft landete der Kommandant auf dem Boden. Doch anstatt anzugreifen, legte der Tiger seinen Kopf schief und beäugte ihn neugierig.

Der junge Soldat, der direkt hinter ihm geritten war, legte blitzschnell seinen Bogen an und zielte auf das Tier.

»Loran, nicht! Er wird nicht angreifen, sonst hätte er es bereits getan!«, rief der Kommandant seinem Untergebenen zu.

»*Er* ist eine Sie und offensichtlich auf der Jagd«, antwortete der Schütze grimmig, ließ aber seinen Bogen sinken.

Noch während der Kommandant das imposante Tier musterte, flog ein Pfeil an ihm vorbei in die Richtung, in welche das Reh verschwunden war. Das Geschoss verfehlte den Elfen haarscharf und er konnte sogar den Luftzug an seiner Wange spüren.

Überrascht sah er sich um.

Schon sprang auch die Quelle des Pfeils aus dem Gebüsch und blieb neben dem Tiger stehen. Es war ein Waldläufer, grazil und flink. Er war in dunkles Leder gekleidet, Haar und Gesicht wurden von einer Maske verdeckt. Dazu trug er einen Bogen in der Hand und einen Köcher sowie einige Seile über der Schulter.

Die Augen des Kommandanten, der immer noch am Boden saß, glitten an seinem Gegenüber herab. Beim Anblick der eindeutig weiblichen Gestalt zog er die Augenbrauen hoch.

Die Waldläuferin murmelte ein paar Worte und die große weiße Katze sprang elegant davon. Dann kam die Frau auf ihn zu und kniete vor ihm nieder. Erst glaubte der Kommandant an eine Geste der Entschuldigung oder Ehrerbietung, da er im Rang deutlich höhergestellt war als sie. Ihr belustigtes Kichern jedoch machte deutlich, dass keines von beidem der Fall war.

Schnell sprang er auf die Füße, um aus der peinlichen Situation zu entkommen. Er klopfte sich den Staub von seiner Rüstung und reichte ihr die Hand, um ihr aufzuhelfen.

Die Tigerin erschien wieder. Im Maul trug sie das Reh, welches vor Kurzem noch lebendig an ihm vorbeigehuscht war. In seinem Hals steckte der Pfeil der Waldläuferin.

Ein so kleines Tier über weite Entfernung und aus der Bewegung heraus zu treffen, sagte viel über die Fähigkeiten der Jägerin aus. Der Elf hatte bisher selten eine bessere Präzision gesehen, nicht einmal bei Loran, den er gerade wegen seiner Schussfertigkeiten als seinen Partner im Kampf einsetzte.

Hätte die Waldläuferin auf ihn gezielt, wäre er tot gewesen, noch bevor sein Körper den Boden berührt hätte …

»Ist bei euch alles in Ordnung, mein Herr?«, fragte die junge Frau mit heller, freundlicher Stimme.

Der Kommandant löste seine Aufmerksamkeit von der Beute und wandte sich ihr zu. »Aber ja doch! Es ist schließlich nichts geschehen, Mylady«, antwortete er und versuchte möglichst ungezwungen zu klingen.

»Dafür seid Ihr aber gefallen wie ein nasser Sack«, erwiderte sie spöttisch.

Er musste sich ein Grinsen verkneifen angesichts ihres kessen Mundwerks. Immerhin beobachteten seine Männer gerade sehr genau, was sich da zu ihren Füßen abspielte. »Ich war ein wenig … überrascht. Mehr nicht.«

Die Tigerin drängte sich zwischen ihn und die Frau und ließ das Reh vor die Füße ihrer Herrin fallen.

»Wie gut für Euch, dass ich kein Ork bin«, sagte die Waldläuferin und kniete sich neben das tote Tier.

Der Elf wollte gerade etwas erwidern, als sie ihre Maske vom Gesicht nahm und neben sich zu Boden legte. Beim Anblick ihrer Schönheit verschlug es ihm die Sprache. Sie war ebenfalls vom Stamme der Elfen, wenn auch zierlicher und etwas jünger als er. Ihr Gesicht war schmal und wirkte mit den großen braunen Augen fast ein wenig kindlich. Das rote Haar floss wie ein Strom aus glühender Lava über ihre Schultern und gab ihrem Antlitz den passenden Rahmen.

Noch einmal sah die Elfe zu ihm auf, als sie seinen Blick auf sich spürte, und lächelte auf eine Art, die sein Blut in Wallung versetzte. Dann zog sie mit einem Ruck den Pfeil aus dem Hals des Rehs und ließ ihn zurück in ihren Köcher gleiten. Mit geübten Griffen verschnürte sie das Tier und warf es sich über die Schultern.

Als sie sich erhob, blickte sie ihm direkt in die Augen.

»Ich hoffe, Bella und ich halten Euch nicht von etwas Wichtigem ab?«, fragte sie und tätschelte liebevoll den großen Kopf der Tigerin.

Das erinnerte den Kommandanten wieder an seine Mission. »Ihr haltet uns nicht ab. Trotzdem sind wir in Eile und müssen jetzt weiter.«

Nur widerwillig löste er den Blick von der hübschen Elfe und stieg wieder auf sein Pferd.

»Auf bald, Mylady!«, rief er zum Abschied und setzte sein Pferd in Bewegung. Zu spät wurde ihm bewusst, dass er nicht mal ihren Namen kannte. Er drehte sich im Sattel um, nur um sie wenigstens noch einmal anzusehen. Doch die schöne namenlose Elfe war bereits verschwunden.

Sie legte einen Finger an die Lippen und bedeutete Bella damit, ruhig zu halten. Aus ihrem Versteck am Rande des Weges konnte sie die Gruppe von Soldaten und ihren Kommandanten beobachten.

Warum war sie nur so dumm und zurückhaltend gewesen? Sie hatte ihm ihr Gesicht offenbart und hätte damit das Recht gehabt, Gleiches von ihm zu fordern. Warum hatte sie das nicht getan?

Seine sanfte Stimme, die hochgewachsene Gestalt und die Strähnen silbrigen Haares, welche unter seinem Helm hervorfielen, hatten ihr Interesse geweckt. Und diese Augen, so grün und durchdringend ...

Doch mehr als das würde sie nun nie zu Gesicht bekommen.

Lysanna beobachtete, wie sich der Truppenführer noch einmal der Stelle zuwandte, an welcher sie vor wenigen Sekunden noch gestanden hatte.

Sie duckte sich tiefer in die Schatten.

Ein Lächeln breitete sich auf ihrem Gesicht aus bei dem Gedanken, sie hätte vielleicht ähnliches Interesse bei ihm geweckt, wie er bei ihr.

Dann setzte sich der Zug mit dem unbekannten Krieger an der Spitze wieder in Bewegung und verschwand bald aus ihrem Blickfeld.

1

Lysanna

Gegenwart …

Lysanna weiß nicht, wo sie sich befindet. Um sie herum ist nichts als grauer Dunst.

Plötzlich nimmt sie eine Bewegung zu ihrer Rechten wahr.

Im Schatten kann sie ihren geliebten Gefährten Mitzum erkennen. Er steht einfach nur da und sieht sie an. Aber er ist nicht allein. Eine Hand mit klauenartigen Fingern liegt auf seiner Schulter.

Als sich Lysannas Augen langsam an die Dunkelheit gewöhnen, erkennt sie die Person hinter ihm. Es ist Orano, ihr Gemahl, vor dem sie aus gutem Grund geflohen ist. Er sieht sie aus glühenden Augen an. Sein Gesicht ist ihr so vertraut, doch die Augen sind die eines Fremden. Das rote Glühen, das von ihnen ausgeht, lässt ihr einen Schauer über den Rücken rinnen.

Eine weitere Bewegung, nun zu ihrer Linken, erregt ihre Aufmerksamkeit.

Die Gestalt ihrer Tochter Fayori löst sich aus dem wabernden Nebel. Sie will auf Lysanna zulaufen, doch jemand hält sie zurück. Wieder steht Orano hinter ihr. Ein teuflisches Lächeln umspielt seine Lippen. Die roten Augen sind starr auf Lysanna gerichtet.

Ihr Blick wechselt zwischen den beiden wichtigsten Personen in ihrem Leben hin und her.

»So lange schon getrennt …«, dröhnt eine fremde Stimme in ihrem Kopf. »Du wünschst dir nichts mehr, als deine Familie wieder an deiner Seite zu haben. Nicht wahr, kleine Jägerin?«

Ein Lachen, dunkel und grausam, weht über sie hinweg.

»Ich kann dir geben, wonach du verlangst!«

Der Dunst teilt sich und gibt zwei Wege frei. Der eine führt zu dem Mann, den sie liebt – der andere zu ihrer Tochter.

»Doch es gibt für dich nur eine Richtung! Setzt du den Fuß auf einen der Wege, wird der andere dir auf ewig verschlossen sein! Für wen wirst du dich entscheiden?«

Wieder ertönt das schaurige Gelächter.

Lysanna sieht zu Fayori. Angst liegt in den Augen des Mädchens, ein stummes Flehen auf ihren Lippen. Die Elfe wendet den Kopf in Mitzums Richtung. Auch er sieht sie an, doch sind es eher Trauer und Abschied, was sie in seinem Gesicht findet.

»Rette deine Tochter«, scheint er ihr sagen zu wollen.

Langsam beginnen sich die Wege aufzulösen. Sie muss eine Entscheidung treffen, wenn sie auch nur einen der beiden retten will …

Die Sonne stieg über den Horizont und tauchte die weite Steppe Kambrions in sanftes Dämmerlicht. In der Nacht hatte es aufgehört zu regnen und Nebel hing in dichten Schwaden über dem Lager der ›Angelus Mortis‹.

Der Clan von Verurteilten und Geächteten, der sich aus Elfen, Zwergen, Menschen und anderen Wesen zusammensetzte, lebte erst seit wenigen Wochen in diesem Dorf. Seit sie aus ihrer einstigen Heimatstadt Frostwall vertrieben worden waren, zogen sie umher, ständig den Gewalten der Natur ausgeliefert. Als der Schnee des vergangenen Winters zu schmelzen begann, hatten sie die Höhlen im Norden der Ebene verlassen.

Das weitläufige Dorf der Orks, welches dem Clan nun als zwischenzeitliche Zuflucht diente, hatten sie schon länger beobachtet. In der ersten Nacht, in der kein knirschender Schnee sie mehr verriet, griffen sie an.

Die meisten Orks hatten sie getötet, einige wenige waren geflohen, auch wenn sie sich noch in der Gegend herumtrieben. Die Gefangenen der Grünhäute, die in Käfigen im Zentrum des Lagers auf ihre Hinrichtung gewartet hatten, schlossen sich den ›Angelus Mortis‹ an.

Obgleich einige Hütten Opfer von Brandpfeilen geworden waren, bot dieses Dorf genügend Platz, sodass die äußeren Baracken noch immer unbewohnt waren. Dies bot dem Clan zusätzlichen Schutz, da eine scheinbar unbewohnte Siedlung unattraktiv für Trollüberfälle oder Banditenangriffe war. Die Orks wussten ohnehin, dass sie nicht mehr in ihr einstiges Zuhause zurückkehren konnten.

•

Lysanna schob das Fell vor ihrer Hütte zur Seite und trat hinaus. Frische Morgenluft wehte durch die schmalen Gassen der kleinen Siedlung. Der kalte Windhauch tat ihr gut, nachdem sie wieder einmal schweißnass aufgewacht war. Sie trug bereits die für sie typische Lederhose und ein braunes Leinenhemd, eine erfrischende Morgentoilette hatte sie sich jedoch noch nicht gegönnt.

Gegen den Eingang gelehnt, atmete sie tief ein. Mit den Fingern fuhr sie sich durch das dichte, schwarze Haar, welches eine Hand breit unterhalb ihrer Schultern endete, und schob es hinter die langen, spitzen Ohren. Seit Mitzums Verschwinden vor einigen Monaten war ihre einst rote Haarpracht dunkler als die Nacht geworden und spiegelte damit wider, wie es in ihrem Inneren aussah.

Wieder hatte sie einen dieser Träume gehabt, welche sie seit Wochen heimsuchten. Doch dieses Mal war es anders gewesen als sonst. Mit jeder Nacht, die sie träumte, waren die Wege ein wenig mehr verblasst, und heute waren sie fast ganz verschwunden. Deswegen hatte Lysanna eine Entscheidung gefällt und war einem der Wege gefolgt – zu ihrer Tochter.

Ganz fest hatte sie Fayori an sich gepresst und dabei verzweifelt Mitzums Namen geschrien. Doch ihr Gefährte hatte sich nur umgedreht und war mit dem Fremden, der die Gestalt ihres ehemaligen Gemahls hatte, davongegangen.

Noch immer erklang das furchtbare Gelächter in ihren Ohren, sah sie die rot glühenden Augen vor sich, die eindeutig nicht die von Orano gewesen waren.

Sie rieb sich mit beiden Händen über das Gesicht, um die Schrecken der Nacht fortzuwischen. Da vernahm sie Schritte, die sich eilig näherten.

»Lysanna – gut, dass du wach bist. Es gibt Neuigkeiten!« Nikka, die Gefährtin des Ratsherrn Yokumo, kam mit schnellen Schritten auf sie zu. Dabei raffte die braunhaarige Elfe mittleren Alters ihren Rock, um nicht zu stolpern.

»Bei den Ahnen, du siehst furchtbar aus. Fast, als hättest du in der letzten Nacht kein Auge zugetan.«

»Ich wünschte, es wäre so gewesen«, antwortete Lysanna und seufzte. »Von welchen Neuigkeiten sprichst du?«, fügte sie rasch hinzu, um unnötige Fragen zu vermeiden. Sie konnte später mit Nikka über ihren Traum sprechen. In ihrem Amt als Druidin stand diese in enger Verbindung zu den Geistern und konnte ihr daher vielleicht erklären, was er zu bedeuten hatte. Vielleicht hätte sie das schon viel eher tun sollen …

»Wusstest du, dass Sedan erneut gen Norden aufgebrochen ist?« Nikka klang abgehetzt, so sehr hatte sie sich beeilt.

Lysanna runzelte die Stirn. Der Seelenlose Sedan war ein Einzelgänger und unternahm viel auf eigene Faust, gerade wenn es die Suche nach Mitzum und Fayori betraf. Genau wie ihr standen die beiden Sedan sehr nah. Mitzum war sein Ausbilder gewesen, bedeutete ihm aber fast so viel wie ein Vater, und Fayori war seine Freundin und Partnerin bei ihrem gemeinsamen Training gewesen.

»Ich wusste nur von seiner Vermutung, Fayori könnte sich dort aufhalten.«

»Nun, auf jeden Fall ist er soeben zurückgekehrt. Und er ist nicht allein ... Er hat deine Tochter wirklich gefunden!«

»Was?«, platzte es aus Lysanna heraus. »Wo ist sie?«

»In der großen Hütte, die Holly für die Kranken hergerichtet hat. Aber keine Sorge, es geht ihr so weit gut. Sie braucht nur etwas zu essen, etwas Schlaf und saubere Kleidung.«

Mit einem Schlag war Lysanna hellwach. Sie schob Nikka zur Seite und rannte los. Konnte es Zufall sein, dass ihre Tochter gerade jetzt wieder auftauchte, nachdem sie in ihrem Traum eine Entscheidung gefällt hatte? Eine Entscheidung für Fayori? Bedeutete es, dass sie ihren Gefährten Mitzum dadurch für immer verloren hatte?

Sie rannte quer über den Versammlungsplatz, die Stufen zu dem provisorischen Lazarett empor und fiel dort der Elfenkriegerin Tâlie in die Arme, die gerade die Hütte verließ.

»Stimmt es?«, keuchte Lysanna atemlos.

Die Aufregung und der kurze Spurt nahmen ihr fast alle Luft.

Tâlie wusste sofort, was sie meinte und nickte. Die groß gewachsene Elfe mit dem silberblonden Haar trat zur Seite und machte den Weg für Lysanna frei.

In der Hütte brannten nur ein paar wenige Kerzen und tauchten sie in schummriges Licht. Lysanna sah sich um, bis sie Sedan in einer Ecke entdecken konnte.

Der Seelenlose stand neben einem der Betten und lehnte gelassen an der Wand. Dabei wirkte er nicht wie ein achtzehnjähriger Junge, der sich um das Wohl seiner Freundin sorgte. Wie er sich gleichmütig durch das blonde Haar fuhr und sich dann über die schwarze Lederrüstung strich, die er immer zu tragen pflegte, machte es eher den Anschein, er würde sich langweilen. Dass dies nicht der Fall war, verrieten nur seine unruhigen Augen, die jede Bewegung im Raum genau erfassten.

Auf einem Stuhl am Kopfende des Bettes saß Holly, eine Priesterin und hochrangige Heilerin im Clan der ›Angelus Mortis‹.

Langsam und leise, um die anderen Kranken nicht zu stören, ging Lysanna zu den beiden hinüber. In dem Bett lag eine schmale Gestalt mit schwarzem Haar. Fayori.

Das Elfenmädchen schlief.

»Bei den Ahnen, sie ist es wirklich. Geht es ihr gut? Ist sie verletzt?«, flüsterte Lysanna. Und an Sedan gewandt fügte sie hinzu: »Was ist passiert? Wo hast du sie gefunden?«

»Sie ist gesund. Ein wenig schwach vielleicht, aber unverletzt«, erklärte Holly kurz. »Besprecht den Rest draußen, damit ihr niemanden aufweckt.«

Sedan stieß sich von der Wand ab, ergriff stumm Lysannas Arm und zog sie mit sich hinaus.

»Also, was ist passiert?«, fragte Lysanna noch einmal, als sie die Hütte verlassen hatten.

Zögernd sah Sedan erst sie und dann Tâlie an, die nun auf den Stufen vor dem Lazarett saß.

Viele gemeinsame Nachtwachen hatten Lysanna gezeigt, dass die sonst so abweisend und ernst wirkende Elfe auch eine andere Seite hatte. Eine, die sie nur wenigen zeigte. Nach und nach waren die beiden Freundinnen geworden und mittlerweile war Tâlie die Einzige, der Lysanna wirklich vertraute. Sie war es auch, der sie von ihren Träumen erzählt hatte.

»Ich habe keine Geheimnisse vor ihr«, sagte Lysanna zu Sedan und setzte sich demonstrativ neben Tâlie. »Erzähl.«

Sedan nickte und begann zu berichten, wie er auch noch die nördlichsten Teile Kambrions bis hinauf zum ›Land des ewigen Eises‹ nach Fayori abgesucht hatte. An der Grenze zu diesem kargen, tödlichen Land war er buchstäblich über das Mädchen gestolpert.

Es war Nacht gewesen und sie hatte ohne ein Feuer oder eine Art Lager auf dem kalten Fels gelegen, der den Übergang ins das Eisland darstellte, als wäre sie an dieser Stelle einfach zusammengebrochen ... oder abgelegt worden. Fast hätte er sie gar nicht bemerkt, doch Lysannas Wolf, auf dem er geritten war, hatte das Mädchen sofort gewittert.

»Erst dachte ich, sie wäre tot«, erzählte Sedan jetzt. »Doch als ich ihr etwas Wasser einflößte, schlug sie die Augen auf. Für den Ort, an dem ich sie gefunden habe, war sie bei erstaunlich guter Kraft. Sie konnte gehen, reiten … nur gesprochen hat sie kein Wort. Mir schien es fast, als wäre ihr Körper zwar bei mir, ihr Geist jedoch sehr weit weg. Zumindest bis heute Nacht.«

Sedan machte eine kurze Pause, als würde er überlegen, wie er fortfahren sollte.

»Wir ritten die Nächte durch, gemeinsam auf dem Rücken deines Wolfes. Etwa eine Stunde bevor wir das Lager erreichten, fuhr sie plötzlich aus dem Schlaf. Sie schrie auf und stieß mich weg. Fast hätte der Graue uns beide abgeworfen. Ich redete beruhigend auf sie ein, bis sie erkannte, wer sie festhielt. Und dann … begann sie zu weinen … konnte sich nicht beruhigen, bis sie wieder in den Schlaf glitt.«

»Hat sie etwas gesagt?«, wollte Tâlie wissen.

»Nichts, was einen Sinn ergeben hätte. Sie stammelte immer wieder etwas von einem Nebel und dass sie sich an nichts erinnern könne, nur an Gesichter – an deines, Lysanna, und an Mitzums und das ihres Vaters Orano.«

Lysanna sah Tâlie an. Es lag auf der Hand, dass ihre Freundin in diesem Moment ganz ähnliche Gedanken hatte wie sie selbst.

Sie stand auf. »Kümmere dich bitte weiterhin um Fayori«, sagte sie zu Sedan. »Ich habe etwas zu erledigen. Wenn sie aufwacht, richte ihr aus, dass ich zu ihr komme, sobald ich kann« Und an ihre

Freundin gewandt fügte sie hinzu: »Tâlie, würdest du mich bitte zu den Ställen begleiten?«

Während Lysanna ihren Reitwolf zum Aufbruch bereit machte, erzählte sie Tâlie von ihrem Traum der letzten Nacht und ihrem Verdacht bezüglich Fayoris Auftauchens. Auch Tâlie konnte einen Zusammenhang nicht ausschließen. Von dem kurzfristigen Entschluss ihrer Freundin hielt die Kriegerin jedoch nicht viel.

»Bist du dir sicher, dass es eine gute Idee ist, allein nach Hohenfels zu reiten?«, fragte sie Lysanna nun schon zum fünften Mal.

»Tâlie, ich muss mit Orano reden. Wenn jemand weiß, wo Mitzum zu finden ist, dann er. Es kann kein Zufall sein, dass Fayori von ihm spricht, nachdem er ständig in meinen Träumen aufgetaucht ist.«

»Aber wieso lässt du dich nicht von mir begleiten?«

»Allein bin ich schneller und falle in Hohenfels weniger auf. Außerdem wirst du hier gebraucht. Wenn wir beide fort sind, wer kann dann noch das Lager beschützen?«

Lysanna schenkte der Freundin einen vielsagenden Blick.

»Ganz wie du willst … «, entgegnete Tâlie, die immer noch nicht überzeugt klang. »Aber willst du nicht wenigstens bleiben, bis es deiner Tochter besser geht?«

Es war Lysanna immer schwergefallen, Fayori als solche zu betrachten. Wirkliche Muttergefühle hatte sie nicht für das Mädchen, das nicht in ihrem eigenen Leib herangewachsen war, auch wenn sie sich ihm irgendwie verbunden fühlte. Das Warten auf ihre Genesung würde also kein Grund sein, ihre Abreise zu verschieben.

Tâlie wusste das genau und erwartete daher auch keine Antwort auf ihre Frage.

»In ein paar Tagen bin ich zurück«, versprach Lysanna stattdessen. Dann trieb sie ihren Wolf an.

Sie ritt, so schnell es ihr Wolf zuließ und hielt sich auf den Wegen, um Wildtiere und feindliche Stützpunkte zu umgehen. In der ersten Nacht schlug sie ihr Lager kurz vor der Grenze zu Elesztrah auf, dem Heimatland aller Elfen. Der Graue musste sich ausruhen, war er ja schon einige Tage mit Sedan unterwegs gewesen. Doch den Rest des Weges legten sie ohne Pause zurück.

Während ihr Wolf über die Steppen und Wiesen jagte, kochten die Gefühle in Lysanna immer stärker hoch. Dabei hatte sie nicht nur mit den üblichen Emotionen wie Angst oder Wut zu kämpfen.

Dank der Wirkung dunkelster Magie schwelte in ihrem Inneren seit Jahren eine Glut, die sie nicht willentlich kontrollieren konnte. Je nachdem, in welchem Gemütszustand sie sich befand, zündelte diese als kleine Flamme vor sich hin, brannte hell und heiß oder loderte als ein alles verzehrendes Flammenmeer auf. Letzteren Zustand hatte sie, den Ahnen sei Dank, erst ein einziges Mal erlebt.

Doch die Gedanken an das, was sie vielleicht in Hohenfels erfahren könnte, waren finster genug, um das Feuer, das ihr ständiger Begleiter geworden war, so anzuheizen, dass es ihr die Schweißperlen auf die Stirn trieb.

Als die zweite Nacht schon lange über sie gekommen war, meinte Lysanna, die Bäume des Laubschattenwaldes um sich herum zu erkennen.

»Zuhause … «, wisperte sie.

Erinnerungen stiegen in ihr hoch, wie sie einst mit ihrem Vater durch diese Wälder getollt war und von ihm die Grundlagen des Jagens gelernt hatte. Doch sie wischte sie beiseite, hielt sich ihr Ziel vor Augen und trieb ihren Wolf weiter an.

»Du hast es fast geschafft«, flüsterte sie ihm ins Ohr, als sich nach einigen Stunden die Anhöhen der Festung Hohenfels vor ihnen erhoben – Heimatstadt der Königsfamilie und Herrschersitz der Elfen.

Einige Schritte bevor sie die Tore des majestätischen Baus erreicht hatten, brachte sie ihr Reittier zum Stehen. Sie stieg ab, griff in eine der Taschen, die dem Tier auf den Rücken gebunden waren und zog ein dunkelgrünes Cape heraus. Dieses legte sie sich um und schulterte ihren Bogen.

Noch bevor sie ihren Wolf zum Eingang der Elfenhauptstadt führte, zog sie sich die große Kapuze des Umhangs über den Kopf. Sie wusste nicht, ob es ihr als verurteilte Hofverräterin einen Platz auf einem der Steckbriefe eingebracht hatte, die stets in der Kaserne der Stadtwache aufgehängt waren. Aber falls dem so sein sollte, wollte sie nicht riskieren, bereits beim Betreten der Stadt verhaftet zu werden. Außerdem war es möglich, dass sich einige der Soldaten noch gut an die frühere Frau ihres Generals erinnern konnten, falls sie schon damals innerhalb der Stadtmauern gedient hatten.

Die großen hölzernen Tore standen weit offen. Rechts und links davon waren jeweils zwei Wachmänner postiert. Es musste Markttag in Hohenfels sein, denn zu anderen Tagen waren die Tore stets geschlossen. In Zeiten wie diesen musste man jederzeit auf einen Angriff vorbereitet sein, das wusste auch Prinz Etheron.

Lysanna hoffte, dass sie den Durchgang ungehindert passieren könnte. Doch die Wache, die ihr am nächsten stand, hielt sie auf.

»Name?«, fragte der etwas pummelige, in den Farben des Prinzen gekleidete Elf.

Lysanna zögerte einen Moment.

»Euer Name!«, wiederholte er. Er sah sie argwöhnisch an und versuchte angestrengt, ihr verborgenes Gesicht zu erkennen.

Sie musste schnell handeln, um nicht noch mehr Misstrauen zu erregen.

»Merinon, Tâlie Merinon«, antwortete sie dem Wächter.

Sie hatte keine Ahnung, welchen Stand Tâlies Familie innerhalb dieser Mauern einnahm, doch es war der erste Name, der ihr in den Sinn kam. Sie hoffte nur, dass keiner der Wächter Tâlie persönlich kannte, denn optisch unterschieden sie sich schon deutlich voneinander. Tâlie war hochgewachsen und von drahtiger, eher knabenhafter Figur. Sie selbst war für eine Elfe eher klein, mit schmaler Taille und deutlich weiblicheren Proportionen.

Der Wächter schien ihre Angabe jedoch nicht anzuzweifeln.

»Anliegen?«

»Ich …« Wieder zögerte sie mit der Antwort.

Plötzlich packte der zweite Wächter seinen Partner an der Schulter. »Weißt du nicht, wen du da vor dir hast? Das ist die Schwester des Hauptmanns! Lady Merinon, willkommen zu Hause. Seid Ihr hier, um Euren geschätzten Bruder zu besuchen?«

»Natürlich«, erwiderte Lysanna schnippisch, um ihre Verblüffung zu überspielen. Tâlie hatte nie einen Bruder erwähnt …

»Wo hält er sich auf?« Ihr war klar, dass sie die törichten Wachen täuschen konnte. Diesem Herrn Hauptmann sollte sie aber besser nicht über den Weg laufen.

»Im Rekrutierungsgebäude. Das ist …«

»Danke, ich weiß selbst, wo es sich befindet«, unterbrach sie den Elfen barsch.

»Nun, dann wünsche ich Euch einen schönen Aufenthalt«, stammelte dieser und wies mit einer einladenden Geste durch das Tor.

Lysanna atmete tief ein, als sie die Wächter passiert hatte, und führte ihren Wolf durch die Gassen in Richtung der Ställe. Trotz der Tatsache, dass die Straße, auf der sie ging, elfenleer war, zog sie die Kapuze noch ein wenig tiefer ins Gesicht.

Wenn es auch schon einige Jahre her war, hatte es doch eine Zeit gegeben, in der sie in dieser Stadt gelebt hatte. An Oranos Seite, der schon damals General des königlichen Heeres gewesen war, hatte sie in den hohen Kreisen von Hohenfels verkehrt und es gab sicherlich noch einige Lords und Ladys, die sie wiedererkennen würden. Sie wollte vermeiden, dass man ihre Anwesenheit bemerkte, eh sie zu ihrem geschätzten Gemahl vordringen konnte. Schließlich sollte ihr Besuch eine Überraschung sein.

Während sie zwischen den hohen, mit Gold und Purpur verzierten Häusern entlangschritt, wurde ihr erneut der Reichtum des Prinzen bewusst. Inmitten dieser verschwenderischen Dekadenz konnte man den Krieg und das Elend, welches in vielen Teilen Elesztrahs herrschte, schnell vergessen …

Als sie die Ställe erreicht hatte, übergab sie ihren Wolf an einen der Burschen mit der Bitte, ihn schnell für die Rückreise bereit zu machen. Auf ihre Frage, wo der General zu finden sei, erhielt sie die Auskunft, dass er gerade dem tagenden Rat im Thronsaal beiwohnte. Also setzte sie ihren Weg fort und steuerte das Zentrum der Festung an: das Schloss von Prinz Etheron, dem Herrscher des Elfenlandes Elesztrah.

3

Lysanna

Am Thronsaal angekommen, wurde Lysanna der Zugang von einer Wache versperrt. Der Elf, der statt einer Rüstung eine edle Uniform trug, hatte braunes, kurzes Haar, in welchem sich bereits vereinzelt graue Strähnen zeigten. Auch die Fältchen um seine müden Augen ließen erahnen, dass er wohl schon mehrere Jahrhunderte gesehen hatte. Seine aufrechte Haltung und die Narbe auf seiner Wange verrieten ihr außerdem, dass er keinen unerheblichen Teil seines Lebens im Dienste der Stadtwache verbracht haben musste. Sie überlegte, ob sie sich vielleicht an seinen Namen erinnern konnte, denn seine Züge kamen ihr sehr bekannt vor.

»Der Prinz hält gerade Rat, ihr könnt keine Audienz bei ihm bekommen«, sagte die Wache schroff, als Lysanna die Hand hob, um an der großen Flügeltür zu klopfen.

»Ich will nicht zum Prinzen«, erwiderte sie im gleichen Tonfall. »Ich möchte General Rakenshar sprechen.«

»Auch das ist nicht möglich, der General nimmt ebenfalls am Rat teil.«

Sie hatte keine Zeit für höfliches Gerede. »Ihr werdet ihn sofort holen«, wies sie den Soldaten an und trat dichter an ihn heran.

»Was denkt Ihr Euch eigentlich? Dass ich den Rat störe und den General auf das Bitten einer einfachen Bettelmagd hin herauszitiere?« Mit einem abschätzigen Ausdruck im Gesicht schob er sie von sich weg.

»Auf das einer Magd nicht, auf das seiner Frau schon.« Sie schob die Kapuze ihres Mantels vom Kopf.

Es war ein Trumpf, den sie nicht hatte ausspielen wollen, doch der Soldat ließ ihr keine andere Wahl. Nach den Gesetzen des Prinzen war sie noch immer mit General Orano Rakenshar vermählt und dieser hatte sich natürlich nicht die Mühe gemacht, diese Verbindung offiziell zu lösen.

Das war ebenfalls ein Grund, warum Lysanna eigentlich keinen Fuß mehr nach Hohenfels setzte. Doch heute konnte sie es zu ihrem Vorteil nutzen.

»Oh, Lady …«

»*Lohensan*, ganz recht!«, unterbrach sie ihn, wohl wissend, dass er einen anderen Namen hatte benutzen wollen. Doch es war schwer genug, sich selbst als Oranos Gemahlin zu bezeichnen, da musste sie sich nicht auch noch mit seinem Namen und Titel ansprechen lassen.

»Ich hatte ja keine Ahnung …«, stammelte der alte Elf vollkommen überrascht. »Ich werde ihn sofort holen. Wartet doch bitte hier.«

Mit einer knappen Verbeugung wies er zu einem Nebenraum. Er selbst verschwand eilig durch die wuchtige Flügeltür, die sich hinter ihm mit einem lauten Knall schloss.

Lysanna trat in den ihr zugewiesenen Raum. Dieser war klein, jedoch wie alles andere in diesem Schloss prunkvoll eingerichtet. Die Wände waren mit Gemälden der Felder und Wälder rund um die Anhöhen geschmückt, gesäumt von schweren Vorhängen aus dunklem, purpurnem Samt. Fenster gab es keine.

An der Wand ihr gegenüber stand eine lebensgroße Statue des Prinzen, zu deren Seiten sich mit purpurnen Polstern beschlagene Bänke befanden. Sie durchquerte den Raum und nahm auf einer der Bänke Platz.

Kurze Zeit darauf ertönte das Geräusch der zuschlagenden Türen erneut. Als der Soldat zusammen mit Orano den kleinen Raum betrat, erhob sich Lysanna.

»Ich werde sie selbst in Gewahrsam nehmen, nachdem ich mit ihr gesprochen habe«, brummte der General und mit einer knappen Handbewegung bedeutete er dem Soldaten, sie allein zu lassen.

Orano war von imposanter, hochgewachsener Statur, hatte breite Schultern und unter der weißen, mit purpurnen Stickereien verzierten Uniform zeichneten sich deutlich Muskeln an Brust und Armen ab. Sein langes, schwarzes Haar hatte er, wie fast immer, zu einem Zopf gebunden, der ihm locker auf den Rücken fiel. Doch es waren seine herben Züge, die markanten Wangenknochen und die geschwungenen Augenbrauen, die seinem Gesicht diesen würdevollen Ausdruck gaben, der ihm schon so manche Tür geöffnet hatte – auch diejenige, die in Lysannas Leben geführt hatte.

»Soso, meine *Gemahlin* wünscht mich also zu sprechen. Ist der Tag deiner Rückkehr endlich gekommen, meine Schöne?«

Er trat auf sie zu und hob die Hand ihrem Gesicht entgegen. Instinktiv wich Lysanna ihr aus, sie kannte diese Geste zu gut. Schon fühlte sie, wie ihr Blut in seiner Gegenwart wieder zu kochen begann. Sie musste schnell handeln, eh es ihm gelang, erneut Kontrolle über sie zu gewinnen – etwas, das sie unbedingt vermeiden musste.

»Unsere Tochter ist wieder aufgetaucht«, erklärte Lysanna knapp, warum sie hier war.

Schlagartig verschwand das dreckige Grinsen aus seinem Gesicht. »Fayori? Wann? Wie?«, wollte er wissen.

»Tu nicht so, als ob du nicht wüsstest, was passiert ist!« Nun war sie es, die auf Orano zuging. Die Wut, die seit ihrer Abreise in ihr gewachsen war, machte sie für eine Weile immun gegen seinen dunklen Einfluss. »Orano, wo ist Mitzum?« Ihre Stimme war ruhig, doch konnte sie kaum den Zorn verbergen, der in ihr brodelte.

Er wich ihrem Blick aus. »Woher soll ich das wissen?«, blaffte er sie an.

Ohne darüber nachzudenken, griff sie nach dem Bogen auf ihrem Rücken, sprang auf Orano zu und drückte ihm den Griff gegen die Kehle. Damit trieb sie ihn rückwärts, bis er mit dem Rücken gegen die Wand stieß.

Ihr Übergriff kam für Orano so überraschend, dass er sich nicht zur Wehr setzte.

»Ich bin nicht hier, um Spielchen zu spielen, *Liebster*!«, zischte sie ihn an. »Ich habe dich gesehen, jede verdammte Nacht, seit die beiden verschwunden sind. Ich weiß, dass du etwas damit zu tun hast und ich frage dich nur noch ein einziges Mal: Wo ist Mitzum?« Die letzten Worte kamen lauter über ihre Lippen, als sie beabsichtigt hatte.

»Ich habe keine Ahnung, wo dieser Menschenabschaum ist!«, brüllte Orano zurück.

Schon steckte der Wächter seinen Kopf zum Eingang herein. Als er sah, in welcher Bedrängnis sich sein General befand, zog er das Schwert. Doch Orano machte eine abwehrende Handbewegung.

»Ich sagte, ich kümmere mich selbst um sie!«, fuhr er den Soldaten so böse an, dass sich dieser schnell wieder zurückzog.

»Ich werde dir sagen, was ich weiß. Aber nimm zuerst dieses Ding von meinem Hals«, keuchte Orano, dem langsam die Luft ausging.

Lysanna senkte ihren Bogen und trat einige Schritte zurück, froh über die erneute Distanz zwischen ihnen. Den Bogen hielt sie wie ein Schild vor ihren Körper, während sie Orano erwartungsvoll ansah.

»Kurz nachdem ich euch in Frostwall ausfindig gemacht und euch meine Truppen hinterhergeschickt hatte, erschien mir der Flammende Lord.«

Lysanna vergaß für einen Moment zu atmen. Der Flammende Lord, ein Gestaltwandler, war eines der gefürchtetsten Wesen ganz Elesztrahs, wenn nicht gar ganz Al'Arizons. Niemand hatte bisher sein wahres Äußeres gesehen und es war weithin bekannt, dass alles, nach dem dieses grausame Wesen strebte, die Macht über das gesamte Land war.

»Er bot mir einen Handel an«, fuhr Orano fort. »Er würde über dein Leben wachen und mich gleichzeitig von diesem Störenfried Mitzum befreien, der zwischen dir und mir stand. Er hat nicht viel verlangt dafür, einzig meine Loyalität zu dem Zeitpunkt, wenn er sie fordern würde ...«

»Du hast Mitzum und Fayori diesem ... diesem Monster überlassen?« Ihre Augen weiteten sich vor Entsetzen und Abscheu.

»Ich hatte doch keine Ahnung, was er tun würde! Erst als die beiden verschwunden waren, wurde mir bewusst, was passiert sein musste.« Er sah Lysanna an und wartete.

Doch sie war wie erstarrt, unfähig, etwas zu erwidern. Also sprach er weiter. »Ich habe Fayori genauso gesucht wie ihr auch«, verteidigte er sich. »Und dann erschien der Flammende mir ein weiteres Mal. Er sagte, unserer Tochter würde nichts passieren und ich bräuchte mir keine Sorgen zu machen. Er würde sie heil zu mir zurückbringen. Sie diene lediglich dazu, dir und Mitzum den rechten Weg zu weisen. Mit diesem Dieb hätte er andere Pläne. Und ich wolle doch immer noch, dass Mitzum aus deiner Nähe verschwindet ...«

Langsam fand Lysanna ihre Sprache wieder. »Du hast es zugelassen, ja?«

Orano zuckte nur mit den Schultern.

Sie sah ihn an. Ein Sturm von Gefühlen brach über sie herein. Angst und Sehnsucht nach Mitzum, Sorge um Fayori und Hass ... blinder Hass auf diesen Elf, der da vor ihr stand. Nur mit Mühe hielt sie sich zurück, ihn nicht hier und jetzt anzugreifen, denn in diesem Moment wünschte sie sich nichts sehnlicher als seinen Tod.

»Verstehst du denn nicht? Ich habe das alles für uns getan. Du und Fayori, ihr gehört mir!«, versuchte Orano erneut, sich zu erklären.

Mit vor Wut zitternden Händen befestigte Lysanna den Bogen wieder auf ihrem Rücken.

Er hatte schon genug getan, seit sie ihn kennengelernt hatte, und nur weniges war darunter, an das sie sich gern erinnerte.

»Denkst du wirklich, ich würde an deine Seite zurückkehren, nach allem, was du mir angetan hast? Lieber sterbe ich ...«

Sie warf ihm einen letzten verächtlichen Blick zu. Dann drehte sie sich um und verließ den kleinen Raum.

Sie schritt an dem Wächter vorbei, der noch immer mit gezogenem Schwert davorstand. Er machte keine Anstalten, sie aufzuhalten – nicht, bevor Orano ihm den entsprechenden Befehl dazu gab.

Noch ein paar Schritte ging sie in gemäßigtem Tempo, dann rannte sie los. Sie musste ihren Wolf holen und Hohenfels so schnell wie möglich verlassen, bevor Orano zu seiner gewohnten Arroganz zurückfand und zur Jagd auf sie blies.

Wider Erwarten konnte sie jedoch unbehelligt aus der Hauptstadt entkommen. Vielleicht hatte Orano endlich begriffen, dass er keinen Anspruch mehr auf sie hatte.

Lysanna zweifelte aber daran, dass diese Erkenntnis von Dauer sein würde. Dazu kannte sie ihn zu gut.

Auf dem Rückweg ritt sie in ruhigerem Tempo. Ihr Wolf war erschöpft von den Strapazen der letzten Tage. Außerdem brauchte sie Zeit zum Nachdenken.

Wenn Mitzum in den Händen des Flammenden Lords war, würde es zumindest bedeuten, dass er noch lebte. Es gab also noch Hoffnung, ihn wiederzufinden. Für Lysanna lag das weitere Vorgehen auf der Hand: Sie musste bei dem Flammenden persönlich nach ihrem Gefährten suchen. Mehr noch – sie würde den Lord töten müssen, um ihren Liebsten zu befreien.

Allein war dies ein unmögliches Unterfangen. Doch vielleicht konnte sie Hilfe in den Reihen des Clans finden. Ja, sie würde Yokumo, den Ratsherrn und Anführer des Clans, um die Unterstützung der ›Angelus Mortis‹ bitten. Gemeinsam sollten sie fähig sein, dieser Bestie den Garaus zu machen.

Noch am Abend ihrer Rückkehr sprach Lysanna mit Yokumo.

Der Ratsherr hatte zunächst über ihr Vorhaben gelacht, doch nach längerem Nachdenken hatte er ihr schließlich doch seinen Beistand und damit den Beistand des gesamten Clans versichert – vorausgesetzt, der ›Hohe Rat‹ der ›Angelus Mortis‹ würde genauso entscheiden. Allerdings war seine Hilfe an eine Bedingung geknüpft. Lysanna, die bisher nur ein normales Mitglied des Clans gewesen war, sollte sich dem ›Hohen Rat‹ anschließen, ihr Leben ganz dem Clan verschreiben.

Noch am selben Tag kam es zu einer Vollversammlung des Rates am abendlichen Lagerfeuer. Der Ratsherr erklärte mit wenigen Worten, warum er diese einberufen hatte, eh er das Wort an Lysanna abgab.

»Ich bin dankbar und fühle mich geehrt, dass ich in dieser Nacht ein Teil des Rates werden darf und bin bereit, dem Clan die ewige

Treue zu schwören. Doch gleichzeitig gibt es etwas, um das ich bitten möchte.« Sie machte eine bedeutungsvolle Pause.

»Wie ihr wohl alle wisst, war die Suche nach Fayori endlich erfolgreich.« Bei diesen Worten sah sie ihre Tochter an.

Nach ihrem Gespräch mit Yokumo war sie bei Fayori gewesen, hatte sich überzeugt, dass es ihr wirklich gut ging und sich ihre Version von dem erzählen lassen, was seit ihrem Verschwinden geschehen war.

Fayori hatte aber nichts Neues berichten können. Für sie war die Flucht aus ihrer Heimatstadt Frostwall das Letzte, woran sie sich erinnern konnte, bis Sedan sie gefunden hatte.

Als Lysanna ihrerseits die Dinge, die sie von Orano erfahren hatte, offenlegte und auch ihre Entscheidung, dem Clan beizutreten, kundtat, war das Mädchen nicht mehr davon abzubringen gewesen, es ihr gleichzutun. Deswegen war auch sie nun hier.

»Durch meine Tochter sind wir an entscheidende Informationen gekommen.« Lysanna verdrehte die Tatsachen bewusst, denn sie hatte keine Lust, ihren Besuch in Hohenfels zum Thema zu machen. Das würde die kommende Diskussion nur sinnlos in die Länge ziehen. »Wir wissen nun auch, wo sich Mitzum befindet. Er ist dem Flammenden Lord in die Hände gefallen.«

Einem aufziehenden Sturm gleich, ging erst ein Raunen durch die Umstehenden, das dann zu leisen Worten und schließlich zu lauten Rufen anschwoll, bis Yokumo scharf um Ruhe bat.

»Ich weiß, dass der Clan schon viel für uns getan hat«, fuhr Lysanna fort. »Ihr habt Fayori, Mitzum und mich aufgenommen, als wir auf der Flucht vor Orano waren. Ihr habt uns beschützt und eure Heimat für uns geopfert, als das Heer des Prinzen uns entdeckt hat und habt mich trotzdem weiter bei euch geduldet, anstatt euch der Quelle des Übels einfach zu entledigen. Und dafür stehe ich tief in eurer Schuld. Aber in den zwei Jahren, die wir bei euch gelebt haben, haben sich Banden zwischen uns entwickelt, die über das einfache Leben miteinander hinausgehen. Wenn ich euch ansehe, dann blicke ich in die Gesichter von Freunden.« Wieder hielt sie kurz inne und war dankbar über jedes Lächeln, das ihr entgegengebracht wurde. Dann setzte sie zum wichtigsten Teil ihrer Rede an.

»Mein Gefährte, euer Freund, befindet sich in den Fängen des größten Schreckens unserer Zeit und ich werde ihn befreien. Allein mag das unmöglich erscheinen, doch mit eurer Hilfe – mit der Hilfe der ›Angelus Mortis‹ – kann es gelingen, diesem mächtigen Feind die Stirn zu bieten. Also frage ich euch: Seid ihr bereit, mit mir in diesen Krieg zu ziehen?«

Wie zu erwarten gewesen war, begann sofort eine heftige Debatte. Doch zu Lysannas Erstaunen dauerte es nur wenige Minuten, bis der Rat fast einstimmig seinen Beistand bekundete. Dabei war Tâlies Argument, welch großen Ruhm der Sieg über den Flammenden Lord doch für den Clan bedeuten würde, nicht unerheblich.

Danach folgte das Aufnahmeritual in den Rat, welches vorwiegend aus verschiedenen Leitsätzen und Prinzipien bestand, die Yokumo vorbetete und die Lysanna und Fayori im Chor wiederholten. Als auch das beendet und die neuen Mitglieder mit jeder Menge Wein begossen waren, widmete man sich der Planung der nächsten Schritte im Hinblick auf ihr neues Ziel: den Flammenden Lord.

Die erste Aufgabe würde darin bestehen, ihn überhaupt zu finden, wofür Spione und Kundschafter ausgesandt werden würden – nicht zuletzt auch zu Oranos Beobachtung, dem sich der Flammende früher oder später zeigen würde, um seinen Lohn zu fordern.

Bis dahin hieß es nun, sich in Geduld zu üben. Und das gehörte nicht zu Lysannas Stärken.

Das Leben als Ratsmitglied unterschied sich kaum von dem eines normalen Clanmitgliedes. Yokumo spannte die Jägerin in jegliche Arbeiten ein, die es rund um das Dorf zu erledigen gab und Lysanna übernahm ohne Zögern jede Aufgabe, die ihr zugewiesen wurde.

So war ihr Alltag geprägt von Wachdiensten zum Schutz des Lagers und von Überfällen auf vorbeiziehende Gruppen von Orks, Trollen und allem anderen Gesindel, welches die Farben des Feindes trug. Jedoch fanden sie bei keinem ihrer Opfer Informationen darüber, wo sich der Flammende Lord aufhalten könnte.

Yokumo bat sie ebenfalls, die jüngeren und kampfunerfahrenen Bewohner im Bogenschießen zu unterrichten. So verbrachte sie auch viel Zeit auf dem Übungsplatz, welchen die Mitglieder des Clans am Rande des Dorfes errichtet hatten.

Dort fing sie auch wieder an, selbst zu trainieren. Sie beherrschte den Bogen wie kein anderer und auch im Umgang mit dem Dolch war sie recht geübt. Doch das reichte ihr nicht. Sie wollte alle Waffen führen können, um in dem bevorstehenden Kampf nicht aufgrund von Unerfahrenheit zu scheitern. Mal trainierte sie mit Tâlie den Gebrauch eines Kriegshammers, dann wieder ließ sie sich von Nikka, Yokumos Gemahlin, in die Kunst des Stabkampfes einführen oder von dem Zwerg Tessel das rechte Schwingen einer Streitaxt erklären. Aber in keiner Kunst erreichte sie auch nur annähernd die Fertigkeiten, die sie mit dem Bogen besaß.

Einige Wochen waren vergangen, ohne dass sie Neuigkeiten von dem Verbleib Mitzums oder des Flammenden Lords erhalten hatten.

Lysanna saß in ihrer Hütte und war gerade dabei, ihren Bogen neu zu spannen. Die weiße Tigerin Bella, treue Begleiterin seit Kindertagen, lag zu ihren Füßen, schnurrte leise vor sich hin und döste.

Mit den Gedanken bereits bei der bevorstehenden Wache, versuchte Lysanna alle anderen Dinge aus ihrem Kopf zu verdrängen. Wollte sie das Lager auch nur annähernd gut schützen, benötigte sie all ihre Konzentration. In letzter Zeit mehrten sich die Angriffe feindlicher Trollstämme und es geschah nicht selten, dass eine zunächst ruhige Nacht blutig endete. Vertieft in ihre Gedanken und ihre Arbeit, bemerkte sie nicht, wie jemand ihre Hütte betrat.

»Lysanna?« Im Eingang stand Tâlie, wie immer in voller Rüstung. Das silbrige Haar fiel ihr lang über die Schultern und wurde nicht wie sonst von einem Helm verdeckt.

»Tâlie, komm rein!«

»Ich weiß, dass du zur nächsten Wachschicht eingeteilt bist, aber ich benötige deine Hilfe.«

Ihr Gesicht gab Lysanna keinen Aufschluss darüber, was die Elfe von ihr wollte.

»Ist etwas passiert?«

»Nun, in gewisser Weise ja«, antwortete Tâlie zögerlich. »Wir haben Gäste im Lager.« Sie machte eine kurze Pause und seufzte. »Ein Trupp Soldaten der Garde des Prinzen ist eingetroffen. Orano führt ihn an.«

Lysannas Miene verfinsterte sich. Er war der Letzte, den sie hier im Lager gebrauchen konnte. So viel zu ungestörter Konzentration auf die kommende Wache.

»Es gab Schwierigkeiten auf ihrem Weg hierher. Insgesamt haben es nur vier Männer geschafft. Unter ihnen ist auch mein Bruder Aerthas«, sprach Tâlie weiter. Nun war sie es, die finster schaute.

Lysanna hatte sie nur selten von ihrer Familie sprechen hören. Nach ihrer Rückkehr aus der Hauptstadt hatte sie Tâlie nach ihrem Bruder gefragt, konnte aber nur in Erfahrung bringen, dass die Kriegerin alles daran gesetzt hatte, ihn von Kämpfen jeder Art fernzuhalten. Das allein war der Grund gewesen, warum sie eine Ausbildung zum Paladin in Elesztrah absolviert hatte – damit er es nicht tat. Aufgestiegen zum Hauptmann im Heer des Prinzen, hatte er anscheinend doch seinen Weg in den Krieg gefunden.

»Und auch er …«, fuhr Tâlie fort. »Nun, sagen wir, der vergangene Kampf hat sein Leben verändert. Ich möchte, dass du ihn kennenlernst. Ich glaube, dass ihr etwas gemeinsam habt.«

Sie bedeutete Lysanna, ihr zu folgen. Zusammen verließen sie die Hütte und machten sich auf den Weg zum Haus der Kriegerin.

»Im Kampf wurde er schwer verwundet«, erklärte Tâlie unterwegs. »Wäre Orano nicht da gewesen, wäre er tot … Welche Magie der General auch immer beherrscht, sie hat Aerthas das Leben gerettet.«

Lysanna blieb kurz stehen. Sie erinnerte sich daran, was Mitzum ihr damals über Oranos Rückkehr aus dem Reich der Toten erzählt hatte, nachdem sie geglaubt hatte, er wäre für immer aus ihrem Leben verschwunden.

Fortan wird er ein halbes Leben führen. Kalte Magie fließt nun dort, wo einst warmes Blut seine Kreise zog. In den Büchern werden sie als Grenzschreiter, als Weltenwechsler bezeichnet. Doch der Volksmund nennt sie nur Dunkelritter.

Dass diese Dunkelritter allerdings selbst magische Fähigkeiten haben sollten, war ihr neu.

»Nur ist mein Bruder bereits wieder im Aufbruch«, sagte Tâlie nun. »Er meint, er könne jetzt nichts mehr verlieren und denkt nicht daran, dass *ich* dabei eine Menge zu verlieren habe.«

Zum ersten Mal bemerkte Lysanna so etwas wie Trauer in den Augen ihrer Freundin, die ebenfalls stehengeblieben war und sie nun durchdringend ansah.

»Ich möchte nicht, dass er gleich wieder aufbricht. Auf mich hört er nicht. Aber du … sprich mit ihm, ja? Hilf ihm bitte. Bring ihn dazu, dass er bleibt.«

Lysanna nickte und sofort entspannte sich Tâlie etwas.

Während sie weitergingen, dachte sie über die Bitte ihrer Freundin nach. Was sollte sie sagen? Was erwartete sie von ihr?

Da kam Tâlies Behausung in Sicht. Orano hatte sich davor aufgebaut, als ob er sie bewachen wollte.

Ohne ein Wort ging Tâlie an ihm vorbei und schlüpfte in die Hütte. Lysanna hatte keine Lust, auch nur einen Moment allein mit dem verhassten Elfen zu bleiben.

»General«, grüßte sie ihn knapp und wollte sich ebenfalls an ihm vorbeischieben, aber er streckte einen Arm zur Seite aus und hielt sie an der Taille fest.

»Hallo, meine Schöne, freut mich sehr, dich wiederzusehen.« Grinsend zog er sie ein Stück näher zu sich. Er tat tatsächlich so, als hätte ihre Auseinandersetzung in Hohenfels nie stattgefunden!

»Nimm bloß deine Hand da weg«, zischte sie.

Mit einem überheblichen Lachen ließ er sie los. »Ich werde eine Weile hierbleiben, meine Schöne, ich habe also Zeit. Wir können uns auch gern später unterhalten.«

Sie würdigte ihn keines weiteren Blickes, sondern folgte Tâlie ins Innere der Hütte.

Die Kriegerin stand immer noch im vorderen Teil des Raumes. »Aerthas, ich möchte dir jemanden vorstellen. Das ist Lysanna.« Und ohne ein weiteres Wort drängte sie sich an ihr vorbei und ließ sie beide allein.

Unschlüssig, was sie sagen sollte, sah Lysanna den Elfen an, der in der Mitte des Raumes auf einem Schemel saß.

Er hatte ihr den Rücken zugekehrt.

Man hätte ihr nicht sagen müssen, dass er Tâlies Bruder war. Schon allein sein silbriges Haar ließ das erkennen, welches weit auf seinen Rücken hinab fiel. Erst jetzt erkannte sie, dass er von seiner Rüstung nur den unteren Teil trug. Beim Anblick des muskulösen Oberkörpers errötete sie sofort, denn ihr gefiel, was sie sah. Sie wollte sich bereits abwenden, als ihre Augen eine bläulich schimmernde Stelle unterhalb seines linken Schulterblattes streiften. Eindeutig eine frische Wunde, deren tödlichem Ausmaß mittels Magie Einhalt geboten wurde.

»Mylady. Was kann ich für Euch tun?« Er sprach mit abweisender Stimme, ohne sich zu ihr umzudrehen.

Um ihn herum war der Boden von einzelnen Teilen einer verbeulten Rüstung bedeckt. Dazwischen lagen hier und da Lebensmittel, Stricke und Fläschchen mit schimmernden Tinkturen. Offenbar war Aerthas dabei, seinen Rucksack für die Abreise zu packen.

Für Lysanna stand fest, dass dieser Krieger nicht lange im Lager bleiben würde.

Sie wusste nicht so recht, wie sie das Gespräch beginnen sollte. Sie kannte diesen Elfen ja überhaupt nicht. Doch ihre Freundin hatte sie wohl nicht ohne Grund um diesen Gefallen gebeten.

»Tâlie macht sich große Sorgen um Euch, mein Herr. Sie befürchtet, Ihr würdet Euch kopfüber wieder in die Schlacht stürzen. Und wenn ich sehe, was Ihr um Euch geschart habt, scheint sie mit dieser Vermutung nicht falschzuliegen.«

Er hielt inne beim Packen, sah sie jedoch weiterhin nicht an. »Ach, Sorgen macht sie sich, ja?« Seine Stimme hatte einen ironischen Unterton angenommen. »Und was denkt sich meine liebe Schwester dabei, Euch zu schicken? Hofft sie, Ihr könntet mich umstimmen?«

»In der Tat. Ich glaube, deswegen bin ich hier«, entgegnete sie mit fester Stimme. Dann wurde ihr Ton weicher. »Bedenkt, Ihr habt eine Verletzung erlitten, deren Genesung viel Kraft verlangt.

Ihr wärt in keiner Weise fähig, jetzt schon wieder in den Kampf zu ziehen, sondern würdet nur in Euren endgültigen Tod laufen. Bleibt eine Weile im Lager, ruht Euch aus, sammelt neue Kraft. Dann wird Tâlie Euch sicher ruhigen Gewissens ziehen lassen.«

Aerthas schnaubte verächtlich. »Meine Schwester macht sich zu viele Sorgen«, antwortetet er kühl, fast schon wütend. »Das war schon immer so und wird sich auch nie ändern, wie lange ich auch bleibe. Hätte ich dank ihrer *Fürsorge* nicht erst so spät meine Kampfausbildung begonnen, wäre ich vielleicht kein so leichtes Ziel gewesen und wäre nicht …«

»Sie will und wollte Euch immer nur schützen! Ist Euch das gleichgültig?«, rief Lysanna.

Auch in ihrer Stimme schwang nun Zorn mit. Gab dieser Elf wirklich seiner Schwester die Schuld daran, dass er fast sein Leben verloren hatte?

Er blieb ihr die Antwort schuldig und fuhr fort, verschiedene Utensilien in seinen Beutel zu stopfen. So würde sie ihn wohl kaum zum Bleiben bewegen können.

Unschlüssig sah sie sich in der Hütte um. An einer Wand lehnte ein verbeultes Schwert, in das ihr unbekannte Symbole eingeprägt waren. Sie ging hinüber und strich mit den Fingern vorsichtig über das kalte Metall.

»Ein schönes Schwert, wunderbar gearbeitet und von reinster Qualität. Wo habt Ihr es her?«, wollte sie wissen.

»Es ist ein Erbstück meines Vaters.«

Natürlich, die Zeichen darauf konnten nur aus der Schrift der alten Hochelfen stammen. Er war also von höchst edler Abstammung. Noch etwas, das Tâlie in all ihrer gemeinsamen Zeit nicht erwähnt hatte. Bei der nächsten Gelegenheit wollte Lysanna sie danach fragen.

»Gibt es sonst noch etwas, was Ihr wissen möchtet, oder darf ich mich in Ruhe meinen Reisevorbereitungen widmen?«, fragte der Elf gereizt.

Eine Sache war da tatsächlich noch, die sie interessierte. Sie wollte zu gern wissen, warum Orano hier war.

»Darf ich fragen, was Euch in diese Gegend getrieben hat? Man trifft nicht oft Soldaten des Prinzen in diesem Gebiet, schon gar nicht unter der Führung des Generals.«

»Der General hat einen Auftrag, zu dessen Erfüllung er meine Unterstützung wollte. Mehr kann ich Euch nicht sagen.« Er fuhr sich seufzend mit der Hand durchs Haar, eh er in ruhigerem Ton weitersprach. »Mylady, ich danke Euch, dass Ihr meiner Schwester eine so treue Freundin seid, aber es wäre besser, Ihr geht jetzt.«

»Bitte, Aerthas.« Sie hatte kurz gezögert, ihn beim Namen anzusprechen, waren sie ja einander noch nicht offiziell vorgestellt worden. Doch Höflichkeit war es jetzt wohl nicht, die hier weiterhalf. »Bleibt nur ein paar Tage und genießt die Gastfreundschaft unseres Clans. Dann könnt Ihr gehen, wohin Ihr wollt. Tut es für Tâlie.«

Bei diesen Worten trat sie dicht hinter ihn. Wieder blieb ihr Blick an der Narbe auf seinem Rücken hängen. Ohne darüber nachzudenken legte sie eine Hand auf die Wunde.

In dem Moment, als sich Haut und Haut berührten, durchfuhr sie ein eisiger Hauch. Bilder eines Kampfes zeigten sich vor ihren

Augen. Sie hörte das Klirren von Metall, Schreie und etwas Dumpfes, wie eine Explosion. Sie sah Erinnerungen, die nicht ihre eigenen waren. Dann spürte sie einen starken Schmerz im Rücken, das Eindringen einer Klinge. Sie konnte fühlen, wie eine unwirkliche Kälte nach ihr griff, an ihr zog, sie mit sich nehmen wollte in einen ewigen Schlaf. Aber da war noch etwas anderes: Eine eisige Hand, die sich schützend über ihre Seele legte. Ihr ganzer Körper schien von innen heraus zu erfrieren.

Sie stieß keuchend die Luft aus ihren Lungen und zog ihre Hand zurück. Hatte sie gerade erlebt, was Aerthas auf dem Schlachtfeld widerfahren war?

In diesem Augenblick sprang er auf und drehte sich zu ihr um. Sie sah in sein Gesicht, sah seine makellosen Züge und seine grünen, geweiteten Augen. Da wusste sie, dass auch er etwas gespürt hatte.

»Du …!«, stieß er überrascht aus, als er sie ansah.

Erschrocken trat sie einen Schritt zurück. Waren sie einander schon einmal begegnet? Hatte er sie, als sie Orano in Hohenfels aufgesucht hatte, etwa doch gesehen? Oder war er nur erbost, weil sie ihm zu nahe gekommen war?

Als sich ein freundliches Lächeln auf seine Züge legte, entspannte sie sich ein wenig.

»Mylady, es scheint so, als habe der Tod auch Eure Seele bereits berührt, nicht wahr?«, sagte er leise.

Mehr als ein Nicken brachte sie nicht hervor.

Er stellte sich vor sie und musterte sie. Da war etwas in seinen Augen, was ihr Herz schneller schlagen ließ. Etwas Vertrautes, etwas Bekanntes und doch längst Vergessenes.

»Vielleicht habt ihr recht«, sagte er, wobei er den Kopf schief legte. »Ich sollte eine Weile bleiben, mich ausruhen. Und vielleicht sollte ich die Hilfe, die mir meine Schwester durch Euch sendet, annehmen.«

Das Lächeln auf seinem Gesicht wurde breiter und Lysanna merkte, wie ihre Wangen angenehm zu glühen begannen.

»Wärt Ihr so freundlich, mir das Lager zu zeigen, Mylady?«

5

Aerthas

Es ist schön, dass du dich entschlossen hast, zu bleiben«, sagte Tâlie trocken, als sie Aerthas zu der ihm zugewiesenen Hütte führte.

Wie so oft fiel es ihr schwer, zu zeigen, was in ihr vorging. Also war sie distanziert wie immer, obwohl sie ihm am liebsten um den Hals gefallen wäre.

Die ersten zwei Tage hatte er sich eine Hütte mit ihr geteilt. Doch nun, da er sich entschieden hatte, sich fest dem Clan der ›Angelus Mortis‹ anzuschließen und dem Dienst bei Hofe den Rücken zu kehren, sollte er seine eigene Behausung bekommen.

Es waren mehrere Dinge gewesen, die ihn dazu bewegt hatten, zu bleiben. Zum einen liebte er seine Schwester zu sehr, um ihre anklagenden Blicke vollends zu ignorieren. Außerdem hatte er in Yokumo einen alten Freund aus vergangenen Tagen wiedergefunden und die beiden hatten einander mehr zu erzählen, als es ihnen in wenigen Tagen möglich gewesen wäre.

Und dann war da noch diese Jägerin. Lysanna.

Schon beim ersten Laut, der über ihre Lippen gekommen war, hatte sich ein eigenartiges Gefühl in seinem Magen geregt. Als er ihr dann ins Gesicht gesehen hatte, war jeder Zweifel wie weggewischt gewesen. Er hatte in ihr sofort die junge Waldläuferin erkannt, der er vor zehn Jahren im Laubschattenwald begegnet war. Sicher war sie älter als damals – er war es ja auch – und ihr Haar war nicht mehr rot wie das Feuer, sondern dunkel wie Asche. Aber ihre Statur und ihre Augen, diese rehbraunen Augen … Er hätte sie unter Tausenden wiedererkannt.

Leider hatte er sie, seit sie ihm das Lager gezeigt und ihn schlussendlich mit Yokumo allein gelassen hatte, nicht wieder gesehen. Von Tâlie wusste er nur, dass sie sehr viel trainierte und oft zur Wachschicht eingeteilt oder auf Erkundungsgängen war.

»Wann werde ich meinen ersten Wachdienst antreten dürfen?«, fragte er Tâlie nicht ohne Hintergedanken.

»Wenn du dich ausgeruht hast.«

»Ich bin ausgeruht«, erwiderte er trotzig.

In ihrer Gegenwart fühlte er sich noch immer wie ein kleiner Junge, obwohl diese Zeiten längst vorbei waren.

Tâlie seufzte. »Sprich mit Yokumo, er wird dich einteilen.«

»Danke!« Beherzt drückte Aerthas seine Schwester an sich.

»Lass das!«, fuhr sie ihn an, musste dabei aber lachen.

Für einen kurzen Moment fühlte es sich fast an, als wären sie wieder Kinder und Tâlie die ältere Schwester, welche die Dummheiten ihres Bruders tadelte.

Sofort machte Aerthas sich auf den Weg zu Yokumo.

Da die bewaffneten Reihen der ›Angelus Mortis‹ durch die ausgesandten Kundschafter ständig unterbesetzt waren, teilte der Ratsherr ihn mit Freuden gleich zur nächsten Nachtschicht ein.

»Lass dich von Haudrauf in der Waffenkammer ausstatten. Deine alte Rüstung ist nach dem letzten Kampf vollkommen unbrauchbar«, wies Yokumo ihn noch an, bevor er sich wieder den unzähligen Schriftrollen widmete, die vor ihm auf dem Tisch ausgebreitet waren.

Da es gerade erst Mittag war, hatte Aerthas noch jede Menge Zeit, eh er seinen Dienst antreten musste. Weil er sich ohne seine Rüstung, nur mit einem Leinenhemd und einer Leinenhose bekleidet, jedoch nackt fühlte, beschloss er, als erstes die Waffenkammer aufzusuchen.

Er trat in das abseits gelegene Gebäude und sah sich um. Es war heiß hier drin, was wohl am lodernden Feuer der Schmiede lag, die er in einer Ecke sehen konnte. Daneben waren unzählige Barren von Eisen und Stahl aufgeschichtet. Etwas weiter hinten im Raum erblickte er einen Schleifstein und einen Amboss, an dem gerade ein Mann fleißig damit beschäftigt war, einem Schwert seine endgültige Form zu verleihen.

»Seid Ihr der Waffenmacher?«, brüllte Aerthas über den Lärm des auf Metall krachenden Hammers hinweg.

Der große Mann legte seine Arbeit nieder und kam auf ihn zu.

»Yo, bin ich. Haudrauf mein Name«, antwortete der Schmied in gebrochener Sprache und schob sich das Schutzvisier vom Gesicht. Darunter kam ein unförmiges, entfernt an einen Elfen erinnerndes

Gesicht zum Vorschein. Die Nase war lang und spitz, die lila schimmernde Haut erinnerte an brüchiges Leder und die spitzen Ohren knickten an ihren Enden nach unten. Die als kleine Hauer hervorstehenden Eckzähne und die wulstigen Lippen erinnerten jedoch eher an einen Ork.

Aerthas war überrascht, als er erkannte, was für ein Geschöpf ihm da gegenüberstand.

»Hm, nich erwartet, hier auf'n Troll zu treffen, was?«, sagte Haudrauf und grinste.

»In der Tat ...«, murmelte Aerthas.

Er mochte keine Trolle, was wohl darauf zurückzuführen war, dass diese Rasse nicht unbeteiligt an dem großen Angriff auf Hohenfels gewesen war, bei dem seine Eltern ihr Leben gelassen hatten. Allgemein waren Trolle ein durchtriebenes Volk, das sich den dunklen Mächten verbunden fühlte. Auch wenn sie mit ihren überlangen Armen und den platten Händen und Füßen manchmal eher lachhaft als gefährlich anmuteten, durfte man sie nicht unterschätzen. Was den meisten dieser Art an Intelligenz fehlte, glichen sie an Kraft wieder aus.

Was also tat dieser in einer Siedlung, die von Elfen geführt wurde?

»'N großzügiger Mann, unser Anführer, kannste wiss'n«, erklärte Haudrauf, als könnte er Aerthas Gedanken lesen.

»Bin kein Kämpfer, weißte. Bin ja nur so klein wie du. Un' sowas wie ich wird nich' mitgeschleift in meiner alten Rotte. Hätt'n mich gefress'n, diese Mistkäfer, wenn ich nich' abgehau'n wär. Na ja, bin rumgeirrt, nix zu essen, kein Platz zum Schlafen un' so. Bis der

Anführer mich aufgegabelt hat. War mein Glück, dasse grade keinen Schmied hier hatt'n. Feiner Kerl, dieser Yokumo. Nimmt jeden ins Lager, auch wenn er kein Kämpfer is'. *Hauptsache, du trägst was zum Wohl aller bei,* hatter gesagt, yo. Un' nu' bin ich fast drei Jahre dabei. Krieg Respekt von allen un' so, weißte. Mache gute Arbeit.«

Aerthas wusste nicht, was er sagen sollte. Dass Yokumo jedem Unschuldigen bereitwillig einen Platz in seinem Clan gab, wusste er. Aber dass er dabei nicht einmal nach der Rasse unterschied …

Doch dieser Troll schien zumindest intelligent zu sein. Immerhin sprach er die Sprache der Elfen. Und Yokumo musste ihm vertrauen, wenn er ihm die Arbeit an den Waffen überließ. Trotzdem war Aerthas in dessen Gegenwart mulmig zumute.

»Ähm, ja, deswegen bin ich hier. Du sollst mir eine Rüstung geben«, sagte er schnell, um nicht länger als nötig hierzubleiben.

»Yo, was darf's sein? Soll ich was reparier'n oder brauchste neues Zeug? Schiftung, Schwert, Schild?«

»Ich werde wohl alles brauchen, Rüstung wie Schwert. Ein Schild ist nicht nötig.«

»Kein Problem, Mann«, erwiderte der Troll und ließ den Elfen stehen.

Ohne irgendein Maß genommen zu haben, brachte Haudrauf genau passende Rüstungsteile herbei, sodass Aerthas schon nach wenigen Minuten vollkommen bestückt war.

»Schwert is' in Arbeit. Musses heut noch sein?«, richtete der Schmied nochmals das Wort an ihn.

»So schnell wie möglich!« Es war keine Bitte. Aerthas Ton ließ klar erkennen, dass es sich um einen Befehl handelte.

»Mach ich, mach ich. Kommste einfach nochma' vorbei.« Wieder grinste ihn der andere an.

»Ich hätte da noch eine Aufgabe für dich, falls es in deiner Macht steht ...« Aerthas zog einen Beutel von seinem Rücken und ließ in klappernd zu Boden fallen.

Haudrauf zog die Kordel am oberen Ende auf, der Stoff fiel auseinander und gab Aerthas' alte Rüstung preis.

»Kannst du die wieder in Form bringen?«, fragte der Elf skeptisch.

»Uhhh, harte Nuss ... Is' verstärktes Titan, oder?«, fragte Haudrauf und musterte die Sachen mit gierigem Blick.

Aerthas nicke.

»Na ja, muss ich gucken ... werd's versuchen, aber kann dir nix versprech'n. Haste keine Waffe gehabt?«

»Doch ...«

Aerthas hatte eigentlich nicht vor, seinen wertvollsten Besitz in die Hände eines Trolls zu geben. Allerdings machte der Schmied einen fähigen Eindruck. Also zog er das Schwert aus der Scheide an seinem Gürtel und reichte es Haudrauf ebenfalls.

»Boah, das is' echt alt!«, rief dieser und griff eilig danach. »Schaff ich nich' bis heut Abend, wird 'ne ganze Weile dauern. Werd aber dranbleib'n. Uh ... wird mein größtes Werk! Echtes Adamant ... Hammerhart!«

Mit diesen Worten watschelte er zurück zu seinem Amboss.

Aerthas sah ihm verblüfft nach. Sollte es doch ehrenhafte Wesen unter dieser Rasse geben? Nun, er würde genug Zeit haben, das herauszufinden.

Schnell zog er die Rüstung über und trat dann zurück ins Freie, dankbar, die stickige Halle verlassen zu können.

Neu ausgerüstet, fühlte er sich gleich viel wohler. Er ging zum Übungsplatz, auf dem bereits einige Kämpfer ihr tägliches Training absolvierten. Es waren nicht wenige, die schon in diesen frühen Stunden fleißig an ihren Kampftechniken arbeiteten.

Auch hier war deutlich zu erkennen, dass der Clan der ›Angelus Mortis‹ eine sehr bunte Gemeinschaft war.

Sicher waren die meisten von ihnen Elfen, ganz wie Aerthas selbst: hochgewachsen, schlank und gleichzeitig muskulös, umgeben von einer anmutigen Ausstrahlung. Auch eine große Anzahl an Menschen erkannte er. Sie waren nicht schwer von den Elfen zu unterscheiden, waren sie doch meist von geringerer Körpergröße und ihre Ohren kürzer als die der Elfen. Einer von ihnen erregte dabei ganz besonders Aerthas' Aufmerksamkeit.

Eigentlich bestand kein Zweifel daran, dass es sich um einen Menschen handeln musste. Allein seine kurzen, runden Ohren wiesen darauf hin. Doch während Aerthas ihn beobachtete, wie er den Nahkampf mit einem dunkelhaarigen, vielleicht sechzehnjährigen Elfenmädchen übte, war er sich seines Eindruckes nicht mehr so sicher. Die Bewegungen waren zu fließend, seine Schultern zu breit, seine Haut zu fahl …

Er setzte sich an den Rand der Kampffläche und dachte über die letzten Tage nach.

Er war gestorben, so viel war klar. Die Kälte, die ihn seitdem ständig umflutete, ließ keinen Zweifel daran. Unbewusst legte er eine Hand an seine Brust, auf die Stelle, wo ihn die kalte Klinge von hinten durchbohrt hatte. Wäre der General ihm nicht zur Hilfe gekommen ...

Bis dahin hatte niemand um Oranos dunkles Geheimnis gewusst. Sicher, es hatte Gerüchte gegeben über einen längeren Zeitraum, in dem der General sich nicht in Hohenfels aufgehalten hatte – Gerüchte über Verrat, Tod und Wiederauferstehung. Aber als Orano nach einigen Monaten zurückgekehrt war, verstummten die Gespräche um ihn schnell. Zu viel Ehrfurcht und Respekt, welchen Orano bei seinen Untergebenen auslöste, ließen keine weiteren Mutmaßungen zu.

Nun hatte er sein wahres Gesicht gezeigt, nur um das Leben einer seiner Soldaten zu retten. Der General von Hohenfels verfügte anscheinend über eine Macht, die es schaffte, selbst dem Tod Einhalt zu gebieten.

Auch wenn Aerthas seinen Vorgesetzten nie richtig hatte leiden können – er stand jetzt tief in dessen Schuld.

Nach diesen Geschehnissen hatten sie das nächstbeste Lager angesteuert und waren damit direkt beim Clan seiner Schwester gelandet, die natürlich alles andere als begeistert von der Situation gewesen war.

Doch das, was ihn am meisten beschäftigte, war das Zusammentreffen mit Lysanna. Er hatte zwar während all der Jahre gehofft, sie irgendwann doch noch einmal wiederzufinden, wirklich daran zu glauben hatte er aber kaum noch gewagt. ›*Wenn ich gewusst hätte, dass ich nur sterben muss, um dich wiederzusehen ...*‹, dachte er belustigt.

Aber schon mit dem nächsten Gedanken verschwand das Lächeln von seinem Gesicht. Er *war* bereits einmal fast gestorben und hatte damals ebenfalls gedacht, er hätte sie gefunden. Vielleicht war diese Jägerin gar nicht die Waldläuferin, für die er sie hielt. Doch in der Tiefe seines kalten Herzens wusste er, dass er dieses Mal nicht irrte.

Als sie ihn berührt hatte, war etwas Seltsames passiert. Erst hatte ihn nur eine angenehme Wärme umgeben und war bis in sein Innerstes vorgedrungen. Doch dann hatte diese explosionsartig zugenommen, war zu einer erdrückenden Hitze geworden und hatte schließlich gedroht, ihn von innen heraus vollkommen zu verbrennen. Es war wie sein eigenes Sterben gewesen, nur irgendwie andersherum. Er hätte zu gern gewusst, was ihr widerfahren war.

»Hallo«, holte ihn eine zarte Stimme zurück in die Realität.

Das junge Elfenmädchen, das ihm vorhin beim Training schon aufgefallen war, stand vor ihm. Mit ihrem schwarzen, zum Zopf gebundenen Haar, der schmalen Gestalt und den markanten Wangenknochen erinnerte sie ihn an jemanden, doch er wusste nicht, an wen.

»Hallo«, erwiderte er freundlich.

»Du musst der Bruder von Tâlie sein, richtig?«, fragte sie und setzte sich neben ihn.

»Ja, das bin ich. Mein Name ist Aerthas. Darf ich auch den Euren erfahren, Mylady?«

»Ich heiße Fayori. Und bitte, sprich nicht so förmlich mit mir.« Sie lachte. »Ich bin alles andere als eine Lady!«

Natürlich, er hätte es sofort sehen müssen. Dunkle, leichte Kleidung, zwei Dolche am Gürtel, ein Tuch um ihren Hals … Es war so offensichtlich! Sie war eine Diebin, eine vom Untergrund, ein Kind der Straße.

»Ihr seid mit dem Trupp meines Vaters gekommen. Ist er auch noch im Lager?«, fragte sie ihn.

Verwundert blickte er die junge Elfe an. Ihm war nicht bekannt, dass einer der Soldaten eine Tochter hatte. Eigentlich waren seine Mitstreiter allesamt zu jung, um diesem Mädchen ein Vater sein zu können.

»Ich weiß nicht, wen du meinst«, antwortete er.

»Damit hätte ich rechnen müssen. Wahrscheinlich spricht er genau so selten über mich wie ich über ihn«, entgegnete sie immer noch lachend. »Ich meine den General.«

»Fayori, wir sind nicht zum Schwafeln hier! Schwing deinen Hintern zurück zum Training!«, rief jemand und kam langsam zu ihnen herüber. Es war der Mensch, den Aerthas zuvor so interessiert beobachtet hatte. Er hatte einen kräftig gebauten Körper, blondes Haar und trug wie Fayori die Kluft des Untergrunds.

Nun erkannte Aerthas auch, was ihm an diesem Mann so eigenartig vorgekommen war. Er war kein Mensch, er war ein Seelenloser. So nannte man diejenigen, die nach ihrem Tod weiterhin auf Erden wanderten. Sie besaßen nicht ihre eigene Seele, so wie Aerthas, sondern wurden nach dem Sterben neu geboren. Nur der Körper blieb derselbe, für immer so wie zum Zeitpunkt der Auferstehung. Dieser hier konnte noch nicht lange tot gewesen sein, zeigte er doch neben der fahlen Haut keine Zeichen der Verwesung.

»Oh Mann, er kann so anstrengend sein«, stöhnte das Mädchen und verdrehte demonstrativ die Augen.

»Der General ist dein Vater?«, fragte Aerthas sie, ohne dabei die Augen von dem Seelenlosen abzuwenden.

Sie nickte. »Und, ist er hier?«

»Ja. Ich glaube, er wird auch noch etwas bleiben.«

»Fein«, entgegnete Fayori und klatschte in die Hände.

Aerthas betrachtete immer noch den Mann, der ihn ebenfalls mit finsterem Gesicht anstarrte. Er war nicht der Erste heute, der ihm feindselige Blicke zuwarf. Auch andere Bewohner hatten ihn ähnlich angesehen auf seinem Weg durch das Dorf.

»Wie kommt es, dass du dich ganz ohne Hemmung zu mir setzt und mit mir sprichst? Andere in diesem Lager scheint meine Anwesenheit eher zu stören.«

Die junge Elfe folgte seinem Blick.

»Sedan schaut immer so grimmig«, erklärte sie mit leichtem Spott in der Stimme.

»Es ist nicht nur er«, erwiderte Aerthas.

»Kannst du es ihnen verdenken? Auch wenn es noch nicht offiziell ist, ein jeder hier weiß, welchen Posten Yokumo für dich vorgesehen hat.«

Überrascht sah er sie an.

Seinem Einführungsritual in den Rat hatten nur drei Leute beigewohnt: Yokumo selbst sowie seine Gemahlin Nikka und die Priesterin Holly als Zeugen des Rituals. Sie waren die Einzigen, die wussten, dass er als Yokumos rechte Hand und Stellvertreter fungieren sollte. Er selbst war dagegen gewesen, aber Yokumo war von dieser Idee nicht abzubringen. Aerthas Ausbildung in Hohenfels war dafür ausschlaggebend gewesen, genauso wie die Tatsache, dass er und Yokumo eine ganz ähnliche Art hatten, Dinge anzupacken – erst denken, dann handeln. Laut Tâlie eine Devise, die den meisten der Mitglieder eher fremd war.

Es hatte geheim bleiben sollen, bis Aerthas sich auch bei dem Rest des Rates einen Namen gemacht hatte. Doch anscheinend hatte irgendjemand die Informationen über seine neue Stellung an die Öffentlichkeit gebracht, noch bevor er die anderen Mitglieder überhaupt kennengelernt hatte.

»Der Platz an Yokumos Seite war sehr begehrt unter den Ratsmitgliedern, weißt du«, fuhr Fayori fort. »Sie verstehen nicht, dass nun ein vollkommen Fremder, der noch dazu aus der Garde des Prinzen stammt, sie in seiner Abwesenheit anführen soll.« Sie sah in prüfend an. »Doch ich glaube, sie werden zufrieden sein, wenn sie dich erst einmal kennenlernen. Du bist in Ordnung, ich habe ein Gespür für so was.« Bei diesen Worten boxte sie ihm spielerisch gegen den Arm.

Als Aerthas sie näher betrachtete, kam ihm ihre Frage nach Orano wieder in den Sinn. Jetzt, wo er wusste, wer sie war, stach ihm die Ähnlichkeit zu seinem früheren Vorgesetzten unverkennbar ins Auge. Es war reine Ironie, dass die Tochter des Generals von Hohenfels eine einfache Diebin war.

In diesem Moment trat der Seelenlose zu ihnen.

»Können wir endlich weitermachen oder brauchst du noch etwas Zeit für deinen neuen Freund?«, fragte er mit rauer Stimme.

Das Mädchen errötete. »Das ist Tâlies Bruder!«, rechtfertigte sie sich.

Aerthas erhob sich und streckte dem Fremden die Hand entgegen. »Aerthas Merinon.«

»Sedan Devillias«, antwortete dieser und schüttelte kurz die dargebotene Hand. »Freut mich, den neuen Liebling unseres Anführers kennenzulernen.« Dann wandte er sich wieder an Fayori. »Deine Pause ist vorbei.« Er griff nach ihrem Arm und zog sie mit sich.

Ohne Gegenwehr folgte sie ihm zurück auf den Kampfplatz. Dort ließ er sie los und entfernte sich einige Schritte. Diesen unbeobachteten Moment nutzte das Mädchen und drehte sich noch einmal um. Sie zog eine Grimasse in Sedans Richtung und winkte Aerthas zum Abschied zu, eh sie sich das Halstuch vor den Mund zog und sich ihrem Trainingspartner widmete.

Er sah den beiden noch eine Weile bei ihren Kampfübungen zu. Fayori war geschickt im Umgang mit ihren Dolchen und Sedan ein sehr guter Lehrer.

Oranos Tochter … Aerthas konnte es kaum glauben. Der General hatte nie von ihr gesprochen! Man hörte zwar unter den Legionen sehr wohl von seiner Gemahlin und auch der General selbst rühmte sich oft mit einer wahren Schönheit von Eheweib. Aber von einem Kind hatte Aerthas noch nie gehört.

›*Allgemein ein eigenartiges Mädchen*‹, dachte er.

Um nicht noch weiter darüber nachzugrübeln, welche Geheimnisse sein ehemaliger Befehlshaber noch haben mochte, erhob er sich und ging zurück zur Waffenkammer, um nachzusehen, ob der Schmied ein Schwert für ihn fertiggestellt hatte.

6

Aerthas

Die Dämmerung setzte gerade ein, als Aerthas am Eingang des Lagers ankam, wo sein Wachrundgang beginnen sollte.

Er wusste, dass er den Nachtdienst nicht allein verbringen sollte, doch konnte er nirgendwo einen weiteren Wächter sehen. Als er ein Geräusch zu seiner Rechten wahrnahm, legte er eine Hand auf den Griff seines Schwertes. Schmerzlich bemerkte er, wie fremd ihm diese neue Waffe vorkam.

Doch noch bevor er dazu kam, sie zu ziehen, sprang ihm eine weiße Kreatur entgegen und warf ihn auf den Rücken. Zwei gewaltige Tatzen drückten ihn zu Boden, während eine raue Zunge über sein Gesicht fuhr. Ein tiefes Schnurren drang aus der Kehle des mächtigen Tieres.

»Bella, lass das!«, rief eine lachende Stimme, die Aerthas sofort erkannte.

Die Tigerin gab ihn frei und sprang zurück neben ihre Herrin. Lysanna reichte ihm eine Hand und zog ihn vom Boden hoch.

Schnell klopfte er sich den Staub von der Rüstung.

»Warum liege ich Euch immer zu Füßen, wenn wir aufeinander treffen?« Er lachte ebenfalls.

»Wie meint Ihr das?« Lysanna sah ihn fragend an.

»Ach nichts, vergesst es. Seid Ihr es, mit der ich meinen ersten Wachdienst verbringen darf?«

»Es scheint so.« Sie musterte ihn kurz. »Kennt Ihr die Patroulliestrecken bereits?«

»Nein.«

»Gut, dann haben wir wenigstens etwas zu tun heute Nacht. Hoffentlich lassen uns die elenden Orks zufrieden, sodass ich Euch in Ruhe alles zeigen kann.« Dann sah sie zu der großen Katze, die immer noch zufrieden schnurrte. »Es ist selten, dass Bella *so* auf einen Fremden reagiert.«

Wieder schob sich die Tigerin zwischen die beiden und streckte Aerthas ihren Kopf entgegen.

»Sie scheint sich zumindest sehr über unseren gemeinsamen Dienst zu freuen«, fügte die Jägerin jetzt wieder lachend hinzu.

»Nicht nur sie«, erwiderte Aerthas leise und streichelte dem Tier über den massigen Kopf.

»Kommt, lasst uns zum Rundgang aufbrechen. Dabei können wir uns ein wenig unterhalten.«

Lysanna ging los, dicht gefolgt von Bella. Einen Moment noch genoss Aerthas den Anblick ihrer wiegenden Hüften und der langen Beine. Dann setzte er ihr mit großen Schritten nach, um nicht zurückzufallen.

Gemeinsam folgten sie einem ausgetretenen Pfad, der sich zwischen flachen Steinblöcken und verdorrten Büschen entlangschlängelte und das Dorf weitläufig umrundete.

»Nun, erzählt mir ein wenig über Euch, Aerthas«, begann Lysanna das Gespräch.

»Soweit ich weiß, seid Ihr die beste Freundin meiner Schwester. Wahrscheinlich wisst Ihr mehr über mich als ich selbst«, entgegnete er grinsend.

Sie seufzte. »Eure Schwester redet nicht viel, das müsstet Ihr doch wissen.«

»Da habt ihr wohl recht, Mylady.« Nervös fuhr er sich durchs Haar. »Also gut. Ich entstamme dem Haus der Merinons, eine seit Generationen hoch angesehene Familie und Mitglied der königlichen Leibgarde. In der Schwertkunst hat mich mein Onkel Aneas unterrichtet. Gleich nach Abschluss meiner Ausbildung in Hohenfels wurde ich in die Garde des Prinzen aufgenommen. Heute leite ich das dritte Regiment, bin direkt dem General unterstellt und ...«

»Danke, das reicht«, unterbrach sie ihn prustend. »Ich habe nicht um Euren Lebenslauf gebeten. Erzählt mir etwas von dem Mann *unter* der Rüstung.«

Er schwieg, sah sie an und für einen Moment trafen sich ihre Blicke. Auch wenn er diese Frau erst vor wenigen Tagen kennengelernt hatte, spürte er eine Vertrautheit zwischen ihnen. Er hatte das Gefühl, ihr alles erzählen zu können, was er anderen gegenüber verschwiegen hätte.

Und so begann er zu reden, während sie weiter über den trockenen Pfad wanderten. Er erzählte Lysanna von seiner Kindheit in

Hohenfels, wie er mit Tâlie durch die Straßen der Stadt getobt war und sie sich mit Holzschwertern bekämpft hatten, wie ihre Eltern sie schon so früh verlassen hatten und dass es fortan Tâlie gewesen war, die für ihn gesorgt hatte, obgleich sie bei Onkel und Tante aufgewachsen waren.

Weiter sprach er von seinen ersten Reitversuchen auf einem Esel, von den vielen Festen, an denen er hatte teilnehmen müssen und seiner geheimen Leidenschaft fürs Tanzen. Er redete über sein heimliches Kampftraining mit seinem Onkel Aneas und darüber, dass Tâlie fast durchgedreht wäre, als er ihr vom Abschluss seiner Kampfausbildung und seiner Aufnahme in die Armee erzählt hatte.

Immer wieder stellte Lysanna kleine Fragen, lachte über seine Schilderungen oder sah ihn gespannt an, wenn er vom Leben beim königlichen Heer erzählte. Als Letztes berichtete er von seinem Alltag in Hohenfels. Mit all dem Training, den Zwistigkeiten unter den Soldaten, all den Aufträgen, die er erhielt. Dabei stellte sich heraus, dass er sogar häufiger Kontakt mit Lysannas Familie hatte, die zu den wenigen verbliebenen Bogenbauern und Fleischlieferanten im Umland von Hohenfels zählte.

Tiefe Dunkelheit hatte sich mittlerweile über das Lager der ›Angelus Mortis‹ gelegt und der Mond hatte seinen höchsten Stand erreicht.

»Dann stammt Ihr also aus dem Laubschattenwald, Mylady? Das Geschlecht der Lohensans ist recht bekannt, doch in Zusammenhang mit Euch …«, versuchte Aerthas das Gespräch langsam auf

Lysannas Vergangenheit zu lenken, nachdem sie kurz stehen geblieben war und in die Nacht gelauscht hatte.

»Ich bin schon sehr lange nicht mehr zu Hause gewesen«, antwortete sie ausweichend und ging weiter.

»Euer Vater ist hoch geachtet unter den Waldläufern. Habt Ihr Euer Talent, mit dem Bogen umzugehen, von ihm?«

»Ja«, bestätigte sie lächelnd. »Nie werde ich vergessen, wie er mir meinen ersten Bogen gebaut hat. Ich habe ihm viel zu verdanken.«

»Ihr trainiert mit jeder Art Waffe, habe ich gehört.«

Lysannas Lächeln wurde etwas verlegen. »Das stimmt. Man sollte im Kampf fähig sein, mit allen Möglichkeiten zu arbeiten, die sich einem bieten. Wo Ihr gerade davon sprecht …« Sie zögerte, eh sie weitersprach. »Man sagt, Ihr seid ein exzellenter Schwertkämpfer.«

»Wäre ich das, dann würde keine Narbe an meinen letzten Kampf erinnern«, antwortete er bitter und stieß mit der Spitze seines Stiefels einen Stein beiseite, der auf dem Pfad lag.

Bella, der ein eintöniger Spaziergang zu langweilig war, sprang diesem sofort hinterher, in der Hoffnung, es könnte sich um ein kleines Beutetier handeln.

»Würdet Ihr mich trainieren?«, fragte Lysanna plötzlich.

»Natürlich, sehr gern«, antwortete Aerthas, womöglich etwas zu rasch. Er konnte seine Freude kaum unterdrücken. Gemeinsames Training würde gemeinsame Zeit bedeuten, und es gab nichts, was er lieber wollte. »Wenn Ihr möchtet, können wir gleich morgen früh anfangen.«

»Das klingt gut«, erwiderte sie und strahlte ihn an.

»Warum seid Ihr so weit weg von der Heimat? Ihr wäret sicher eine gute Hofjägerin für den Prinzen«, wechselte er nach einer Weile zurück zum eigentlichen Thema.

»Als ich ins kampffähige Alter kam, wurde mir ein Platz in den Trainingstruppen von Klingensang angeboten. Ich habe einige Jahre dort gelernt und bin dann eine Weile durch Elesztrah gezogen. Als ich zurück in die Heimat kam, habe ich in der Tat einige Zeit in Hohenfels gelebt, wenn ich auch eine etwas andere Position als die einer Hofjägerin innehatte. Doch ich habe mich entschieden, der Hauptstadt den Rücken zu kehren.«

Er spürte, dass mehr hinter dieser Entscheidung lag, als der bloße Drang nach einem Klimawechsel. »Und warum habt Ihr Euch einem Clan angeschlossen und seid nicht in die Wälder zu Eurer Familie zurückgekehrt?«, fragte er in der Hoffnung, mehr zu erfahren.

»Es ist zu viel geschehen in den letzten Jahren, das meine Eltern nicht verstehen«, erwiderte sie schwermütig.

»Wie meint Ihr das?«

»Nun, ich hatte eine ältere Schwester.« Sie hielt kurz inne. »Sie ist vor nicht allzu langer Zeit gestorben. Meine Eltern gaben mir die Schuld an ihrem Tod, womit sie auch nicht ganz unrecht hatten, und verstießen mich daraufhin.«

Bella, die bereits wieder von dem wehrlosen Steinchen abgelassen hatte, strich schnurrend an Lysannas Bein entlang, als wolle sie ihre Herrin trösten.

»Würdet Ihr mir erzählen, was geschehen ist?«, fragte Aerthas zögernd.

Noch bevor sie ihm antworten konnte, wurde ihre Unterhaltung gestört.

Zwei Männer traten um die nächste Biegung, wobei einer vom anderen gestützt wurde. Der torkelnde Gang zeigte deutlich, dass die Ursache dafür keine Verletzung war.

Als die beiden näher kamen, erkannte Aerthas in dem Betrunkenen seinen ehemaligen Befehlshaber.

»Guten Abend, General«, grüßte er förmlich und hob dabei zwei Finger an die Stirn.

»Sieh an, mein todgeweihter junger Hauptmann … und in welsch scharmanter Begleitung!«, gab Orano zurück.

Seine Stimme klang verwaschen und eine Fahne von schalem Wein ging von ihm aus. Er nahm seinen Arm von den Schultern des Soldaten, der ihn begleitete, und beugte sich in Lysannas Richtung.

»Meine Schöne, welsch Ehre, Euch zu sehen.«

Er griff nach ihrer Hand und wollte sie zu seinen Lippen führen, doch sie entzog sie ihm.

»Spar dir deine Worte.«

In ihren Augen mischten sich Ekel und Hass. Ohne mehr zu sagen, ging sie an ihm vorbei.

Doch so leicht ließ sich der General nicht beeindrucken. Als sie direkt neben ihm war, griff er plump nach ihrem Arm, zog sie grob zu sich heran und presste sie an sich, sodass ihre Gesichter einander ganz nah waren.

»Isch habe langsam keine Lust mehr auf diese Spielschen«, lallte Orano leise. Lauter setzte er hinzu: »Aerthas, nehmt den Soldaten und lascht die Lady un mich ein wenig allein!«

Dann grinste er Lysanna lüstern an. Sie wand sich in dessen Umarmung und versuchte ihn von sich zu schieben, doch der General verstärkte seinen Griff nur noch mehr.

Aerthas zögerte, hin- und hergerissen zwischen Pflichtgefühl und Beschützerdrang. Doch schnell stand für ihn fest, dass er Lysanna nicht mit Orano allein lassen würde.

Es war nicht zu übersehen, dass die Jägerin alles andere als angetan von dieser Begegnung war. Zusätzlich kannte er die Vorliebe des Generals für junge, gutaussehende Elfinnen und wusste, dass er sich ohne Rücksicht nahm, wonach es ihm gelüstete.

»Ich glaube, die Dame erwidert Eure Avancen nicht, General«, sagte er daher mit fester Stimme.

Orano sah ihn mit wildem Blick an und öffnete den Mund, um zu widersprechen. Doch noch bevor er etwas sagen konnte, sprang die weiße Tigerin mit einem Satz herbei und ließ ein lautes Brüllen hören. Der betrunkene General war so erschrocken, dass er seinen Griff lockerte. Lysanna schob ihn von sich, stieß ihn mit einem gekonnten Tritt in den Bauch nach hinten und er landete in dem vertrockneten Gebüsch, welches den Pfad an dieser Stelle säumte.

»Wenn du mich das nächste Mal berührst, wird es nicht nur ein Brüllen sein, was du von Bella bekommst«, sagte sie kühl.

Dann sah sie Aerthas an und mit mehr Milde in der Stimme meinte sie: »Danke für Eure Unterstützung. Unsere Schicht ist leider zu Ende, doch ich hoffe, wir können unsere Unterhaltung bald fortsetzen.«

»Die Hoffnung ist ganz meinerseits, Mylady.« Er verneigte sich leicht in ihre Richtung.

Dann schritt die Jägerin davon.

Schweren Herzens verzichtete Aerthas darauf, ihr zu folgen und näherte sich stattdessen dem General, der immer noch vergebens versuchte, sich aus dem Gestrüpp zu befreien. Auch wenn er nicht mehr seinem Kommando unterstand, empfand er es als seine Pflicht, Orano zu helfen. Aerthas streckte ihm eine Hand entgegen und zog ihn auf die Beine.

»Dieses Miststück ...«, nuschelte der General.

Er machte ein paar taumelnde Schritte nach vorn, schwankte und wäre fast gegen einen nah stehenden Fels geprallt, wenn Aerthas ihn nicht gehalten hätte.

»Hilf ihm«, wies Aerthas den Soldaten an, der immer noch unbeholfen neben ihnen stand. »Bring ihn ins Lager.«

»Ja, bring misch zurück. Und du, Aerthas, du besorgst mir einen Schlauch Wein.«

Aerthas wollte verneinen, doch Orano knurrte: »Das is' ein Befehl!«

Er sah dem torkelnden Paar zu, wie es in Richtung Lager davonging.

»Mehr Wein, pff«, murmelte Aerthas. »Als ob ich noch irgendeinem deiner Befehle gehorchen müsste. Du magst mein General gewesen sein, aber Gefolgschaft habe ich nur noch dem Clan zu leisten.«

Er sprach die Worte mehr zu sich selbst, als dass sie für Oranos Ohren bestimmt gewesen wären. Trotzdem machte er sich auf den Weg, etwas Wein zu besorgen.

Er war neugierig.

Natürlich wusste er, dass Orano kein Kostverächter war und keine Möglichkeit ausließ, eine schöne Elfe in sein Bett zu holen. Aber irgendetwas an der Situation war merkwürdig gewesen.

»Ich habe langsam keine Lust mehr auf diese Spielchen«, hatte Orano gesagt.

Was mochte das bedeuten?

Nun, vielleicht würde ja ein wenig mehr Wein Orano in redselige Stimmung versetzen.

7

Aerthas

Als er zum Lagerfeuer kam, saß Orano allein davor. Aerthas ging zu ihm und drückte ihm einen gefüllten Schlauch in die Hand. Begierig setzte Orano ihn an die Lippen und trank in großen Zügen. Dabei lief ein Teil des Weins an seinem Mund vorbei und rann sein Kinn hinab. Als er abgesetzt hatte, wischte er den Rest mit der Hand fort.

»Das habe ich gebraucht.« Er warf den leeren Schlauch zur Seite.

»Würdet Ihr mir bitte erklären, was die Szene vorhin zu bedeuten hatte?«, fragte Aerthas in herausforderndem Tonfall. »Ihr seid Gast in diesem Lager und solltet Euch auch dementsprechend benehmen!«

Orano lachte. »Ich glaube, Ihr vergesst, mit wem Ihr hier sprecht, Aerthas! Redet man so mit seinem Vorgesetzten?«

»Und Ihr vergesst, dass Ihr seit gestern nicht mehr mein Vorgesetzter seid. Wie Ihr wisst, habe ich mich den ›Angelus Mortis‹ angeschlossen und den Dienst unter Euch quittiert.«

»Ihr seid ein Deserteur, nichts weiter. Und gerade deswegen dulde ich es nicht, dass Ihr so mit mir sprecht!«

Aerthas nahm auf einem der halbierten Baumstämme Platz, die um das Feuer verteilt als Sitzbänke aufgestellt waren. Für einen Moment schwiegen beide Männer, doch dann ergriff Aerthas erneut das Wort. »Ich habe heute Fayori kennengelernt.«

Orano stöhnte auf.

»Ein nettes Mädchen«, sagte Aerthas und fügte hinzu: »Eine nette *Tochter*!«, während er Orano über das Feuer hinweg ansah.

»Sie hat es Euch also erzählt?«

»Wieso weiß niemand von ihr?«, fragte Aerthas. »Schämt Ihr Euch für sie?«

»Was?« Orano lachte. »Habt Ihr Euch das Mädchen einmal genauer angesehen? Sie ist eine wandelnde Schönheit und kämpft wie eine Amazone. Nein, schämen muss man sich für sie wahrlich nicht.«

»Wieso verheimlicht Ihr sie dann?«

»Ich verheimliche sie nicht! Ich spreche nur nicht über sie. Und das nur, weil ich sie beschützen will. Wisst Ihr, Aerthas, ich habe nicht nur Freunde ...«

Jetzt war es Aerthas, der lachen musste. »Ihr seid der Anführer der Stadtwache von Hohenfels, die rechte Hand des Prinzen. Ich kann mir sehr gut vorstellen, dass Ihr einige Feinde habt.«

Orano sah ihn finster an und sofort verstummte sein Lachen.

»Ich glaube, es übersteigt Eure Vorstellungskraft, welch Feinde ich wirklich habe«, brummte Orano zynisch. »Was genau glaubt Ihr eigentlich, über mich zu wissen, Hauptmann?«

»Nun …«, überlegte Aerthas. Er sah ins Feuer und dachte kurz über die Gerüchte nach, die in Hohenfels kursierten. Laut sagte er: »Es wird so einiges über Euch erzählt. Man spricht von großartigen Kämpfen, glorreichen Siegen und blutigen Schlachten, die Ihr geschlagen habt. Man munkelt von vielen Frauen an Eurer Seite und … nun ja …«

Aerthas zögerte. Er wusste nicht, ob er den nächsten Satz so einfach aussprechen konnte. Doch was hatte er schon zu verlieren?

»Und man spricht von einer ganz besonderen Frau – Eurer Gemahlin, die auch die Ursache für Eure lange Abwesenheit von Hohenfels gewesen sein soll.«

»Ihr scheint gute Ohren zu haben.«

Aerthas wusste nicht, ob dies als Kompliment gemeint war.

»Ja, im Großen und Ganzen beschreibt das mein Leben«, bestätigte Orano. »Ein großer Kämpfer, erfolgreich in der Schlacht, schnell aufgestiegen im Heer des Prinzen. Und zum Schluss zu Fall gebracht von einer Frau.«

Orano verfiel wieder in Schweigen.

Aerthas wartete einen Moment, jedoch schien der General nicht gewillt zu sein, noch mehr Details seiner Vergangenheit preiszugeben. Also änderte er seine Taktik. Er griff an seinen Gürtel, wo ein weiterer mit Wein gefüllter Schlauch befestigt war, löste diesen und reichte ihn dem General.

Er wartete, bis Orano einige Schlucke getrunken hatte, und fragte dann: »Diese Frau, wer war sie? Ich war zu jener Zeit im Süden stationiert und habe von den Geschehnissen in Hohenfels so gut wie nichts mitbekommen.«

»Oh Aerthas, ich glaube, Ihr könnt Euch das bereits vorstellen, nachdem Ihr den Abend mit ihr verbracht habt. Ich wüsste gern, was sie Euch erzählt hat …«

Aerthas stockte. »Die Jägerin?«, fragte er.

»Genau die! Lysanna Lohensan, oder viel mehr Lady Lysanna Rakenshar«, antwortete der General.

Aerthas konnte kaum glauben, was er da hörte. »Dann ist Fayori die Tochter von Euch und …«

»Lysanna, ganz recht.« Orano grinste jetzt. »Überrascht?«

In Aerthas' Kopf kreisten die Gedanken. Die Frau, in die er sich als junger Kommandant verliebt hatte, die er nur ein einziges Mal gesehen hatte und die er nun wiedergetroffen hatte – war verheiratet! Und das ausgerechnet mit dem Mann, für den er in die todbringende Schlacht geritten war und dem er dieses zweite, kalte Leben verdankte.

»Ihr seht erschrocken aus, Aerthas. Könnt Ihr Euch nicht vorstellen, dass ich eine so schöne Frau mein Eigen nenne?«, fragte Orano in überheblichem Tonfall.

»Sie hat sich vorhin nicht gerade so verhalten, wie man es von einer liebenden Gemahlin erwartet, oder?«, entgegnete Aerthas sarkastisch.

»Pah!«, erwiderte Orano hicksend. »Sie wird schon zu mir zurückkehren, irgendwann.«

»General, erklärt mir das Ganze. Ihr spracht davon, dass Ihr von einer Frau verraten wurdet, von Lysanna. Und doch ist sie die Mutter Eurer Tochter und Ihr wollt, dass sie zu Euch zurückkehrt. Habe ich das richtig verstanden?«

»Das habt Ihr. Sie ist Fayoris Mutter und mein angetrautes Weib – auch wenn sie das im Moment gern verleugnet. Was schaut Ihr denn so ungläubig?«

»Ich bin nur etwas verwirrt. Erklärt es mir«, bat Aerthas nochmals.

»Ich weiß zwar nicht, was Euch das angeht«, erwiderte Orano, »aber vielleicht ist es wirklich an der Zeit, mir die traurige Geschichte meines Lebens einmal von der Seele zu reden. Auf dass sie der Nachwelt berichtet werden kann.« In seiner Stimme klangen gleichzeitig Wehmut und Belustigung. »Die Geschichte, die ich Euch erzählen will, beginnt vor etwa sechs Jahren. Damals war ich Anführer des Clans der ›Obscuritates‹. Ihr habt vielleicht schon von ihnen gehört?«

»In der Tat, das habe ich.« Aerthas lief ein Schauer über den Rücken. Wann immer man von diesem Clan sprach, tat man es nur hinter vorgehaltener Hand. Er bestand aus Mördern, Dieben und Verbrechern und stellte seine Kampfkraft stets demjenigen zur Verfügung, der am meisten dafür bezahlte.

Orano schien seine Gedanken lesen zu können. »Heute redet man schlecht über diesen Clan. Aber damals, unter meiner Führung, bestand er aus einer erlesenen Auswahl von exzellenten Kämpfern, Magiern und Hexen, die sich einzig dem Schutz der königlichen Familie von Hohenfels verschrieben hatten. Ich selbst habe die meisten der Mitglieder persönlich ausgewählt und weite Strecken auf mich genommen, um sie zu finden. Dabei traf ich eines Tages auch auf Lysanna. Sie wurde mir von einem Söldner als herausragende Schützin empfohlen und so sah ich mir die junge Elfe einmal persönlich an. Schon als ich sie zum ersten Mal sah, wusste ich: Das ist die Frau, die an meine Seite gehört. Diese Schönheit, diese Figur, dieser kesse Blick! Dazu noch klug, abenteuerlustig und ein Lächeln zum Niederknien«, schwärmte Orano.

Aerthas nickte zustimmend. Der General beschrieb genau die Frau, die ihm vor über zehn Jahren im Wald vor die Füße gestolpert war. Er erinnerte sich zu gut an diese Begegnung mit der Jägerin und noch immer konnte er nicht glauben, dass der Zufall sie wieder zueinander geführt hatte, nachdem die Suche nach ihr stets erfolglos geblieben war. Dass er jetzt endlich ihren Namen kannte und sogar die letzten Stunden hatte mit ihr verbringen dürfen, war schon seltsam.

In diesem Moment war er sehr dankbar dafür, dass der Schein des Feuers sein Gesicht nicht erreichte und er Orano sein Lächeln nicht erklären musste.

Dieser setzte seine Erzählung fort. »In den vielen Stunden, die wir nach ihrer Aufnahme in meinen Clan miteinander verbrachten, wuchs unsere Zuneigung füreinander immer mehr. Wir verliebten uns ineinander. Und nach nur wenigen Monaten bat ich sie, meine Frau zu werden. Glaubt Ihr das? Sie sagte tatsächlich Ja. Dies war wohl der glücklichste Augenblick in meinem Leben.«

Für einen Moment schwieg der General, dann sprach er in ernsterem Ton weiter.

»Es waren harte Zeiten, damals in Elesztrah. Während Hohenfels sich nach den Trollkriegen zu neuer Blüte aufgeschwungen hatte, herrschte in weiten Teilen des Landes Armut und Verdruss. Von außen wurde es immer wieder von Orks und Trollen attackiert und innen brodelten Unzufriedenheit und Rebellion. Untergrundorganisationen bedrohten jeden Tag aufs Neue das Leben des Prinzen und seiner Familie.«

Aerthas hatte davon gehört. Kurz vor Oranos Verschwinden hatte es mehrere Anschläge auf den Hochadel von Hohenfels gegeben. Holly, die eine entfernte Verwandte des Prinzen und eng mit dessen Schwester befreundet war, hatte ihm davon berichtet.

Orano sprach indes weiter. »Der Prinz erkannte mein Potential und das meiner Männer. So erhob er mich in den Stand des Generals. Fortan hatte ich nicht nur die Krieger meines Clans, sondern auch die Wachen der Stadt und die gesamte höfische Garde zu koordinieren. Das verlangte meine Anwesenheit sowohl in den Grenzgebieten als auch in der Hauptstadt. Ich musste Lysanna oft allein in Hohenfels zurücklassen, was sich später als Fehler herausstellte. Denn in jenen Tagen lernte sie diesen elenden Mitzum kennen!«

Als würden sich die Elemente an diesen Moment erinnern, fuhr ein plötzlicher Windstoß durchs Feuer und ließ es hell auflodern. In Oranos Gesicht konnte Aerthas blanke Wut erkennen.

»Diese Begegnung hat alles, wovon ich je geträumt habe, zunichte gemacht. Mitzum war ein Mensch der übelsten Sorte, ein Bandit, ein Verbrecher. Er arbeitete für den Untergrund und war damit beauftragt, Hohenfels zu infiltrieren. Es ist leicht nachzuvollziehen, dass er sofort begann, um Lysannas Gunst zu werben. Wie hätte man besser etwas über die Verteidigungsstrategie des königlichen Heeres in Erfahrung bringen können als über die Verlobte des Generals?«

»Moment!«, unterbrach Aerthas Oranos Redefluss. »Ihr sagt, er war ein Mensch? Der Prinz duldet keine Menschen in seinem Land!«

»Das stimmt. Mitzum lebte unerkannt dort. Soweit ich herausgefunden habe, wurden seine Eltern getötet und ein Elfenpaar, das sein eigenes Kind im Krieg verloren hatte, nahm sich seiner an. Elfen- und Menschenkinder entwickeln sich recht ähnlich. Daher war es wohl mit ein wenig Maskerade eine Zeit lang kein Problem, den Jungen in Hohenfels aufwachsen zu lassen. Später tauchte er unter und schloss sich den Abtrünnigen an, die in den Gewölben unter Hohenfels gegen den Prinzen intrigierten. Eine passende Umgebung für diese Ratte, wenn Ihr mich fragt. Doch wann immer sich eine Möglichkeit bot, kam er aus seinem Loch gekrochen und schnüffelte in den Reihen der Adeligen herum, wobei er auch auf meine geliebte Verlobte stieß.«

Orano grunzte und spuckte auf den Boden vor sich.

»Er füllte ihren Kopf mit absurden Gerüchten über einen von mir geplanten Verrat an der Krone. Sie vertraute mir, erzählte mir von ihrer neuen Bekanntschaft und den haarsträubenden Geschichten. Natürlich zerstreute ich diese Gerüchte sofort. Ich weiß nicht, welch finstere Lügen ihr dieser Bastard noch eintrichterte, aber in den folgenden Wochen bemerkte ich, dass sich die Schöne immer mehr von mir entfernte. Ich konnte das nicht zulassen! Ich musste sie schützen, sie an mich binden. Sie gehört doch an meine Seite. Wir sind füreinander bestimmt, versteht Ihr?«

Es war ein Flehen, was jetzt in Oranos Augen lag, als er ihn über das Feuer hinweg ansah.

Aerthas erwiderte nichts, wartete nur darauf, dass der General weitersprach.

»Das tat ich dann auch. Am Tag unserer Hochzeit ging sie nicht nur den Bund der Ehe mit mir ein, sondern auch eine noch tiefere Verbindung, die unsere Seelen untrennbar miteinander verknüpfen sollte. Doch auch das half nichts. Selbst nach dieser Weihung spürte ich, wie die Distanz zwischen uns immer größer wurde, obwohl ich alles tat, um sie von Mitzum fernzuhalten. Sie zog sich mehr und mehr zurück, in ihr Zimmer und in sich selbst. Und so wie sie sich von mir entfernte, erstarkten Mitzums Bemühungen, gegen mich vorzugehen.«

Orano griff zu dem Schlauch Wein und leerte ihn, bevor er weitersprach.

»Dann traf er mich an meiner empfindlichsten Stelle. Er entführte Lysanna. Natürlich war es ein Leichtes für mich, herauszufinden, wo er sie hingebracht hatte. Weit weniger einfach war es, sie dort wieder herauszubekommen. Er hatte sich im dichten Teil des ›Klagenden Hains‹ verschanzt, dem Waldgebiet südlich der Netherburg, das heute gänzlich unter der Herrschaft von Fürstin Lawinia steht. Die Beziehungen zwischen dem damaligen König und dem Prinzen waren kompliziert, sodass ich nicht ohne Weiteres unter königlichem Banner in dieses Land einmarschieren und mein Weib zurückfordern konnte. Ich ließ also die Männer meines Clans sammeln und zog Mitzum entgegen. Ich musste Lysanna einfach befreien! Zu diesem Zeitpunkt war sie mir wichtiger als meine Verpflichtung dem Prinzen gegenüber. So kam es zur Schlacht.«

»Ich habe davon gehört, auch wenn mir der Grund bisher nicht bekannt war«, unterbrach Aerthas die Erzählung des Generals.

»Ich war noch Offizier und befehligte damals einen Teil des Heeres, welches an den südlichen Grenzen zu Shazar-Grohn, dem Land der Orks, patrouillierte. Diese Schlacht, von der Ihr sprecht, ist mir bekannt. Es soll ein wahres Gemetzel gewesen sein und kaum einer soll es überlebt haben. Auch Ihr seid damals nicht zurückgekehrt – wenn man dem glauben darf, was sich erzählt wird …«

»Das ist richtig. Aber lasst mich fortfahren. Unsere Männer trafen also im Hain aufeinander. Es war ein wirklich harter Kampf, konnten sich die Gesetzlosen ja den Schutz der Bäume zunutze machen. Ich hielt die Augen offen und stets Ausschau nach Mitzum. Irgendwann fand ich ihn dann auch, versteckt in der Mitte seiner Soldaten. Wie ein Feigling ließ er sich beschützen. Ich forderte ihn zum Zweikampf. Und ich hatte ihn fast geschlagen. Er lag unter mir, winselte um Gnade, während mein Schwert genau auf sein Herz gerichtet war. Ich brauchte nur noch zuzustoßen …«

Orano hatte die Augen geschlossen und Aerthas hatte das Gefühl, der General würde in Gedanken noch einmal jenen Moment des Triumphs auskosten.

»Doch weiß der Himmel, warum – ich hielt inne. Vielleicht bin ich tief in mir doch kein so übler Kerl, wie alle immer behaupten. Es ist wohl auch dieser Teil von mir, den Lysanna so liebt«, stellte Orano fest und gab ein grunzendes Geräusch von sich.

»Geliebt hat«, korrigierte Aerthas, was ihm einen scharfen Blick des Generals einhandelte.

Er befürchtete schon, er wäre mit dieser Provokation zu weit gegangen, doch Orano erzählte weiter.

»Jedenfalls zögerte ich zu lange. Und dann passierte das, was ich bis heute nicht verstehe. Ich starb. Es war nur ein kurzer Schmerz im Rücken. Heute weiß ich, dass es ein Dolch war, der mich getroffen hatte – Mitzums Dolch, geführt von meiner Liebsten. Danach folgten nur noch Kälte und Dunkelheit.« Orano seufzte. »Mir ist nicht viel über die Zeit meiner Abwesenheit bekannt. Aber ich habe erfahren, dass meine Liebste bei diesem Verräter blieb, Hohenfels mit ihm gemeinsam verließ und irgendwann später Mitglied dieses Clans wurde.«

Orano kickte mit dem Fuß gegen den leeren Weinschlauch zu seinen Füßen.

»Hättet Ihr nicht ein paar mehr davon mitbringen können?«

»Nein«, erwiderte Aerthas. »Ich denke, die zwei waren mehr als genug, bei dem, was Ihr vorher schon in Euch geschüttet haben müsst.«

»Nun, das sehe ich ein wenig anders.« Der General erhob sich, taumelte einen Moment, fing sich dann aber wieder. »Ich werde mal für Nachschub sorgen.« Mit relativ sicherem Gang setzte er sich in Richtung des Vorratslagers in Bewegung.

Aerthas war überrascht, wie dieser Mann nach mehr als zwei Schläuchen Wein noch geradeaus gehen konnte. Doch wahrscheinlich gehörte es dazu, wenn man ein ganzes Heer befehligen sollte, nicht nur widerstandsfähig im Kampf, sondern auch gegenüber dem Alkohol zu sein.

Er sah dem breit gebauten Elfen nach, bis er ganz in der Dunkelheit verschwunden war. Dann senkte er den Kopf und stützte ihn in seine Hände.

Es war so viel, was er heute erfahren hatte. Und mindestens die Hälfte davon hätte er am liebsten wieder vergessen.

Er hatte in Orano stets einen harten und eiskalten Krieger gesehen, der bereit war, für Macht alles zu tun. Doch heute Abend hatte ihm dieser noch ein ganz anderes Gesicht gezeigt: ein fürsorgliches, ein hingebungsvolles, das sich nicht scheute, für andere Opfer zu bringen.

Auf der anderen Seite dachte er an die schöne Lysanna, der er trotz ihrer harten Schale nichts Böses zutraute – und die doch ihren eigenen Ehemann so schändlich verraten haben sollte. Am verwirrendsten war jedoch das Gefühl, das in Aerthas Brust tobte. Es war nicht Mitleid für den General oder Abneigung gegenüber der Tat der Jägerin. Vielmehr brodelte wilde Eifersucht in seinem Inneren.

Seit zehn Jahren geisterte Lysanna durch seine Fantasie. So oft hatte er sich ausgemalt, wie ein erneutes Treffen sein würde und heute hatte sich gezeigt, dass die Frau seiner Träume bereits einem anderen gehörte … oder vielmehr zwei anderen! Sein Magen zog sich zusammen bei dieser Vorstellung.

Jäh wurde er aus seinen Gedanken gerissen, als Orano zum Feuer zurückkehrte. In jeder Hand hielt er einen weiteren Schlauch Wein. Einen davon warf er Aerthas zu.

»Solch traurige Geschichten begießt man entweder mit heißen Tränen oder mit kühlem Wein. Ich bevorzuge Letzteres!« Der General grinste.

Entgegen seiner sonstigen Vorsätze öffnete Aerthas den Schlauch und trank. Vielleicht konnte der Wein seine trüben Gedanken verdrängen und das stechende Gefühl in seinem Herzen besänftigen.

Plötzlich fiel ihm etwas ein, das Oranos ganze Geschichte infrage stellte.

»General …«, sagte er an diesen gewandt. »Eine Sache ist mir noch unklar. Ihr sagtet, Fayori sei die Tochter von Euch und Lysanna. Die große Schlacht im ›Klagenden Hain‹ ist etwa drei Jahre her. Fayori allerdings ist mindestens sechzehn!«

Orano lachte. »Sie ist ein bemerkenswertes Mädchen, nicht wahr? Nun, dass sie so schnell erwachsen wurde, liegt wohl daran, dass sie kein normales Elfenmädchen ist. Sie ist kein Kind der Liebe, genährt und geboren von einer sorgenden Mutter. Sie ist ein Kind der Magie, geschaffen von einer großartigen Hexe. Lysanna trug Fayori bereits in sich, als ich starb, ungefähr schon einen Monat lang. Ich wusste davon, sie allerdings nicht. Doch lasst mich etwas ausholen, damit Ihr versteht. Bis zu meiner Rückkehr verging einige Zeit. Es war niemand anderes als Lysannas Schwester, die mich zurück in diese Welt holte. Auch sie gehörte den ›Obscuritates‹ an, doch fand sie den Platz in meinen Reihen nicht wegen ihrer Kampfkunst – sie war ebenso eine ausgebildete Jägerin wie Lysanna –, sondern wegen der magischen Aura, die sie umgab und die sie in meinem Clan zu nutzen lernte. Außerdem hatte sie noch andere Qualitäten, wegen derer ich sie gern um mich hatte. Ihr versteht?«

Der Tonfall, in dem Orano das sagte, ließ keine Zweifel daran, um was für Qualitäten es sich handeln musste.

›*So viel zum treuen, liebenden Ehemann*‹, dachte Aerthas bei sich.

»Sie war es jedenfalls«, setzte Orano fort, »die meinen toten Körper vom Schlachtfeld barg und einen Ritus ersann, um mich wiederzuerwecken. Wie sie mir später berichtete, war dafür allerdings ein Teil meiner Seele nötig, der diese Welt noch nicht verlassen hatte. Wo anders hätte sie suchen sollen als bei meinem ungeborenen Kind? Lysanna hätte ihr das Kind jedoch nie freiwillig überlassen. Es war sogar fragwürdig, ob sie einen Sprössling aus meinem Schoß überhaupt austragen würde, wenn sie die Schwangerschaft bemerkte. Also raubte ihre Schwester das Kind, noch bevor es geboren wurde und noch eh die Schöne etwas von dem wachsenden Leben in sich bemerkte. Die Hexe schuf eine magische Blase, in der das Baby weiter wachsen und sie gleichzeitig Einfluss auf den Zeitpunkt der ›Geburt‹ nehmen konnte. Exakt ein Jahr nach meinem Tod ließ sie im Rahmen des Ritus die Blase platzen, Fayori wurde geboren und holte mich damit zurück in diese Welt. Leider blieb mir nicht viel Zeit, das Vatersein zu genießen. Schon wenige Tage nach Fayoris Geburt erfuhr Mitzum von meiner Rückkehr. Ebenfalls blieb ihm die Tatsache, dass Lysannas Schwester und ich ein Kind haben sollten, nicht verborgen. Nur um mich ein weiteres Mal zu verletzen, raubte er mir meine Tochter und legte sie, unwissend über ihre wahre Herkunft, in Lysannas Arme. Als ich sie einige Tage später wiedersah, hatte sie bereits den Körper einer Dreizehnjährigen und ein Wissen, das dieses Alter noch weit überstieg. Ich kann nur spekulieren, dass es ein Rest der Magie war, die sie schon als Ungeborene hatte wachsen lassen. Fayori selbst sagt, sie hätte sich entschieden, so schnell zu altern, um in dieser Welt besser bestehen zu können. Manchmal sagt sie sogar, sie hätte es getan, um ihrer Mutter und Mitzum im Kampf beizustehen, den sie noch immer gegen mich führten.«

»Als ich heute Nachmittag mit ihr sprach, klang es aber nicht so, als wäre sie Euch Feind«, sprach Aerthas mit vom Wein bereits schwerer Zunge. Sein Kopf fühlte sich an, als wäre er in einen tiefen Nebel getaucht.

»Das ist sie auch nicht. Ich glaube, sie weiß selbst nicht so ganz, wo sie in dieser Welt hingehört – ob an die Seite ihrer Mutter oder an die meine. Wie dem auch sei, irgendwann wird sie sich entscheiden müssen. Und wenn dieser Tag gekommen ist, werde ich sie mit offenen Armen empfangen oder ihr mit erhobenem Schwert gegenüberstehen. Aber dieser Tag ist noch lange hin.«

Aerthas überlegte, ob Orano fähig wäre, seine eigene Tochter zu töten, wenn sie sich in einer Schlacht gegen ihn stellte. Gestern noch hätte er es sofort bejaht. Doch nach dem, was er heute erfahren hatte, war er sich nicht mehr sicher. Anscheinend schien der General doch ein Herz zu besitzen.

»So, Hauptmann«, sagte Orano, dem die Worte mittlerweile nur noch sehr langsam und verwaschen über die Lippen kamen. »Ihr gehört nun zum ausgewählten Kreis derjenigen, die um meine düstere und traurige Vergangenheit wissen. Ihr solltet Euch geehrt fühlen! Wie wäre es jetzt, wenn zur Abwechslung Ihr ein wenig mehr von Euch preisgebt? Was ist Euer ›Dunkles Geheimnis‹?«

Aerthas schwieg. Er setzte den Schlauch Wein an die Lippen und stellte überrascht fest, dass dieser bereits leer war. Den Schlauch noch in der Hand haltend, stand er auf, der Kopf müde von den Erkenntnissen der vergangenen Nacht, die Zunge locker vom Alkohol.

Er sah Orano an und sagte: »Mein dunkelstes Geheimnis? Ich glaube, ich liebe Eure Gemahlin!«

Dann drehte er sich um und verließ den Feuerplatz.

Warm schien ihr die Sonne ins Gesicht. Lysanna erwachte und räkelte sich unter den Fellen, die ihr nachts als Decke dienten. Sie reckte und streckte sich, blinzelte und schaute durch das Fenster auf den Himmel nach draußen.

Es war ein schöner Morgen. Die Sonne schien. Die Wolken, die seit Wochen den Himmel verborgen hatten, waren verschwunden. Bald schon würde die Trockenzeit beginnen und Kambrion erneut in eine staubige Wüste verwandeln.

Noch einmal schloss Lysanna die Augen. In Gedanken kehrte sie zum Traum der vergangenen Nacht zurück.

Wie so oft in letzter Zeit, wenn sie schlief, hatte Mitzum sie besucht. Niemals sprachen sie miteinander, sie saßen sich stets nur gegenüber und sahen einander an. Doch der Blick in seinen Augen sagte mehr als tausend Worte. Er gab ihr Mut, drängte sie, in ihrem Bemühen, ihn zu finden, nicht aufzugeben. Es machte sie glücklich, dass er da war, wenn auch sein Anblick sie sehr besorgte. Er sah schlecht aus, mitgenommen und abgemagert. Aber solange sie ihn in ihren Träumen sehen konnte, wusste sie zumindest, dass er lebte und dass die Hoffnung, ihn zu finden, nicht vergebens war.

Als sie Geräusche von draußen hörte, wurde sie vollends in die Realität zurückgerissen. Sie stand auf und ging leise zur Tür, schob das Fell vor dem Eingang beiseite und spähte hinaus.

Ein Stück von der Hütte entfernt standen Fayori und Sedan. Der Seelenlose sagte etwas, was sie nicht verstand, und ihre Tochter kicherte. Unbemerkt nahm Lysanna sich einen Moment Zeit und beobachtete die beiden.

Vier Jahre war es jetzt her, dass sie dem Mädchen das erste Mal begegnet war. Als Mitzum die Kleine zu ihr gebracht hatte, war sie fünf gewesen. Zumindest hatte Lysanna das damals geglaubt, bis Mitzum ihr erklärt hatte, dass sie noch ein Baby gewesen war, als er sie vor einigen Tagen gefunden hatte.

Sicher waren die Elfen ein durch und durch magisches Volk, doch normalerweise wuchsen ihre Kinder in der gleichen Geschwindigkeit heran wie auch die der Menschen. Erst mit ihrem achtzehnten Lebensjahr verlangsamte sich ihre Alterung, sodass Elfen mehrere hundert Jahre leben konnten. Von einer Elfe, die schneller wuchs, hatte zuvor niemand etwas gehört.

Nur kurze Zeit nach Fayoris Eintreffen war Orano zu ihnen gekommen. Er hatte ihr erklärt, wer das Mädchen wirklich war und wollte Mutter und Tochter mit sich nehmen.

Erst letzte Nacht hatte sie die Macht, die er noch immer über sie besaß, spüren können. Die Hitze in ihrem Inneren war sofort aufgelodert, als sie sich gegen ihn gewehrt hatte. Doch anders als früher war sie heute fähig, sich dagegen zu wehren. Damals wäre sie ihm sofort gefolgt, hätte sich Fayori nicht schützend und mit Mitzums Dolch bewaffnet vor sie gestellt. Nach diesem Aufeinandertreffen hatte Fayori im Körper einer Dreizehnjährigen aufgehört, so rasend schnell zu altern. Die Gründe dafür mochte nicht einmal die junge Elfe selbst kennen.

Es war Lysanna immer sehr schwergefallen, in dem Mädchen mehr zu sehen als eine kleine Waise, die sie aufgenommen hatten. Auch heute noch konnte sie sich nicht wirklich als Mutter betrachten, auch wenn Fayori sie in schweren Zeiten manchmal so nannte. Sie empfand sehr viel für die junge Elfe, doch war es eher eine Liebe, wie man sie einer Schwester entgegenbrachte.

Es war in den Zeiten, in denen sie lebten, auch nicht ungewöhnlich, dass große Schwestern von den Kleinen als Mutter bezeichnet wurden. Sie konnte sich gut daran erinnern, wie viele ihrer Freunde ihre Eltern zu früh im ›Großen Krieg der Trolle‹ verloren hatten und wie in vielen Familien die älteren Mädchen plötzlich die Mütter ersetzten.

Ihre Gedanken glitten zurück zur vergangenen Nacht. Auch Aerthas war eines dieser Kinder und Tâlie eine dieser großen Schwestern …

Mit einem Mal fiel ihr ein, dass sie ja verabredet war.

Lautlos zog sie sich ins Innere der Hütte zurück. Sie ging zum Bett und kniete neben einer großen Kiste nieder, die danebenstand. Darin bewahrte sie all ihre Habseligkeiten auf. Neben verschiedener Kleidung und Rüstung enthielt die Truhe auch Dinge, die ihr wichtig waren – zum Beispiel ein altes Hemd von Mitzum, an dem sie noch immer einen Hauch seines Duftes wahrnehmen konnte. Oder aber auch die Waldläufermaske, die sie in den unbeschwerten Tagen getragen hatte, als sie noch als Jägerin durch den Laubschattenwald gezogen war.

Das alles schob Lysanna jetzt aber zur Seite und überlegte, was sie zum Training mit dem Schwert am besten tragen sollte. Sie hatte keine Lust, sich schon in der ersten Stunde eine tiefere Verletzung zuzuziehen. Da sie aber keine Rüstung aus Eisen besaß, fischte sie neben einem weißen Leinenhemd und einer braunen Lederhose den dicksten Lederharnisch heraus, den sie hatte. Dazu noch passende Stiefel und Handschuhe. Sie schloss den großen Deckel wieder und schlüpfte dann in die ausgewählte Kleidung, wobei sie die Handschuhe vorerst am Gürtel befestigte.

Als sie fertig bekleidet war, fiel ihr Blick auf den großen Spiegel in der Ecke des Raumes. Er war solide gearbeitet, mit einem schlichten Silberrahmen. Sicher hatte ihn der Ork, der hier einst gehaust hatte, aus einem Menschendorf gestohlen. Nur ein einzelner Riss zog sich quer über die Spiegelfläche.

Diese Beschädigung war erst wenige Tage alt. Eines Abends, als Lysanna es nicht mehr hatte ertragen können, der blassen, dunkelhaarigen Gestalt darin aufs Neue erklären zu müssen, dass es weder von Mitzum noch von dessen Entführer eine Nachricht gab, hatte sie mit der blanken Faust versucht, dieses traurige Abbild ihrer Selbst loszuwerden. Doch das Resultat war leider nur ein Riss im Spiegel und eine Schnittwunde quer über ihre Fingerknöchel gewesen.

Sie betrachtete sich einen Moment, griff dann zu einer Bürste, die auf der Kommode neben dem Spiegel lag, und strich damit langsam durch ihr dichtes, schwarzes Haar. Wie so oft versuchte sie auch heute, noch eine Spur des strahlenden Rots zu entdecken, welches früher ihr Haupt geziert hatte. Doch vergeblich – die Dunkelheit, die seit Mitzums Verschwinden in ihrem Herzen wohnte, hatte ihr Haar vollkommen überdeckt.

Seufzend legte sie die Bürste beiseite und fasste gleichzeitig einen Entschluss. All dieses Selbstmitleid, all diese Vorwürfe brachten sie keinen Schritt weiter. Sie kannte ihr Ziel und würde unter allen Umständen an diesem festhalten.

Sie warf noch einen letzten Blick auf die blasse Frau im Spiegel, dann verließ sie die Hütte. Immer noch standen Fayori und Sedan in der Nähe und unterhielten sich.

»Guten Morgen!«, rief sie den beiden zu, als sie die Stufen vor der Hütte hinabstieg.

Fayori drehte sich um und als sie merkte, wer sie gegrüßt hatte, kam sie sofort zu ihr herüber. Lysanna erkannte gleich den schmollenden Ausdruck im Gesicht der jungen Elfe. Doch bevor sie nach dem Grund dafür fragte, wandte sie sich an Sedan. »Der große Spiegel in unserer Hütte … ich will, dass er verschwindet.«

»Aber …«, wollte Fayori widersprechen, doch Sedan reagierte schnell.

»Ich erledige das, sobald ich von meinem heutigen Auftrag zurück bin. Ist es dir recht, wenn ich ihn erst einmal in meine Hütte stelle? Solche Objekte sind selten in Ork-Dörfern und es könnte ja sein, dass jemand anderes Verwendung dafür findet.« Er zwinkerte Fayori zu. Dann drehte er sich um und ließ die zwei Frauen allein.

Lysanna sah ihre Tochter an. Noch immer lag ein Ausdruck des Trotzes in Fayoris Zügen, doch waren ihre Wangen durch die offensichtliche Einladung von Sedan leicht gerötet. Lysanna wusste, dass die beiden mehr verband, als es zwischen Lehrer und Schülerin üblich gewesen wäre.

»Was schaust du eigentlich so schmollend?«, fragte sie das Mädchen, als Sedan außer Hörweite war.

»Ach, nichts. Nur ... Sedan hat schon wieder einen Auftrag von Yokumo bekommen. Er sagt mir nicht, worum es geht und mitnehmen will er mich auch nicht. Redet immer wieder nur davon, ich wäre nicht bereit und würde ständig Fehler begehen. Das ist doch alles Blödsinn.« Fayori verschränkte die Arme vor der Brust. »Ich *bin* bereit, wirklich!«, sagte sie laut, wohl in der Hoffnung, dass Sedan sie noch hören konnte. Dann sah sie wieder Lysanna an. »Kannst du nicht mal mit ihm reden?«, fragte sie in flehendem Tonfall.

»Du weißt, dass ich keinen Einfluss auf Sedan habe. Niemand hat das ...«, erwiderte Lysanna. »Aber ich kann mit Yokumo reden, wenn du möchtest. Vielleicht hat er ja etwas für dich zu tun.«

»Oh danke, danke, danke!« Fayori fiel ihrer Mutter um den Hals.

Lysanna lachte und schob sie von sich. »Genug jetzt, ich bin verabredet.«

»Ach so?« Fayori sah sie fragend an. Ihr Grinsen ließ keinen Zweifel daran, an welche Art von Verabredung sie dachte.

»Zum Training.«, ergänze Lysanna in schärferem Ton.

»Na dann … Was steht denn heute auf dem Plan? Hammer? Axt? Streitkolben?«

»Nichts davon«, erwiderte Lysanna und setzte sich in Richtung des Übungsplatzes in Bewegung.

»Was denn dann?«, bohrte Fayori weiter und folgte ihr.

»Schwert …«

»Oh! Hast du endlich jemanden gefunden, der einen würdigen Lehrmeister abgibt?«

»Ja, das habe ich.«

Langsam verlor Lysanna die Geduld. Sie hatte keine Lust, Fayori auf die Nase zu binden, wer ihr neuer Lehrer war.

Doch diese ließ nicht locker. »Rück schon raus mit der Sprache«, drängelte sie und stupste Lysanna mit dem Finger in die Seite. »Wer ist es denn? Doch nicht mein Vater, oder?«

Lysanna sah sie mit einem vernichtenden Blick an. »Du glaubst doch nicht im Ernst, dass ich bei *ihm* Kampfstunden nehmen würde?«

»Aber du begibst dich nur bei den Besten in die Schule und er *ist* der Beste«, entgegnete Fayori. Dann lachte sie, wusste sie doch genau, wie abwegig dieser Gedanke war. »Nun im Ernst«, setzte sie fort. »Dann kann es ja nur einer der anderen Neuankömmlinge sein … Und da kommt wohl nur noch Aerthas in Frage.«

Lysanna blieb stehen und sah ihre Tochter an. »Du kennst ihn bereits?«

»Ja, wir hatten gestern das Vergnügen. Er hat Sedan und mich eine Weile beim Trainieren beobachtet und so sind wir ins Gespräch gekommen. Er ist nett.« Wieder grinste die junge Elfe vielsagend.

»Hast du eigentlich nichts zu tun?«, versuchte Lysanna sie abzuschütteln und ging weiter.

»Ehrlich gesagt – da Sedan mich nicht mitnehmen will … nein, habe ich nicht«, erwiderte Fayori kess. »Kein Auftrag, kein Trainer – ich habe frei!«

Lysanna stöhnte.

Als sie den zentralen Platz des Lagers überquerten, liefen sie direkt Yokumo in die Arme. Er stand in der Nähe der Feuerstelle und machte ein ernstes Gesicht.

»Gut, dass ich dich treffe, Jägerin. Wir haben ein Problem!«

»Ein Problem?«, fragte Lysanna.

»Ja. Die Vorratskammern sind leer!«

»Was? Aber wie kann das sein?«, erwiderte sie entsetzt. »Wir haben das Lager doch erst vor wenigen Wochen von den Orks übernommen. Es gab zwei volle Lagerräume, die keinesfalls bereits geleert sein können.«

»Wenn beide Vorratslager unseren Angriff überstanden hätten, dann gäbe es auch noch genügend Nahrung. Doch wenn du dich erinnern möchtest, ist eine davon den Flammen deiner Brandpfeile zum Opfer gefallen. Somit stand uns nur eine zur Verfügung und die Hälfte von dem, was sich darin befand, war vergammelt oder ungenießbar. Die einzigen Reserven, die wir noch haben, sind ein paar Laibe Brote, zwei Steineber und jede Menge Wein. Das wird vielleicht für eine Mahlzeit reichen, aber spätestens heute Abend wird es schwer werden, alle Mäuler zu stopfen.«

Lysanna legte den Kopf schief. »Du willst, dass ich jagen gehe.«

»Richtig. Das ist deine Hauptaufgabe hier, oder nicht?«

»Schon, aber im Moment passt es nicht besonders gut …«

»Ich glaube, die leeren Bäuche unserer Mitstreiter interessiert es nicht, ob es dir passt«, unterbrach Yokumo sie schroff. »Es ist ein Befehl, Lysanna.«

Sie kaute auf ihrer Unterlippe und überlegte. Dann kam ihr ein Gedanke. »Wie wäre es, wenn Fayori und Bella diese Aufgabe übernehmen? Sie können eine ordentliche Portion Fleisch für das Abendessen besorgen und um alles Weitere kümmere ich mich heute Nacht – da jagt es sich eh besser.«

Sehr zufrieden mit ihrer eigenen Idee, grinste Lysanna ihre Tochter an.

Yokumo schwieg und legte die Stirn in Falten. Er blickte zwischen dem Mädchen und der Jägerin hin und her. »Nun gut, dann versuch dein Glück«, sagte er schließlich zu Fayori. »Aber wehe, wir haben heute Abend nichts zu beißen!« Dann drehte er sich um und ging davon.

»Oh Mann, ich werde jagen gehen, ganz allein!«, jauchzte Fayori.

»Shhh …«, raunte Lysanna und winkte Yokumo zu, der sich aufgrund dieses Freudenschreis noch einmal umdrehte. »Nicht allein«, fügte sie dann hinzu, legte die Finger an die Lippen und pfiff.

Nur wenige Sekunden später sprang die weiße Tigerin herbei. Sie strich ihrer Herrin schnurrend um die Beine und leckte ihre Hand.

»Pass gut auf mein Mädchen auf, hörst du?« Lysanna strich Bella liebevoll über den Kopf. »Und gebt euch ja Mühe!«, fügte sie an Fayori gewandt hinzu.

Dann ließ sie die beiden allein und setzte ihren Weg zum Übungsplatz fort.

Als sie endlich beim Trainingsplatz angekommen war, wartete Aerthas bereits auf sie. Er lag ausgestreckt auf dem trockenen Gras neben dem Platz und ließ sich die milde Frühlingssonne ins Gesicht scheinen.

Während Lysanna näher kam, hob er den Kopf und in Windeseile stand er auf den Beinen.

»Ist es nicht ein wenig früh für ein Nickerchen?«, begrüßte sie ihn scherzhaft.

Um einiges ernster erwiderte er: »Ich müsste kein Nickerchen machen, wenn ich nicht so lange auf Euch gewartet hätte.«

Zerknirscht blickte sie zu Boden. »Tut mir leid, Yokumo hat mich aufgehalten.« Dann sah sie Aerthas an. Wieder einmal fiel ihr auf, wie sehr sie seine grünen Augen anzogen.

Er bemerkte, wie sie ihn anstarrte. »Ist etwas nicht in Ordnung?«

»Ähm ... wollen wir dann jetzt mit dem Training anfangen?«, stammelte sie, um diesen peinlichen Augenblick zu beenden.

Aerthas musterte sie und ließ seinen Blick unverhohlen über ihren Körper wandern. Dann zog er eine Augenbraue hoch und fragte: »*So* wollt Ihr mit mir den Schwertkampf trainieren?«

Sie sah ebenfalls an sich herunter, dann auf Aerthas. Sie wusste sofort, worauf er hinauswollte. Seine metallene Rüstung glänzte in der Sonne. Sie sah schwer und klobig aus.

»Na ja, ich bin vielleicht nicht so gut geschützt wie Ihr, dafür aber schnell, sodass Ihr es ohnehin nicht schaffen werdet, mich mit dem Schwert zu treffen«, antwortete sie herausfordernd.

Für einen kurzen Moment hielt seine ernste Fassade stand, bis sich plötzlich ein verschmitztes Grinsen auf sein Gesicht stahl. »Dann wollen wir doch mal sehen, was Ihr könnt«, meinte er in dem gleichen herausfordernden Tonfall.

Er bückte sich und hob etwas auf, das neben ihm im Gras gelegen hatte. Dann warf er ihr einen der Gegenstände zu.

Sie griff danach und als sie die Waffe in den Händen hielt, erkannte sie, dass es sich um ein Holzschwert handelte.

»Das ist nicht Euer Ernst!«, rief sie aus.

»Habt Ihr wirklich gedacht, ich lasse mich gleich in der ersten Trainingsstunde von Euch aufspießen?«, fragte er belustigt. Die Ironie in seinen Worten war nicht zu überhören.

»Ich bitte Euch! Ich mag noch nicht ausgebildet sein im Umgang mit dem Schwert, was aber nicht heißt, dass ich noch nie eines in der Hand gehalten habe.«

»Davon überzeuge ich mich doch lieber selbst, Mylady«, entgegnete er lachend.

Langsam wurde sie wütend. Was bildete sich dieser Kerl eigentlich ein? Nach allem, was sie wusste, mochte er ein hervorragender

Schwertkämpfer sein, aber das gab ihm noch lange nicht das Recht, sich über sie lustig zu machen!

Vielleicht sollte sie ihm mitteilen, dass sie diejenige gewesen war, die mit einer ähnlichen Stichwaffe seinen sauberen General in den Tod geschickt hatte, auch wenn er dort nicht allzu lange geblieben war.

Doch genau dieser Gedanke war es, der ihre aufbrausende Wut besänftigte, sie gar in Trauer zu verwandeln drohte. Zu schnell führte der Gedanke an Orano wieder zu dem Gedanken an Mitzum.

Das Lächeln verschwand von ihrem Gesicht und sie erwiderte kühl: »Lasst uns einfach mit dem Training anfangen.«

»Ich mache Euch einen Vorschlag.« Aerthas schien ihren plötzlichen Stimmungsumschwung bemerkt zu haben. »Wir werden sofort mit echten Schwertern trainieren, wenn Ihr es schafft, mich auch nur ein einziges Mal mit dem Holzschwert zu treffen. Einverstanden? Natürlich nur unter der Voraussetzung, Ihr besorgt Euch eine angemessene Rüstung.« Er streckte ihr eine Hand entgegen.

Lysanna ließ sich diesen Vorschlag kurz durch den Kopf gehen und nickte dann. Das konnte wahrlich nicht allzu schwer sein.

»Einverstanden«, erwiderte sie und ergriff seine Hand.

Als sich ihre Hände berührten, begann von den Fingerspitzen aufwärts eine angenehme Kälte ihren Arm emporzuwandern und sich durch ihre Adern im ganzen Körper auszubreiten. Sie hatte mit einem Mal das Gefühl, endlich wieder frei durchatmen zu können.

Sie ließ Aerthas los und sah ihn verwirrt an. Doch er schien von dieser Reaktion nichts bemerkt zu haben. Stattdessen ruhte sein

Blick auf ihrem Haar. »Könntet Ihr Euch nicht wenigstens einen Zopf binden?«

»Ich trage *niemals* einen Zopf«, entgegnete sie in einem Tonfall, der keine Widerworte duldete.

»Nun denn, wenn Ihr bereit seid – fangen wir an, *Mylady*!«

Sie bemerkte den ironischen Unterton in diesem letzten Wort. »Lassen wir doch diese Höflichkeitsfloskeln«, sagte sie schnippisch und streifte ihre Handschuhe über.

»Gut, ganz wie Ihr meint«, entgegnete er und tat es ihr nach. »Dann greift mich an!«

Einen Moment zögerte sie. Dann umfasste sie den Griff des Schwertes fest mit beiden Händen, so wie sie es beim Training mit der Streitaxt gelernt hatte, und stürmte auf Aerthas zu.

Sie drehte das Schwert zur Seite und schwang es mit aller Kraft in Richtung seiner linken Schulter. Doch mit nur einer kleinen Bewegung parierte er den Schlag mühelos.

Wieder holte sie aus, versuchte dieses Male eine Attacke auf seine Flanke. Abermals wehrte er sie mit Leichtigkeit ab. Doch sie ließ sich nicht entmutigen. Immer und immer wieder griff sie an, aus jeder Richtung, in jedem Winkel und mit mehr und mehr Kraft. Schon stand ihr der Schweiß auf der Stirn.

Doch mit keinem ihrer Angriffe schaffte sie es auch nur ansatzweise, in die Nähe von Aerthas Rüstung zu gelangen. Jedes Mal gelang es ihm, mit seinem Schwert ihre Attacken zu blockieren.

Lysanna keuchte vor Anstrengung. Ihr Atem ging schnell und bereits jetzt konnte sie spüren, wie ihre Arme schwer wurden und die Muskeln zu brennen begannen. Und dabei war dies nur ein einfaches Schwert aus Holz – wie mochte es erst sein, wenn sie Metall so oft und schnell durch die Luft schwingen sollte?

Sie trat einen Schritt zurück und hielt das Schwert senkrecht in die Höhe, um sich vor einem Gegenangriff zu schützen. Doch dieser blieb aus.

Aerthas sah sie nur belustigt an. Den Augenblick der Pause nutzend, versuchte sie ruhig zu atmen und entsann eine neue Taktik. Wenn sie mit brachialer Gewalt nichts ausrichten konnte, mussten es List und Tücke sein, mit denen sie Erfolg haben könnte. Sie erinnerte sich an das Training mit Mitzum und dem Dolch.

Wieder schoss sie auf Aerthas zu. Dieses Mal griff sie mit schnellen, kurzen Hieben an. Mal um Mal knallten die Schwerter aufeinander, Splitter stoben in alle Richtungen und es zeigten sich bereits tiefe Einkerbungen in den hölzernen Klingen.

Doch so sehr sich Lysanna auch bemühte, so schnell sie die Angriffe auch nacheinander vollführte, sie schaffte es nicht ein einziges Mal, einen Treffer bei ihm zu landen.

Über ihr eigenes Keuchen hinweg erhob sich Aerthas Stimme. »Sehr schön, jetzt weiß ich wenigstens schon einmal, wie Ihr kämpft. Wollen wir doch mal sehen, wie Ihr Euch verteidigt.«

Er duckte sich elegant unter ihrem nächsten Schlag, drehte sich und holte aus. Eh Lysanna wusste, wie ihr geschah, fand sie sich auch schon auf dem Rücken liegend wieder.

An der Stelle, wo sein Schwert sie getroffen und von den Füßen gerissen hatte, fühlte sie einen dumpfen Schmerz in ihren Waden.

Sofort war Aerthas über ihr und streckte ihr die Hand entgegen. Sie griff danach und er zog sie wieder auf die Beine.

»Alles in Ordnung?«, fragte er sichtlich besorgt.

»Natürlich«, zischte Lysanna ihn an. »Durch Eure Worte war ich nur einen Moment lang unaufmerksam.«

»Dieser Moment kann Euch in der wahren Schlacht das Leben kosten«, sagte er ernst. »Es ist wichtig, dass Ihr Euch nicht nur auf Euch selbst und Eure Angriffe konzentriert, sondern mehr noch darauf, was Euer Gegner tut. Können wir weitermachen?«

Anstatt zu antworten, griff sie nach dem Schwert, welches ihr beim Fallen aus den Händen geglitten war, und begab sich wieder in Angriffsposition.

Als Lysanna sich abermals mit dem Gesicht nach unten auf dem Boden wiederfand, wäre sie am liebsten einfach liegen geblieben. Die Sonne stand bereits hoch am Himmel und sie hatte schon vor einer Ewigkeit aufgehört, ihre Niederlagen zu zählen.

Aerthas hingegen nicht. »Zweiunddreißig zu null!« Er lachte und setzte sich neben sie.

»Verdammt«, schimpfte sie und schlug mit der Faust auf den Boden. Wieso fiel ihr dieses Training so viel schwerer als das mit einer anderen Waffe? »Was mache ich denn bloß verkehrt?« Sie rollte sich auf den Rücken. Dabei konnte sie jeden Teil ihres Körpers vor Schmerz und Erschöpfung pulsieren spüren.

»Es mangelt Euch nicht an Kraft, Ihr könntet problemlos ein Eisenschwert führen. Auch Geschick habt Ihr genügend. Doch es gelingt Euch nicht, beides zu vereinen. Schaut, im Schwertkampf kommt es nicht unbedingt darauf an, mit welchen Voraussetzungen Ihr in den Kampf zieht. Vielmehr liegt der Erfolg darin, wie gut Ihr mit Eurem Schwert zusammenarbeitet. Ihr solltet es niemals beherrschen wollen, sondern es als Partner an Eurer Seite sehen.«

»Genau wie einen Bogen …«, stellte Lysanna fest.

»Ja, im Prinzip schon«, erwiderte Aerthas.

Lysanna konnte hören, wie er sich neben ihr ausstreckte.

»Nur dass Ihr im Nahkampf noch zusätzlich auf die Angriffe Eures Gegners reagieren müsst. Es ist ein wenig … wie ein Tanz.«

Sie drehte den Kopf, um ihn ansehen zu können. Er hatte den Blick nach oben gerichtet und verfolgte die Wolken, die vereinzelt über den Himmel zogen. Er lächelte und ein silbriger Glanz lag in seinen grünen Augen.

»Würdet Ihr mir zeigen, wie Ihr das meint?«, bat sie.

Er drehte den Kopf ebenfalls und ihre Blicke trafen sich. »Ein anderes Mal. Wir trainieren seit Stunden. Ich denke, es ist genug für heute.«

Erst wollte Lysanna protestieren, doch als sie an ihre schmerzenden Gliedmaßen dachte, ließ sie es bleiben und nickte stumm.

»Habt Ihr wieder Wachdienst heute Nacht?«, fragte Aerthas, der noch keine Lust zum Aufstehen zu haben schien.

»Nein, ich werde jagen gehen«, antwortete sie. »Die Vorräte der Orks, die hier früher einmal gelebt haben, sind aufgebraucht und Yokumo hat mich beauftragt, für Nachschub zu sorgen.«

»Geht Ihr allein?«

»Wahrscheinlich …«

»Benötigt Ihr vielleicht eine helfende Hand?«, wollte Aerthas wissen, den Kopf wieder zum Himmel gewandt.

»Gern«, antwortete sie und grinste.

»Gut.« Er erhob sich und streckte ihr eine Hand entgegen. »Jetzt habe ich aber einen Bärenhunger, das Frühstück ist schon viel zu lange her. Wollen wir doch mal sehen, ob man uns vom Mittagsbraten noch etwas übrig gelassen hat. Begleitet Ihr mich?«

Frühstück ... Erst jetzt wurde Lysanna bewusst, dass sie heute noch nichts gegessen hatte. Schon knurrte ihr Magen, um diesen Gedanken noch zu unterstreichen. Sie griff nach der ihr gebotenen Hand und Aerthas zog sie auf die Füße.

»Ich werde erst noch sehen, ob unser Abendessen gesichert ist«, sagte sie. »Fayori und Bella sollten sich darum kümmern.«

»Fayori ... das ist Eure Tochter, oder?«, fragte er betont beiläufig.

Sie sah ihn argwöhnisch an. »Ja ... Woher wisst Ihr das?« Doch sofort beantwortete sie sich die Frage selbst. »Ach – Tâlie, richtig?«

»Nein ... Meine Schwester hält sich sehr bedeckt, was Informationen über Euch betrifft. Aber ich hatte gestern noch ein längeres Gespräch mit Orano ...«, gestand er.

Sie verengte die Augen zu schmalen Schlitzen. »Was hat er Euch erzählt?«

Er blieb ihr eine Antwort schuldig.

»Lysa!«, störte ein Ruf aus Richtung des Dorfrandes ihre Unterhaltung. »Lysa, schau mal!«

Sie drehte sich um.

Fayori kam auf die beiden zugerannt. Ihr Gesicht und der graue Wams waren blutverschmiert. Doch sie strahlte. In jeder hocherhobenen Hand baumelten zwei tote Kaninchen. Dicht hinter ihr trabte Bella, die ebenfalls Beute in der Größe einer Feuerechse trug.

»Erste Mission – mit Erfolg bestanden!«, rief das Elfenmädchen voller Freude.

Als Lysanna sich wieder Aerthas zuwandte, war dieser bereits einige Schritt entfernt.

Er hob noch einmal die Hand und rief: »Wir sehen uns zur Jagd. Sonnenuntergang?«

»Ja!«, rief Lysanna zurück und schon war der große Krieger im Dorf verschwunden.

Was Orano ihm wohl alles erzählt hatte? Es gefiel ihr gar nicht, dass jemand mehr über sie wusste, als sie selbst preisgeben wollte. Und dann noch aus einer solch intriganten Quelle …

Doch ihr blieb keine Zeit, weiter darüber nachzudenken. Fayori hatte sie erreicht und begann plappernd von der erfolgreichen Jagd zu berichten.

10

Lysanna

Während die Spione der ›Angelus Mortis‹ alles daran setzten, den Aufenthaltsort des Flammenden Lords zu ermitteln, verbrachte Lysanna die kommenden Wochen im Dorf. Tagsüber trainierten sie und Aerthas den Umgang mit dem Schwert, nachts übernahm sie den Wachdienst oder ging auf die Jagd. Nicht selten begleitete Aerthas sie auch auf diesen Unternehmungen. Sie waren ein gutes Team darin, gelegentlich auftauchende Trolltruppen abzuwehren oder die Speisekammer mit etwas Wild aufzufüllen.

In ruhigen Nächten erzählte Aerthas von seiner Kindheit in der großen Stadt, dem Aufwachsen ohne Eltern und dem heimlichen Training, welches er vor Tâlie verborgen gehalten hatte. Und Lysanna berichtete ihrerseits, wie das Leben als Kind eines Jägers inmitten des Waldes gewesen war, wie sie schon als kleines Mädchen ihren ersten Bogen erhalten hatte und wie Bella zu ihr gestoßen war.

Nach wenigen Wochen schon war es mehr als eine kämpferische Partnerschaft, welche die beiden verband. Sie waren Freunde geworden.

Doch über all dem vergaß Lysanna ihr eigentliches Ziel nicht und wäre am liebsten selbst losgezogen, den Flammenden Lord zu suchen, wenn Yokumo es ihr gestattet hätte. Kein Tag verging, an dem sie nicht an Mitzum dachte. Zuerst besuchte er sie noch Nacht für Nacht in ihren Träumen. Er saß ihr nur gegenüber, sah sie an und sprach kein Wort. Doch irgendwann kam er nicht mehr – sie hörte auf, von ihm zu träumen.

Und trotzdem schaffte sie es, das Leben auch wieder ein wenig zu genießen. Sei es während des Zusammenseins mit Aerthas oder auch in den vereinzelten Ausflügen, die sie mit Tâlie oder Fayori unternahm. Sie begann wieder zu leben.

Als der Sommer Einzug in Kambrion hielt, gab es immer noch keine neuen Informationen, die ihr in ihrem eigenen kleinen Krieg hätten weiterhelfen können. Doch das sollte sich bald ändern.

Es war ein heißer Morgen gewesen. Lysanna und Aerthas hatten sich noch vor Sonnenaufgang auf dem Kampfplatz getroffen und ihr tägliches Training aufgenommen.

Ihr Umgang mit dem Schwert hatte sich deutlich verbessert, doch nach wie vor übten sie nur mit den hölzernen Abbildern der echten Waffen. Es war ihr noch immer nicht gelungen, auch nur einen einzigen Treffer bei Aerthas zu landen.

Zumindest schaffte sie es mittlerweile, fast jeden Gegenangriff des Kriegers abzuwehren. Man konnte es beinahe einen ausgeglichenen Kampf nennen.

Außer dem Geräusch des aufeinander treffenden Holzes war der Morgen ruhig.

Schon vor einigen Tagen hatte die Jägerin festgestellt, dass die Vögel dieses Gebiet verlassen hatten. Kein einziges Tier schien mehr durch die trockene Steppe Kambrions zu streifen, welche die Sommerhitze in einen glühenden Ofen verwandelt hatte.

Während sie die hölzernen Klingen kreuzten, ergriff Aerthas das Wort. »Yokumo hat mich gestern angesprochen. Er hat eine Großversammlung für heute Abend einberufen.«

»Ich weiß«, erwiderte Lysanna keuchend. »Fayori und mir hat er auch einen Besuch abgestattet. Scheinbar hat der ganze Rat eine persönliche Einladung bekommen. Habt Ihr eine Ahnung, worum es geht?«

»Nein.« Er wirbelte herum, um ihrem Angriff auszuweichen. »Ich weiß nur, dass sich alle Bewohner des Dorfes heute Abend zu einem gemeinsamen Essen versammeln sollen. Gibt es irgendwelche neuen Informationen?«

Sie schüttelte nur den Kopf. »Ich bin genau so unwissend wie Ihr. Wir sollten uns wohl einfach überraschen lassen, was der Ratsherr zu berichten hat.«

»Wie sieht es eigentlich mit Eurer Rüstung aus?«, wechselte er das Thema.

»Was soll damit sein?«, schnaufte sie. Immer noch trug sie dieselbe lederne Kleidung wie an ihrem ersten Trainingstag.

»Ihr wisst: Selbst wenn Ihr mich trefft – *so* werde ich Euch keinesfalls an ein echtes Schwert heranlassen.«

Lysanna parierte seinen Schlag und wich ein paar Schritte von ihm zurück als Zeichen für eine kurze Pause.

»Wie wäre es, wenn wir die Regeln für unser Training ein klein wenig anpassen?« Sie lächelte ihn herausfordernd an. »Wenn Ihr es ab jetzt noch einmal schafft, meine Abwehr zu durchbrechen, werde ich sofort zu Haudrauf gehen und mir eine Kettenrüstung anfertigen lassen. Schafft Ihr es nicht und ich lande zuerst einen Treffer bei Euch, trainieren wir mit echten Schwertern. Und zwar ohne einen Rüstungswechsel!«

»Das klingt nach einer neuen Herausforderung für mich. Sehr schön, das gefällt mir. Abgemacht!«

Aerthas senkte das Schwert, sie schüttelten die Hände und gingen wieder in Kampfposition.

Seine Freude über die neue Abmachung war spürbar, sein Elan, ihre Verteidigung zu umgehen, größer denn je. Doch sie merkte schnell, dass dadurch seine eigene Abwehr nachließ. Sie konzentrierte sich, bis sie den geeigneten Moment gefunden zu haben glaubte. Dann lehnte sie sich nach vorn und stieß das Holzschwert mit aller Kraft direkt in Richtung seiner Brust.

Der Aufprall war so stark, dass das Schwert dabei zerbarst und Splitter in alle Richtungen flogen.

Überwältigt von der Heftigkeit des Treffers fiel sie nach vorn und riss ihn mit sich.

Er landete unsanft auf dem Rücken und sie direkt auf ihm.

»Hups ...«, sagte sie leise, als ihr bewusst wurde, was geschehen war, und hob den Kopf, um ihn anzusehen.

Aerthas hatte die Augen geschlossen.

»Habe ich Euch verletzt?«, fragte sie vorsichtig.

Er hob die Lider und blickte ihr in die Augen.

»Wäre dies ein Schwert aus Metall, dann wäre ich jetzt tot«, raunte er, wobei ihr beim Klang seiner Stimme ein angenehmer Schauer über den Nacken lief.

Er hob eine Hand und strich ihr schwarzes Haar zur Seite, welches wie ein Vorhang vor ihr Gesicht fiel. Sofort begann ihr Herz schneller zu schlagen.

»Wäre es ein Schwert aus Metall, so hätte ich Euch niemals derart angegriffen«, flüsterte sie.

Seine Hand lag jetzt an ihrem Kinn. Das Klopfen in ihrer Brust wurde immer stärker, sodass sie befürchtete, er würde es bemerken.

Trotzdem erhob sie sich nicht, sondern sah ihm tief in die Augen, in Erwartung, er würde sie küssen. Die Art, wie er sie ansah … sie *wollte* regelrecht, dass er sie küsste. Langsam senkte sie ihren Kopf dem seinen entgegen.

»Ich denke, das Training ist für heute beendet«, bemerkte er plötzlich und rollte sie von sich herunter.

Er stand auf und reichte ihr die Hand. Verwirrt über ihre eigenen Gefühle und mit noch immer pochendem Herzen griff sie danach und ließ sich aufhelfen.

»Gut … dann geht es wohl morgen mit echten Schwertern weiter … Ich hoffe, das bereue ich nicht«, lachte er und fuhr sich mit der Hand durch das dichte silberne Haar.

Dann verabschiedete er sich gewohnt förmlich mit den Worten, man würde sich bei der abendlichen Versammlung wiedersehen.

Lysanna verließ den Übungsplatz und widerstand dem Drang, sich noch einmal nach ihm umzusehen, konnte sie doch genau spüren, dass er sie beobachtete.

Sie wusste, dass sie eigentlich hätte in die Vorratskammern gehen müssen, wo die vier Rehe, welche sie in der letzten Nacht erlegt hatte, darauf warteten, für die Weiterverarbeitung ausgenommen zu werden. Da sie jedoch vom Training verschwitzt und erschöpft war, beschloss sie, sich vorerst in ihre Hütte zurückzuziehen und sich etwas frisch zu machen.

Auf dem Weg dorthin dachte sie über das nach, was gerade geschehen war. Allein bei der Erinnerung begann ihr Herz wieder schneller zu schlagen. Sie fühlte sich in Aerthas' Gegenwart sehr wohl, das war sie bereit zuzugeben. Und seit er im Lager aufgetaucht war, hatte sich die Hitze in ihrem Inneren ein wenig beruhigt. Doch was sie empfunden hatte, als sie ihm gerade so nah gekommen war, ließ sich nicht mit freundschaftlicher Zuneigung erklären. Es war mehr gewesen.

Gedankenverloren stieg sie die Treppe zum Eingang ihrer Hütte hinauf.

Sie liebte Mitzum noch immer, ohne Frage. Sie war noch immer bereit, alles zu tun, um ihren Gefährten wiederzufinden. Dennoch konnte sie das Kribbeln, das sie in ihrem Bauch spürte, wenn sie an den innigen Moment auf dem Übungsplatz dachte, nicht ignorieren.

Sie schob den Vorhang vor dem Eingang beiseite.

Was würde wohl geschehen, wenn er ihr noch mal so nah käme? Würde *sie* vielleicht sogar *ihn* küssen? Bei dieser Vorstellung konnte sie ein Lächeln nicht unterdrücken.

Als sie den ersten Fuß in die Hütte setzte, wurde sie abrupt aus ihren Gedanken gerissen.

»Was ist denn hier passiert?«, rief sie aus.

Fayori saß in der Mitte des Raumes, um sie herum stapelweise Kleidung verstreut. Darunter konnte Lysanna auch einige ihrer eigenen Stücke erkennen.

»Du hast überhaupt kein Kleid«, sagte Fayori vorwurfsvoll, ohne das Durcheinander zu erklären.

»Wozu brauche ich ein Kleid?«, entgegnete Lysanna irritiert.

»Nicht du – ich, für das Fest heute Abend!«

»Fest? Welches Fest?« Sie verstand nicht, wovon Fayori sprach.

»Das Treffen, welches Yokumo für heute Abend angesetzt hat.«

Erst jetzt bemerkte sie Tâlie, die in der Ecke des Raumes auf einem Schemel saß, die gestiefelten Füße auf der Kommode abgelegt und nach hinten an die Wand gelehnt.

»Ich denke, es ist eine Versammlung?«

»Nein«, erwiderte Fayori und verdrehte die Augen. »Es ist ein Fest und zu einem Fest muss man schön aussehen. Und wie soll ich das machen, wenn ich kein Kleid habe?« Sie blickte auf und sah ihre Mutter an. »Du wirst doch wohl nicht *so* gehen wollen?«

Lysanna sah an sich hinunter. Den Lederharnisch hatte sie nach dem Training abgenommen. Das weiße Hemd, welches sie darunter getragen hatte, war vom Staub ganz braun verfärbt, ebenso die Lederhose. Und nach dem Sturz durfte ihr Gesicht nicht viel sauberer sein.

Sie errötete leicht, als sie daran dachte, wie es dazu gekommen war. Tâlie konnte sich ein Lachen nicht verkneifen.

»Natürlich ziehe ich etwas anderes an«, erwiderte Lysanna. »Aber sicher trage ich kein Kleid!«

»Mir egal, ich will ein Kleid. Aber wir haben kein Kleid.« Verärgert warf Fayori ein Hemd, das sie gerade in der Hand gehalten hatte, zur Seite.

»Wieso ist das so wichtig?« Lysanna sah verständnislos zu Tâlie hinüber, deren Gelächter immer lauter wurde.

»Semei hat versprochen, mit ihr zu tanzen, wenn sie eines trägt«, erklärte ihre Freundin und fragte dann an Fayori gewandt: »Oder liegt es daran, dass Sedan heute wieder zurückkommen müsste? Du lässt dir den Kopf viel zu schnell von den Männern verdrehen.«

Fayori lief knallrot an und jetzt musste auch Lysanna lachen.

Tâlie stand auf und hob ein paar Hemden vom Boden auf. Sie hielt sie aneinander, sah dann zu Fayori und wieder auf die Kleidungsstücke in ihrer Hand. »Daraus lässt sich etwas machen ...«, meinte sie dann.

»Du kannst nähen?«, fragte das Mädchen verwundert.

»Sicher, wieso nicht?«

»Na ja, du machst nicht den Eindruck einer typischen Hausfrau.« Fayori war es sichtlich peinlich, was sie da gesagt hatte.

Tâlie und Lysanna sahen einander an. Nur wenige im Lager wussten, dass die Kriegerin für einige Jahre die Rolle der Mutter für ihren kleinen Bruder hatte übernehmen müssen. Sicher hatte dazu ebenfalls das Nähen neuer Sachen gehört.

»Wir werden schon etwas Schönes für dich zurechtschneidern«, sagte Tâlie, ohne auf Fayoris' Worte einzugehen.

Tâlie und Fayori arbeiteten bis zur Abenddämmerung an dem neuen Kleid. Schließlich war Lysanna der Trubel zu viel geworden, sie hatte sich saubere Kleidung gegriffen und mit Tâlies Erlaubnis in deren Hütte zurückgezogen, wo sie allein sein konnte.

Nun saß sie auf den Stufen davor.

Ihr Haar war frisch gewaschen und gebürstet, jeder Rückstand von Schweiß und Staub von ihrem Körper fortgespült. Fest hin oder her – ein Kleid trug sie nicht. Trotzdem wirkte sie in ihrer engen braunen Wildlederhose und der grünen Bluse recht elegant. Auch sie hatte einen Grund, der sie heute etwas mehr auf ihr Äußeres achten ließ.

Sie beobachtete den Sonnenuntergang und als der große Feuerball hinter dem Horizont verschwunden war, erhob sie sich und setzte sich in Richtung des Lagerzentrums in Bewegung.

Als sie dort ankam, erkannte sie, dass sich fast alle Bewohner des Dorfes heute Abend hier eingefunden hatten. Im Kreis um das Feuer saßen jedoch nur die hochrangigen Mitglieder des Clanrates.

Eh sich Lysanna einen Platz aussuchte, ließ sie den Blick durch die Reihen wandern.

Ihr am nächsten saß Fayori, die ein schönes langes Kleid aus braunen Leinen und weißer Seide trug. Dass der Stoff einst für Hemd und Hose bestimmt gewesen war, konnte man nicht mehr erkennen. Ihr Haar hatte sie wie immer zu einem Zopf gebunden, gehalten von dem Lederband, das einst Sedan ihr geschenkt hatte.

Lysanna verkniff sich ein Lächeln, als sie bemerkte, dass Fayori die Einzige war, die ein Kleid trug – bis auf Holly natürlich, die als Priesterin immer in weite Kleider und Roben gehüllt war. Sie saß zu Yokumos Linken, zur Rechten hatte Nikka Platz genommen.

Lysannas Augen wanderten weiter und musterten die anderen Personen am Feuer. Sie sah Shurya, eine alte Orkschamanin, die seit dem Angriff auf dieses Dorfes bei ihnen lebte und sie immer wieder mit nützlichen Informationen über ihr Volk versorgte. Neben ihr saß der Troll Haudrauf, der Schmied.

Daneben hatten Bruhn und Tessel Platz genommen, die beiden Zwerge, die bei Weitem mehr Kraft als Verstand hatten, sich aber in der Schlacht als unentbehrlich erwiesen hatten. Sie waren in eine heftige Diskussion mit Bosco und Semei vertieft, zwei Krieger vom Geschlecht der Menschen. Der eine ein Fechter mit dem Degen, der andere ein Bogenschütze, so wie Lysanna selbst. Wahrscheinlich werteten sie wie schon so oft das letzte Gefecht aus und stritten darüber, welche Waffe wohl die Beste im Einsatz gegen Trolle war.

Neben dem Menschenduo saßen Tanafeh und Kirkon. Die zwei hatten ebenfalls ein menschliches Antlitz, trugen jedoch keine Waffen, dafür aber das Blut des Wolfes in sich. Verstoßen von ihresgleichen, hatten sie im Clan Zuflucht gefunden und standen diesem nun mit all ihren Fähigkeiten zur Verfügung.

Als Letzte in der Runde der Ratsmitglieder sah sie Tâlie und Aerthas. Überraschenderweise hatten auch die Geschwister ihre Rüstung an diesem Abend abgelegt. Sie trugen beide grob gewebte Stoffkleidung in dunklem Braun und tiefem Schwarz und darüber einen Wappenrock mit dem Zeichen des Clans.

Mehr denn je konnte man erkennen, wie ähnlich sie einander sahen.

Lysannas Blick blieb an Aerthas hängen. Das schwarze Hemd, welches er trug, bildete einen wirkungsvollen Kontrast zu seinem silbern schimmernden Haar und den eisblauen Augen.

Die Jägerin runzelte die Stirn, als sie wieder an den Vormittag dachte. Waren seine Augen nicht grün gewesen?

Als er den Kopf hob und sie ansah, breitete sich ein Lächeln auf seinen Zügen aus, das sie unwillkürlich erwiderte.

»Lysanna, da bist du ja endlich!« Auch Yokumo hatte sie nun bemerkt. Er stand auf und wies auf den leeren Platz neben Tâlie. »Setz dich doch. Du bist die Letzte, auf die wir noch gewartet haben.«

Sie schritt zum Feuer und ließ sich neben ihrer Freundin nieder.

Yokumo hingegen setzte sich nicht wieder, sondern richtete das Wort an sie alle.

»Ich danke euch, dass ihr meinem Ruf gefolgt seid. Es ist schon eine Weile her, dass der ›Hohe Rat‹ der ›Angelus Mortis‹ vollständig um ein Feuer versammelt war.«

»Würdest du uns dann bitte erklären, was das Ganze hier soll?«, unterbrach Bosco den Ratsherrn in seiner Rede.

»Du veranstaltest ein riesiges Festmahl, und das, obwohl wir seit Tagen Not haben, überhaupt noch etwas Essbares in die Vorratskammern zu schaffen«, ergänzte Semei und wies auf einen reich gedeckten Tisch am Rande des Versammlungsplatzes.

»Ich weiß sehr wohl, wie es um unsere Vorräte bestellt ist, Semei. Du hast mich ja oft genug darauf hingewiesen«, antwortete Yokumo barsch. »Genau das ist auch der Grund, wieso ich euch heute hier versammelt habe. Es gibt in der Gegend kaum noch Wasser, die Tiere haben die Steppe verlassen und selbst die Angriffe von Trollen aus dem Süden bleiben aus. Ich möchte einfach, dass meine Männer noch einen letzten schönen Abend haben, bevor wir dieses Dorf verlassen.«

Ein Raunen ging durch den Kreis der Umsitzenden. Das Dorf verlassen? Keiner von ihnen konnte sich erinnern, wann sie zuletzt eine so luxuriöse Unterkunft gehabt hatten. Echte Dächer über dem Kopf, Betten, in denen sie schlafen konnten, wenn diese auch nur aus Ballen gammeligen Strohs bestanden – und Yokumo wollte das aufgeben?

»Wir können das Dorf doch nicht einfach so verlassen. Es ist unser Zuhause«, sprach Fayori aus, was alle dachten.

»Wir haben hart dafür gekämpft, hier leben zu dürfen«, fügte Bruhn, der Zwerg, hinzu.

»Und nirgends waren wir bisher so sicher, Liebster«, ergänzte Nikka, die anscheinend bisher nichts von den Plänen ihres Mannes gewusst hatte. »Nicht einer unserer Feinde hat es bisher geschafft, sich auch nur der äußersten Hütte zu nähern. Unsere Wachen haben sie immer zuvor ausgeschaltet.«

»Was nützen uns erkämpfte Zuflucht und Sicherheit, wenn wir hier elend verhungern, weil jedes andere Lebewesen diese Steppe längst verlassen hat?«

Yokumos Stimme war laut geworden, sodass einige Umstehende sich zu ihm umdrehten. Natürlich wussten auch alle anderen Bewohner des Dorfes, dass dieser Abend kein reines Fest, sondern eine Versammlung der Höchsten war und dass dies einen tieferen Grund haben musste.

Yokumo seufzte. »Wir werden zurück nach Westen ziehen, in die Wälder hinein, und dort nach einem neuen Unterschlupf suchen.«

»Die Wälder gehören dem Elfenprinzen«, ertönte nun Shuryas raue Stimme.

»Ja«, antwortete Yokumo zögerlich. Er ließ sich auf den Baumstamm zurück neben Nikka sinken.

Lysanna hatte die Unterhaltung bisher nur stumm verfolgt. Ihr war es gleichgültig, wie und wo sie lebten, solange sie ihr eigentliches Ziel – den Flammenden Lord – nicht aus den Augen verloren. Doch sie verstand, was Shurya meinte.

»Sieh dich um, Yokumo«, sagte sie nun. »Der Prinz wird uns niemals auf seinen Ländereien dulden. Er sieht noch immer das Geschlecht der Elfen als das Höchste von allen.« Sie sah erst Bosco und Semei an, dann schweifte ihr Blick durch die Runde.

»Menschen lässt er vielleicht noch für sich arbeiten. Aber Zwerge, Wolfsblüter, Orks und Trolle? Nein, Yokumo, er wird uns seine Soldaten auf den Leib hetzen, noch bevor wir das erste Lagerfeuer entzündet haben.«

»Das wird er nicht«, widersprach der Ratsherr. »Vertraut mir.«

»Wie kannst du dir da so sicher sein?«, herrschte Tâlie ihn an.

»Weil wir auf seine Einladung hin handeln!«, platzte es aus Yokumo heraus.

Erneutes Gemurmel wurde laut.

»Auf seine Einladung hin?«, fragte Lysanna.

»Ihr alle wisst, dass vor einigen Monaten der General des Prinzen in diesem Lager aufgetaucht ist.« Yokumos Blick glitt kurz hinüber zu Aerthas. »Das war kein Zufall. Der Prinz hat General Rakenshar ausgesandt, um die verbliebenen Clans in den Steppen aufzusuchen und in sein Reich zu bitten.«

Er machte eine kurze Pause und sah in die Gesichter seiner Freunde. Dann fuhr er fort: »Die Fronten in diesem Krieg verhärten sich immer mehr. Vom Süden her dringen stetig neue Orktruppen vor. Und auch Fürstin Lawinia im Westen schickt Scharen ihres untoten Heeres in Richtung des Elfenlandes aus. Der Prinz bietet allen, die es möchten, Schutz und Nahrung, wenn sie ihm im Gegenzug ihre Kampfkraft zur Verfügung stellen. Ich finde, das ist ein Angebot, über das wir nachdenken sollten. Es ist nur noch eine Frage der Zeit, bis die Steppen Kambrions überrannt werden – von wem auch immer.«

Yokumos Blick verlor sich im Feuer.

»Du verkaufst uns«, stellte einer der Zwerge nach einer Weile des Schweigens entsetzt fest.

»Nein. Versteht ihr denn nicht? Ich versuche nur einen sicheren Platz für uns zu finden. Ich habe die Verantwortung für unsere Gruppe, für den gesamten Clan.« Er sah flehend zu Nikka und fügte leise hinzu: »Für euch …«

Lysanna konnte beobachten, wie Nikkas Hand sich bei diesen Worten auf ihren Bauch legte. Mit einem Mal wurde ihr klar, was den plötzlichen Sinneswandel des ansonsten so freiheitsliebenden Ratsherrn verursacht hatte: Nikka war schwanger.

»Wenn uns der Prinz tatsächlich allen Asyl gewährt und Sicherheit garantiert, dann sollten wir sein Angebot zumindest überdenken«, gab die Wolfsfrau Tanafeh zu bedenken.

»Und uns zu seinen Sklaven machen?«, konterte ihr Gefährte Kirkon abschätzig. »Nein danke!«

Eine hitzige Diskussion entbrannte, der Lysanna aufmerksam, aber wortlos folgte.

»Hast du von dieser Botschaft des Prinzen gewusst?«, zischte neben ihr Tâlie ihren Bruder an.

»Nein«, flüsterte Aerthas zurück. »Ich wusste nicht, auf welcher Mission sich Orano befindet und was sein Ziel war. Es hieß nur, dass mein Trupp ihn begleiten sollte.«

»Ich habe lange darüber nachgedacht«, zog Yokumo schließlich die Aufmerksamkeit wieder auf sich. »Ich glaube, es ist das Beste, wenn wir dem Ruf des Prinzen folgen.«

»Vielleicht überdenkst du diese Entscheidung noch einmal, wenn ihr hört, was ich zu berichten habe«, erklang plötzlich eine Stimme aus der Dunkelheit.

Lautlos wie immer war Sedan am Feuer aufgetaucht. Fayori sprang auf und strahlte, als sie ihn sah, war er doch mehrere Wochen fort gewesen.

»Willkommen zurück, Sedan«, begrüßte Yokumo ihn. »Setz dich zu uns und erzähl, welche neuen Informationen du bringst.«

Langsam schlenderte der Seelenlose hinüber zu Fayori. Für einen Augenblick stahl sich ein anerkennendes Lächeln auf sein sonst ernstes Gesicht, als er das Mädchen von Kopf bis Fuß musterte. Er hatte sie wohl vorher nie in einem Kleid gesehen.

Der Röte ihres Gesichts nach schien dieser Blick auch Fayori nicht entgangen zu sein.

»Lass mich erst ein wenig verschnaufen und mich stärken«, sagte Sedan zu Yokumo, als er sich neben das Elfenmädchen setzte. »Es ist ein langer Weg von der Netherburg hierher.«

»Du weißt, dass ich dir verboten habe, wieder dorthin zu gehen«, bemerkte Yokumo scharf.

»Und du weißt, dass ich mir nichts verbieten lasse«, konterte Sedan unbeeindruckt.

Fayori war sofort losgeeilt und kehrte nun mit einem Trinkschlauch und einem großen Stück Fleisch zurück. Beides gab sie Sedan, der es gierig entgegennahm.

»Berichte«, forderte der Ratsherr ihn ungeduldig auf.

Sedan seufzte, nahm einen großen Schluck Wein und begann zu erzählen.

»Ich habe dir schon vor Wochen von meinem Verdacht erzählt, dass die Fürstin der Netherburg in engem Kontakt zu dem Flammenden Lord steht. Da du keine Anstalten gemacht hast, dieser

Vermutung in irgendeiner Weise nachzugehen, habe ich mich schließlich allein aufgemacht. Immerhin kann ich mich in der Netherburg und den umliegenden Ländereien frei bewegen.«

»Irgendeinen Vorteil muss es ja haben, dass sich ein Untoter in unserer Gruppe befindet«, stieß Tessel aus und lachte.

Sedan sah in finster an. Jeder wusste, dass er diese Bezeichnung für Wesen seiner Art nicht sonderlich gern hörte, auch wenn ihm der Titel ›Seelenloser‹ nicht viel besser gefiel.

Als der Zwerg den grimmigen Blick bemerkte, erstarb sein Lachen sofort.

»Ich habe mehrere Tage auf der Burg verbracht und Augen und Ohren offen gehalten. Und ich hatte recht.« Sedan beugte sich nach vorn und sah Yokumo verschwörerisch an. »Die Fürstin und der Lord führen irgendetwas im Schilde. Lawinia bereitet sich auf einen Angriff vor. Sie rekrutiert mehr und mehr Männer. Darunter sind auch nicht mehr nur Menschen.« Er hielt kurz inne.

Alle wussten, dass es nicht um die reine Aufstellung eines Heeres ging, wenn man von *Lawinias Rekrutierung* sprach. Es ging um die Erschaffung von Untoten, um die Geburt von Seelenlosen.

»Wie meinst du das?«, rief Yokumo erschrocken.

»Ich habe Orks gesehen und Trolle. Und auch einige Elfen.«

»Auch Zwerge?«, wollte Bruhn wissen.

»Nein, Zwerge nicht.«

»Das andere ist erschreckend genug«, stellte Yokumo fest. »Wie kann sie es wagen … Reicht es ihr nicht, verstorbene Menschen in ihre unheiligen Reihen aufzunehmen?«

»Soll das heißen, wenn sie es mit uns macht, ist es in Ordnung?«, fiel Bosco ihm bissig ins Wort.

»Nein, das wollte ich damit nicht andeuten«, beschwichtigte Yokumo ihn.

»Soll sie rekrutieren, wen sie will«, unterbrach Sedan die beiden. »Die Frage ist doch, warum sie es tut und woher sie die Macht dazu hat.«

»Hast du auch eine Antwort auf diese Fragen?«, fragte Yokumo mit hochgezogener Augenbraue.

»Noch nicht«, gestand Sedan. »Doch ich weiß, wo wir eine bekommen können. Lawinia ist ein Bündnis mit dem Trollhäuptling Zun'Golkirr eingegangen, dessen Clan momentan den ›Grünen Gürtel‹ unter seinen Krallen hat. Ich bin mir sicher, dass er mehr über ihre Pläne weiß. Und mit etwas Glück kann er uns sogar sagen, wo sich der Flammende Lord zur Zeit aufhält.«

Bei diesen Worten fing Lysannas Herz an, schneller zu schlagen. Seit Monaten der Suche hatten sie endlich einen Hinweis über den Verbleib ihres Feindes. Ihr Blick traf den von Sedan und als sie in seine Augen sah, wusste sie, dass er genau die gleichen Gedanken hatte wie sie. Dort, wo der Flammende Lord war – dort würden sie auch endlich Mitzum wiederfinden.

Semeis erschrockene Stimme riss sie aus ihren Gedanken.

»Der ›Grüne Gürtel‹? Aber dort befinden sich doch die letzten freien Siedlungen der Menschen! Heißt das ...«

Sedan nickte. »Die Trolle haben sie eingenommen. Einige der Bewohner wurde dabei getötet und Lawinia übergeben. Doch soviel ich weiß, lebt der Großteil noch in den Siedlungen und dient den Trollen als Sklaven und Spielzeug.«

Semeis Stimme wurde leise. »Meine Familie lebt dort ...«, krächzte er.

»Ich bin sicher, dass es ihnen gut geht«, wandte Fayori schnell ein, um zu verhindern, dass die Stimmung vollends kippte. »Wir werden sie da rausholen, wenn wir die Siedlung angreifen. Wir werden sie doch angreifen?« Fragend blickte sie zu Yokumo.

Er seufzte, während seine Finger mit seinem kurzen Kinnbart spielten.

»Yokumo, das ist vielleicht unsere einzige Chance, etwas über den Verbleib des Flammenden Lords herauszufinden«, bedrängte Lysanna ihn. Sie konnte ihm ansehen, wie sehr er innerlich mit sich rang. »Du hast es mir versprochen«, fügte sie mit Nachdruck hinzu.

Abermals seufzte Yokumo. »Ich bin euer Ratsherr«, sagte er schließlich, »um euch zu leiten, zu schützen und für die Sicherheit aller Mitglieder zu garantieren.«

Lysannas Augen weiteten sich. Das konnte er nicht wirklich tun!

»Du hast es versprochen«, wiederholte sie abermals.

»Und ich halte mein Wort. Wir stimmen darüber ab.« Mit gequältem Blick sah er kurz zu Nikka. »Wer von euch ist dafür, das Dorf im Süden anzugreifen? Auch wenn es gefährlich wird und es einige von uns das Leben kosten kann …«, fügte er hinzu, um ihre Entscheidung ein wenig zu beeinflussen.

Die meisten Hände gingen in die Höhe. Lediglich Holly, Yokumo selbst und Tanafeh behielten die Arme unten.

»Eindeutig«, stellte Sedan fest und konnte die Freude in seiner Stimme kaum verbergen.

Yokumo erwiderte nichts, ließ nur niedergeschlagen den Kopf hängen.

Dafür ergriff nun Nikka das Wort. »Dann ist es beschlossen. Haudrauf, ist die Waffenkammer gefüllt?«

»Aye, Ma'am!«, antwortete der Troll knapp.

»Gut, wir werden also keine große Vorbereitungszeit benötigen. Die haben wir auch nicht, wenn man die leeren Vorratskammern bedenkt. Wir werden morgen das Dorf gen Süden verlassen, aufgeteilt in zwei Gruppen.« Nikka ließ den Blick durch die Runde schweifen. »Die meisten von euch werden bereits in den frühen Morgenstunden aufbrechen. Ihr reist mit wenig Gepäck und schnellen Reittieren. So erreicht ihr den ›Grünen Gürtel‹ vielleicht noch in der nächsten Nacht und könnt im Schutz der Dunkelheit nach Zun'Golkirr suchen.«

»Eine Suche wird nicht nötig sein. Ich weiß, in welcher Siedlung er sich aufhält«, warf Sedan ein. »Zu unserem Glück ist es jene, die am nördlichsten liegt.«

»Ich stamme von dort, ich kenne den Aufbau des Dorfes«, merkte Semei an.

»Umso besser. Säubert die Siedlung und nehmt den Häuptling gefangen«, befahl Nikka. »Tanafeh und ich werden den Rest des Clans bei den Reisevorbereitungen unterstützen und euch mit etwas Abstand folgen. Wir machen den ›Grünen Gürtel‹ zu unserem neuen Zuhause!« Ihre Stimme war stark und voller Enthusiasmus.

»Wir erobern das Reich der Menschen zurück!«, rief Semei und reckte freudig eine Faust in die Höhe.

»Dann sollten wir besprechen, wie wir am besten vorgehen können. Doch vorher werde ich dem Rest der Clans die Nachricht überbringen«, meldete sich Yokumo zu Wort.

Man konnte erkennen, dass ihm Nikkas Plan nun doch gefiel. Das mochte wohl vor allem an der Tatsache liegen, dass sie selbst nicht am Angriff beteiligt sein würde. Er erhob sich. »Außerdem muss ich noch ein paar Worte mit dem General wechseln ...«

12

Aerthas

Spät in der Nacht hatte Aerthas noch einmal mit dem Ratsherrn gesprochen. Yokumo hatte ihm von Oranos ungehaltener Reaktion berichtet. Der General hatte es als *Intrige gegen das Land* bezeichnet, dass man ihn erst so lange hingehalten hatte, um ihn nun doch mit einer Absage zum Prinzen zurückzuschicken, und hatte verkündet, noch in derselben Nacht nach Hohenfels aufzubrechen.

Doch auch wenn sie damit den Zorn des Elfenherrschers heraufbeschworen, die Abstimmung hatte ein eindeutiges Ergebnis geliefert. Außerdem dürfte es den Prinzen etwas milde stimmen, wenn er erfuhr, aus welchem Grund sie sich seiner Bitte widersetzten. Auch er fürchtete den Flammenden Lord und dürfte zufrieden damit sein, wenn es eine Bedrohung weniger für sein Land gäbe.

Danach war Aerthas nicht zu seiner eigenen Hütte gegangen, sondern in Richtung Lagerzentrum zurückgekehrt. Zu viele Gedanken beschäftigten ihn, sodass er ohnehin nicht hätte schlafen können.

Die Reihen am Feuer hatten sich deutlich gelichtet. Die Zwerge lagen hinter ihren Sitzen im Staub, Arme und Beine weit von sich gestreckt, und grunzten wohlig vor sich hin. Für sie war es nichts Ungewöhnliches, einfach an Ort und Stelle einzuschlafen, wenn sie die Müdigkeit übermannte.

Auf den Holzbalken hinter dem Feuer saßen schweigend die beiden Menschen Semei und Bosco. Und noch eine weitere Gestalt saß auf einem der Stämme, den schmalen Rücken ihm zugekehrt.

Mit beiden Händen rieb sie sich über die Oberarme.

Langsam ging er auf sie zu. »Ist Euch kalt?«, fragte er.

Ohne eine Antwort abzuwarten, zog er seinen Wappenrock über den Kopf und legte ihn ihr von hinten über die Schultern. Dann schwang er ein Bein über den Stamm, auf dem sie saß, und setzte sich rittlings neben sie, um sie ansehen zu können.

»Nein«, antwortete sie leise.

Augenblicklich wurde ihm bewusst, wie dumm seine Frage gewesen war. Besser als jeder andere kannte er die Hitze, die im Inneren der hübschen Elfe loderte, konnte er sie doch bei jeder Berührung selbst spüren.

Als er jedoch beobachtete, wie sie den Stoff enger um sich zog und tief einatmete, fühlte er sich nicht mehr ganz so tölpelhaft.

»Danke«, sagte sie und schenkte ihm ein flüchtiges Lächeln.

Eine Weile saßen sie schweigend nebeneinander. Lysanna starrte ins Feuer, während Aerthas sie so unauffällig wie möglich betrachtete.

»Es gibt so vieles, das mir durch den Kopf geht«, setzte sie an.

»Ich weiß«, sagte er, als sie nicht weitersprach. »Es gibt eigentlich so viel zu planen, wenn man gegen einen Trollclan kämpfen will. Nur fehlt die Zeit, um …«

»Das ist es nicht allein«, unterbrach sie ihn. »Es sind auch andere Dinge. Ihr, zum Beispiel.«

»Ich?«, fragte er ungläubig. »Was habe ich denn getan, was Euch zum Nachdenken bringt?«

»Ihr seid mir noch eine Antwort schuldig.«

Verblüfft sah er sie an. Eigentlich hatte er gedacht, sie spiele auf die Geschehnisse vorhin beim Training an. »Was wolltet Ihr denn wissen?«

»Ihr habt einmal ein Gespräch mit Orano erwähnt, in dem er Euch anscheinend gut über mich aufgeklärt hat. Leider wurden wir unterbrochen, bevor Ihr mir mehr über diese Unterhaltung erzählen konntet.«

Sie sah in mit ihren rehbraunen Augen durchdringend an.

Einen Moment lang überlegte er, wie viel er ihr erzählen konnte, ohne sie zu verärgern. Dann entschied er sich aber, bei der ungeschönten Wahrheit zu bleiben. Ohne zu weit auszuholen, gab er wieder, was ihm der General erzählt hatte. Je länger er redete, desto finsterer wurde Lysannas Blick.

Als Aerthas mit seinem Bericht fertig war, fragte er: »Würdet Ihr mir nun im Gegenzug erzählen, was damals wirklich passiert ist?«

»Der General hat Euch doch eine wunderbare Geschichte geliefert«, erwiderte sie bissig. »Wie kommt Ihr darauf, dass ich Euch etwas anderes sagen würde?«

»Ich mag Euch noch nicht sehr lange kennen, doch Ihr macht mir nicht den Eindruck einer typischen Ehebrecherin, Deserteurin und Königsmörderin.« Er bemühte sich nicht, die Ironie in seiner Stimme zu unterdrücken.

Sein Plan ging auf – das Lächeln kehrte auf Lysannas Gesicht zurück. »Ach nein?«

Er schüttelte den Kopf und sie schmunzelte. Dann sah sie zurück in die Flammen.

»Eigentlich ist Oranos Geschichte gar nicht so weit entfernt von der Wahrheit. Nur leider hat er dabei die Rollen ein wenig vertauscht.« Sie machte eine kurze Pause und schien nach den passenden Worten zu suchen. »Es stimmt, dass ich ein Mitglied der ›Obscuritates‹ gewesen bin und auch, dass ich mich damals in Orano verliebt habe.« Sie seufzte. »Ich war geblendet von seiner Kraft, seinem Einfluss und der machtvollen Aura, die ihn umgab. Er hielt recht schnell um meine Hand an und ich willigte ein. Bis zu diesem Punkt entspricht seine Geschichte also den Tatsachen.«

»Was geschah dann?«, fragte er neugierig.

»Ihr habt doch sicher die Gerüchte um den Untergrund in Hohenfels gehört?«

Er nickte.

»Was denkt Ihr, wieso der Prinz niemals dagegen vorgegangen ist?«

»Aber das ist er«, wandte Aerthas ein. »Ich kenne viele Soldaten, die damals in den Katakomben nach dem Versteck dieser Bande gesucht haben.«

Lysanna sah ihn geduldig an. »Und wer hat ihnen den Befehl dazu erteilt?«

Aerthas stutzte. »Der General, soweit ich weiß …«

»Habt Ihr jemals davon gehört, dass der Prinz persönlich einen solchen Befehl erteilt hat? Habt Ihr je von einem Kopfgeld gehört, dass auf den Bandenführer ausgesetzt war? Von Ausrufen, die jede Kooperation mit dem Untergrund verboten?«

»Nein.« Langsam verstand er, worauf die Jägerin hinauswollte. »Es war der General, der den Untergrund zerschlagen wollte, nicht der Prinz. Richtig?«

»Richtig. Prinz Etheron unterstützte diese Organisation sogar teilweise. Sie waren seine Augen und Ohren innerhalb der Festung und auf den Ländereien. Er wusste, dass es eine Verschwörung gegen ihn gab, nur nicht, wer diese anführte.«

»Aber wieso hat der General dann Jagd auf den Untergrund gemacht?« Das Ganze ergab für ihn noch immer keinen Sinn.

Lysanna seufzte abermals, offenbar verzweifelnd über seine Begriffsstutzigkeit. Dann fuhr sie fort. »Nicht der Untergrund war es, der nach dem Thron von Hohenfels gierte, sondern Orano selbst! Als ich auf einem Fest des Prinzen auf Mitzum, ein Mitglied des Untergrunds, traf, hat dieser mir davon erzählt. Er war einer der obersten Kämpfer der Rebellen und wusste mir so einiges zu berichten. Vieles, was mich vorher verwundert hatte, ergab plötzlich Sinn. Mein strahlender Verlobter war nichts als ein Wolf im Schafspelz. Also schloss ich mich heimlich dem Untergrund an und versorgte sie mit den Informationen, die ich aus erster Hand erhielt.«

»Wieso habt Ihr den General dann geheiratet?«

»Es war ein Opfer, welches ich bereit war, für das Wohl unserer Heimat zu bringen. Ich hatte ja nicht ahnen können, wie groß dieses Opfer sein würde …« Ihre Stimme brach und sie sprach nicht weiter.

Einen Moment wartete Aerthas, doch sie schwieg und starrte nur abermals ins Feuer.

Auch er drehte den Kopf, blickte in die lodernden Flammen und sah ihnen einige Sekunden bei ihrem wilden Tanz zu. Als er die Hitze, die von ihnen ausging, auf seinem Gesicht spürte, kam ihm ein Gedanke.

»Hat er Euch das angetan?«, fragte er und richtete die Augen wieder auf Lysanna.

Sie hob den Kopf und sah ihn an. Ihr Blick war fragend und misstrauisch zugleich. »Was meint Ihr?«

»Hat er Euch … entzündet?«

Jede Freundlichkeit verschwand aus ihrem Gesicht und sie verengte die Augen zu schmalen Schlitzen. »Von wem habt ihr das?«, zischte sie leise und warf einen kurzen Blick auf Semei und Bosco, die ihnen stillschweigend gegenübersaßen. Sie waren glücklicherweise zu weit entfernt, um ihr Gespräch verfolgen zu können.

Aerthas hob abwehrend beide Hände. »Niemand hat mir davon erzählt, Mylady. Bei jedem, dem Ihr dieses Geheimnis anvertraut habt, ist es sicher.«

Doch sie entspannte sich nicht. Immer noch sah sie ihn argwöhnisch an.

»Wisst Ihr noch, wie wir uns hier im Lager zum ersten Mal begegnet sind?«, erklärte er. »Als Ihr Eure Hand auf meinen Rücken gelegt habt? Da habe ich Euer Feuer das erste Mal gespürt. Ich konnte fühlen, wie es in Euch lodert, wie Euch die Hitze von innen heraus verglüht.«

Nun änderte sich der Ausdruck auf Lysannas Gesicht. Das Misstrauen verschwand, Verwunderung trat an seine Stelle. Sie sah aus, wie ein ertapptes Kind. Die Augen waren groß, der Mund leicht geöffnet.

Er griff nach ihrer Hand und verschränkte sie mit seiner. Wie jedes Mal, wenn sie einander zufällig beim Training berührt hatten, breitete sich von ihrer Hand ausgehend diese angenehme Wärme in ihm aus, floss seinen Arm empor über die Schultern in seinen ganzen Körper hinein und verdrängte die Kälte, die sonst darin wohnte.

Er sah ihr tief in die Augen. »Ich kann sie immer spüren, wenn Ihr in meiner Nähe seid. Ich kann sie auch jetzt spüren. Ihr taut mein Herz auf.«

Mit diesen Worten legte er ihre Hand auf seine Brust.

Was er dann empfand, war atemberaubend. Für den Moment, als sie ihn berührte, schlug sein Herz, als hätte es niemals etwas anderes getan, pumpte heißes Blut durch seine Adern und verdrängte die kalte Magie, die sein Inneres so lähmte. Er hatte das Gefühl, wieder am Leben zu sein.

Dabei schien er ebenfalls eine Wirkung auf Lysanna zu haben, denn erschrocken zog sie ihre Hand zurück. Doch sie sah ihm weiter in die Augen.

»Es stimmt, dass ich Orano getötet habe«, gestand sie schließlich leise. »Dies war der einzige Weg, mich von seinem Fluch zu befreien. Er wusste, was ich hinter seinem Rücken tat. Die Hitze war sein Hochzeitsgeschenk für mich. Das erste Mal spürte ich sie in der Nacht nach unserer Vermählung. Erst glaubte ich, ich bilde mir das alles nur ein. Doch immer wenn ich etwas tat, was Orano missfiel, flammte das Feuer erneut auf. Seine Nähe machte mich schwach, schickte mich in eine Hölle, aus der ich allein nicht entkommen konnte. Er beherrschte mich auf eine Art, die ich bis heute nicht vollkommen verstehe. Mitzum war es, der mich gerettet hat. Als er mich aus Hohenfels fortbrachte, war ich nur noch ein dunkler Schatten meiner selbst. Orano folgte uns und griff uns an. Dabei hatte er nicht so edle Ziele, wie er Euch glauben gemacht hat. Er wollte mich nicht retten, sondern zurück in seine Gewalt bringen. Und er wollte Mitzum töten. Als ich spürte, in welcher Gefahr mein Gefährte schwebte, konnte ich mich aus meinem inneren Gefängnis befreien und mich gegen meinen Gemahl erheben. Als Orano tot vor mir lag, verschwand auch die Hölle, die mich umgab. Aber ich war nicht mehr dieselbe. Das Feuer blieb und begleitet mich seither.«

Sie brach ab und drehte den Kopf zur Seite. Doch Aerthas waren die Tränen, die in ihren Augen lagen, nicht entgangen. Wieder griff er nach ihrer Hand und sie ließ es geschehen.

»Wieso habt Ihr nicht Hilfe beim Prinzen gesucht?«, wollte er wissen. »Er beschäftigt die besten Magier und Heiler an seinem Hof.«

»Der Prinz war nicht bereit, Oranos Verrat anzuerkennen. Im Gegenteil, sein Verschwinden war für ihn ein sicheres Zeichen, dass sich der Untergrund gegen ihn gestellt hatte. Niemand hatte je so viel Einfluss auf den Prinzen gehabt wie Orano. Und ich hatte Angst. Ich wusste es schon damals, spürte, dass der General nicht für immer aus meinem Leben verschwunden war.«

Sie tat ihm so leid, wie sie zusammengesunken neben ihm saß. Am liebsten hätte er sie an sich gezogen, sie beruhigt und ihr gesagt, dass er es nicht zulassen würde, dass Orano sich ihr je wieder näherte. Aber das war wohl eher die Aufgabe eines anderen – doch wo war dieser andere jetzt?

»Wo ist Mitzum? Wieso ist er nicht bei Euch?«

»Nach der Schlacht im ›Klagenden Hain‹ kehrten die verbliebenen Mitglieder des Untergrunds in ihr Versteck in Hohenfels zurück. Mitzum und ich folgten ihnen und ließen uns im Laubschattenwald nieder. Als Orano zurückkehrte, bestätigte er den Verdacht des Prinzen, dass der Untergrund sich gegen ihn gestellt hätte. Wir wurden geächtet und verfolgt. Mitzum und ich flüchteten und trafen dabei auf die ›Angelus Mortis‹, die uns Zuflucht boten. Zwei Jahre lang schafften wir es, unseren Aufenthaltsort geheim zu halten. Aber irgendwann fanden uns Oranos Männer und wir mussten abermals fliehen. Dabei wurden wir getrennt. Mitzum ging mit Fayori und ein paar anderen, ich mit Yokumo und dem Rest des Clans. Ich habe ihn seitdem nicht wiedergesehen.« Ein Beben ging durch ihren Körper, als sie weitersprach. »Alles, was ich mittlerweile weiß, ist, dass Orano einen Pakt mit dem Flammenden Lord geschlossen hat. Dank ihm ist Mitzum in dessen Gewalt.«

Nun verstand Aerthas, was die Jägerin so energisch gegen den Flammenden trieb.

»Ihr liebt ihn, diesen Mitzum. Habe ich recht?«

»Ich denke schon …« Ein Schluchzen entfuhr Lysannas Kehle und sie entzog ihm ihre Finger. Dann presste sie beide Hände vors Gesicht und weinte.

Aerthas war wie erstarrt. Er hatte geahnt, welch zarte Seele unter der harten Schale der Elfe ruhte, doch nicht damit gerechnet, dass sie ihm diese verletzliche Seite so offen zeigen würde. Er hatte nur noch einen Gedanken: Wem auch immer das Herz dieser wunderschönen Frau gehören mochte, wie sehr er seine eigenen Gefühle auch würde unterdrücken müssen – er würde sie beschützen und dafür sorgen, dass sie wieder glücklich wurde.

»Immer wenn ich wütend oder ängstlich bin, wenn ich mir Sorgen mache oder mich bedroht fühle, öffnen sich die Tore zu meiner ganz persönlichen Hölle«, wisperte sie zwischen ihren Fingern hindurch. »Ich schaffe es nicht, es zu kontrollieren. Es verbrennt mich von innen heraus.« Sie griff sich ins Haar und zog fest an einem Büschel ihrer schwarzen Mähne. »Selbst meinem Haar nimmt es das Leben – was bleibt, ist nichts als Asche.«

Sie wirkte so verzweifelt.

Aerthas legte eine Hand auf ihren Rücken und strich sanft darüber. »Wenn ich etwas für Euch tun kann …«

Sie senkte die Hände und sah ihn an. Ihre schönen braunen Augen glitzerten und ihr Gesicht war nass von Tränen. »Aber das tut Ihr doch«, erwiderte sie. »Seit Ihr hier seid … wenn ich bei Euch bin … denkt Ihr, ich kann Eure Kälte nicht spüren? Wenn Ihr da seid, kann ich denken, kann ich atmen. Aber es ist nicht nur das … Das alles ist so verwirrend!« Sie sah ihn mit gequältem Blick an.

Sicher war es ihm nicht verborgen geblieben, dass auch er eine gewisse Wirkung auf sie hatte. Doch dass diese über die Kälte, die er wohl ausstrahlen mochte, hinausgehen könnte, hatte er nicht erwartet.

Wieder stiegen Lysanna Tränen in die Augen und sie wollte sich abermals von ihm abwenden. Doch dieses Mal ließ er es nicht zu.

Er griff sie bei den Schultern und zog sie an sich, sodass ihr Kopf an seiner Brust lag. Sie hob die Hände und er erwartete bereits, dass sie ihn von sich wegschieben würde. Doch sie legte ihre Finger nur auf seine Brust, auf sein Herz, schmiegte sich an ihn und weinte lautlose Tränen. Einzig ihr Zittern verriet noch, was in ihr vorging.

Aus dem Augenwinkel sah Aerthas, wie Bosco und Semei sich erhoben. Er sah zu ihnen hinüber und warf ihnen einen vielsagenden Blick zu, der deutlich machte, dass es ihnen nicht gut bekommen würde, sollte irgendjemand erfahren, was am heutigen Abend geschehen war.

Sie verstanden. Semei nickte ihm zu, wobei er abwehrend die Hände hob. Bosco zuckte nur mit den Schultern. Dann drehten sich die beiden um und ließen sie allein.

Er wandte sich wieder der Elfe in seinen Armen zu und strich ihr weiter über den Rücken.

Ob sie noch weinte, konnte er nicht sehen. Trotzdem merkte er, dass sie sich langsam beruhigte. Sie hatte aufgehört zu zittern.

»Warum tust du mir nur so unglaublich gut?«, flüsterte sie, das Gesicht immer noch an seine Brust gelehnt.

»Ist das Warum nicht unwichtig?«, murmelte er und hielt sie fest an sich gedrückt.

Ihm war klar, dass es ein Fehler war, was er da gerade tat. Doch was richtig oder falsch sein mochte, war im Moment nicht von Belang. Er wusste, dass es für ihn in diesem Augenblick keinen besseren Platz auf dieser Welt gab als an Lysannas Seite.

Mit der Hand strich er ihr beruhigend über den Kopf, küsste immer wieder ihren Scheitel und fuhr mit den Fingern durch ihr dichtes Haar.

Die roten Spuren, die jede seiner Berührungen darauf hinterließ, konnte er in der Dunkelheit nicht erkennen.

Er war bis in die frühen Morgenstunden bei Lysanna geblieben, hatte sie festgehalten, sie beim Schlafen betrachtet, wie ihr Atem ruhig dahinfloss, und hatte ihr beim Träumen zugesehen. Manchmal hatte sie gelächelt und insgeheim hoffte er, dass sie dabei von ihm geträumt hatte.

Noch bevor die Dämmerung angebrochen war, hatte sich Bella zu ihnen gesellt. Die Tigerin hatte keinesfalls feindselig reagiert, obgleich er ihrer Herrin so nah gewesen war. Im Gegenteil, sie hatte seine Hand geleckt und sich dann zu seinen Füßen ausgestreckt, um ebenfalls noch etwas Schlaf zu finden.

Da er Lysanna nun gut bewacht wusste, hatte er sich langsam erhoben und die schlafende Elfe auf die Holzbank gebettet, einen leeren Weinschlauch als Kissen und seinen Wappenrock als Decke.

Nun saß er am Rand des Lagers und beobachtete, wie die ersten Strahlen der Morgensonne über das Land krochen.

Er war zufrieden, glücklich – trotz des Wissens, dass eine gefährliche Reise vor ihnen lag, wollten sie ja bald zum Lager der Trolle aufbrechen.

Immer wieder tauchte Lysannas Gesicht vor ihm auf und zauberte ein Lächeln auf seine Lippen.

Plötzlich stupste ihn etwas von der Seite an. Auf leisen Samtpfoten hatte Bella sich ihm genähert.

Sie hielt einen länglichen, in ein dreckiges Tuch gehüllten Gegenstand im Maul.

»Ist deine Herrin wach?«

Wie zur Antwort streckte sich die Tigerin. Dann warf sie ihm das Bündel vor die Füße und setzte sich anmutig neben ihn, als würde sie darauf warten, dass er es auspackte.

Genau das tat er und als er die schmutzige Hülle entfernt hatte, hielt er sein Adamantschwert in den Händen.

»Ist es Haudrauf doch gelungen …«

Bella gurrte zur Antwort, leckte sich eine Tatze und strich sich damit über den Kopf.

»Danke.« Er kraulte ihr Kinn.

Genüsslich schloss das Tier die Augen.

Aerthas blieb noch ein wenig sitzen, bis die Sonne vollkommen am Himmel zu sehen war. Die Wärme der ersten Strahlen auf seiner Haut lockte die Müdigkeit hervor und immer wieder fielen ihm die Augen zu. Bella wachte über ihn und jedes Mal, wenn er drohte einzuschlafen, verpasste sie ihm einen heftigen Stoß mit ihrem massigen Kopf.

»Ich sollte mich wohl langsam zum Sammelplatz aufmachen«, beschloss er, als er abermals heftig gähnte. »Es nützt ja alles nichts. Auf eine traumhafte Nacht folgt die harte Realität.«

Er erhob sich träge und setzte sich in Bewegung. Auf seinem Rückweg trottete Bella hinter ihm her, als hätte sie nie etwas anderes getan.

13

Aerthas

Ein schöner Kommandant ist das! Während wir in die Schlacht ziehen, steht er mitten in der Prärie und sein Hengst schlägt sich den Bauch voll mit Steppengras.«

Ein Kichern.

»Hör auf damit.«

Ein Rascheln, gefolgt von kehligem Schnurren.

»Bella bleibt bei dir. Und jetzt beeil dich, damit du den Anschluss nicht verlierst. Sag Yokumo, wir sind in Kürze wieder bei euch.«

Aerthas schlug die Augen auf. Er blinzelte einige Male angesichts der hellen Sonne, die ihm direkt entgegenschien. Als er sich daran gewöhnt hatte, sah er einen grauen Wolf in Richtung einer Staubwolke davonjagen, die sich in einiger Entfernung über der Steppe gebildet hatte. Auf seinem Rücken saß Fayori, neben ihnen lief die weiße Tigerkatze.

Erst jetzt bemerkte er, dass sein Hengst still mitten in der dürren Landschaft stand.

»Ein schnelles, kräftiges Tier ist das. Doch es bedarf einer starken Führung, es in Trab zu halten«, bemerkte Lysanna, die neben seinem Pferd stand und diesem sanft über den muskulösen Hals strich. Dann schaute sie zu Aerthas hoch.

Sie trug ein dunkelgrünes Cape, um sich vor der Sonne zu schützen, dessen Kapuze ihr Gesicht halb verdeckte. Trotzdem sah er das spöttische Lächeln auf ihren Lippen.

»Darf ich?«, fragte sie mit einem Blick auf die Zügel in seiner Hand.

Vollkommen verwirrt machte er sich daran, vom Rücken des Tieres abzusteigen, um sie aufsitzen zu lassen.

Lysanna hielt sich eine Hand vor den Mund und prustete leise. »Und du? Willst du etwa zum ›Grünen Gürtel‹ laufen?«, lachte sie und streckte eine Hand zu ihm empor.

Es war das erste Mal, dass sie auf die höfische Ausdrucksweise ihm gegenüber verzichtete, abgesehen von dem einen Mal am Abend zuvor. Irgendwie fühlte es sich gut an, dass sie ihn so vertraut ansprach.

Erst jetzt verstand er, was sie vorhatte. Er ergriff ihre Hand und half ihr hoch.

»Vielleicht hättest du letzte Nacht doch etwas mehr schlafen sollen«, stellte sie schmunzelnd fest, als sie vor ihm saß und sich halb zu ihm umdrehte.

»Machst du dich etwa über mich lustig?«, fragte er in gespielt beleidigtem Tonfall.

»Niemals, mein Herr! Wie könnte ich?«, rief sie aus und kicherte.

Ohne darüber nachzudenken, senkte er den Kopf etwas zu ihr und raunte: »Ich mag es, wenn du lachst.«

Sie erwiderte nichts und trotzdem wusste er, dass sie immer noch lächelte.

»Ich höre es gern, und ich sehe es gern«, fügte er hinzu und zog ihr die Kapuze vom Kopf. Dann stutzte er. »Was hast du mit deinem Haar gemacht?«

Er betrachtete verblüfft, wie die goldenen Sonnenstrahlen das dunkelrote Haar zum Leuchten brachten. Jetzt sah sie fast wieder so aus wie das Mädchen, dem er vor zehn Jahren im Wald begegnet war. Sie war wunderschön.

Noch immer lächelnd drehte sie sich wieder nach vorn. »Sagen wir so – *ich* habe letzte Nacht ziemlich gut geschlafen.«

Aerthas entsann sich des Gesprächs vom Abend zuvor. Wenn er sie richtig verstanden hatte, spiegelte ihr Haar wider, wie es in ihrem Inneren aussah. Jetzt musste auch er lächeln.

»Es gefällt mir«, sagte er leise. »Wieso versteckst du es?«

»Du bist nicht der Einzige, der über mein kleines Frisurproblem Bescheid weiß. Doch an einem Tag wie diesem brauchen wir alle einen klaren Kopf und haben keine Zeit für neugierige Fragen. Und jetzt festhalten.«

Bevor er fragen konnte, was sie damit meinte, presste sie ihre Schenkel fest gegen die Flanken des Pferdes. Sofort fiel der weiße Hengst in einen scharfen Galopp und wirbelte mit seinen Füßen den Staub hinter ihnen auf.

Instinktiv schlang er seine Arme um ihre Taille und rutschte dichter an sie heran, um nicht abgeworfen zu werden.

Er konnte spüren, wie sie sich ebenfalls nach hinten lehnte und in seine Umarmung fallen ließ.

Sein Gesicht war jetzt ganz nah an ihrem. Er atmete tief ein und genoss den süßen Duft, der von ihr ausging und ihn an die sommerlichen Wälder seiner Heimat erinnerte.

»Danke fürs Mitnehmen«, sagte er, seine Lippen nur noch einen Wimpernschlag von ihrer Wange entfernt. Seine Stimme war jetzt ruhig und entspannt.

»Sieh es als Revanche«, erwiderte sie im gleichen sanften Ton. »Ich will doch nicht schuld daran sein, dass Yokumo den Kampf ohne seinen Kommandanten beginnen muss, nur weil er mir in der Nacht als Kissen dienen musste.«

Noch einmal sah sie ihn an. In ihrem Blick lag jetzt nicht mehr der Schalk, sondern etwas anderes, was Aerthas nicht ganz deuten konnte.

Nur zu gern hätte er sie jetzt geküsst, doch der wilde Ritt ließ es nicht zu.

Schon spürte er wieder, wie ihm die Augen zufielen.

»Schlaf jetzt«, befahl sie sanft, aber bestimmt.

Aerthas schloss die Augen, gab sich ganz dem Geruch und der Wärme hin, die von Lysanna ausging.

Noch eh sie den Trupp wieder erreicht hatten, war er tatsächlich eingeschlafen.

Als er die Augen das nächste Mal öffnete, war die Sonne gerade noch am Horizont zu erkennen.

»Guten Morgen, du Bär«, begrüßte ihn Lysanna belustigt.

Er hob den Kopf von ihrer Schulter, rieb sich die Augen und sah sich um. »Bär?«, murmelte er schlaftrunken.

»Zumindest klingst du wie einer, wenn du schläfst«

Sie ritten am Ende des Zuges, der jetzt in gemächlichem Trab über zartes grünes Gras zog. Nicht weit entfernt erhoben sich bereits die ersten Ausläufer des Grünen Gürtels.

»Wir sind ja fast am Ziel«, stellte er verwundert fest. Der Nebel des Schlafes zog sich langsam aus seinem Kopf zurück und ihm wurde bewusst, dass mit dem Auftauchen des Waldes vor ihnen auch der geplante Angriff näher rückte.

Der Soldat in ihm erwachte. Er griff nach den Zügeln in Lysannas Händen und übernahm die Führung.

»Ich muss noch etwas mit Yokumo besprechen«, erklärte er ihr und trieb das Pferd nach vorn an die Spitze.

Als sie zwischen den anderen hindurchritten, entflammte leises Getuschel. Ob der Grund sein peinlicher Schönheitsschlaf war, die Veränderung ihres Haares, das jetzt frei sichtbar für alle über ihren Nacken floss, oder die Tatsache, dass seine Hand noch immer an ihrer Hüfte lag, war ihm gleichgültig. Sollten sie doch reden.

Als sie Sedan passierten, warf dieser ihm einen Blick zu, der schärfer war als jedes Schwert.

Aerthas verstand die Botschaft: *Ich beobachte dich! Komm ihr nicht zu nah!*

»Keine neugierigen Fragen. Wir brauchen alle einen klaren Kopf«, hallten Lysannas Worte in seinen Gedanken wider und sie hatte recht.

Er rückte ein Stück zurück, ergriff die Zügel des Pferdes nun auch mit der zweiten Hand und trieb es vorwärts, bis er neben Yokumo ritt.

»Na, wieder unter den Lebenden?«, fragte dieser scherzhaft.

»Wir sind bald da«, erwiderte Aerthas ernst.

»Ich weiß. Was schlägst du vor?«

»Einschleichen und töten, so viele wie möglich«, antwortete er knapp. Seine Stimme war hart geworden.

Yokumo sah ihn misstrauisch an. »Du weißt, dass es nicht *diese* Trolle waren, die verantwortlich sind für …«

»Das ist uninteressant«, fuhr Aerthas ihn an. »Trolle sind Trolle. Sie würden das Gleiche mit uns machen, wenn wir ihnen eine Gelegenheit dazu gäben.«

Weder Lysanna noch Yokumo erwiderten etwas. Sie wussten, dass er recht hatte – zumindest was die Stämme unter Zun'Golkirrs Führung betraf.

Als sie Stunden später die ersten Bäume erreichten, stiegen sie von ihren Reittieren ab und pirschten sich zu Fuß bis an das Dorf der Trolle heran. Die Kolonne bewegte sich lautlos, einzig das Rascheln ihrer Schritte im immer höher werdenden Gras war zu hören. Die Dunkelheit, die sich mittlerweile vollständig über das Land gelegt hatte, machte ihre Tarnung komplett.

Nur ein Stück weiter stießen sie auf ihr Ziel.

Sie postierten sich zwischen einigen Bäumen und hohen Farngewächsen, unsichtbar für die Späher der Trolle, die am Rand des Dorfes Wache hielten.

Keiner sagte ein Wort.

Aerthas ließ seine Augen über die Grenzen des Dorfes wandern und versuchte abzuschätzen, wie gut es bewacht war. Dann sah er zu seinen Gefolgsleuten.

Er deutete wortlos auf Fayori und Sedan, dann auf das Dorf. Beide nickten und zogen sich die schwarzen Tücher vors Gesicht. Der Angriff konnte beginnen.

»Ich bin immer hinter dir, Kleines«, raunte Sedan Fayori zu, als sich die beiden in Bewegung setzten.

Als sie außer Sicht waren, gab Aerthas den anderen den lautlosen Befehl, das Dorf zu umstellen. Wie abgesprochen würden sie auf Sedans Zeichen warten, das ihnen mitteilte, dass er und Fayori den Häuptling in ihrer Gewalt hatten. Dann würden sie die Wachen ausschalten und so unauffällig wie möglich ebenfalls zur Häuptlingshütte vordringen.

Zuletzt blieb nur noch Lysanna neben Aerthas.

Bevor auch sie sich in Bewegung setzte, trat sie noch einmal neben ihn, nahm seine Hand und sagte: »Pass auf dich auf, bitte!«

Dann hauchte sie ihm einen kurzen Kuss auf die Wange, eh sie mit Bella im Gefolge davonsprang.

Aerthas konnte ein Grinsen nicht unterdrücken, rieb die Wange an der Stelle, an der ihre Lippen ihn gerade berührt hatten, und wandte sich dann wieder der bevorstehenden Aufgabe zu.

Er presste sich ins Gras und schlich auf die Wachmänner direkt vor ihm zu. Es waren zwei große, plumpe Trolle mit massiven Holzkeulen in den Händen, die den Haupteingang des Dorfes flankierten.

Aerthas duckte sich noch tiefer ins Gras, beobachtete die Wachen und wartete auf das abgesprochene Signal.

Nur wenige Minuten später erleuchtete eine kleine Explosion den Nachthimmel über dem Dorfzentrum. Sedan und Fayori hatten es geschafft – der Häuptling war gefangen.

Aerthas zog die Klinge seines Adamantschwertes aus der Scheide und stürmte los. Die Trolle hatten das Leuchtzeichen ebenfalls bemerkt und starrten noch immer zum Himmel, sodass sie von seinem Auftauchen so überrascht waren, dass sie kaum Gegenwehr leisteten. Zwei harte Schwünge genügten und die Wachen fielen tot zu Boden.

Aerthas drang weiter vor, in Richtung des Zentrums.

Auf dem Weg nahm er den schalen Biergeruch wahr, der in den Gassen hing. Sie hatten Glück, die Trolle schienen am Abend zuvor eine Ladung Festtagsbräu gekapert und vernichtet zu haben. Er traf kaum auf Widerstand, bis er den Marktplatz erreicht hatte.

Den anderen schien es ebenfalls leichtgefallen zu sein, hierher vorzustoßen. Sie hatten bereits ein großes Haus in der Mitte des Platzes umstellt, in welchem sich augenscheinlich der Häuptling des Clans aufhielt.

Besser hätte es für sie nicht laufen können. Dieses Gebäude, früher wohl einmal das Gemeindehaus des Dorfes, ließ sich dank des weiträumigen Marktplatzes wunderbar verteidigen. Kein Troll würde es schaffen, sich ihnen unbemerkt zu nähern.

Schnell glitt sein Blick über den Kreis, den seine Krieger um das Haus gebildet hatten. Keiner schien verletzt zu sein – das war sehr gut.

Aerthas schritt zwischen Lysanna und Semei hindurch, die den Eingang des Hauses flankierten, und sprang auf die Stufen, die zu der Eingangstür führten.

Er reckte sein Schwert in die Höhe und brüllte so, dass seine Stimme im ganzen Dorf zu hören sein musste: »Euer Häuptling ist in unserer Hand! Flieht oder sterbt!«

Daraufhin brach Tumult im Lager los.

Yokumo hatte gehofft, dass die Trolle einfach die Flucht ergreifen würden und damit sinnloses Blutvergießen vermieden werden konnte. Doch als diese aus ihren Häusern gekrochen kamen, wurde schnell klar, dass kaum einer von ihnen kampflos von dannen ziehen würde.

»Nun denn, kommt nur! Meine Klinge erwartet euch bereits.«, murmelte Aerthas mehr zu sich selbst, als dass es für die Ohren anderer bestimmt war.

Lysanna drehte sich kurz zu ihm und sah ihn argwöhnisch an. Dann richtete sie den Blick wieder nach vorn und hob gleichzeitig mit Semei den Bogen, bereit zur Verteidigung.

Die Trolle quollen wie Kakerlaken aus allen Gassen, Ecken und Winkeln auf den Marktplatz. Ein schneller Blick zeigte, dass mindestens die Hälfte von ihnen Waffen besaß. Es waren auch nicht nur Steinkeulen oder Äste, die sie schwangen, sondern die Waffen der Menschen, die sie wahrscheinlich in der Siedlung gefunden hatten: Äxte, Schwerter, Streitkolben.

Schon schossen surrend Lysannas und Semeis Pfeile durch die Luft, welche die erste Angriffsreihe der Trolle deutlich dezimierten.

Heiße Rachegelüste brodelten in Aerthas auf und noch einmal brüllte er: »Flieht oder sterbt!«, bevor er sich ebenfalls den Trollen entgegenwarf.

Diese mochten gut ausgerüstet sein, doch waren sie bei Weitem nicht fähig, ihre Waffen auch entsprechend zu führen. Leichter als erwartet, streckte Aerthas einen nach dem anderen nieder.

Plötzlich griff jemand nach seinem Ärmel.

»Aerthas, sieh doch!«, rief Tessel alarmiert und deutete hinter ihn.

Ein flackernder Schein machte sich daran, die Nacht vom Himmel zu verdrängen.

Blitzschnell erfasste Aerthas die Lage. Das Dach eines nah stehenden Hauses hatte Feuer gefangen. Dann hörte er Yokumo brüllen: »Lysanna – Schluss! Es reicht!«

Er drehte sich in die Richtung, aus welcher der Ruf gekommen war. Lysanna stand inmitten des Gefechts und spannte gerade ihren Bogen. Wie durch Geisterhand entflammte die Spitze des Pfeils. Sie ließ den Bogen sinken und die Flamme erlosch, sie hob ihn erneut und auch das Feuer flammte wieder auf. Hilflos und unfähig, auch nur einen weiteren Schuss abzufeuern, ohne noch mehr Schaden anzurichten, sah sie sich um.

Dann trafen sich ihre Blicke.

Die Gedanken in Aerthas Kopf rasten. Er musste zusehen, dass nicht das halbe Dorf Feuer fing – schließlich sollte es dem Clan als neue Zuflucht dienen. Gleichzeitig konnte er Lysanna nicht schutzlos mitten auf dem Platz unter all diesen Trollen stehen lassen.

Hektisch sah er sich um, ließ den Blick über Trollleichen, Strohhaufen und Fässer schnellen.

Sofort begann ein Plan in seinem Kopf Gestalt anzunehmen. Er rannte auf eines der Fässer zu und griff dabei nach der erstbesten Waffe, auf die er traf. Es war ein Schwert.

»Sie schafft das. Sie kann das«, sagte er zu sich, dann rief er: »Lysanna, hier! Fang!«

Quer über den Platz warf er ihr das Schwert zu und als hätte sie nie eine andere Waffe geführt, fing sie es auf und hielt es schützend vor sich.

Er hechtete weiter zu einem der Fässer und hob den Deckel an. Modrig riechende Luft drang ihm entgegen. Als er hineinsah, stellte er fest, dass es zur Hälfte mit einer braunen, schmierigen Flüssigkeit gefüllt war. Er steckte die Hand hinein. Wenn auch schal und ungenießbar – es handelte sich eindeutig um Wasser. Rasch sah er sich auf dem Marktplatz um.

»Sedan!«, brüllte er, als er den Seelenlosen entdeckte, der sich ebenfalls in die Schlacht gestürzt hatte, während Fayori als Wache bei dem Trollhäuptling geblieben war.

Der Seelenlose sah zu ihm hinüber und Aerthas deutete auf das brennende Dach. Sedan verstand sofort und eilte zu dem Haus hinüber.

Er selbst schnappte sich einen Eimer, der auf dem Boden neben dem Fass lag, und füllte ihn mit Wasser. Dann setzte er sich ebenfalls in Bewegung und mit nur wenigen Schritten erreichte auch er den Brandherd.

Sedan war bereits auf das Dach geklettert. Aerthas reichte ihm den Eimer und kurz darauf war ein zischendes Geräusch zu hören. Dann erschien Sedans Gesicht erneut am Rand des Daches.

»Mehr!«, brüllte er nach unten und warf Aerthas den leeren Eimer zu.

Als er sich umdrehte, um zu dem Fass zurückzulaufen, blickte er direkt auf den massigen Brustkorb eines Trolls.

Dieser fluchte in einer fremden Sprache und riss eine Streitaxt hoch, die er in seinen klobigen Händen hielt.

Der Schreck lähmte Aerthas für einen Augenblick und machte ihn unfähig, auszuweichen.

Doch noch eh der Troll die Axt ganz erhoben hatte, kippte er auch schon nach vorn, sodass Aerthas fast von ihm erdrückt worden wäre, wäre er nicht im letzten Moment zur Seite gesprungen.

Ein Pfeil steckte im Rücken des Ungetüms und einige Schritte dahinter stand Semei und hob verschmitzt zwei Finger an die Stirn.

»Das war knapp. Danke!«, rief Aerthas ihm zu. Dann machte er sich wieder daran, Wasser zu holen.

Noch drei weitere Male brachte er Sedan einen gefüllten Eimer, bevor eine dicke Rauchwolke das vollständige Sterben des Feuers verkündete.

Nun sah Aerthas sich wieder nach Lysanna um. Als er sie entdeckte, erkannte er zu seiner Erleichterung, dass er sich nicht zu sorgen brauchte. Sah es auch nicht sonderlich elegant aus, beherrschte sie das Schwert doch so gut, dass sie sich verteidigen und sogar angreifen konnte.

Also widmete auch er sich wieder der Ausmerzung der verbliebenen Trolle.

Erst Stunden später kehrte Ruhe in der Siedlung ein. Nachdem die Besetzer erschlagen und vertrieben waren, hatten sie eine Weile gebraucht, den Marktplatz zu säubern. Die Leichen, ausnahmslos Trolle, hatten sie außerhalb der Dorfgrenze auf einen Haufen geworfen und entzündet – zum einen als Mahnmal für die feindlichen Bewohner umliegender Siedlungen, zum anderen als Wegweiser für die übrigen Mitglieder ihres eigenen Clans, die ihnen folgen würden.

Damit war der Häuptling Zun'Golkirr der einzige Troll, den diese Siedlung noch beherbergte. Angekettet in seinem Haus und gut bewacht von Tâlie, stellte er jedoch keine Gefahr dar.

Schritt für Schritt hatten sie das Dorf durchkämmt, die Häuser auf Bewohnbarkeit überprüft und die Lagerbestände gesichtet.

Dabei waren sie auch auf ein größeres Gebäude am Rande der Siedlung gestoßen, das von außen fest verriegelt war. Darin eingepfercht wie Vieh, hatten sie die Menschen gefunden. Gut drei Dutzend, darunter hauptsächlich Frauen und Kinder, klammerten sich hungrig und zitternd aneinander. Doch nachdem Bosco und Semei zu ihnen gesprochen hatten, kamen sie zögernd aus ihrem Gefängnis und nahmen ihr Zuhause wieder in Besitz.

Die Dankbarkeit ihren Rettern gegenüber war so groß, dass es außer Frage stand, dass der Clan sich ebenfalls in der Siedlung niederlassen durfte.

Die Überlebenden der Trollbelagerung waren nur ein Bruchteil der Gemeinschaft, die hier früher einmal gelebt hatte. Somit standen den ›Angelus Mortis‹ viele leere Häuser zur Verfügung, unter welchen die Mitglieder frei wählen konnten.

Lysanna und Fayori entschieden sich für eine Unterkunft in der Nähe des Siedlungsrandes, von wo aus es nicht weit zum naheliegenden Fluss war. Die Jägerin genoss das Gefühl der unbändigen Wildnis, das von diesem fließenden Gewässer ausging.

Das Haus bestand aus drei Zimmern. Hinter der hölzernen Eingangstür befand sich ein größerer Raum mit zwei ausladenden, verglasten Fenstern, von denen man die umliegenden Häuser, aber auch den Fluss sehen konnte.

Wie überall im Dorf herrschten auch in den Gebäuden Chaos und Unordnung, doch an dem steinernen Ofen in einer Ecke und den Trümmern eines Tisches und passenden Stühlen konnte man erkennen, dass dies wohl einst die Küche gewesen sein musste.

Es gingen zwei Türen von dem Zimmer ab, die in gleich große Räume führten, welche nicht weniger verwüstet waren.

»Ich nehme das hier«, bestimmte Fayori, als sie aus dem rechten der beiden Zimmer zurückkehrte. »Es stehen zwei halbwegs intakte Betten darin. Eines davon können wir für dich in das andere Zimmer stellen.«

Man merkte dem Mädchen deutlich an, wie euphorisch sie war bei dem Gedanken, endlich einen Raum für sich allein zu haben. In ihrer alten Hütte im Orklager hatte es nur einen einzigen Raum gegeben, den Mutter und Tochter gemeinsam bewohnt hatten.

Jetzt schritt Fayori durch ihr neues Haus und erzählte Lysanna voller Stolz, wie sie die Eroberung des Dorfes erlebt hatte. Sie plapperte ohne Unterbrechung, schilderte immer wieder, wie sie und Sedan den Häuptling überwältigt hatten und wie sie diesen ganz allein in Schach gehalten hatte, während der Rest mit den anderen Trollen beschäftigt gewesen war.

Lysanna, die von Sedan bereits wusste, dass Zun'Golkirr zu diesem Zeitpunkt schon fest verschnürt und ungefährlich gewesen war, gab immer wieder gemurmelte Worte der Bewunderung und der Zustimmung von sich, während sie den Unrat im Haus wegräumte, um es bewohnbar zu machen.

Insgeheim war sie sehr froh, dass ihrer Tochter der Anblick des Massakers außerhalb der Hütte erspart geblieben war. Die Zeit, in der diese sich solch roher Gewalt gegenübergestellt sehen sollte, würde leider noch früh genug kommen.

»Ich dachte die ganze Zeit, er würde sich jeden Moment wieder losreißen. Aber der Anblick meines Dolches hat ihn wohl davon abgehalten«, erklärte das Mädchen stolz und setzte sich auf den Rand des Steinofens. »Ich hab an der Wand gelehnt und immer wieder über die Klinge gestrichen, so wie Sedan es immer tut.«

Lysanna hörte ihr nur halbherzig zu und fuhr mit dem Versuch fort, etwas Ordnung in den großen Vorraum zu bringen.

Allem Anschein nach mussten die früheren Bewohner Kinder gehabt haben, denn unter einem zersplitterten Stuhl fand sie eine kleine Stoffpuppe. Sie klopfte sie vom Staub frei und setzte sie auf das hölzerne Fensterbrett.

Unweigerlich blickte sie nach draußen. Wenige Häuser weiter standen Tâlie und Aerthas vor einem Hauseingang und unterhielten sich. Obwohl Tâlie mit dem Rücken zu ihr stand, konnte sie erkennen, dass sie intensiv auf ihren Bruder einredete. Der wirkte jedoch ziemlich unbeteiligt, immer wieder schweifte sein Blick umher. Er schien ihr nicht wirklich zuzuhören.

Lysanna lächelte bei dem Gedanken, dass sie sich in der gleichen Lage befand wie er.

Sie blieb am Fenster stehen, legte eine Hand auf den Rahmen und beobachtete den Elfen.

Es war schon komisch. In den wenigen Monaten, die sie gemeinsam im alten Lager gelebt hatten, hatte sich zwischen ihnen ein so intensives Verhältnis entwickelt wie mit niemandem sonst im Clan. Wenn sie es sich recht überlegte, gab es nur *einen* anderen Mann auf der Welt, mit dem sie sich ähnlich verbunden gefühlt hatte.

In den letzten Stunden hatte sie Aerthas näher an sich herangelassen, als es gut für sie beide war – das wusste sie. Aber trotz der

Gefühle von Schuld und Verrat, die sich in ihr breitmachten, bereute sie nichts von dem, was sie gesagt oder getan hatte. Nicht einmal den Kuss, den sie ihm kurz vor dem Angriff auf die Wange gehaucht hatte.

Als könnte er spüren, dass sie ihn beobachtete, sah Aerthas jetzt zu ihr herüber. Sie lächelte und winkte ihm zu.

Auch er lächelte, tat aber sonst nichts. Wahrscheinlich wollte er Tâlie nicht auf sie aufmerksam machen.

So standen die beiden da und sahen sich einfach nur an. Ein Kribbeln meldete sich in ihrem Bauch. Eine wohlige Wärme, so anders als das heiße Feuer, das sie sonst kannte, keimte in ihrem Inneren auf.

›*Was ist bloß los mit mir?*‹, fragte sie sich stumm. ›*Wieso ruft er solche Empfindungen in mir wach?*‹

Dass es nicht nur seine Kälte war, die ein so perfektes Gegenstück zu ihrem Feuer bildete, war ihr schon heute Nacht klar geworden, als sie die Sorge übermannt hatte, ihm könne beim Überfall auf die Trolle etwas zustoßen.

Aber was war es dann? Lag es wirklich nur daran, dass sie nun schon so lang allein war und dass sie Mitzum so schrecklich vermisste? Denn das tat sie doch, oder?

Hatte sich etwas an ihren Gefühlen verändert oder hatte sie sich nur so sehr in sich selbst zurückgezogen, dass die Zuneigung zu dem ersten Mann, der nach Mitzum wieder zu ihr durchdrang, so intensiv war?

Was aber, wenn es nicht daran lag, dass es ein Mann war, sondern daran, dass es *Aerthas* war? Wenn sie sich wirklich … in ihn verliebt hatte?

Nein, er war nur ein Freund. Ein guter Freund – nicht mehr und nicht weniger. Und das würde auch so bleiben. Sie nahm sich fest vor, die restliche Distanz, die noch zwischen ihnen herrschte, aufrecht zu erhalten.

Tâlie schien zu bemerken, dass Aerthas ihr keinerlei Aufmerksamkeit mehr schenkte. Sie drehte sich um und folgte seinem Blick. Als sie Lysanna entdeckte, hob sie die Hand zum Gruß. Dann legte sie die Stirn in Falten und sah zwischen den beiden hin und her. Nach einem kurzen Kopfschütteln packte sie ihren Bruder am Arm und zog ihn mit sich ins Innere des Hauses.

Kurz bevor Aerthas verschwand, winkte er ihr noch einmal zu.

»Ach, wie schön, Tâlie und Aerthas sind wohl jetzt unsere Nachbarn.«

Lysanna zuckte vor Schreck zusammen. Sie war so sehr in ihre Gedanken versunken gewesen, dass sie nicht bemerkt hatte, wie Fayori neben sie getreten war.

»Ja, scheint so«, bemerkte sie rasch.

»Super! Dann können wir nachher gemeinsam zum Marktplatz gehen.«

Lysanna sah das Mädchen irritiert an. »Was willst du denn auf dem Marktplatz?«

In diesem Moment klopfte es an der Tür.

»Ja?«, antwortete Fayori und sogleich schwang die Tür auf.

Sedan trat ein. »Der Troll ist bereit«, sagte er zu Lysanna.

Natürlich, das Verhör!

»Gehen wir«, antwortete Fayori an ihrer Stelle.

»Wir?«, fragte Lysanna, als ihr endlich dämmerte, was Fayori gemeint hatte. »Du glaubst nicht allen Ernstes, dass ich dich mitnehme.«

»Aber hallo, schließlich ist er ja *mein* Gefangener!« Schon schritt Fayori zur Tür, vor der sich Sedan aufgebaut hatte.

»Vergiss es«, sagte er knapp zum Elfenmädchen.

»Du hast mir gar nichts zu sagen«, zischte Fayori ihn an, als sie direkt vor ihm stand. Herausfordernd reckte sie ihr Kinn in die Höhe. Es war das erste Mal, dass sie ihrem Freund und Lehrer so offen die Stirn bot.

»Aber ich«, sagte Lysanna bestimmt und drängte sich an ihrer Tochter vorbei. »Du bleibst hier.«

»Lysa, komm schon«, bettelte Fayori. »Wie soll ich jemals Kampferfahrung sammeln, wenn ihr mich immer ausschließt?«

»Du hattest genug Erfahrung für heute. Außerdem hat ein Verhör nichts mit Kampf zu tun.«

»Mama, bitte!«

»Nein.«

»Sedan?«, versuchte Fayori es mit lieblicher Stimme.

»Vergiss es«, wiederholte dieser nur und ging nach draußen. Lysanna folgte ihm.

»Schön, dann geht doch! Viel Spaß!«, rief Fayori wütend, griff nach der Tür und knallte sie hinter ihrer Mutter zu.

»Eigentlich solltest du bei diesem Verhör besser auch nicht dabei sein.« Sedan sah Lysanna stirnrunzelnd an.

Er gab ihr eine letzte Möglichkeit, auszusteigen, doch sie zuckte nur mit den Schultern.

»Gut, wenn du meinst«, nickte er. »Aber sag nicht, ich hätte dich nicht gewarnt.«

Tâlie gesellte sich zu ihnen. »Aerthas braucht noch einen Moment. Wollen wir schon gehen?«

Vor dem Gemeindehaus hielt Lysanna inne.

»Geht ihr schon rein. Ich will noch schnell nach Bella sehen«, erklärte sie den anderen.

Sedan und Tâlie nickten und ließen sie allein zurück.

Lysanna atmete tief durch.

Es war nicht nötig, nach Bella zu sehen. Die weiße Tigerin war jagen, das wusste sie. Doch sie war noch nicht bereit dazu, in dieses Gebäude, das gleich zur Folterhalle umfunktioniert werden würde, einzutreten.

Bisher hatte sie noch nie an einem Kriegsverhör teilgenommen und beim Gedanken daran, zuzusehen, wie ein Wesen gefoltert wurde, stieg Übelkeit in ihr auf. Doch es half nichts, sie wollte auf jeden Fall selbst anwesend sein, wenn der Troll über den Flammenden Lord sprach. Sie wollte jedes Wort aus erster Hand erfahren.

›*Vielleicht wird eine Folter gar nicht nötig sein*‹, hoffte sie insgeheim. ›*Vielleicht hat er wirklich solche Angst um sein Leben, dass er ohne Umschweife alles ausplaudert. Trolle kennen keine Loyalität, wieso sollte er also für jemand anderen sein Leben aufs Spiel setzen?*‹

Als jemand ihren Namen rief, wurde sie jäh aus ihren Überlegungen gerissen.

Trotz aller guten Vorsätze konnte sie nicht verhindern, dass ihr Herz schneller zu klopfen begann, als Aerthas über den Marktplatz auf sie zukam.

»Da bist du ja endlich«, sagte sie, als er sie erreicht hatte. »Dann können wir wohl anfangen. Die anderen sind bereits drin.«

Schon drehte sie sich um und wollte in das Gemeindehaus gehen. Sie wollte keine Schwäche zeigen, auch nicht vor ihm. Doch Aerthas hielt sie an der Hand zurück.

»Lysanna, warte bitte«, sagte er in ernstem Tonfall.

Überrascht drehte sie sich um und sah ihn fragend an.

»Erklär mir bitte, was da vorhin los war.«

Sie verengte die Augen ein wenig, das Pochen in ihrer Brust verschwand. Natürlich wusste sie, worauf er anspielte, hatte aber keine Lust, jetzt darüber zu reden.

»Was genau meinst du?«, fragte sie ausweichend.

»Du hast einen eindeutigen Befehl missachtet«, sagte er ruhig. »Yokumo hatte klar angeordnet, keinen Schaden an den Gebäuden anzurichten. Wieso also Brandpfeile?«

Dass gerade er ihr diese Frage stellte, verletzte sie. Eigentlich war sie davon ausgegangen, dass er sie nach der letzten Nacht besser verstehen würde. Beleidigt senkte sie den Kopf und biss sich auf die Unterlippe.

»Lysanna«, sagte er noch einmal, jetzt etwas eindringlicher.

»Ich habe dir gesagt, dass ich es nicht kontrollieren kann!«, platzte sie heraus.

Überrascht sah er sie an. »Du meinst, das war *dein* Feuer?«

»Natürlich, was hast du denn gedacht?«

»Ich … weiß nicht …«, stammelte er. »Ich dachte …«

Dann veränderte sich sein Blick und fast meinte sie, Bewunderung darin zu erkennen.

»Ich habe ja gewusst, dass du stark bist, aber dass du so mächtig bist …«

»Mächtig?«, erwiderte sie ungläubig. »Das ist keine Macht, das ist ein Fluch.«

»Ich glaube, das siehst du falsch«, widersprach er. »Du musst nur lernen, es für dich zu nutzen.«

»Das kann ich aber nicht!« Ihre Stimme war lauter geworden, als sie beabsichtigt hatte. Zorn stieg in ihr auf und sie funkelte Aerthas böse an. Dann senkte sie erneut den Kopf. Sie war sich sicher – wäre es ein anderer gewesen, der so mit ihr gesprochen hätte, wäre das Feuer aus der schwelenden Glut in ihr wohl erneut emporgeflammt, was wohl nicht zuletzt daran lag, dass er noch immer ihre Hand hielt.

Zärtlich legte er ihr die andere nun unters Kinn und brachte sie dazu, ihn anzusehen.

Bereits diese kleine Berührung reichte, um ihr Herz wieder wild schlagen zu lassen.

»Ich weiß, dass du es kannst«, sagte er leise. »Du bist mutig. Du bist stark.« Langsam senkte er sein Gesicht dem ihren entgegen. »Und wenn du möchtest, werde ich dir dabei helfen.«

Kurz noch blickte er mit seinen strahlend grünen Augen tief in ihre Seele und holte sich die Erlaubnis, die er brauchte. Dann küsste er sie.

Als seine Lippen sich sanft auf die ihren legten, bahnte sich ein Kribbeln den Weg aus ihrem Bauch durch ihren ganzen Körper.

Genussvoll schloss sie die Augen. Es fühlte sich an, als würde ein Schwarm Schmetterlinge mit einem Mal zum Aufbruch ansetzen. Mit dem Schlagen tausender Flügel trieb es den heißen Wind des Sommers durch ihren Körper und schien ihr Blut mit der Süße von wilden Wiesenblumen zu vermischen.

Abrupt ebbte der Sturm ab, als Aerthas sich wieder von ihr zurückzog.

Unfähig, sich zu bewegen, oder auch nur die Augen zu öffnen, lauschte Lysanna dem Nachhall dieser zärtlichen Begegnung in ihrem Inneren.

»Wir sollten jetzt reingehen. Die anderen werden sicher schon auf uns warten«, hörte sie seine Stimme aus einiger Entfernung.

Sie schlug die Augen auf und in der Tat war Aerthas bereits auf dem Weg zum Eingang des Gemeindehauses. Schon überlegte sie, ob dieser Kuss wirklich gerade geschehen war, als er sich mit der Klinke in der Hand noch einmal zu ihr umdrehte. Sein Lächeln und das Glitzern seiner Augen löschten jeden Zweifel aus.

»Kommst du?«

15

Lysanna

Also noch einmal von vorn«, knurrte Yokumo. »Wie stehst du zu Fürstin Lawinia?«

Lysanna hörte ein Seufzen. »Yokumo, das führt doch zu nichts«, drang Hollys Stimme durch die Dunkelheit zu ihr.

Sie hatten die Fenster mit dunklen Leinentüchern verhängt. Nur die Flamme einer einzelnen Kerze brachte etwas Licht in das Zimmer.

In der Mitte, die Arme kopfüber an einen Balken gefesselt und mit dem Rücken an einen Pfeiler gelehnt, stand Zun'Golkirr – den Kopf erhoben, den Blick stur geradeaus gerichtet. Vor ihm im Schein der Kerze lief Yokumo hin und her. Er begann das Verhör soeben zum dritten Mal von vorn.

Lysanna saß an einem Tisch in einer Ecke des Raumes. Im Zwielicht des Kerzenscheins betrachtete sie die anderen anwesenden Personen.

Aerthas saß neben ihr und beobachtete mit ernster Miene das Geschehen. Seine Schwester hatte sich neben der Tür aufgebaut, eine Hand fest am Griff ihres Kriegshammers und bereit, beim kleinsten Problem sofort einzugreifen.

An der gegenüberliegenden Wand, wie immer in entspannter Haltung, lehnte Sedan. Lysanna konnte seine Gesichtszüge in der Dunkelheit nur schwer erkennen, doch sie sah, dass sich ein grimmiges Lächeln auf seine Lippen gelegt hatte.

Auf einem weiteren Stuhl neben ihm saß Holly. Warum sie an diesem Verhör teilnahm, war Lysanna ein Rätsel. Sie hatte Yokumo danach gefragt, doch er war ihr nur ausgewichen und hatte sie gebeten, einfach abzuwarten.

Sie richtete ihre Aufmerksamkeit wieder auf den Trollhäuptling. Er war ein recht großes Exemplar seiner Rasse, wenn auch ungewöhnlich dürr. Die bläulich schimmernde Haut war über und über mit Tätowierungen bedeckt. Seine linkischen, vollständig schwarzen Augen huschten immer wieder zwischen den Anwesenden hin und her. Ab und an leckte er sich mit seiner fleischigen, zweigeteilten Zunge über die Lippen. Doch außer üblen Beleidigungen kam kein Wort über dieselben.

Yokumo hatte ihm in der Zwischenzeit noch einige weitere Fragen gestellt, auf die der Troll wieder keine sinnvollen Antworten gegeben hatte.

»Ich glaube, du solltest die Befragung ab jetzt uns überlassen«, unterbrach Sedan ihn.

Yokumo sah erst Sedan an, dann wieder den Troll. Noch einmal an Zun'Golkirr gewandt sagte er: »Das ist deine letzte Chance.

Rede freiwillig oder die beiden werden dich dazu zwingen.« Er wies mit einem Kopfnicken auf Sedan und Holly.

Lysanna horchte auf. Sedans Einsatz war klar, aber welche Mittel konnte Holly haben, diesen Troll zum Sprechen zu bringen?

Zun'Golkirr schnaubte zur Antwort nur verächtlich.

»Bitte, du hast es nicht anders gewollt«, sagte Yokumo und ging zur Seite.

Holly stand auf und trat zusammen mit Sedan vor den Häuptling.

»Hat einer meiner Brüder etwa deine Kleine erwischt, sodass du dir eine neue Gespielin suchen musstest?«, fragte der Troll Sedan in gebrochener Sprache und ließ ein irres Lachen hören.

Lysanna presste die Zähne aufeinander. Sie wusste genau, dass er von ihrer Tochter sprach. Doch sie hielt sich zurück, sie war nur als stille Beobachterin hier geduldet.

Sedan grinste und ging nicht weiter auf den Kommentar ein.

»Darf ich vorstellen: Das ist Holly, eine Priesterin mit hervorragenden Heilkünsten. Sie wird dafür sorgen, dass du ein wenig mehr Zeit hast, mir die Antworten zu geben, die ich haben will.«

Lysanna sah kurz zu Aerthas, der weiterhin gebannt geradeaus starrte.

Währenddessen hatte Sedan seinen Dolch vom Gürtel gelöst und fuhr beinahe zärtlich mit den Fingerspitzen über die Klinge. »Ich werde dir jetzt eine Kostprobe davon geben, was dich erwartet, wenn du uns weiterhin die Kooperation verweigerst«, sagte er mit rauer Stimme, setzte den Dolch am Oberarm des Trolls an und zog ihn fest nach unten.

Die Klinge hinterließ einen tiefen Schnitt im Fleisch des Häuptlings. Eine dunkle, bläulich schimmernde Flüssigkeit quoll daraus hervor. Trollblut. Sofort breitete sich ein bestialischer Gestank nach Aas und Verwesung im Raum aus.

Der Gefangene atmete zischend aus, als der Dolch ihn verletzte, sagte jedoch nichts.

Nun trat Holly an ihn heran. Ein süffisantes Lächeln lag auf ihren Lippen.

»Keine Angst, mein Lieber, gleich ist es besser«, säuselte sie mit zuckersüßer Stimme.

Dann hob sie eine Hand über die Wunde des Gefangenen und bewegte sie, ohne ihn zu berühren, auf und ab. Gleichzeitig begannen ihre Finger zu leuchten. Das weiße Licht breitete sich von ihren Spitzen über den Arm des Trolls aus.

Als Lysanna erkannte, was gerade geschah, weiteten sich ihre Augen. Erschrocken presste sie eine Hand vor den Mund.

Sie hatte bereits von dieser Methode gehört: Die Wunden eines Opfers wurden während der Folterung stets und ständig wieder geheilt, nur um danach erneut zugefügt zu werden.

Doch diese Technik wurde äußerst selten praktiziert, denn es bedurfte eines starken Heilers, besser noch eines Priesters, um diese grausame Tortur zu unterstützen. Letztere legten jedoch im Verlauf ihrer Ausbildung einen Eid ab, niemals ein Lebewesen zu quälen oder ein Leben sinnlos zu verlängern. Wer diesen Eid brach, wurde von der Gesellschaft der Priester ausgestoßen.

In diesem Moment wurde Lysanna klar, wieso Holly sich den ›Angelus Mortis‹ angeschlossen hatte: Sie hatte ihr Leben dem

Krieg gewidmet und sich dabei nicht nur um die Versorgung der Verwundeten gekümmert, sondern an vorderster Front mitgewirkt. Eines war sicher: Was die Priesterin hier tat, tat sie nicht zum ersten Mal.

Lysanna spürte, wie jemand sanft über ihren Arm strich. Sie wandte sich Aerthas zu.

»Wenn du gehen willst …«, flüsterte er ihr zu.

Sie schüttelte nur mit dem Kopf und lenkte ihre Aufmerksamkeit zurück auf das Verhör.

»Ich will jetzt Antworten!«, setzte Sedan die Befragung fort. »In welcher Verbindung stehst du zur Fürstin der Netherburg?«

Der Troll grinste ihn hämisch an. »In welcher Verbindung stehst *du* zu der Fürstin?«

Ohne lange zu zögern, schwang Sedan seinen Dolch durch die Luft und zog die Klinge einmal quer über den Brustkorb des Trolls.

Dieser bäumte sich kurz auf und stieß keuchend die Luft aus.

»*Ich* stelle hier die Fragen«, knurrte Sedan in scharfem Ton.

Holly hob die Hand und wieder erfüllte das weiße Leuchten den Raum.

»Welchen Auftrag habt ihr von der Fürstin bekommen?«

Der Troll sagte nichts, blickte ihn nur mit schmalen Augen an.

Wieder holte Sedan aus, wieder zischte die Klinge durch die Luft und fuhr erneut über die Brust des Gefangenen.

Zun'Golkirr stieß einen gequälten Schrei aus.

»Rede endlich!«, brüllte Sedan.

»Ich spreche nicht mit Verrätern, die sich in den Dienst des Elfenpacks gestellt haben«, presste der Troll hervor.

Holly wollte bereits erneut Hand anlegen, doch Sedan hielt sie zurück. Das bläuliche Blut des Häuptlings lief über dessen Brustkorb und den Bauch und tropfte vor ihm auf den Boden.

»Du weißt Bescheid über ihre Pläne. Ist es nicht so?«

Zun'Golkirr grinste. »Und wenn schon. Ich sage nichts.«

Ein weiterer Hieb, eine weitere Wunde. Und wieder brüllte der Troll auf.

Jetzt ließ Sedan Holly gewähren. Wenige Sekunden später waren von den Wunden nur noch zwei weiße Linien zu erkennen, die ein abstraktes Kreuz auf dem bebenden Körper des Gefangenen bildeten.

Lysanna krampfte sich der Magen zusammen. Dieser Troll mochte genau die Informationen haben, die sie benötigten. Er mochte ein Ungeheuer sein und viele Unschuldige auf dem Gewissen haben. Doch eine solche Behandlung hatte niemand verdient.

Sie ballte die Hände zu Fäusten, sodass sich ihre Fingernägel in die Handflächen bohrten. Lange würde sie diese Grausamkeiten nicht mehr mit ansehen können.

Sedan fuhr ohne Skrupel fort. »Die Fürstin ist ebenfalls mit dem Flammenden Lord im Bunde, habe ich recht?«

Der Troll sah Sedan jetzt nicht mehr an. Er ließ den Kopf erschöpft nach unten hängen.

»Das heißt, sie weiß, wo er sich aufhält. Was wiederum bedeutet, *du* weißt, wo er sich aufhält.« Sedan setzte die Spitze des Dolches über der Brust des Trolls an. »Wo finden wir den Flammenden Lord?«, fragte er mit betont ruhiger Stimme.

Zun'Golkirr ließ ein kehliges Lachen hören. »Wärst du nicht schon tot – ich schwöre dir, bei nächster Gelegenheit würde ich dich umbringen. So werde ich mich mit deiner kleinen Freundin da draußen begnügen. Ist nicht viel dran, so jung wie sie ist, aber hübsch und zart – wird lecker …«

Mitten im Satz brach er ab und begann zu röcheln. Sedan hatte ihm den Dolch fest in die Brust gerammt.

Schaumiges Blut lief aus dem Maul des Trolls und rann ihm das Kinn hinab. Er versuchte zu atmen, was ihm sichtlich schwerfiel. Der Dolch, der tief in seiner Lunge steckte, machte es ihm fast unmöglich.

Lysanna stieß sich von ihrem Stuhl hoch.

»Schluss jetzt damit!«, sagte sie. Ihre Stimme bebte vor Abscheu.

Doch Sedan ignorierte sie. Die Hand immer noch am Griff des Dolches, beugte er sich nah zu dem Troll. »Sag mir, wo wir den Lord finden.« Er drehte an dem Griff und erneut fuhr ein Ruck durch den Körper des Gefangenen. Grunzend vor Schmerzen wand sich dieser unter der Folter.

»Sedan, hör auf damit!«, flehte Lysanna. Ihre Augen brannten. Fast schon konnte sie selbst spüren, wie sehr dieses Wesen litt. »Lass von ihm ab!«

»Sag mir, was ich wissen will!«, brüllte Sedan und mit einer schnellen Bewegung zog er den Dolch aus dem Körper des Trolls.

Mehr und mehr der blauen, stinkenden Flüssigkeit breitete sich auf dem Boden aus. Zun'Golkirr hustete und spuckte weiteres Blut.

»Sedan, bitte …«, versuchte Lysanna es noch einmal. »Mitzum würde das so nicht wollen.«

Endlich hielt der Seelenlose inne, drehte den Kopf und sah sie über die Schulter hinweg an. Blinde Wut lag in seinen Augen.

Nun mischte sich Holly ein. »Sie hat recht. Ich mag Wunden schließen können, doch gegen den Blutverlust, den er erlitten hat, kann ich nichts tun. Wenn du weitermachst, wird er uns vor Schwäche sterben.«

Sedan sah wieder nach vorn und nickte. »Schließ die Wunde, wir machen morgen weiter.« Dann drehte er sich um und ging auf Lysanna zu. »Mitzum würde wollen, dass wir alles unternehmen, was in unserer Macht steht, um ihn da rauszuholen.«

»Nein«, keuchte Lysanna. »Er würde nie zulassen, dass du jemanden derart quälst.«

Sedan zuckte nur mit den Schultern, wischte die Klinge seines Dolches an seiner Hose ab und ließ sich auf den Stuhl fallen, auf dem vor Kurzem noch Holly gesessen hatte.

Diese war bereits mit der Versorgung des Trolls fertig und trat ein paar Schritte zurück.

»Ich glaube, ich werde hier nicht mehr benötigt. Er sollte viel trinken, damit er sich schneller regeneriert.« Sie blickte Lysanna kalt an. Dann verließ sie federnden Schrittes den Raum.

Nun trat die Jägerin selbst in den Lichtschein der Kerze. Sie zog ihren Dolch aus der Scheide und schnitt die Fesseln des Gefangenen durch, sodass Zun'Golkirr auf dem Boden zusammensank.

»Was zum Teufel tust du da?«, hörte sie Aerthas' Stimme hinter sich.

Doch sie achtete nicht auf ihn, griff zu einem Schlauch Wasser, der auf dem Boden lag und öffnete ihn. Dann hielt sie ihn dem Troll an den Mund. Gierig trank dieser und erst als er hustete, senkte sie den Schlauch. Der Kopf des Häuptlings sackte wieder auf seine Brust zurück.

Wie er so dasaß, mit hängendem Kopf, den Rücken an den Pfeiler gelehnt, inmitten seines eigenen Blutes, tat er Lysanna unheimlich leid.

»Entschuldige«, murmelte sie.

Sie erhob sich, als der Troll erneut zu sprechen begann.

»Ich weiß, wer du bist.« Seine Stimme war nicht mehr als ein Flüstern.

»Wie bitte?« Überrascht ging sie wieder in die Knie.

»Du trägst das Zeichen – *sein* Zeichen. Er wartet auf dich …«

Verwirrt sah sie ihn an. Wovon sprach dieser Troll? Dann keimte Hoffnung in ihr auf. »Redest du von Mitzum?«

Abschätzig grunzte der Troll. »Dieser Mensch? Nein, der wartet auf niemanden mehr.«

»Weißt du, wo er sich befindet?«, fragte sie mit zitternder Stimme. »Was mit ihm ist, wie es ihm geht?«

Wieder lachte der Häuptling. »Das kann ich dir wohl sagen. Dein Mensch … ist tot!«

Es war, als hätte man ihr ein Messer direkt ins Herz gerammt. Sie fühlte sich, als ob jedes Leben aus ihr weichen würde und gleichzeitig breitete sich das Feuer mit rasender Geschwindigkeit in ihr aus.

»Nein, du lügst! Das ist nicht wahr!«, rief sie und packte die Schulter des Trolls.

In derselben Sekunde stieß dieser einen ohrenbetäubenden Schmerzensschrei aus. »Hexe!«, brüllte er.

Schon traf der Hieb seiner Krallen ihren Arm und schleuderte sie zur Seite. Benommen lag sie einen kurzen Moment auf dem Boden, spürte, wie sich eine warme Flüssigkeit auf ihrem Ärmel ausbreitete.

Gleichzeitig war ein lautes Krachen zu hören und ein Tisch flog durch den Raum.

Als sie sich umdrehte, sah sie, wie Aerthas bereits vor dem Troll stand. Die Hand um dessen Kehle gelegt, hatte er ihn nach oben gezogen und presste ihn nun rücklings gegen den Pfeiler.

»Elendes Viehzeug!«, fuhr der Elf ihn an. »Habt ihr nie gelernt, dass man die Hand, die einen füttert, nicht beißt?«

Plötzlich sank die Temperatur im Raum. Lysanna konnte es zwar nicht spüren, sah aber, wie ihr heißer Atem weiße Wolken in der Luft hinterließ.

Dann begann das Eis zu wachsen.

Zuerst bildeten sich kleine Kristalle auf Aerthas' Brustpanzer. Von dort breiteten sie sich weiter aus, über seinen Arm bis zu der Hand, die noch immer fest um den Hals des Trolls geschlossen war.

Dieser zappelte und keuchte, versuchte sich zu befreien. Vergeblich. Langsam kroch der weiß glitzernde Teppich von Aerthas' Hand auf die blaue Haut des Trolls hinüber.

Gelähmt von dem Schmerz in ihrem Herzen und in ihrer Schulter, blieb Lysanna nichts weiter übrig, als zu beobachten, was geschah.

Im nächsten Moment war Tâlie bei Aerthas. »Lass ihn los, sofort!«, rief sie und packte seinen Arm. Doch als die weißen Kristalle auch auf ihre Fingerspitzen krochen, zog sie die Hand sofort zurück.

Jetzt sah Lysanna in Aerthas' Gesicht. Seine ansonsten grünen Augen waren nun blau und funkelten wild, ganz so, als würde man auf die spiegelnde Fläche eines zugefrorenen Sees schauen. All der Hass, all der Schmerz und all die Wut, die er gegen diese Rasse hegte, richteten sich nun auf diesen einen Einzelnen, der hier vor ihm stand.

»Ihr seid widerlich!«, spie er dem Troll entgegen. »Hinterlistig! Eine verdorbene Art! Ihr verdient es nicht anders, als ausgelöscht zu werden, ganz wie ihr es mit uns vorhattet!«

Nun mischte sich auch Yokumo ein. »Aerthas, lass ihn sofort runter! Das ist ein Befehl!«, brüllte er.

Doch der hochgewachsene Elf schien nichts um sich herum wahrzunehmen.

»Bitte, Aerthas«, flehte Tâlie. Ängstlich sah sie ihren Bruder an. Dann drehte sie den Kopf zu Lysanna.

Die Worte, welche die Freundin damals zu ihr gesagt hatte, als Aerthas im Lager aufgetaucht war, hallten in Lysannas Kopf wider: »Ich glaube, ihr habt etwas gemeinsam … Hilf ihm …«

Damals war ihr die Bitte ihrer Freundin abwegig vorgekommen – jetzt endlich ergab sie einen Sinn. Sie wusste, was zu tun war. Benommen rappelte sie sich auf und ging auf Aerthas zu.

Die frostigen Kristalle hatten inzwischen seinen ganzen Körper, ja, sogar sein Gesicht überzogen.

»Aerthas …«, flüsterte sie. Ihre Stimme war schwach, aber laut genug, dass alle im Raum sie hören konnten. Sie legte die Hand des unverletzten Armes an seine Wange und sofort schmolz das Eis unter ihren Fingern zu warmem Wasser. Durch einen leichten

Druck zwang sie ihn dazu, ihr den Kopf zuzuwenden. »Lass nicht zu, dass es dich vollkommen übermannt, dich zerstört. Komm wieder zu dir. Komm raus aus der Hölle, die in deinen Tiefen liegt«, bat sie sanft.

Als würde die Wärme ihrer Hand seine Gedanken klären, blinzelte Aerthas und das irre Flackern in seinen Augen verschwand. Die eisblaue Farbe hingegen blieb.

Er ließ den Troll los, sodass dieser polternd zu Boden fiel. Nachdem er noch einen letzten Blick auf den Gefangenen geworfen hatte, sah er wieder zu Lysanna. Mit einem erschrockenen Ausdruck im Gesicht wich er von ihr zurück. Erst einen Schritt, dann noch einen. Panisch drehte er sich um, doch auch hinter ihm blickte er nur in die erschrockenen Gesichter seiner Freunde.

Wie ein gehetztes Tier eilte Aerthas in Richtung Tür, riss sie auf und rannte hinaus.

Sogleich setzte Lysanna an, ihm zu folgen. Doch Yokumo hielt sie zurück. Er war der Erste, der seine Stimme wiederfand.

»Die Wunde ist infiziert. Holly muss sich das ansehen«, bemerkte er mit einem Blick auf ihren Arm. Er atmete einmal tief durch, bevor er weitersprach. »Tâlie, folg deinem Bruder. Sieh zu, dass er nicht noch mehr Dummheiten anstellt, so kopflos wie er gerade ist. Sedan, du kümmerst dich um … die Überreste.«

Mit einem Kopfnicken deutete der Ratsherr in Richtung des Trolls.

Sedan, der sich bereits erhoben hatte, machte jedoch keine Anstalten, dem Befehl Folge zu leisten. »Nein … nein … nein …«, murmelte er nur immer wieder vor sich hin. Die Nachricht von Mitzums Tod hatte ihn in eine Art Schockstarre versetzt.

»Sedan, reiß dich zusammen!«, fuhr Yokumo ihn scharf an.

Der Seelenlose schüttelte sich, als wollte er sich von den unliebsamen Gedanken, die ihn quälten, befreien und setzte sich endlich in Bewegung.

»Ich bringe dich jetzt erst mal zu Holly«, sagte Yokumo ruhiger an Lysanna gewandt und fügte dann für alle gut hörbar hinzu: »Niemand wird etwas von dem erfahren, was sich hier gerade ereignet hat. Ist das klar?«

Als sie die Tür erreicht hatten, warf Lysanna noch einmal einen Blick zurück.

Zun'Golkirr lag leblos auf dem Boden, die Glieder noch immer in derselben Position, in der Aerthas ihn gehalten hatte. Der weiße Schimmer auf seiner blauen Haut ließ keinen Zweifel: Der Troll war erfroren. Einzig die Stelle, an der Lysannas Berührung ihn verbrannt hatte, leuchtete wie ein flammendes Mahnmal aus der weißen Eisdecke hervor, die seinen Körper überzog.

Während sie die Hütte verließen, murmelte Yokumo noch immer vor sich hin.

»Was ist das eigentlich für ein Tag heute? Erst ein zündelnder Feuerteufel, dann ein verrückter Folterknecht und sein Todesengel. Und jetzt noch ein mordender Schneemann. Dieser Clan geht langsam vor die Hunde.«

Er schimpfte weiter, als sie über den Marktplatz gingen, doch sie hörte ihn kaum noch.

»Yokumo ...«, sagte sie nach ein paar Metern, wobei ihre Stimme leise und heiser klang.

»Was denn?«, hörte sie ihn noch fragen, bevor sie an seiner Seite zusammenbrach.

16

Lysanna

Das Zuschlagen einer Tür riss Lysanna aus ihrem Schlaf. Sie vernahm Schritte.

»Ist sie aufgewacht?«

Hollys Stimme klang wie aus weiter Ferne zu ihr.

Es war so warm in diesem Raum. Sie konnte spüren, wie ihr der Schweiß über die Stirn lief.

»Sie sollte längst wieder zu sich gekommen sein, oder?«

Das war Yokumo, der da sprach. Er klang erschöpft und voller Sorge.

»Trollblut wirkt für das unsere wie Gift. Sie hat allerdings nicht viel davon abbekommen. Natürlich wird die Wunde noch eine Weile schmerzen und eine Narbe zurücklassen. Aber es erklärt nicht das Fieber und auch nicht, wieso sie noch immer nicht bei Bewusstsein ist.«

Stille.

Dann ein Rascheln von sich bewegendem Stoff und weitere Schritte.

Lysanna hielt die Augen geschlossen, wehrte sich dagegen, aufzuwachen.

Sie konnte spüren, dass die Priesterin direkt neben ihr stand.

»Ich bin gerade bei Tâlie gewesen. Die Erfrierung an ihren Fingern konnte ich vollständig heilen.«

Eine schnelle Bewegung und Holly entfernte sich wieder.

»Würdest du mir jetzt bitte erklären, was passiert ist, nachdem ich euch verlassen habe?«, erklang ihre Stimme etwas weiter weg.

»Nichts ist passiert«, antwortete Yokumo kraftlos.

»Zun'Golkirr ist tot, die Jägerin schläft seit Stunden den Schlaf der Gerechten und Tâlie, unsere ›Steinerne Lady‹, ist vollkommen durch den Wind. Ach ja, außerdem ist Aerthas verschwunden. Und du willst mir wirklich erzählen, es wäre nichts passiert?«

Holly bemühte sich nicht, den Ärger in ihrer Stimme zu verbergen. Dann fuhr sie in freundlicherem Ton fort: »Es hat eine Zeit gegeben, in denen du deine Probleme mit mir geteilt hast, Liebster.«

»Diese Zeiten sind lange vorbei und das weißt du.« Nach kurzem Zögern begann Yokumo jedoch weiterzusprechen. »Der Troll hat geredet … Mitzum ist tot. Als sie die Nachricht gehört hat, ist Lysanna ausgerastet und dabei hat Zun'Golkirr sie verletzt. Sedan hat eingegriffen und den Häuptling getötet.«

Langsam und zähflüssig sickerte die Realität in Lysannas Bewusstsein. Wilde Träume von rot glühenden Augen und wandelnden Leichen im Nebel verblassten zu bloßer Erinnerung und wichen der klaren Wirklichkeit.

Die Temperatur im Raum schien weiter zu steigen. Wieso war es nur so verdammt heiß?

»Schaust du deswegen so sorgenvoll drein? Nur weil dieser Dieb, dessen Verbleib mehr als fragwürdig war, nun für tot erklärt ist?«, wollte Holly wissen.

Keine Antwort.

Lysanna drehte den Kopf und hob für einen Moment die Lider.

Der Raum war von Licht durchflutet, doch eh sie die Augen geblendet wieder schloss, sah sie noch, dass Holly hinter Yokumo stand und besitzergreifend die Arme um seinen Brustkorb legte.

»Sei doch froh, nun gibt es keinen Grund mehr, sich den Klauen des Flammenden auszuliefern«, säuselte sie.

»Hör auf damit«, sagte Yokumo barsch. »Diese Nachricht ändert nichts an unseren Plänen. Und deine Berührung nichts an meinen Gefühlen. Ich bin verheiratet, vergiss das nicht.«

»Du wirst an deinem hübschen Frauchen und eurem Balg nicht viel Freude haben, wenn du uns alle in den Tod schickst!«, fuhr Holly ihn an.

Erneut waren schnelle Schritte zu hören, dann ein Öffnen einer Tür, gefolgt vom kraftvollen Zuschlagen derselbigen. Lysanna hörte, wie Yokumo sich zurück auf den Stuhl fallen ließ.

Sie waren allein.

Wieder schlug sie die Augen auf. Sie wollte sich aufsetzen, doch sofort fuhr ein heftiger Schmerz durch ihre Schulter, der sie aufstöhnen ließ.

Yokumo sprang auf und eilte zu ihr hinüber. »Endlich, du bist wach«, stieß er erleichtert aus. Langsam half er ihr, sich aufzurichten. »Wie fühlst du dich?«

Sie wollte antworten, doch ihre Kehle war trocken von der Hitze, sodass nur ein Krächzen zu hören war.

»Warte, hier ist etwas zu trinken.« Er griff neben das Bett und reichte ihr einen Tonbecher.

Dankbar nahm sie ihn entgegen. Er war bis zum Rand mit klarem Wasser gefüllt. Doch kaum hatte sie ihre Hand um den Becher geschlossen, begann die Flüssigkeit darin zu dampfen. Erschrocken blickte sie Yokumo an.

»Trink schnell, dann wird es gehen«, riet er.

Sie tat, wie ihr geheißen und kippte das Wasser hinunter. Obwohl es warm war, tat es gut, wie es ihre Kehle befeuchtete.

»Dein ganzer Körper glüht, wie unter einem hohen Fieber«, erklärte er ihr. »Holly hat versucht, es zu lindern, aber sie schafft es nicht. Hör zu, das mit Mitzum …«

Abwehrend hob sie eine Hand. Sie wollte nicht darüber sprechen. Es tat schon weh genug, daran denken zu müssen. »Wie lange habe ich geschlafen?«, fragte sie stattdessen mit noch immer heiserer Stimme.

»Fast den ganzen Tag.«

»Ist der Rest des Clans schon eingetroffen?«

»Noch nicht, aber ich denke, mit Einbruch der Nacht dürften sie hier sein.«

Yokumo ließ ihr einen Moment Zeit.

Die Bilder der letzten Nacht zogen durch Lysannas Gedanken. Der Übergriff auf die Siedlung, der Kuss von Aerthas, das Verhör, die Nachricht von …

»Kann ich irgendetwas für dich tun?«, fragte Yokumo behutsam.

Sie schüttelte den Kopf. Dann schwang sie die Beine vom Bett und setzte sich an die Kante.

»Mach langsam« Er hielt sie am Arm.

Lysanna besah sich ihre Schulter. Drei lange, rote Striemen zogen sich quer über ihren Oberarm.

»Holly meint, bis auf ein paar Narben wird nichts zurückbleiben.«

»Dafür tut es aber noch ziemlich weh«, stellte sie fest. »Wie geht es den anderen?«

»Ganz gut, denke ich. Tâlie macht sich Sorgen um dich und um Aerthas. Sedan ist ein wenig neben der Spur, doch er ist hart im Nehmen. Er steckt es ganz gut weg ...«

Sie wusste, dass Mitzum für Sedan mehr als ein Lehrer gewesen war. Er hatte zu ihm aufgeblickt, ihn gar geliebt wie ein Sohn seinen Vater. Auch für ihn musste es ein herber Schlag gewesen sein.

»Aerthas ist verschwunden?«, frage sie.

Yokumo runzelte erstaunt die Stirn. »Woher weißt du ...?«

»Ich bin schon eine Weile wach«, antwortete sie ausweichend.

Die Falte auf seiner Stirn wurde noch tiefer, als ihm bewusst wurde, was sie wohl alles mit angehört hatte. Dann nickte er. »Ja, Aerthas ist verschwunden. Tâlie hat ihn nicht einholen können. Sie hat keine Ahnung, wohin er geflüchtet ist. Hast du eine Vermutung, was mit ihm passiert ist?«

Die hatte sie in der Tat, doch sie würde Yokumo nichts davon erzählen. Daher schüttelte sie nur abermals den Kopf.

»Wie geht es jetzt weiter?«, wollte sie wissen.

Yokumo zuckte mit den Schultern. »Ich weiß es nicht.«

»Sieh mich nicht so an«, bat sie, als sie seinen mitleidigen Blick bemerkte. »Ich bin ein großes Mädchen, ich komme schon klar.« Sie schenkte ihm ein mattes Lächeln.

Yokumo schien erleichtert. Er war ein starker Anführer und hervorragender Stratege in Kriegsangelegenheiten, doch über Gefühle zu sprechen, gehörte bestimmt nicht zu seinen Stärken. »Wenn ich irgendetwas tun kann …«

»Tu einfach so, als wäre dieser Zwischenfall niemals passiert. Das wird das Beste für uns alle sein.« Sie klang gefasst, doch innerlich rang sie mit den Tränen. Schwankend erhob sie sich. »Das Leben geht weiter«, stellte sie trocken fest.

Yokumo sah sie bewundernd an. Sicher hatte er erwartet, dass der Schock über den Verlust ihres Gefährten größer sein würde. »Wir werden uns erst einmal hier einleben, eh wir die nächsten Schritte überdenken«, knüpfte er an ihre letzte Frage an. »Ein bisschen Normalität wird uns guttun. Ist es in Ordnung, wenn ich dich vorerst nicht für Wachdienste und Aufklärungsarbeiten einsetze?«

So war Yokumo. Immer nett und zuvorkommend, stets besorgt um das Wohl seiner Schäfchen.

»In Ordnung«, gab sie zur Antwort. Dann ging sie auf die Tür zu.

»Die offizielle Version von dem, was passiert ist …«, begann Yokumo.

»Ich habe gehört, was du mit Holly besprochen hast. Ich werde Stillschweigen darüber bewahren.«

Sie wählte ihre Worte ganz bewusst und er schien zu verstehen, dass sie damit nicht nur die Geschichte um Zun'Golkirrs Tod meinte.

Er räusperte sich. »Danke … »

»Wenn du mich suchst, ich bin in meinem Haus.«

»So eine starke Frau …«, hörte sie Yokumo noch zu sich selbst sagen, als sie das Lazarett verließ.

17

Lysanna

Lysanna stand am Eingang des Dorfes, umklammerte den Griff ihres Bogens und ließ ihre Augen unstetig über das angrenzende Dickicht streifen. Bella, die neben ihr saß, hatte die Schnauze witternd in die Luft gestreckt und die Ohren aufgestellt, um ihre unaufmerksame Herrin bei drohender Gefahr zu warnen.

Als Lysanna einen kurzen Blick zum Nachthimmel warf, wurde ihr bewusst, dass sich ihre Wachschicht dem Ende zuneigte.

Fahrig strichen die Finger ihrer freien Hand über die Falten der braunen Seidenrobe, die sie trug. Noch immer war ihr diese Kleidung fremd und sie vermisste das sichere Gefühl, welches ihr die eng anliegende Lederrüstung stets gegeben hatte. Doch seit ihrem Zusammenbruch, der nun schon über vier Wochen zurücklag, war die Temperatur ihres Körpers nicht gesunken. Im Gegenteil, er strahlte eine solch starke Hitze aus, dass sie Fayori beinahe verbrannt hätte, als sie das Mädchen heute Morgen in die Arme nehmen wollte.

Sie ertrug es gerade so, kühlen Seidenstoff auf ihrer Haut zu tragen, jegliche andere Kleidung schmerzte sie. Daher hatte Nikka ihr einige ihrer edleren Roben gegeben, damit sie nicht nackt umherlaufen musste. Zusammen mit ihrem nun wieder pechschwarzen Haar gaben ihr diese ein düsteres, wenn auch elegantes Aussehen, welches ihren Gemütszustand nur allzu gut widerspiegelte.

Lysanna hatte versucht, sich so normal wie möglich zu verhalten, war jagen gegangen, hatte trainiert und bei der Bewachung ihrer neuen Heimat geholfen, in der Hoffnung, ihr inneres Feuer mit dem alltäglichen Leben wieder zu besänftigen. Doch all das konnte die Trauer um Mitzum und die Sorge um Aerthas nicht aufwiegen.

Trotz einer intensiven Suchaktion blieb Aerthas verschwunden. Auch sie selbst war mehr als einmal losgezogen und hatte das umliegende Gebiet durchkämmt, ohne auch nur eine Spur des Elfenkriegers zu entdecken.

Sie hatte auch nicht wirklich damit gerechnet. Er hatte das Dorf mit seinem Pferd verlassen, was darauf schließen ließ, dass er nicht vorgehabt hatte, in der Nähe zu bleiben.

Tâlie hatte sich nicht an der Suche beteiligt. Sie benahm sich, als wäre ihr Bruder nie ein Mitglied des Clans gewesen, als hätten die letzten Monate nicht existiert. Selbst vor Lysanna gab sie sich kühl und emotionslos und wenn das Gespräch doch einmal auf Aerthas kam, tat sie desinteressiert und wechselte schnellstmöglich das Thema.

Dass dieses Verhalten nichts anderes als ein Schutzschild gegen die Angst um ihren Bruder war, wusste Lysanna, konnte aber nichts tun, um ihrer Freundin zu helfen.

Als Bella ruckartig aufsprang und sich zum Dorf wandte, wurde Lysanna bewusst, wie unkonzentriert sie schon wieder war.

Semei und Kirkon kamen auf sie zu, da der Wachwechsel anstand.

»Keine besonderen Vorkommnisse. Alles ruhig«, berichtete sie knapp, griff nach ihrem Köcher, der an einer Wand lehnte, und warf ihn sich über den Rücken. Sein Druck auf ihrer empfindlichen Haut war kaum auszuhalten, doch sie ließ es sich vor den beiden Männern nicht anmerken. »Ich wünsche euch eine ruhige Nacht.«

Ohne eine Antwort abzuwarten, ging sie davon.

Erst als sie außer Sichtweite war, ließ sie den Köcher von ihrer Schulter gleiten und gab ihn Bella, die ihn vorsichtig zwischen ihre Zähne nahm. Gern hätte Lysanna das weiche Fell der Tigerin gestreichelt, doch sie wusste, dass ihre Berührung keinesfalls angenehm für Bella sein würde.

»Danke, meine treue Freundin«, murmelte sie stattdessen und bekam ein leises Gurren als Antwort.

Als sie ihr Haus betrat, hörte sie sofort das leise Schluchzen, das aus Fayoris Zimmer drang. Es überraschte Lysanna nicht, denn ihre Tochter weinte oft in letzter Zeit. Manchmal war sie fast ein wenig neidisch darauf, denn sie selbst hatte schon lange keine Tränen mehr.

Zaghaft klopfte sie an Fayoris Tür.

Das Schluchzen verstummte und kein Laut drang mehr aus dem Zimmer. Vorsichtig schob Lysanna die Tür auf. Eine einzelne Kerze tauchte den Raum in schummeriges Licht. Fayori lag auf ihrem

Bett, den Kopf zur Wand gedreht, und schien zu schlafen. Lysanna entging nicht, dass jeder Atemzug den Körper des Mädchens erzittern ließ.

Sie trat an das Bett und betrachtete ihre Tochter, die sich noch immer nicht rührte. Es war eindeutig, dass sie nicht mit ihr sprechen wollte, daher verließ sie das Zimmer wieder.

Als sie in der Küche stand, begann das Schluchzen erneut.

Lysanna wusste genau, warum es dem Mädchen so schlecht ging. Sicher reichten der Tod ihres Ziehvaters und der kritische Zustand ihrer Mutter aus, um ihre Trauer zu erklären. Doch das, was die junge Elfe am meisten quälte, war wohl die Art, wie sich Sedan in letzter Zeit verhielt.

Der Seelenlose war schon immer schwierig und unberechenbar gewesen, doch in den letzten Wochen war seine Gegenwart für alle im Clan fast unerträglich. Er war übellauniger denn je, aggressiv und streitsüchtig.

Sicher war es seine Art, mit dem, was geschehen war, fertigzuwerden. Fayori aber versuchte jeden Tag aufs Neue, zu ihm durchzudringen, was ihr nie gelang.

Die Folge waren heftige Wortgefechte, die immer stärker ausarteten.

Natürlich hatte Lysanna schon lange geahnt, wie intensiv die Zuneigung ihrer Tochter zu dem Seelenlosen war und verstand, dass es dem Mädchen wahrscheinlich genauso ging wie ihr selbst: Der Einzige, der die Trauer in ihr hätte lindern können, war für sie unerreichbar fern.

Lysanna seufzte. Sie selbst war stark genug, diese Zeit allein zu überstehen, das redete sie sich zumindest immer wieder ein. Doch sie hatte Angst, ihre Tochter würde daran zerbrechen.

Wenig später saß sie auf ihrem Bett in ihrem eigenen Zimmer.

Sie hatte den Rücken an die harte Wand gelehnt, den Körper mit nichts als den schwarzen Seidenlaken bedeckt, die Nikka ihr für die Nächte besorgt hatte, und dachte nach.

Nein, es war alles andere als Stärke, die sie diese Zeit allein durchstehen ließ. Sie wusste, dass es im Moment einfach zu gefährlich war, wenn sie die anderen an sich heranließ.

Ihr Blick richtete sich auf den Boden, wo noch immer die verkohlten Überreste ihres Daunenkissens lagen. In der letzten Nacht, als sie es in ihrer Verzweiflung an sich gedrückt hatte, war es einfach in Flammen aufgegangen.

Die Müdigkeit wurde immer stärker, doch sobald sie die Augen schloss, hörte sie die vertraute Stimme des Flammenden Lords aus ihren früheren Träumen.

Der Troll hatte recht gehabt: Er wartete auf sie, rief sie zu sich.

Sie kannte das alles, war es doch damals an Oranos Seite ganz ähnlich gewesen. Sie wusste, dass sie nicht mehr viel Zeit hatte, bevor sie zurück in die Hölle stürzen würde, aus der sie sich selbst nicht befreien konnte.

Sie stand auf, zog die Laken enger um sich und trat ans Fenster. Der Vollmond hüllte das ganze Dorf in einen hellen, silbernen Glanz, nicht eine Wolke bedeckte den Himmel.

Automatisch glitten ihre Hände zu dem Dolch, der auf der Fensterbank lag. Als sie ihn berührte, fing er an zu glühen. Lysanna nahm ihn auf, strich gedankenverloren über die breite, mit Einkerbungen versehene Klinge und fuhr über Mitzums Initialen, die darin eingraviert waren.

Wann hatte ihr Leben nur diese Wendung genommen?

Sie dachte zurück an die schöne Zeit ihrer Kindheit, als sie mit Bella durch die Wälder getollt war. Wäre sie doch niemals von zu Hause fortgegangen …

Doch sie *war* gegangen, war dem Pfad in den Krieg gefolgt und dabei immer für Gerechtigkeit eingetreten. Und wohin hatte es sie geführt? Wie viel hatte sie dafür geopfert?

Ein trockenes Schluchzen drang aus ihrer Kehle. Wie gern hätte sie geweint, doch die Hitze in ihr hatte alle Tränen verbrannt. Stattdessen bäumte sich das Feuer noch weiter auf.

Sie lehnte die Stirn gegen die kalte Fensterscheibe, spürte sie aber kaum.

Sie fühlte sich so einsam, so allein. All der Kampf, all das Leiden ergaben doch keinen Sinn!

Es gab nur zwei Personen auf dieser Welt, die sie aus ihrer Verzweiflung hätten befreien können.

Der eine davon war dem Troll zufolge tot, würde ihr nie wieder zur Seite stehen, der andere seit Wochen verschwunden.

Der Schmerz in ihrem Herzen drohte sie ganz zu übermannen und sie begann zu zittern.

So sehr sie Mitzum geliebt hatte, war es ihr doch klar gewesen, dass sie ihm nicht würde helfen können. Als die Träume aufgehört hatten, wusste sie, dass es zu spät war. Und trotzdem wollte ihr Herz ihn nicht loslassen.

Aerthas hingegen lebte, das spürte sie. Doch auch er war irgendwo weit weg. Sie vermisste ihn so schrecklich und die Angst, er würde nicht zurückkommen, wuchs mit jedem Tag, den er fortblieb.

Lysanna richtete sich auf und sah auf den Dolch in ihrer Hand.

All das Leiden ohne Sinn. Sie konnte es nicht mehr ertragen.

Tâlie würde gut für Fayori sorgen und Bella konnte sicher auf sich selbst aufpassen.

Langsam hob sie das Messer und setzte es direkt über ihrem schmerzenden Herzen an. Schon spürte sie die Spitze der Klinge auf ihrer Haut.

Ein Geräusch ließ sie innehalten.

War das eine Tür gewesen? War Fayori aufgewacht? Lysanna spitzte die Ohren, doch im Nachbarraum blieb alles ruhig.

Sie sah wieder nach draußen. Ihr Atem legte sich wie ein Hauch auf die Fensterscheibe. Dann schloss sie die Augen und setzte den Dolch erneut an.

»Tu das bitte nicht«, flüsterte eine Stimme hinter ihr.

Erschrocken riss sie die Augen auf, der Dolch fiel klirrend zu Boden.

Konnte das wahr sein oder hatte sie sich das gerade nur eingebildet? War der Wunsch, seine Stimme zu hören, so groß, dass ihr Verstand ihr Streiche spielte?

Sie wirbelte herum und stolperte dabei über das Laken, das sie immer noch um sich geschlungen hielt. Fast wäre sie gestürzt, doch er war da und fing sie auf.

»Du bist zurück«, hauchte sie und sah in Aerthas' blasses Gesicht.

Er hob einen Finger an die Lippen, ließ sie los und ging zurück zur Tür, um zu lauschen.

Stille.

Fayori schlief tief und fest.

Aerthas zog die Tür hinter sich ins Schloss und ging mit großen Schritten wieder auf Lysanna zu. Kurz vor ihr blieb er stehen, unschlüssig, was er tun oder sagen sollte.

»Wo bist du nur gewesen?«, wollte sie wissen.

Er antwortete nicht, zuckte nur mit den Schultern. »Geht es dir gut?«, fragte er stattdessen.

»Was denkst du?«, antwortete sie mit heiserer Stimme. Unwillkürlich fuhr ihr Blick zu dem noch immer glühenden Dolch, der hinter ihr beim Fenster lag. »Und dir?«

Aerthas ging um sie herum, bückte sich und hob den Dolch auf. Ein Zischen ertönte und das rötliche Licht, das die Waffe gerade noch ausgestrahlt hatte, verschwand.

Er legte den Dolch zurück auf die Fensterbank und trat neben sie. »Nein«, antwortete er traurig.

»Wo warst du?«, wiederholte sie noch einmal.

»Ich brauchte etwas Zeit ...« Er zögerte, schien nicht zu wissen, wo er anfangen sollte. »Es tut mir so leid, was passiert ist«, sagte er dann verzweifelt. »Ich wollte das nicht tun, aber ...«

»Es ist in Ordnung«, unterbrach sie ihn sanft.

»Ich habe keine Ahnung, was an diesem Tag mit mir passiert ist. Aber dieser Troll ... seine Worte und dann der Schlag ...«

Sachte fuhr er mit den Fingern über die roten Striemen auf Lysannas Arm. Doch bevor er den Linien bis an ihr Ende gefolgt war, zog er abrupt die Hand zurück.

Erneut wurde ihr bewusst, wie heiß ihr Körper war. »Habe ich dir weh getan?«, fragte sie ihn erschrocken.

Verwirrt sah er ihr ins Gesicht. »Was? Nein. Es ist nur …«

Betreten drehte er den Kopf zur Seite. Selbst im Zwielicht des Mondes konnte sie sehen, wie er errötete.

In diesem Moment begriff sie, was ihn so irritierte. Natürlich, sie trug nicht mehr als ein Laken am Leib. Es war ihm wohl nicht bewusst gewesen, bis er über ihre nackte Schulter gestrichen hatte.

Sie senkte den Kopf und sah auf die Narben auf ihrem Arm. Bis zur Hälfte waren sie noch immer rot leuchtende Male, doch dort, wo Aerthas' Finger sie berührt hatten, sah man nur noch zarte weiße Linien.

Wie konnte das so plötzlich geschehen? Holly hatte mit jeder erdenklichen Methode versucht, diese Wunde vollkommen zu heilen. Doch sie war jedes Mal gescheitert.

»Mach das noch mal«, bat sie ihn.

Er zögerte und so griff sie nach seiner Hand und führte sie erneut zu der Narbe. Als seine Finger abermals darüber glitten, verschwand auch das letzte Rot und mit ihm der Schmerz in ihrer Schulter. Es fühlte sich an, als würde kaltes Wasser über ihren Arm rinnen.

»Wie hast du das gemacht?«, fragte sie erstaunt.

»Ich weiß es nicht«, gestand er nicht minder überrascht.

»Du kannst es kontrollieren«, stellte sie mit leiser Stimme fest.

»Nein.« Sein Tonfall war sanft, aber bestimmt. Dann sah er über ihre Schulter hinweg auf das Fenster. »*Du* kontrollierst mich.«

Er nahm sie in den Arm und drehte sie herum, sodass sie ebenfalls aus dem Fenster sehen konnte.

Obgleich noch immer Sommer in Kambrion herrschte, tanzten kleine weiße Schneeflocken draußen vor der Scheibe auf und ab und wirbelten umher in wildem Spiel. Eine dünne Schicht von ihnen hatte sich bereits vor dem Fenster niedergelassen. Eisblumen begannen an dem Glas emporzuwachsen und zogen verspielte Bahnen, bis die Scheibe vollkommen bedeckt war.

Lysannas Augen wurden groß, als sie erkannte, wen dieses eisige Kunstwerk porträtierte.

Sie sah in ihr eigenes Gesicht, in feinen weißen Linien auf das Fenster gezeichnet.

»Das ist wunderschön«, hauchte sie.

»Ich wollte nicht zurückkommen«, gestand er. »Nicht, solange die Kälte noch da ist. Ich hatte Angst, dass so etwas noch einmal passiert.«

Sie wusste, dass er von dem Troll sprach.

»Aber du hast mich nicht gehen lassen. Immer wieder hat mir das Eis dein Gesicht gezeigt, so traurig und verzweifelt. Und dann habe ich es verstanden: Du bist die Einzige, die mir helfen kann. Dein Feuer, meine Kälte ...«

Er verstummte.

Noch immer starrte sie auf das Fenster. Sie sah, wie ein einzelner Wassertropfen auf der Wange der Eisfrau hinabrann, als würde das eisige Bild weinen.

Und erst da bemerkte Lysanna die Tränen, die über ihr eigenes Gesicht liefen.

Sie wusste, was er meinte. Während er hinter ihr stand, ganz dicht, die Hände auf ihre Taille gelegt, hatte sie das Gefühl, als würde das lodernde Feuer in ihr zurückgedrängt. Selbst durch den seidenen Stoff konnte sie die Kälte seiner Hände spüren, was ein angenehmes Frösteln in ihr auslöste.

Er musste es bemerkt haben, denn sogleich ließ er sie los. »Ich denke, es ist besser, wenn ich dich jetzt allein lasse.«

Schnell wischte sie sich die Tränen mit dem Handrücken fort.

Als sie sich umdrehte, stand er bereits an der Tür und drückte die Klinke nach unten.

»Bitte geh nicht wieder fort«, flehte sie mit matter Stimme.

Er lächelte sie über die Schulter hinweg an. »Keine Angst. Ich werde gleich morgen mit Yokumo sprechen. Wenn er mich lässt, werde ich bleiben.«

Er wandte sich abermals zum Gehen.

»Aber wo willst du jetzt hin?«, fragte sie verzweifelt. »Wo willst du den Rest der Nacht verbringen?«

Mitten in der geöffneten Tür blieb er stehen. »Keine Ahnung. Sicher nicht bei Tâlie, die reißt mir schon noch früh genug den Kopf ab.«

»Möchtest du … bleiben?«

Er hob eine Augenbraue. »Möchtest du denn, dass ich bleibe?«

»Ja.« Sie antwortete, ohne darüber nachzudenken. Ihre Angst, die schier endlose Verzweiflung würde sie erneut überfallen, wenn er ging, war zu groß und seine Nähe tat so gut.

Er trat zurück und zog die Tür leise wieder hinter sich zu. Dann standen sie sich erneut gegenüber.

»Zieh das aus.« Sie trat auf ihn zu und legte eine Hand auf seinen Brustpanzer. »Ein Schlaf in Ketten ist kein erholsamer Schlaf.«

Gehorsam tat er, was sie verlangte. Sie beobachtete, wie er seine Rüstung ablegte, bis er nur noch mit einem weißen Leinenhemd und einer hellen Leinenhose bekleidet vor ihr stand.

Wieder fuhr er mit den Fingern über die Narben auf ihrer Schulter, die kaum mehr zu sehen waren.

»Wenn ich doch nur die Wunden in deinem Inneren genauso schließen könnte«, murmelte er.

Wie sie einander gegenüberstanden, sie gehüllt in Seide, schwarz wie Asche, er ganz in helles Leinen, merkte sie, dass es weit mehr war als seine Macht, ihre Hölle zu bändigen, die sie so zu ihm zog. In diesem Moment begriff sie: Auf dieser Welt gab es nur eine Person, die fähig war, die Lücke, die Mitzum in ihrem Herzen hinterlassen hatte, zu schließen.

»Den Anfang hast du bereits gemacht: Du bist zurückgekommen«, flüsterte sie und lehnte sich gegen ihn.

Er schloss seine Arme um sie. Immer noch fühlte sie die Kälte, die er ausstrahlte. Doch gleichzeitig merkte sie auch, wie ihre Wärme auf ihn überging.

So standen sie einen Moment da, schweigend, bis sie sich behutsam von ihm löste. Dann drehte sie sich um und ging zum Bett. Noch im Laufen ließ sie ihre schwarze Hülle lautlos zu Boden gleiten.

Sie sah Aerthas nicht, doch konnte sie seine Reaktion erraten. Binnen weniger Sekunden hatte eine dünne Eisschicht den gesamten Raum überzogen und ließ die Wände und den Boden magisch funkeln.

»Lysanna, ich … das geht nicht. Es ist zu gefährlich. Ich will dir nicht weh tun«, sagte er zögernd.

»Das kannst du nicht«, flüsterte sie und trat einen Schritt nach vorn.

Dort, wo ihr Fuß den Boden berührte, verdampfte das Eis zu feinen Wolken. Sie ging noch ein paar Schritte weiter, die Füße gehüllt in weißen Nebel, bis sie vor dem Bett stehen blieb und lauschte.

Erst geschah nichts, nicht einmal ein Atmen war zu hören.

Dann stieß Aerthas mit einem Mal die Luft aus. Sie hörte ein Rascheln von Stoff, gefolgt von Schritten. Schon stand er hinter ihr. Er legte seine Arme um sie und küsste ihren Hals. Sie konnte spüren, dass er jetzt ebenfalls nackt war.

»Du hast keine Ahnung, wie lange ich darauf gewartet habe«, raunte er ihr ins Ohr. Dann glitt er an ihr vorbei und zog sie mit sich aufs Bett.

Sie folgte ihm, ohne zu zögern, legte sich eng neben ihn und sah ihm tief in die Augen.

»Mitzum wird immer einen Platz in meinem Herzen haben«, sagte sie leise, mehr zu sich selbst, als müsse sie sich schon jetzt für das, was wohl gleich geschehen würde, entschuldigen.

Er legte ihr eine Hand an die Wange. »Ich weiß.«

Dann beugte sie sich hinab und küsste ihn.

Sie gaben sich einander hin, voller Leidenschaft, und ließen die Einsamkeit, die sie seit Wochen gefangen hielt, hinter sich. Weder bemerkten sie, dass die Seidentücher auf dem Boden in Flammen aufgingen, noch, dass weiche Schneeflocken auf dem Bettpfosten landeten oder das Eis an den Wänden taute. Es gab nur noch sie beide. Feuer und Eis. Vereint.

Später ruhte sie in seinen Armen, den Kopf auf seiner Brust, während er ihr immer und immer wieder mit den Fingern über den Rücken, den Hals und durchs Haar fuhr.

»Ich habe den Kampf satt«, murmelte sie mit müder Stimme. »Am liebsten würde ich einfach mit dir fortgehen.«

»Du weißt, dass das nicht geht«, antwortete er liebevoll.

»Wieso nicht?«

»Es ist unsere Bestimmung. Es war schon immer so: Die Starken kämpfen für die Schwachen.«

»Aber wer sagt, dass ich zu den Starken gehöre?«

»Ich.« Er streichelte weiter ihren Rücken. »Ich brauche dich nur anzusehen und weiß es. Jeder weiß es.«

»Aber wofür kämpfen wir denn? Was lohnt es denn, stark zu sein, wenn man bei diesem Spiel am Ende doch immer nur verliert?«, fragte sie und gähnte herzhaft.

Die Müdigkeit griff nun erbarmungslos nach ihr und irgendwie hatte sie den Verdacht, sie würde in dieser Nacht endlich wieder einmal einen erholsamen Schlaf finden.

Er schwieg einen Moment.

»Wenn keiner mehr für den Frieden und die Ordnung eintritt, dann wird die Welt in Chaos und Dunkelheit versinken«, antwortete er dann. »Und ich glaube, du hast eine Menge, wofür es sich zu kämpfen lohnt. Deine Freunde, Bella, deine Tochter …«

Lysanna jedoch war eingeschlafen, noch bevor er seinen Satz beendet hatte.

18

Lysanna

Träge schlug sie am nächsten Morgen die Augen auf. Helles Sonnenlicht strahlte durch das Fenster herein und spiegelte sich in den Pfützen auf dem Boden. Lysanna brauchte einen Moment, um sich zu besinnen, was in den letzten Stunden geschehen war. Sie hörte Aerthas' leisen, ruhigen Atem hinter ihrem Rücken und drehte sich zu ihm um.

»Guten Morgen«, sagte er leise.

»Guten Morgen«, antwortete sie und lächelte.

Er strich ihr durchs Haar und wickelte sich eine Strähne um den Finger.

»Wie es scheint, hast du ziemlich gut geschlafen«, flüsterte er.

»In der Tat«, bestätigte sie und kicherte.

»Du bist so schön, wenn du lachst. Viel schöner noch als damals.«

»Damals?« Sie blinzelte verwirrt.

»Nun … also … schöner, als der General dich beschrieben hat … von früher«, stammelte er.

Bei der Erwähnung ihres ehemaligen Gemahls zog sich in ihr etwas zusammen und sie setzte sich ruckartig auf.

»Was heute Nacht passiert ist, wird niemals wieder passieren«, sagte sie hart, drehte sich zur Seite und begann nach etwas zu suchen, womit sie sich bedecken konnte.

»Was?«, fragte er irritiert und richtete sich auf.

»Es *darf* niemals wieder passieren«, fügte sie mehr zu sich selbst hinzu. »Wo sind denn nur diese verfluchten Laken?«

Auf dem Boden war nichts als Wasser und Asche zu finden.

»Hier.« Er reichte ihr sein Hemd, welches sie sich eilig überzog.

Sofort stieg ihr sein angenehmer Duft in die Nase, doch anstatt sie zu beruhigen, verstärkte er die Panik, die von ihr Besitz ergriffen hatte, nur noch mehr.

»Was hast du denn auf einmal?«, fragte Aerthas und streckte die Hand nach ihr aus.

Sie wich zurück. »Es ist zu gefährlich.«

»Das hat dich heute Nacht auch nicht abgehalten«, erwiderte er mit gerunzelter Stirn.

»Das meine ich doch nicht. Es ist … wenn Orano davon erfährt! Sicher ist die Nachricht von Mitzums Tod schon bis zu ihm durchgedrungen und er wittert die ersehnte Chance, doch noch zu bekommen, was er will. Was denkst du, wird er tun, wenn er erfährt, dass ausgerechnet der Mann, dem er das Leben gerettet hat, nun das Bett mit mir teilt?«

Er sah sie eindringlich an. »Lysanna, ich habe so lange nach dir gesucht. Denkst du wirklich, ich würde jetzt, wo ich dich endlich gefunden habe, ich dir endlich so nah sein darf … denkst du, ich würde da einfach wieder gehen, nur weil ein aufgeblasener Möchtegern-Adliger irgendwelche Besitzansprüche an dich stellt? Er ist noch nicht mal hier, um sie zu stellen, und selbst wenn, würde ich nicht auf dich verzichten!«

»Du hast ja keine Ahnung«, erwiderte sie. »Dieser Mistkerl ist zu allem fähig. Ich könnte es nicht ertragen, noch einmal jemanden zu verlieren, der mir so wichtig ist.«

Aerthas wollte gerade antworten, als ein Klopfen sie unterbrach.

»Lysa? Bist du wach?«, drang Fayoris Stimme gedämpft durch die Tür.

Lysanna und Aerthas sahen sich erschrocken an.

»Hat sie die Angewohnheit, einfach hereinzukommen?«, flüsterte er.

Sie nickte panisch.

»Lysanna?«, fragte Fayori und klopfte abermals.

Hektisch sprang Lysanna auf und hechtete auf die Tür zu.

»Lysanna, warte«, hörte sie Aerthas hinter sich, doch es war zu spät.

Schon öffnete sich die Tür.

Aber Lysanna war schneller. Noch eh Fayori den Kopf hineinstecken konnte, schlüpfte Lysanna durch den Spalt nach draußen und zog die Tür hinter sich zu.

»Guten Morgen«, sagte sie übertrieben freundlich und lehnte sich gegen den Türrahmen.

Fayori starrte sie mit offenem Mund an.

»Hast du gut geschlafen?«, fragte Lysanna in möglichst unschuldigem Ton.

»Ja … ähm … danke. Und du? Geht es dir … besser?«

Noch immer sah das Mädchen sie irritiert an.

»Ich denke schon«, antwortete Lysanna und strich sich nervös eine Haarsträhne hinters Ohr.

»Du … trägst wieder Leinen. Was ist das für ein Hemd?« Fayori streckte die Finger nach dem Kragen und den darin eingestickten Initialen aus.

Lysanna legte eine Hand darauf. »Ach, nur ein abgelegtes Stück von Yokumo, das Nikka mir mitgegeben hat.«

Misstrauisch beäugte ihre Tochter sie, hakte aber nicht weiter nach. »Ich habe uns Frühstück mitgebracht.« Sie deutete auf den kleinen Tisch in der Mitte des Zimmers, auf dem zwei Schüsseln standen. »Suppe, von gestern Abend.«

Fayoris Augen wanderten zu dem steinernen Ofen, in dem vom Feuer des vergangenen Abends nur kalte Asche geblieben war. »Nun ja, sie wird sicher auch kalt noch ausgezeichnet schmecken.«

Ohne ein weiteres Wort setzten sie sich an den Tisch und begannen die Brühe zu löffeln.

Lysanna hatte keinen Hunger, doch sie wusste, dass eine Diskussion nur unnötig Zeit kosten würde. Sie wollte so schnell wie möglich zurück in ihr Zimmer, zurück zu Aerthas.

Argwöhnisch beobachtete Fayori sie. Dann hielt sie, den Löffel auf halbem Weg zum Mund, plötzlich inne und spitzte die Ohren.

Auch Lysanna war das klirrende Geräusch nicht entgangen.

Abrupt ließ Fayori den Löffel in die Schüssel fallen, schob scharrend ihren Stuhl zurück und stand auf.

»Wer ist das?«, fragte sie und deutete auf Lysannas Zimmer.

»Wer ist was?«, fragte Lysanna scheinheilig und stand ebenfalls auf.

»Für wie dumm hältst du mich? Mitzum wird es wohl kaum sein können. Also wer ist dann für deinen plötzlichen Stimmungswandel verantwortlich?«

Schon marschierte das Mädchen zielstrebig der Tür entgegen.

»Warte!«, versuchte Lysanna sie zu stoppen. »Was machst du?«

In diesem Moment öffnete Fayori auch schon die Tür. Doch anstatt einzutreten, blieb sie mit offenem Mund im Rahmen stehen.

»Nicht doch ...«, murmelte Lysanna und legte eine Hand über die Augen.

»Guten Morgen, Fayori«, hörte sie Aerthas' freundliche Stimme.

Sie trat neben ihre Tochter und blickte in den Raum. Aerthas saß auf der Bettkante. Mit Erleichterung stellte sie fest, dass er bereits wieder Hose und Stiefel seiner Rüstung angelegt hatte.

»Es ist nicht das, was du denkst!«, wollte sie Fayori erklären.

Mit vor Überraschung geweiteten Augen blickte das Mädchen zu Lysanna, dann wieder zu Aerthas.

»Doch, es ist genau das«, entkräftete Aerthas ihren Versuch, die vergangene Nacht vor ihrer Tochter zu verheimlichen. »Allerdings geht das wohl niemanden außerhalb dieses Hauses etwas an. Oder was meinst du?« Er zwinkerte Fayori zu.

Diese nickte. »Seid ihr jetzt ... ein Paar?«, fragte sie zaghaft.

»Nein!«, stießen Lysanna und Aerthas wie aus einem Mund hervor.

Ein eigenartiger Ausdruck huschte über Aerthas' Gesicht, den Lysanna nicht deuten konnte.

»Ich sollte jetzt wohl lieber gehen«, meinte er. »Immerhin gibt es noch andere, die von meiner Rückkehr erfahren sollten.«

Er stand vom Bett auf und ging an den zwei Elfen vorbei. Dabei nahm er kurz Lysannas Hand und drückte sie wie zum Abschied.

»Warte«, sagte sie schnell. »Ich komme mit. Lass mich nur noch etwas anziehen.«

Sie hatte keine Lust, sich von ihrer Tochter einem Kreuzverhör unterziehen zu lassen. Außerdem gefiel ihr der Gedanke gar nicht, dass Aerthas sie allein lassen wollte – Orano hin oder her.

»Gern, dann bekomme ich wenigstens mein Hemd wieder«, antwortete er mit verschmitztem Unterton und setzte sich auf einen der Stühle in der Küche.

Lysanna ging in ihr Zimmer und auf eine Truhe im hinteren Teil zu, wo sie ihre Kleidung aufbewahrte. Sie kniete davor nieder und öffnete sie. Dabei spürte sie Fayoris Blick in ihrem Rücken, die ihr gefolgt war.

Länger als nötig kramte sie zwischen den Hosen, Hemden und Rüstungsteilen, bis sie ihre typische Jagdkluft herauszog.

Als sie sich wieder umdrehte, stand ihre Tochter noch immer vor dem Bett, inmitten der Aschepfützen, und sah sie an. Ihre Augen waren ernst, doch um ihren Mund spielte ein leises Lächeln.

»Erklärst du mir jetzt bitte, was hier passiert ist?«, fragte Fayori und zog eine Augenbraue hoch.

In diesem Moment erinnerte Lysanna ihre Tochter mehr denn je an sie selbst.

Sie sah an Fayori vorbei zu Aerthas, der noch immer auf dem Stuhl in der Küche saß.

»Ich will jetzt nicht darüber sprechen.«

Fayori, die ihrem Blick gefolgt war, nahm die Klinke in die Hand und zog die Tür des Schlafzimmers hinter sich zu. Nun waren sie ungestört.

»Also?«, fragte sie noch einmal.

Lysanna antwortete nicht, sondern sah auf die Kleidung in ihrer Hand.

»Seit wann ist er zurück?«, bohrte Fayori weiter.

Das Mädchen würde nicht lockerlassen, eh Lysanna ihr nicht wenigstens ein paar Informationen gegeben hatte.

»Seit heute Nacht«, antwortete sie seufzend, während sie sich bereits Aerthas' Hemd über den Kopf zog. »Er stand plötzlich in der Tür. Warum er gerade bei uns aufgetaucht ist, kann ich dir auch nicht sagen.«

Während sie sprach, schlüpfte sie in die lederne Hose und eine weiße Bluse und war dankbar, währenddessen ihrer Tochter nicht in die Augen sehen zu müssen.

»Als ob!«, schnaubte Fayori.

»Wie meinst du das?«

»Ich kenne dich besser als jeder andere. Immerhin bin ich ein Teil von dir, vergiss das nicht. Es liegt doch auf der Hand, wieso er zu dir gekommen ist.«

Lysanna reagierte nicht, sondern konzentrierte sich ganz auf den Lederharnisch, den sie gerade festzog.

»Er liebt dich. Und du liebst ihn«, sagte Fayori freiheraus.

Nun hob sie doch den Kopf und sah das Mädchen überrascht an.

Fayori sprach ungeniert weiter. »Schau nicht so. Denkst du, ich habe nicht bemerkt, wie ihr euch angesehen habt? Schon seit du angefangen hast, bei ihm zu trainieren, konnte ich förmlich spüren, wie es dich zu ihm hingezogen hat.«

»Das ist nicht wahr«, entgegnete sie mit fester Stimme und widmete ihre Aufmerksamkeit nun ihren Stiefeln.

»Doch, das ist es«, beharrte Fayori. »Allerdings geht es niemanden etwas an, da hat Aerthas ganz recht.« Und mit leiserer Stimme fügte sie hinzu: »Ich bin nur froh, dass er es schafft, dass es dir besser geht – wie auch immer er das macht.«

Lysanna war nun vollständig bekleidet und genoss das Gefühl, endlich wieder eine ordentliche Rüstung tragen zu können. Sie erhob sich vom Rand des Bettes. Mit einem Mal hatte sie das Bedürfnis, ihrem Herzen Luft zu machen.

»Mag sein, dass ich ihn sehr gern habe«, gestand sie zögerlich. »Aber noch nicht einmal ich selbst weiß, wie sehr. Mit ihm … es ist so anders als alles, was ich zuvor kannte.«

Sie dachte an das Gefühl der Verliebtheit, als sie Orano kennengelernt hatte, an die tiefe Zuneigung, die sie für Mitzum empfunden hatte … nichts davon glich dem Gefühl, das sie empfand, wenn Aerthas in der Nähe war.

Fayori trat an sie heran und nahm sie in die Arme. Lysanna zuckte kurz zurück, aus Angst, ihr eigener heißer Körper würde das Mädchen verletzen. Doch die Abkühlung der letzten Nacht hielt noch immer an.

»Das wirst du schon noch herausfinden«, sagte Fayori zuversichtlich. »Gib euch Zeit.« Dann löste sie sich und sah Lysanna ins Gesicht. »Schau nicht so, als würdest du eine Sünde begehen«, befahl sie energisch und sprach damit aus, was Lysannas Gewissen quälte. »Mitzum würde wollen, dass du glücklich bist!«

Nun war es Lysanna, die Fayori an sich drückte. Wie so oft war ihr das Mädchen auch in diesem Moment mehr eine Freundin als eine Tochter.

»Danke«, sagte sie leise und gab ihr einen Kuss auf das rabenschwarze Haar.

Kurz noch standen sie so da und kosteten diesen Moment inniger Zweisamkeit aus, bis Lysanna ihre Umarmung löste.

Sie ging zurück in die Küche und warf Aerthas sein Hemd zu, der es sich dankbar über den nackten Oberkörper zog.

»Das fühlt sich doch schon besser an«, lächelte er.

»Dann können wir ja gehen«, sagte Lysanna und ging auf die Eingangstür zu.

»Wenn du *so* da rausgehst, wird jeder sofort wissen, was zwischen euch beiden gelaufen ist«, hörte sie Fayori mit ihrer gewohnt kessen Stimme hinter sich.

Aerthas trat neben Lysanna. »Fayori hat recht, so solltest du besser nicht nach draußen gehen.«

Zärtlich griff er in ihr Haar und hielt ihr eine feuerrote Strähne vors Gesicht. Erschrocken nahm Lysanna ihm diese aus der Hand und betrachtete sie.

Dann lief sie mit großen Schritten zu dem Spiegel in Fayoris Zimmer, wo sie abrupt stehen blieb und ihr Spiegelbild anstarrte. Ihr rotes Haar leuchtete wie eine frisch erblühte Mohnblume. Keine Strähne zeigte mehr das pechfarbene Schwarz, welches ihr Haupt in den letzten Wochen wieder bedeckt hatte, als Aerthas nicht mehr da gewesen war.

Die anderen beiden waren ihr gefolgt.

»Ich habe ja gesagt: Du hast ziemlich gut geschlafen, oder?«, neckte Aerthas sie abermals.

»Was mache ich denn jetzt?«, fragte sie verzweifelt.

»So kannst du jedenfalls nicht vor die Tür, ohne dass du eine Erklärung abliefern musst«, stellte Fayori fest. »Warte, ich glaube, ich habe eine Idee.« Sie kehrte in die Küche zurück und stand einen Moment später wieder neben Lysanna. »Hier!«

Sie hob die Hände und fuhr damit durch Lysannas Haar, wobei sie eine dunkle Spur auf jeder Strähne hinterließ, die durch ihre Finger glitt.

»Was ist das?«, wollte Lysanna wissen.

»Ruß.« Fayori grinste. »So wird keiner sehen, wie du dich verändert hast.«

Sie wiederholte den Vorgang noch ein paar Mal, bis der rote Schein nur noch schwach zu erkennen war.

»Du hast eine verdammt pfiffige Tochter«, lobte Aerthas und fügte dann seufzend hinzu: »Dann können wir wohl jetzt aufbrechen.«

»Darf ich mitkommen?« Fragend sah Fayori zwischen Aerthas und Lysanna hin und her.

Sie hatte für ihre Idee mit dem Ruß etwas gut, und das wusste sie.

»Meinetwegen«, erlaubte Lysanna daher und gemeinsam verließen sie das Haus.

19

Lysanna

»Ich wollte Sedan schon lange einmal fragen, ob Seelenlose überhaupt bluten können. Das kann ich mir jetzt wohl sparen«, lachte Tâlie, als sie einige Tage später mit Lysanna über die Wiesen in Richtung des Flusses wanderte. Dabei wischte sie eine milchig trübe Flüssigkeit von ihrem Helm.

Lysanna lachte ebenfalls. »Nun, ich würde es nicht unbedingt als Blut bezeichnen, was durch ihre Adern fließt …«

Gemeinsam mit Tâlie hatte sie die letzte Nachtschicht hinter sich gebracht und dabei einen Trupp von Seelenlosen überwältigt, der im Westen ihres Dorfes durch die Wälder geschlichen war. Es waren nur fünf von ihnen, wahrscheinlich Kundschafter. Tâlie und Lysanna hatten kurzen Prozess mit ihnen gemacht.

»Du hast gesehen, in welche Farben sie gekleidet waren«, sagte die Kriegerin nun wieder ernst.

Lysanna nickte.

»Schon komisch«, fuhr Tâlie fort. »Da haben wir so lange nach Untergebenen des Flammenden Lords gesucht und jetzt stolpern sie uns von ganz allein vor die Füße.«

Unbewusst biss sich Lysanna auf die Unterlippe. Sie mochte es nicht, wenn das Gespräch auf den Flammenden Lord kam. Jedes Mal, wenn sein Name fiel, drangen dunkle Bilder, Stimmen und Erinnerungen in ihr Bewusstsein, die sie seit dem Tod des Trollhäuptlings heimsuchten und die sie lieber verdrängt hätte.

Tâlie bemerkte den Stimmungswechsel ihrer Freundin. »Entschuldige bitte«, sagte sie rasch.

Lysanna schüttelte den Kopf. »Nicht so schlimm.«

Schweigend gingen sie eine Weile nebeneinander her.

»Hast du eigentlich gewusst, dass Yokumo und Holly mal ein Paar gewesen sind?«, fragte Lysanna schließlich, um die unangenehme Stille zu durchbrechen.

»Ja«, antwortete Tâlie knapp.

Fragend sah Lysanna sie an.

»Das war in etwa zu der Zeit, als wir die ›Angelus Mortis‹ gegründet haben«, erklärte Tâlie.

»Wer, *wir*?«

»Yokumo, Holly und ich. Ich habe Yokumo damals auf der Schule der Paladine kennengelernt, wo auch gerade Holly im Hospital der Priesterschaft lernte. Für Yokumo und mich stand relativ schnell fest, dass es in den höfischen Reihen keinen Platz für uns geben würde. Wir teilten die Ansichten Ihrer Majestät nicht, dass die Elfen über allem standen und andere ›Wesen zweiter Klasse‹ wären. Yokumo war der Erste, der ging. Doch Holly und ich folgten ihm recht schnell. Ich war dagegen gewesen, dass sie mitkommt. Aber Yokumo war der Meinung, es wäre nicht schlecht, von Anfang an eine Heilkundige dabeizuhaben. Als wir drei dann durch die Länder zogen, um Mitglieder und Gleichgesinnte zu finden, wurde mir schnell klar, warum Holly uns wirklich begleitet hatte.«

»Weil sie sich in ihn verliebt hatte«, mutmaßte Lysanna.

Die große Elfe stieß herablassend die Luft zwischen den Zähnen hervor. »Nein. Sie hat Yokumo nie geliebt, nicht so wie …« Sie stockte kurz und sagte dann: »Wie Nikka. Holly hat nur den Titel geliebt, den es ihr einbrachte, mit ihm zusammen zu sein: Ratsherrin. Immer wieder habe ich ihm gesagt, dass sie ihn nur benutzt. Aber er hat eine ganze Weile gebraucht, bis er es selbst erkannt hat. Und dann haben sie sich getrennt. Holly hat mir nie verziehen, dass ich gegen diese Verbindung war. Sie ist noch heute der Meinung, dass ich die Schuld an dem Verlust ihrer Stellung innerhalb des Clans trage. Sie hat sogar versucht, Aerthas um ihren Finger zu wickeln, nur um mir weh zu tun.«

»Du meinst, sie war auch mit Aerthas …«

Lysanna blickte sie überrascht an, doch Tâlie winkte ab.

»Nein, er war viel zu schlau für sie. Außerdem hat er sich früher nie viel aus Mädchen gemacht. Zumindest bis …« Sie zögerte.

»Ja?«, fragte Lysanna, deren Neugier geweckt war.

»Ach, das kann er dir selbst erzählen. Ist nicht so wichtig. Jedenfalls schloss sich kurze Zeit später Nikka unserem Clan an und Yokumo verliebte sich Hals über Kopf in sie. Ich denke, er hat Glück gehabt mit ihr. Holly hat dem Clan dann den Rücken gekehrt. Ich will gar nicht wissen, was sie in der Zeit ihrer Abwesenheit so getrieben hat.«

»Warum ist sie dann zurück gekommen?«

»Weil Yokumo sie darum gebeten hat. Man kann über Holly sagen, was man will, aber sie ist eine erstklassige Heilerin. Daran besteht kein Zweifel.«

»Und seitdem versucht sie den Platz an Yokumos Seite zurückzubekommen«, schlussfolgerte Lysanna.

Tâlie nickte. »Aber jetzt, wo Nikka schwanger ist, muss sie sich geschlagen geben.«

Mittlerweile hatten sie das Ufer des Flusses erreicht und setzten sich ins weiche Gras. Lysanna ließ ihren Blick über die schillernde Wasseroberfläche gleiten, die sanft und langsam vor ihnen dahinplätscherte.

»Was ist eigentlich mit dir?«, fragte sie Tâlie dann. »Hat es in deinem Leben einmal einen Mann gegeben, den du geliebt hast?«

Sie war sich bewusst, wie weit sie sich in diesem Moment vorwagte, doch diese Frage beschäftigte sie schon seit Langem und jetzt schien ihr ein passender Zeitpunkt, sie auszusprechen.

Als sie keine Antwort bekam, sah sie Tâlie an. Ihre Augen waren ebenfalls aufs Wasser gerichtet und ihre Züge hart wie Stein. Ein Name, den Holly ihr gegeben hatte, tauchte in Lysannas Kopf auf: *Steinerne Lady*. In diesem Augenblick, so schien es ihr, trug Tâlie ihn wohl zu recht.

»Natürlich«, sprach Lysanna eine plötzliche Eingebung laut aus. »Du hast Yokumo geliebt. Du bist wegen ihm aus Hohenfels fortgegangen, anstatt in das Heer der Stadt und damit in die Fußstapfen deiner Eltern zu treten. Nicht nur wegen deiner Ideale.«

Ruckartig drehte sich Tâlie zu ihr. »Jemanden zu lieben, bringt einem am Ende nichts weiter als Kummer und Tränen. Das hat mir das Leben oft genug gezeigt und ich habe meine Lektion gelernt. Lieben bedeutet leiden, das müsstest du doch am besten wissen.«

»Ja, Liebe kann verdammt weh tun«, stimmte Lysanna zu. »Sie kann dich in den tiefsten Abgrund stürzen. Aber sie kann dich genauso auf eine wunderbare Art und Weise aus diesem wieder herausholen.«

Sie kannte Tâlie gut genug, um zu wissen, dass eine Diskussion mit ihr über dieses Thema sinnlos war, und wollte bereits aufstehen, als Tâlie sie am Arm zurückhielt.

»Es tut mir leid«, sagte sie und Lysanna konnte in ihrem Gesicht lesen, dass sie es ernst meinte. »Es ist nur – wo dir die Liebe immer wieder Kraft gegeben hat, hat sie mich immer nur behindert und zurückgeworfen. Die Gefühle für meine Eltern haben mir meine Kindheit genommen. Die Gefühle für einen Mann haben mich eine sichere Zukunft im Heer gekostet. Ich habe genug von der Liebe.«

Ihre Stimme war leise geworden und in ihren Augen lag ein eigenartiger Glanz, als sie wieder auf den Fluss sah.

»Und was ist mit Aerthas?«, wollte Lysanna wissen.

»Er ist mein Bruder, natürlich liebe ich ihn. Aber glaub mir, wenn ich eine Wahl hätte …«

»Na, worüber redet ihr beiden?«, hörten sie plötzlich eine Stimme hinter sich.

Lysanna sah noch, wie Tâlie den Kloß in ihrem Hals herunterschluckte, eh sie sich beide umdrehten.

Hinter ihnen stand, als hätte der bloße Klang seines Namens ihn heraufbeschworen, Aerthas. Er trug seine volle Rüstung und stützte sich entspannt auf sein Schwert, dessen Spitze sich in den Boden bohrte.

»Hallo Brüderchen«, begrüßte Tâlie ihn kühl.

Belustigt zog er eine Augenbraue nach oben. »Ach, du redest also wieder mit mir?«

»Irgendwann muss ich das ja. Schließlich wohnen wir zusammen«, erwiderte sie spitz.

Lysanna dachte zurück an den Moment vor drei Tagen, als Tâlie von Aerthas' Rückkehr erfahren hatte. Sie hatte damit gerechnet, dass die Kriegerin ihrem Bruder um den Hals fallen würde, doch Tâlie hatte wie immer anders reagiert, als man es von ihr erwartet hätte.

Ohne ein einziges Wort war sie auf Aerthas zugegangen und hatte ihm mit geballter Faust ins Gesicht geschlagen – einmal, zweimal, dreimal. Er hatte nur dagestanden und nicht einmal den Versuch unternommen, sich zu verteidigen. Danach war Tâlie schweigend davongegangen und die Geschwister hatten seither kein Wort miteinander gesprochen.

War das jetzt Tâlies Art, ihrem Bruder zu verzeihen?

»Was willst du hier?«, fragte die Kriegerin barsch.

»Ich bereite mich auf meinen Wachdienst vor. An so einem heißen Tag bevorzuge ich, mit einem kühlen Kopf in die Wachschicht zu gehen. Deswegen habe ich gedacht, ich gehe noch ein wenig schwimmen. Und ihr?«

Jetzt sah er Lysanna an. Auch sie beide hatten seit der gemeinsamen Nacht nur ein paar Worte gewechselt. Jedoch lag das eher daran, dass sie keine Zeit gehabt hatten, sich ungestört zu unterhalten.

»Wir kommen gerade vom Dienst und sind aus ähnlichem Grund hier«, antwortete sie.

Seine bloße Gegenwart ließ ihr Herz schneller schlagen und ihre Stimme klingen wie die eines kleinen Mädchens.

»Prima, dann können wir ja zusammen ins Wasser gehen.«

Das Lächeln, das seine Lippen umspielte, war eindeutig nur für sie bestimmt. Schnell sah sie zur Seite, als sie spürte, wie sie errötete.

»Nein danke«, erwiderte Tâlie knapp. »Irgendwie steht mir der Sinn eher danach, noch ein paar Seelenlosen in den Hintern zu treten. Mit wem hast du Dienst?«

»Mit Yokumo.«

»Fein. Er wird sicher nichts dagegen haben, wenn ich ihn statt dir begleite. Viel Spaß euch beiden beim Schwimmen!«

Der Blick, mit dem Tâlie Lysanna bedachte, ließ keinen Zweifel daran, dass sie wusste, wie wichtig ein wenig Zeit für die zwei war.

»Danke!«, rief Aerthas ihr nach, als sie losmarschierte.

Zur Antwort winkte Tâlie nur noch einmal über die Schulter, eh sie verschwand.

»So schnell bekomme ich also einen freien Nachmittag – ich muss mich nur von meiner Schwester verprügeln lassen«, bemerkte Aerthas lachend und ließ sich neben Lysanna fallen.

Sie lachte ebenfalls.

Vollkommen unnötig hatte sie sich Sorgen gemacht, wie es sein würde, wenn sie das nächste Mal allein mit Aerthas wäre. Es fühlte es sich einfach nur leicht und angenehm an, neben ihm zu sitzen.

»Dir geht es gut?« Es war eher eine Feststellung als eine Frage.

Lächelnd nickte sie. »Dir auch?«

»Ja.« Er strahlte sie an. Dann streckte er eine Hand aus und fuhr damit durch ihr Haar. »Fayori macht ihre Sache ganz gut.«

»Nein«, erwiderte sie. »Mittlerweile mache ich es selbst.« Sie zeigte ihm ihre Handfläche, die noch immer leicht rußig schimmerte.

»Das sieht man.« Er grinste und zwirbelte eine rote Haarsträhne, die sie beim Färben übersehen hatte.

Als er die Strähne losließ, berührten seine Finger sanft ihr Gesicht. Doch als sie ihre Wange in seine Hand schmiegen wollte, zog er diese abrupt zurück.

»Ich habe darüber nachgedacht, was du gesagt hast«, begann er zögernd.

Sie wollte etwas erwidern, doch er brachte sie mit einer Handbewegung zum Schweigen.

»Du hast recht. Das, was da zwischen uns passiert ist … das, was zwischen uns ist oder sein könnte …« Er atmete tief ein. »Nun, es ist gefährlich. Es ist unmoralisch und es ist falsch.«

Sie sah in sein Gesicht, sah den gequälten Ausdruck darauf und wusste, dass nicht einmal er selbst an seine Worte glaubte.

»Was wir in dieser Nacht getan haben«, murmelte er und wich ihrem Blick aus, »wir sollten es als ein *Füreinander da sein* unter Freunden betrachten, das einfach ein wenig zu weit gegangen ist. Eine Art Ausrutscher, verstehst du?«

Sie fühlte sich, als hätte ihr jemand mitten gegen die Brust getreten.

Was er sagte, war genau das, wozu ihre eigene Vernunft ihr riet. Ihr Herz aber zog sich zusammen und wollte sich gegen diese Wahrheit wehren. Doch kein Ton kam über ihre Lippen.

Stumm beobachtete sie, wie Aerthas die Augen schloss, wie er die Luft anhielt und einen inneren Kampf auszufechten schien. Dann ging ein Ruck durch seinen Körper und eh sie sichs versah, hatte er sie rücklings ins Gras gedrückt und küsste sie. Seine Lippen pressten sich hart und leidenschaftlich auf die ihren.

›*Schieb ihn fort, lass das nicht zu*‹, rief ihr Verstand. Doch ihr Körper und ihr Herz sehnten sich nach etwas ganz anderem.

Sie schlang die Arme um seinen Hals, drängte sich an ihn und genoss die Wildheit des Verlangens, das sie überkam.

Lysanna konnte nicht sagen, wie viel Zeit vergangen war, bis er sich von ihr löste.

»Betrachte das einfach als einen weiteren Ausrutscher«, sagte er keuchend.

Sie war nicht fähig, auch nur ein Wort zu sprechen. Also nickte sie nur und zog ihn wieder an sich.

20

Lysanna

Später am Abend saß Lysanna vor Fayoris Kommode, kämmte verträumt ihr noch feuchtes Haar und folgte dem Spiel der Schatten, welche die im Raum verteilten Öllampen heraufbeschworen. In Gedanken war sie noch immer bei den Ereignissen des vergangenen Nachmittags.

Sie hatten abermals miteinander geschlafen. Doch dieses Mal war es nicht geprägt gewesen von wilder Verzweiflung und der Suche nach einem rettenden Anker, sondern von Leidenschaft und der Suche nach Geborgenheit.

Aerthas hatte es einen weiteren Ausrutscher genannt.

Es war leichtsinnig gewesen. Schließlich hätte jederzeit noch jemand zum Fluss kommen können. Doch genau das hatte es so prickelnd gemacht, dass sie jetzt noch grinsen musste, wenn sie daran dachte.

Danach waren sie schwimmen gegangen. Sie waren im Wasser umhergetollt wie zwei kleine Kinder – nackt, ohne schützende

Rüstung und ohne jeden Gedanken an Krieg, Leid und Tod. Lysanna hatte sich so frei gefühlt wie schon seit Jahren nicht mehr.

Erst als die wärmende Sonne sich zurückgezogen hatte und ein kühler Wind über das Wasser fegte, der vom nahenden Ende des Sommers sprach, waren sie aus dem Fluss gestiegen und wieder in die kalte Realität zurückgekehrt.

Als sie in der Dämmerung zum Dorf zurückgegangen waren, waren sie beide übereingekommen, dass sie keinen weiteren dieser Fehltritte zulassen durften. Sie waren Freunde und wollten sich beide bemühen, das auch zu bleiben.

Und trotzdem – auch wenn es ihr verwehrt sein sollte, auf diese Weise mit Aerthas zusammen zu sein, fühlte Lysanna sich irgendwie glücklich.

Ihr kam der Satz in den Sinn, welchen Aerthas ihr zugeflüstert hatte, kurz bevor sie vor wenigen Tagen in seinen Armen eingeschlafen war.

»Es gibt immer etwas, wofür es sich zu kämpfen lohnt.«

Nach diesem Tag mit ihm verstand sie, was er gemeint hatte. Wenn man für Momente des Glücks wie jener, den sie heute erlebt hatte, hart kämpfen musste, war sie bereit dazu. Und sei es auch nicht ihr eigenes Glück, das am Ende ihres Weges auf sie wartete, sondern das vieler anderer – sie war bereit dazu.

Als sie ein Geräusch hinter sich hörte, blickte sie auf und erwartete bereits, Fayori im Spiegel zu sehen. Doch jemand anderes stand im Türrahmen und sah sie aus zusammengekniffenen Augen an.

»Sedan«, begrüßte sie ihn freundlich, stand auf und drehte sich zu ihm um.

»Lysanna, dürfen wir reinkommen?«

Erst bei diesen Worten erkannte sie die zweite Gestalt, die in der halbdunklen Küche hinter ihm stand.

»Natürlich«, nickte sie.

Sedan betrat das Zimmer, gefolgt von Holly. Die beiden blickten Lysanna ernst an.

»Ist irgendetwas passiert?«, wollte sie wissen.

»Wo bist du den ganzen Tag gewesen?«, knurrte Sedan.

»Ich hatte Wachdienst.«

»Und dann?«

»Dann bin ich schwimmen gewesen.«

»Allein?«

»Nein.«

War das ein Verhör? Bilder von der Folterung des Trolls stahlen sich in ihren Kopf und sie wich unwillkürlich einen Schritt zurück, wobei sie gegen die Kommode stieß.

»Was willst du von mir?«, fragte sie betont ruhig.

»Ich will wissen, mit wem du heute den Nachmittag verbracht hast.«

Seine Stimme klang bedrohlich, sodass Lysanna es vorzog, ihm die Wahrheit zu verschweigen.

»Ich war mit Tâlie unterwegs«, antwortete sie.

»Lüg mich nicht an!« Sedan wurde lauter. »Du hast den Nachmittag mit diesem Dunkelritter verbracht, mit Aerthas!« Er spie ihr die Worte förmlich entgegen.

Nun wurde auch sie zornig. »Nenn ihn nicht so«, fuhr sie ihn an.

»Wieso? Er ist nun mal einer dieser Grenzgänger.«

»Nein, ist er nicht. Orano ist ein solcher, ja. Denn er war tot. Aerthas ist niemals tot gewesen.«

»Aber er hätte es sein sollen! Er hätte hier niemals auftauchen dürfen!«

Sedan kam dichter an Lysanna heran und als sie weiter zurücktreten wollte, stieß sie nur abermals gegen die Kommode.

Dieses Mal geriet die Öllampe, die darauf stand, ins Wanken und fiel klirrend zu Boden. Der Kanister zerbrach, sodass sich das Öl ungehindert auf den Steinfliesen ausbreiten konnte. Sofort leckten die Flammen des brennenden Dochts danach.

Sie sah zur Seite und erfasste die Situation sofort. ›*Nein*‹, ermahnte sie die Flammen in Gedanken. ›*Kein Feuer, nicht jetzt, nicht hier!*‹

Und zu ihrer Verblüffung erlosch die Flamme des Dochts, als hätte sie ihrem stummen Befehl Folge geleistet.

Sedan schien es nicht bemerkt zu haben. Er griff in ihr Haar, zog daran und zwang sie so, ihn erneut anzusehen.

»Hältst du mich für blind?«, brüllte er. »Glaubst du wirklich, ich würde nicht bemerken, wie du dich verändert hast, seit er zurück ist?«

Um seine Bemerkung zu unterstreichen, hielt er ihr die Spitzen ihres Haares vors Gesicht, welches nun, da der Fluss es vollends von dem Ruß befreit hatte, feuerrot schimmerte.

Lysanna kannte Sedan schon seit seiner Geburt als Seelenloser. Er war immer grob und launisch gewesen, doch er hatte nie die Hand gegen einen der ihren erhoben. Doch in dem Zustand blinder Wut, in dem er sich jetzt befand, war sie nicht sicher, ob sich das heute ändern könnte.

Für einen kurzen Moment hatte sie Angst vor diesem Geschöpf, das Mitzum wie einen Sohn und Fayori wie einen ihresgleichen liebten.

Doch der Zorn, den seine Worte in ihr weckten, war stärker. Für wen hielt er sich denn, dass er so mit ihr redete?

Sie schlug seine Hand zur Seite und befreite sich. »Es geht dich überhaupt nichts an, ob ich mit Tâlie oder mit Aerthas zusammen gewesen bin«, fauchte sie und wollte sich an ihm vorbeidrängen.

Doch er griff nach ihren Handgelenken, schleuderte sie zur Seite und drückte sie mit dem Rücken gegen die Wand. Sein Gesicht, dem ihren jetzt ganz nah, war vor Wut verzerrt.

»Es geht mich eine Menge an, mit wem du dich rumtreibst! Ich habe geschworen, Fayori und dich vor allen Gefahren dieser Welt zu beschützen. Ich habe Mitzum versprochen, auf dich aufzupassen, sollte ihm etwas passieren. Und ich werde es nicht zulassen, dass du dich gleich dem Erstbesten an den Hals wirfst, nur weil Mitzum für eine Weile verschwunden ist.«

»Für eine Weile verschwunden?«, stieß sie aus und versuchte sich aus Sedans Griff zu befreien. »Er ist nicht verschwunden, Sedan! Du hast den Trollhäuptling doch gehört: Mitzum ist tot!«

Seit Zun'Golkirr ihr diese Nachricht überbracht hatte, hatte sie es immer vermieden, es auszusprechen. Doch nun, da die Worte über ihre Lippen kamen, wurde der traurige Gedanke zu harter Realität.

»Mitzum ist fort, er wird nie wieder zurückkehren.« Ihre Augen brannten vor unterdrückten Tränen, doch sie hielt sich stark und aufrecht. Mit zitternder, doch bemüht ruhiger Stimme fuhr sie fort: »Doch *wir* sind noch hier. Wir leben und er würde wollen, dass wir das Beste daraus machen.«

Sedan taumelte zurück und krümmte sich, als hätte sie ihm einen Stoß in die Magengrube versetzt. Für einen Moment brach die Fassade, die tagtäglich sein Innerstes verborgen hielt, und sie sah den echten Sedan – den traurigen und zurückgelassenen Jungen, der er wirklich war.

»Er ist nicht tot, das wüsste ich«, presste er hervor. »Ich kann spüren, dass er diese Welt noch nicht verlassen hat. Fühlst du es denn nicht?« Bei diesen Worten legte er eine Hand auf die Stelle, an der einst sein Herz geschlagen hatte.

Doch Lysanna schüttelte nur mit dem Kopf. Ein Schluchzen bahnte sich den Weg aus ihrer Kehle. »Mein Herz weigert sich nur, zu glauben, was mein Verstand längst weiß.«

Seine Züge wurden wieder hart und er zog sich erneut hinter seine Maske zurück. »Das ist alles nur die Schuld von diesem Hund Aerthas. Wäre er doch nie zurückgekommen von seinem Ausflug ins ewige Eis!«

»Man sollte sehr vorsichtig sein mit dem, was man sich wünscht, Sedan.« Mit einem gekünstelten Kichern schob sich Holly, die bisher ihren Streit stumm verfolgt hatte, eine Strähne ihres weißblonden Haares hinter das lange Ohr.

»Wäre der Eisprinz nicht gewesen, wäre unsere kleine Jägerin vielleicht schon gar nicht mehr am Leben …«

Lysanna funkelte sie böse an. »Was redest du da für einen Blödsinn?«

Yokumo hatte Stillschweigen über die Geschehnisse rund um den Trollhäuptling und sein Ableben angewiesen. Und auch von dem, was vor einigen Tagen in ihrer eigenen Hütte passiert war, konnte

Holly nichts wissen. Es sei denn … sie hatte all diese Informationen von Aerthas selbst bekommen.

Als könne die Priesterin ihre Gedanken lesen, fuhr sie in überheblichem Ton fort: »Du unterschätzt mich, Jägerin. Nichts, was in diesem Dorf geschieht, bleibt mir verborgen. Und keine Angst, ich habe es nicht nötig, mich von irgendjemandem informieren zu lassen. Ich weiß es einfach.«

»Woher auch immer du irgendetwas zu wissen meinst, es geht dich nichts an«, schnaubte Lysanna.

»Wenn es etwas mit dem Prinzchen zu tun hat, dann schon.« Auf Lysannas fragenden Blick hin ergänzte sie: »Ich meine Aerthas.«

»Hör auf, ihn so zu nennen. Er ist kein Prinz.«

»Oh, noch nicht. Aber irgendwann wird er das sein.« Ein abschätziges Lächeln umspielte Hollys Lippen, als sie Lysannas Ahnungslosigkeit bemerkte. »Ach, er hat dir noch gar nichts davon erzählt?«

»Wovon erzählt?« Lysannas Stimme klang kühl, im Gegensatz zu der wütenden Hitze, die sich langsam in ihrem Inneren erhob.

»Nun, der liebe Aerthas ist …«

»Holly, halt den Mund!«, unterbrach eine scharfe Stimme die Priesterin mitten im Satz.

Keiner von ihnen wusste, wie lange Aerthas schon in der Tür gestanden und wie viel er von ihrem Gespräch mitbekommen hatte.

»Ich glaube, Lysanna hat genug von einer Unterhaltung mit euch.« Mit großen Schritten kam er zu den dreien herüber und streckte Lysanna die Hand entgegen.

Sie griff danach wie nach einem rettenden Anker und er zog sie an seine Seite, fort von Sedan und Holly.

»Alles in Ordnung?«, fragte er sanft.

»Natürlich«, antwortete sie und schluckte den Kloß, der noch immer in ihrem Hals saß, hinunter.

»Gut«, nickte er ruhig. »Yokumo möchte dich sehen.« Dann drehte er sich zu Sedan und als er weitersprach, war seine Stimme kalt wie Eis. »Dich ebenfalls. Er wartet im Ratshaus.«

Als der Seelenlose sich nicht von der Stelle rührte, fügte Aerthas frostig hinzu: »Du kannst gern gehen, Lysanna findet den Weg sicherlich auch ohne deine Hilfe.«

Ein dunkler Laut entstieg Sedans Kehle und Lysanna befürchtete schon, er würde sich jeden Moment auf Aerthas stürzen.

Doch er tat es nicht. Ohne ein weiteres Wort verließ der Seelenlose das Zimmer, nicht jedoch ohne Aerthas dabei unsanft mit der Schulter aus dem Weg zu stoßen.

Lysanna konnte sehen, mit welcher Mühe Aerthas seine Wut zügelte.

»Wie die Tiere …«, seufzte Holly und musterte Aerthas. »Willst du ihm nicht nachgehen, damit ihr euch draußen gegenseitig an die Kehle springen könnt?« Wieder kicherte sie auf ihre künstliche, falsche Art.

»Wir unterhalten uns auch noch, Priesterin«, knurrte Aerthas.

Mit gespielter Verblüffung sah sie ihn an. »So? Werden wir das? Solltest du dich nicht lieber mit jemand anderem unterhalten?« Herablassend lächelte sie Lysanna an.

»Lass sie in Zukunft einfach in Frieden, klar?«, erwiderte der Elf nur.

»Ganz wie du möchtest«, meinte Holly gespielt höflich.

Aerthas griff erneut nach Lysannas Hand und zog sie mit sich nach draußen.

»Was hat Holly gemeint?«, fragte Lysanna, kaum dass sie die Hütte verlassen hatten.

»Nichts«, brummte der Elf an ihrer Seite.

»Wenn es nichts wäre, wieso hast du sie dann nicht ausreden lassen?« Als er nicht reagierte, fügte sie hinzu: »Verheimlichst du mir etwas?«

»Es ist nichts«, wiederholte er.

Sie blieb stehen. Wieso reagierte er so abweisend?

»Was verschweigst du mir?«, fragte sie argwöhnisch.

Ruckartig drehte er sich zu ihr um. »Es ist nichts! Es hat keine Bedeutung, ist einfach nicht wichtig! Schon gar nicht im Moment.«

Dann zog er sie an sich und presste seine Lippen auf ihre. Der Kuss war fordernd und bittend zugleich, fast als würde er versuchen, all ihre Zweifel damit auszulöschen. Doch so überraschend diese Zuwendung für Lysanna gekommen war, so schnell ging sie auch vorüber.

»Das mit der Freundschaft muss ich noch üben«, gab er leise zu, als er sie wieder losließ. »Wie auch immer. Wir müssen jetzt zu Yokumo, nur das ist wichtig.«

»Was ist passiert?«, fragte sie, als sie seinen ernsten Tonfall bemerkte.

»Erinnerst du dich an die Seelenlosen, die ihr heute Morgen überfallen habt?« Aerthas schenkte ihr einen vielsagenden Blick. »Sie waren nicht zufällig hier. Die Krieger waren weder Angreifer noch Kundschafter. Sie haben einen Boten eskortiert.«

»Einen Boten? Von wem?«

»Dreimal darfst du raten: von Lawinia.«

Lysanna lief es bei diesem Namen eiskalt den Rücken hinunter. Stumm folgte sie Aerthas, als dieser sich in Richtung Ratshaus in Bewegung setzte.

21

Lysanna

Das Ratshaus war nichts anderes als das Gebäude in der Mitte des Marktplatzes, in welchem der Trollhäuptling vor Kurzem noch gehaust hatte. Nachdem dessen Blut unwiderrufliche Zeichen der Gewalt auf dem Boden hinterlassen hatte, wollte niemand dieses Haus bewohnen.

Als es dann einige Tage leer gestanden hatte, war es von Yokumo zum Versammlungsraum des ›Hohen Rates‹ erklärt worden. Wände waren herausgerissen worden und einem großen, runden Eichentisch mit einer Vielzahl von Stühlen gewichen – für jedes der fünfzehn Ratsmitglieder einen. Und immer noch gab es genügend Platz für mindestens zwei weitere Dutzend Beobachter, wenn denn bei einer Sitzung welche gestattet wurden.

Als sie den Raum heute betraten, kam er Lysanna noch größer vor als das letzte Mal, als sie hier gewesen war. Was wohl daran lag, dass sich an dem Tisch nur drei Personen eingefunden hatten.

Yokumo saß auf einem Stuhl mit hoher Lehne und verzierten Armstützen, der dem Eingang gegenüberstand und dem Ratsherrn vorbehalten war.

Er studierte ein Pergament in seinen Händen, während Nikka und Tâlie über seine Schultern gebeugt mitlasen.

Vor ihnen auf dem Tisch lagen zwei Umschläge. Das Siegel des einen, glänzend und schwarz wie Kohle, war gebrochen, während das des anderen aus dunkelrotem Wachs bestand und noch intakt war.

Als Aerthas die Tür hinter sich und Sedan geräuschvoll schloss, blickte Yokumo auf. Er legte das Pergament zurück zu den Umschlägen und drehte den Kopf zu der Raumecke links von Lysanna.

»Ist das die Elfe, die ihr sucht?«

Obwohl der Raum von Fackeln erleuchtet war, bemerkte Lysanna erst jetzt die Gestalten, die dort dicht an die Wand gedrängt standen.

Die vordere war ein junger Mann um die siebzehn Jahre. Er war schlank, beinah schmächtig gebaut, und die fahle Haut auf seinem kahlen Schädel wies darauf hin, dass er sein Leben bereits hinter sich hatte, und doch auch wieder nicht – genau wie Sedan. Man hatte ihm anscheinend Waffen und Rüstung abgenommen. Die großen Narben, die sich über den unbekleideten Oberkörper des jungen Seelenlosen zogen, ließen keinen Zweifel daran, dass er nicht eines natürlichen Todes gestorben war, bevor man ihn in dieses Leben zurückgeholt hatte.

Hinter ihm, halb versteckt und scheinbar nach Schutz suchend, stand ein junges Mädchen, kaum älter als Fayori. Ihr Anblick war erschreckend. Mehr noch als der Junge schien sie ausgezehrt und abgemagert zu sein. Das dreckige, lilafarbene Haar hing ihr wirr ins Gesicht und sie sah mit vor Angst geweiteten Augen zu ihnen hinüber.

Lysanna musterte die beiden sprachlos. Dabei war es nicht die Anwesenheit der fremden Seelenlosen, die sie so verstörte, auch nicht ihr verwahrloster Zustand. Was ihr die Worte nahm, war die starke, menschliche Ausstrahlung, die von den beiden ausging.

Keiner von ihnen konnte länger als einen Tag unter der Erde gewesen sein, da war sie sich sicher. Es war sogar fraglich, ob ihnen überhaupt die Ehre eines Begräbnisses zuteilgeworden war. Eine Welle des Mitleids für diese beiden Geschöpfe der Dunkelheit überkam die Jägerin.

Als keiner der beiden auf Yokumos Frage reagierte, stellte er diese erneut. Nun drehte sich der junge Mann zu dem Mädchen um und sie nickte.

»Danke«, stöhnte Yokumo genervt. »Sedan, würdest du die zwei bitte in eine der leer stehenden Hütten bringen? Sie sind unsere Gäste und sollen eine ruhige Nacht verbringen, um morgen für ein längeres Gespräch ausgeruht zu sein. Postier zu ihrem Schutz bitte Wachen davor und komm dann zurück.«

Lysanna war klar, dass die Wachen nicht nur dem Schutz der *Gäste* dienen sollten, sondern wohl eher, um sicherzustellen, dass sie morgen auch noch für ein Gespräch zur Verfügung standen und nicht in Nacht und Nebel verschwanden.

Gewohnt wortlos öffnete Sedan die Tür und wies mit einer Hand nach draußen. Zögerlich lösten sich die zwei Seelenlosen von der

Wand, wahrscheinlich in der Hoffnung, dass einer der ihren ihnen nichts zuleide tun würde.

»Aerthas, du trommelst den Rest des Rates zusammen. Ich glaube, es besteht die Notwendigkeit einer umgehenden Vollversammlung«, ordnete Yokumo an, noch bevor die Tür hinter Sedan ins Schloss gefallen war.

»Nein, ich …«

»Herrje!« Yokumo sprang auf, sodass ihm Strähnen seines kurzen, kupferfarbenen Haares in die Stirn fielen, und schlug mit der flachen Hand auf den Tisch. »Kannst du nicht ein Mal tun, worum ich dich bitte? Nur ein einziges Mal?« Es kam selten vor, dass er die Beherrschung verlor. Doch wenn es einmal so weit war, wusste jeder, dass man sich besser an das halten sollte, was er verlangte.

Aerthas strich Lysanna, die noch immer dicht vor ihm stand, kurz über den Rücken. »Ich werde mich beeilen«, sagte er dann und verließ das Ratshaus ebenfalls.

»Manchmal frage ich mich wirklich, ob man mich als Ratsherrn überhaupt ernst nimmt«, murmelte Yokumo verbittert und ließ sich wieder auf seinen Stuhl fallen.

Irgendetwas musste ihn aufgebracht haben, dass er derart reizbar war. Lysanna war klar, dass es nur etwas mit den Briefen vor ihm zu tun haben konnte.

»Warum hast du mich schon vor den anderen Ratsmitgliedern rufen lassen?«, fragte sie, um nicht allzu direkt nach dem Inhalt der Botschaft zu fragen.

Das war auch nicht nötig.

»Komm her und sieh selbst!« Yokumo griff erneut nach dem Pergament vor sich.

Sie ging um den Tisch herum und nahm auf dem Stuhl neben dem Ratsherrn Platz, auf welchem sonst Aerthas zu sitzen pflegte. Dann griff sie nach dem Pergament, das Yokumo ihr auffordernd hinhielt.

»*Einladung*« stand in verschnörkelten Buchstaben am oberen Rand des Blattes.

Sie überflog den Text und las ihn dann noch ein zweites Mal, um zu verstehen, was dort geschrieben stand. Als sie geendet hatte, blickte sie auf und sah zwischen den Gesichtern der anderen hin und her.

»Was sagst du dazu?«, fragte Tâlie.

Noch einmal senkte Lysanna den Kopf und las den Text auf dem Pergament.

Wie sie schon beim Anblick des Siegels vermutet hatte, stammte die Botschaft aus den ›Netherlanden‹, vom Hofe der Fürstin Lawinia.

Es war eine Einladung zu einem Ball, den die Fürstin in wenigen Wochen abhalten wollte. Gerichtet war die Botschaft an den gesamten Clan der ›Angelus Mortis‹, Eintritt sollte aber lediglich einem Paar gewährt werden.

»Nun?«, fragte Tâlie erneut, als sie nicht antwortete.

»Was soll ich dazu sagen? Wenn man es nicht besser wüsste, könnte man fast meinen, dass es sich hier um ein Friedensangebot handelt. Haben noch andere Clans eine Einladung erhalten?« Sie sah Yokumo an, doch der zuckte nur mit den Schultern.

»Kommt dir der Ort nicht auch etwas ungewöhnlich vor?«, wollte Tâlie wissen.

Wieder blickte Lysanna auf das Pergament.

»Ein Fest auf dem Dach der Welt«, las sie laut. Dann legte sie einen Finger an die Lippen und dachte nach.

»Sie meint damit den Sternenberg«, beantwortete Nikka die unausgesprochene Frage.

Der Sternenberg war ein Vulkan, der höchste und aktivste in ganz Al'Arizon, der im Grenzgebiet zwischen Kambrion und den ›Netherlanden‹ lag. Die ständigen Ausbrüche hatten rings um seinen Schlund hohe, turmähnliche Gebilde geschaffen und diejenigen, die diesen Ort besucht hatten, erzählten Geschichten von dunklen Wesen und schönen Nymphen, die dieses bizarre Schloss bewohnten. Da niemand mit Sicherheit wusste, wer genau an diesem Ort lebte, sprach man aufgrund seiner Lage immer nur von der ›Festung auf dem Dach der Welt‹ oder eben vom Sternenberg.

»Für die Fürstin finde ich diesen Ort eigentlich ganz passend«, stellte Lysanna fest. »Aber ich weiß nicht so recht, ob dieser für ein Fest geeignet ist. Die unberechenbaren Ausbrüche des Sternenbergs sind wunderschön, wenn man sie von Weitem betrachtet. Jedoch bei einem solchen auf dem Gipfel zu sein, endet wohl eher tödlich. Mit etwas Pech versinkt diese Veranstaltung in glühender Lava. Wie dem auch sei – werden wir der Einladung nachkommen?« Fragend sah sie Yokumo an.

»Aus diesem Grund habe ich die Ratssitzung angeordnet. Ich denke, wir sollten gemeinsam entscheiden, wie wir uns verhalten. Dieser Brief ist jedoch nicht der einzige Grund, warum ich Aerthas als Erstes zu dir geschickt habe.« Er griff zu dem zweiten, unberührten Umschlag und reichte ihn ihr. »Die beiden seelenlosen

Boten, die Sedan soeben abgeführt hat, sagten, dieser Brief sei für die Elfe mit dem Feuerhaar bestimmt.«

Er machte eine kurze Pause und musterte ihr Haar. »Vergib mir, doch dieser Anblick ist lange her und so habe ich nicht gleich an dich gedacht. Da ich nicht wusste, wen sie meinten, wollte ich den Brief selbst öffnen. Das Mädchen geriet daraufhin in eine solche Panik, als ginge es an ihr Leben, und ihr Begleiter wäre lieber Tâlie ins offene Schwert gesprungen, als zuzulassen, dass der Brief in die falschen Hände geriet. Nicht dass mich das abgehalten hätte, ihn dennoch zu lesen … Aber glücklicherweise konnte Aerthas mehr mit der Beschreibung von Feuerhaar anfangen als ich.« Yokumo zwinkerte ihr zu, als er das sagte. »Und scheinbar hat dich das Mädchen auch als rechtmäßigen Empfänger erkannt. Also los – mach ihn auf!«

Mit einem leisen Knacken brach Lysanna das Siegel. Doch bevor sie den Inhalt aus dem Umschlag holen konnte, öffnete sich die Tür und nach und nach strömten die anderen Mitglieder des Hohen Rates in den Raum.

Als Aerthas auf sie zukam, wollte Lysanna sich erheben, um seinen Stuhl freizugeben und ihren Platz zwei Stühle weiter einzunehmen. Doch er legte ihr die Hand auf die Schulter, drückte sie sanft zurück und setzte sich stattdessen neben sie.

Holly, die sonst auf diesem Platz zu sitzen pflegte, würde nun gezwungen sein, ebenfalls einen Stuhl weiter zu rücken, auf Lysannas Platz. Da die Sitzordnung gleichzeitig die Rangfolge innerhalb des Clans widerspiegelte, war es kein Wunder, dass die Priesterin sie böse anfunkelte, als sie sich auf den fremden Platz setzte.

Lysanna gab sich unbeeindruckt, reckte das Kinn nach vorn und ließ den Blick den Tisch entlangwandern, als würde sie die stechenden Blicke nicht bemerken.

Als alle Platz genommen hatten, erhob sich Yokumo. Er begrüßte die anderen und erklärte ihnen den Grund für diese überraschende Sitzung. Als er kurz von dem Boten und seinem Auftrag berichtet hatte, verlas er laut die Einladung der Fürstin. Den zweiten Brief, welcher noch immer ungeöffnet in Lysannas Hand ruhte, erwähnte er nicht.

Sofort begann eine hitzige Debatte. Alle waren sich ausnahmslos einig darüber, dass es sich hierbei keinesfalls um ein Freudenfest, sondern nur um einen Hinterhalt handeln konnte.

»Das Ganze klingt mir sehr nach einer Massenrekrutierung«, stellte Tessel fest. »Nicht alle Clans sind so tief in die Verbindungen der Fürstin mit den Seelenlosen eingeweiht wie wir. Sie werden in ihr Verderben rennen, werden abgeschlachtet werden wie Vieh, nur um nach ihrer Verwandlung Lawinias eigene Armee zu verstärken!«

»Was wissen wir denn, wer noch alles eine Einladung erhalten hat?«, unterbrach Kirkon den Zwerg. »Wir sollten keinen von uns als Opferlamm darbieten, nur um andere, die wir nicht kennen, davor zu bewahren, in ihr Unheil zu rennen. Für uns würde das auch keiner tun.«

»Die anderen Clans bestehen genauso aus Menschen wie wir … Na ja, und Elfen und so«, warf Semei ein. »Es ist unsere Pflicht, sie zumindest zu warnen, wenn wir schon nichts tun, um diesem Irrsinn Einhalt zu gebieten.«

»Außerdem ist jeder, den die Fürstin verwandelt, ein neuer Feind, der unsere eigenen Reihen bedroht«, fügte Bosco hinzu.

»Ich glaube, es war ein Fehler von Yokumo, alle in diese Entscheidung einzubeziehen«, raunte Aerthas Lysanna zu.

»Warten wir´s ab«, flüsterte sie zurück. »Das hier wird sich wohl noch eine Weile hinziehen.«

»Was war nun eigentlich in dem zweiten Umschlag?«

»Oh«, entfuhr es ihr, »ich habe noch nicht hineingeschaut.«

Sie blickte auf den geöffneten Umschlag in ihrem Schoß. Dann zog sie den Inhalt heraus.

Es handelte sich um ein weiteres Stück Pergament, allerdings kleiner als jenes, auf dem die Einladung niedergeschrieben stand. Sie faltete den Zettel auseinander.

Die Botschaft darauf war kurz, doch sie reichte aus, um ihren Herzschlag für einen Moment aussetzen zu lassen.

Er hat deinen Namen gerufen, als ich ihn getötet habe

Lysannas Gedanken rasten und ihr wurde schwindlig.

Die Worte waren nicht mit Tinte geschrieben, sondern in das Pergament eingebrannt worden. Die Nachricht enthielt keine Unterschrift, keinen Absender. Aber das war auch nicht nötig. Sie wusste, von wem diese Botschaft stammte.

Die Tatsache, dass dieser Brief vom selben Boten gebracht worden war wie die Einladung der Fürstin, konnte nur eines bedeuten: Die Einladung galt nicht dem Clan, sie galt ihr!

Noch einmal las sie die Zeilen und sofort begann ihr Blut zu kochen. Doch dieses Mal war es keine Verzweiflung, keine Angst, die ihr inneres Feuer entfachte. Es war der heiße Durst nach Rache.

Sie stemmte die Hände auf den Tisch und stieß sich von ihrem Stuhl hoch. Diese Bewegung kam so plötzlich, dass sofort alle Gespräche verstummten.

»Ich werde gehen!« Ihre Stimme hallte in dem Saal wider, so energisch hatte sie ihre Entscheidung ausgestoßen.

»Dein Edelmut in allen Ehren«, bemerkte Sedan, der sich bisher aus der Diskussion herausgehalten hatte. Er saß wie immer ungerührt nach hinten gelehnt auf seinem Stuhl, ein Knie am Tisch abgestützt. »Falls es dir entgangen ist: Wir haben gerade beschlossen, dass *niemand* gehen wird.«

Statt ihm zu antworten, warf sie das Stück Papier, welches sie vor Wut in ihrer Faust zerknüllt hatte, zu ihm hinüber.

Er fing es aus der Luft, setzte sich aufrecht hin und entfaltete es. Als er es las, schien auch noch die letzte Farbe aus seinem ohnehin blassen Gesicht zu verschwinden.

Yokumo blickte verwirrt zwischen ihnen hin und her.

»Die zweite Botschaft stammt vom Flammenden Lord persönlich«, erklärte Lysanna und sah zum Ratsherrn hinüber.

»Zweite Botschaft?«, fragte Kirkon, doch keiner beachtete ihn.

Lysanna wählte ihre Worte mit Bedacht, es mussten ja nicht alle Anwesenden über den Inhalt der Nachricht Bescheid wissen.

»Er bittet mich, der Einladung der Fürstin Folge zu leisten.«

»Das ist ein Scherz«, stellte Yokumo fest.

Lysanna schüttelte stumm den Kopf.

»Ich werde dich begleiten«, sagte Aerthas sofort und stand ebenfalls auf, um ihr den Rücken zu stärken.

Sie war verblüfft, hatte sie doch eher damit gerechnet, dass er versuchen würde, es ihr auszureden. Trotzdem schüttelte sie abermals den Kopf. »Ich werde allein gehen.«

»Den Teufel wirst du tun«, mischte sich Sedan ein, der ebenfalls aufgesprungen war. »Ich werde auch mitkommen.« Er blickte Aerthas fest an.

Aus dem Augenwinkel konnte Lysanna sehen, wie der Krieger nickte.

»Jetzt aber mal langsam«, versuchte Yokumo das Gespräch wieder an sich zu reißen.

Die drei schwiegen, machten aber keine Anstalten, sich wieder hinzusetzen.

»Angenommen, Lysanna hat recht …«, begann der Ratsherr, laut seine Gedanken zu ordnen. »Dann sind wir höchstwahrscheinlich die Einzigen, die eine Einladung erhalten haben. Somit brauchen wir uns zumindest keine Sorgen um andere Clans zu machen.« Bei diesem Satz lagen seine Augen auf Semei, der beruhigt nickte.

»Wenn der Flammende Lord Lysanna in die Himmelsfestung einlädt, liegt die Vermutung nahe, dass er selbst dort sein wird«, fuhr Yokumo fort. »Wir haben lange nach seinem Aufenthaltsort gesucht und nun serviert man ihn uns auf einem Silbertablett.«

Kirkon öffnete den Mund, um einen Einwand vorzubringen, doch Yokumo ließ sich nicht unterbrechen.

»Natürlich liegt es auf der Hand, dass es sich hier um eine Falle handelt. Doch vor nicht allzu langer Zeit haben wir einstimmig den Kampf gegen den Flammenden Lord zum obersten Ziel unseres Clans erklärt. Der Erfüllung dieses Ziels waren wir noch nie so nah wie heute. Niemand wird ihn allein bezwingen können.« Jetzt sah er Lysanna an. »Wenn du also ins Schloss gehen und den Flammenden stellen willst, dann wird der Clan hinter dir stehen. Gibt es irgendwelche Einwände?« Er blickte jeden Einzelnen am Tisch an.

»Ich werde an diesem Todeskommando nicht teilnehmen«, erklang Hollys Stimme nach einigen Sekunden der Stille.

»Niemand wird dazu gezwungen«, sprach Yokumo ruhig. »Wer bleiben will, wird bleiben. Wer kämpfen will, wird kämpfen.«

»Dann ist es beschlossen!«, ertönte Tessels freudige Stimme. »Wir ziehen in den Krieg!«

»Endlich passiert mal wieder etwas Aufregendes«, stimmte ihm Bruhn zu und boxte ihn freundschaftlich in die Seite.

»Dann sollten wir nun besprechen, wie wir vorgehen«, versuchte Yokumo für Ruhe zu sorgen.

Jetzt, da ihr die Unterstützung ihrer Freunde sicher war, ebbte die Hitze in Lysanna langsam wieder ab. Der Wunsch nach Rache aber blieb.

Sie wollte sich gerade wieder setzen, als Nikkas zittrige Stimme ihre Aufmerksamkeit auf sich zog.

»Beende die Sitzung, Liebster. Lass uns das vertagen.«

»Warum?«, fragte Yokumo irritiert.

Lysanna sah zu Nikka hinüber. Die zierliche Elfe hatte die Hände auf der Stelle verschränkt, an der sich ihre Druidenrobe durch den wachsenden Bauch bereits deutlich wölbte. Schweiß stand ihr auf der Stirn und ihre Wangen schienen zu glühen.

»Was ist los? Nikka, geht es dir nicht gut?«, fragte Yokumo abermals.

»Beende die Sitzung, schick sie alle weg!«, keuchte die Ratsherrin. »Wir bekommen Besuch!«

»Wer sollte denn um diese Zeit …« Weiter kam Tessel nicht. Er wollte sich gerade zur Tür umdrehen, als er mitten in der Bewegung erstarrte.

Verwirrt sah sich Lysanna um und bemerkte, dass es einem Großteil der Ratsmitglieder ebenso ergangen war.

»Bei den Ahnen, was geht hier vor?«, entfuhr es Yokumo.

22

Lysanna

Guten Abend«, ertönte eine kehlige Stimme. »Ich hoffe, wir stören nicht.«

Nacheinander betraten fünf Gestalten den Raum. Sie alle trugen Roben, dunkelblau wie der Nachthimmel, mit weiten Kapuzen, die ihre Gesichter vollständig verhüllten.

Der Erste, allem Anschein nach der Anführer der Gruppe, war von solch hohem Wuchs, dass die Spitze seiner Kapuze die Decke streifte, als er bis vor den großen Tisch schritt. Die anderen vier waren ein wenig kleiner, doch nicht minder imposant. Sie stellten sich hinter dem Ersten in eine Reihe und senkten die Köpfe demütig zu Boden.

Die Gestalt, die gesprochen hatte, hob die Hände und schob die Kapuze nach hinten. Der Anblick, der sich ihnen nun bot, überraschte Lysanna.

Es handelte sich bei dem Fremden offensichtlich um einen Elfen, auch wenn seine Größe selbst die der alten Hochelfen noch weit überragte. Sein Kopf war kahl, die Haut runzlig und pergamentartig wie die eines Greises. Seine Augen jedoch strahlten wie die eines Kindes.

Yokumo erhob sich, ebenso wie Nikka und Holly, die gleichfalls von der Starre unberührt geblieben waren. Weiterhin konnte Lysanna sehen, dass auch Sedan und Aerthas sich bewegten. Der Rest des Rates wirkte wie versteinert.

»Doch, Ihr stört. Dies hier ist eine Ratsversammlung der ›Angelus Mortis‹ und der Zutritt ist Fremden nicht gewährt«, beantwortete Yokumo die Frage, die der Anführer beim Eintreten gestellt hatte.

Der Riese ließ den Blick über die Versammelten schweifen und schien auf etwas zu warten. Nach einem Moment stellte er fest: »Da hier gerade niemand etwas zu sagen hat, erlaubt mir, das Wort zu ergreifen.«

Ein kurzes Lächeln umspielte seine Lippen. Lysanna hielt vor Erstaunen die Luft an, denn dieser Fremde war anders als alle Wesen, denen sie bisher begegnet war. Es war nicht der hohe Wuchs, auch nicht die jugendhaft schimmernden Augen in dem sonst alten Gesicht. Es war eher die Aura, die ihn umgab und die so gar nicht elfenhaft zu sein schien.

»Mein Name ist Feranemnon«, fuhr der Fremde fort.

Erschrocken griff Nikka nach dem Arm ihres Mannes. »Ich weiß, wer er ist«, flüsterte sie. »Das ist der Hüter der Zeit. Und die übrigen müssen seine Kinder sein.« Sie deutete auf die Gestalten hinter ihm.

»Es ist schön, zu sehen, dass mein Name unter den Druiden noch nicht ganz vergessen ist«, stellte Feranemnon fest, dem ihre Worte nicht entgangen waren, obgleich sie so leise gesprochen hatte.

Lysanna hatte schon vom Hüter der Zeit gehört. Er war der Erbauer der Welt, der Bewahrer von allem, was war, was ist und was sein würde. Seine Kinder wiederum verkörperten die Essenzen des Lebens, regierten über alles, was auf der Welt vor sich ging.

Nun war ihr auch klar, wieso ihr der Elf so eigenartig erschien. Er zeigte sich zwar in einer ihnen vertrauten Gestalt, doch war dies keineswegs sein wahres Antlitz.

»Wie kommen wir zu der Ehre Eures Besuchs?«, fragte Nikka nun laut und verneigte sich.

Die Druiden hatten eine besondere Beziehung zu den Essenzen. Ihnen war es vergönnt, deren Kräfte direkt anzurufen und um Beistand und Hilfe zu bitten. Daraus zogen sie ihre Macht im Kampf und im Frieden.

Auch Feranemnon senkte leicht den Kopf, um Nikkas Ehrerbietung zu erwidern.

»Wir beobachten das Handeln eures Clans schon eine ganze Weile«, entgegnete er. »Bisher haben wir keine Notwendigkeit gesehen, einzugreifen, doch heute Nacht hat sich das geändert.«

Irritiert blickte Lysanna von einem zum anderen. Ihre Augen trafen sich mit denen Nikkas, doch auch sie schien nicht zu wissen, was der Hüter meinte und zuckte fast unmerklich mit den Schultern.

Auch diese Geste entging Feranemnon nicht. »Ihr verfolgt einen meiner Söhne«, sagte er und sah Nikka an, als ob das alles erklären würde.

»Verzeiht, aber das würden wir nie tun, Herr«, versuchte die Druidin den Vorwurf richtigzustellen.

»Doch, und ich kann es verstehen.« Als noch immer niemand begriff, worauf der Hüter hinauswollte, fuhr er fort: »Ich weiß, dass eure Welt durch einen Gestaltwandler bedroht wird, dem ihr den Titel Flammender Lord zugesprochen habt. Er ist grausam und machthungrig, bereit, jedes lebende Volk in ganz Al'Arizon auszulöschen, wenn es ihm die alleinige Macht über eure Welt beschert. Doch wie ich seit Kurzem weiß, ist ihm das nicht genug. Er strebt nicht nur nach der Herrschaft über die Welt, die ihr kennt, sondern auch nach der Macht, die Entwicklung ebenjener zu beherrschen. Er will die Gewalt über die Essenzen, trachtet nach meiner Position. Und das, obwohl er mein eigen Fleisch und Blut ist – mein Sohn.«

Lysanna verstand sofort. Schon immer hatte sie sich gefragt, was dem Flammenden seinen Titel eingebracht hatte, welche Fähigkeiten er wirklich besaß, die ihn so unantastbar machten. Jetzt hatte sie die Erklärung: Er war eine der Essenzen des Lebens.

»Die Essenz des Feuers«, wisperte Nikka, die wohl das Gleiche dachte wie sie.

»Ja«, bestätigte Feranemnon.

»Und Ihr seid gekommen, um uns Eure Unterstützung in diesem Krieg auszusprechen?«, fragte Yokumo, ohne seine freudige Erregung unterdrücken zu können.

Der Hüter der Zeit lachte. »Wir mischen uns nicht in die irdischen Geschehnisse ein. Solange er uns nicht direkt angreift, werden wir abwarten. Nein, ich bin gekommen, um euch eine Chance zu geben. Die Chance, umzukehren. In diesem Krieg habt ihr keine Aussicht auf einen Sieg.«

Seine Stimme hatte jeden Klang des Alters verloren, war nun voller Kraft, und seine Worte schienen unanfechtbar.

Lysanna war jedoch gleichgültig, wen sie vor sich hatte. Sie hatte keinen Grund, wie Nikka Ehrfurcht vor den großen Mächten zu zeigen. So straffte sie sich, trat einen Schritt vor und sah Feranemnon direkt ins Gesicht.

»Ihr unterschätzt die Macht der Völker dieser Welt«, sagte sie mit fester Stimme. »Einzeln mögen wir vielleicht schwach erscheinen, doch wenn wir uns zusammenschließen, haben wir die Stärke, allem Übel dieser Welt die Stirn zu bieten.«

Jetzt sah Feranemnon sie zum ersten Mal an. »Ich habe von dir gehört«, sprach er, als hätte er ihre Worte nicht vernommen. Langsam ging er auf sie zu.

In dem Moment, als er gegen den großen Eichentisch zu stoßen drohte, zerfiel dieser zu braunem Staub, als ob seine Existenz bereits lange schon der Vergangenheit angehörte.

Durch das Lodern der rachsüchtigen Flammen in sich bestärkt, ging Lysanna ihm ebenfalls einen weiteren Schritt entgegen. Herausfordernd reckte sie das Kinn in die Höhe.

Direkt vor ihr blieb Feranemnon stehen. Lächelnd blickte er auf sie herab. »Ich hätte wissen müssen, dass Ardérus sich eine solche Schönheit für seine Schöpfung auswählen würde. Doch sag mir, wie hast du überlebt, junge Elfe?«

»Was meint Ihr, Herr?«, fragte sie, jetzt vorsichtiger, um dem Hüter nicht mit zu viel Hochmut zu begegnen.

Dieser blickte nun zu Nikka, als würde er sie um eine Erklärung bitten.

»Entschuldigt, doch auch ich verstehe nicht, was Ihr da sagt«, erklärte diese und senkte abermals demütig ihr Haupt.

»Ihr Sterblichen wisst nichts von den Schöpfungen?«, fragte Feranemnon sichtlich überrascht.

»Nein«, antwortete Nikka kleinlaut, ohne den Kopf zu heben.

»Da haben wir euch Druiden ausgewählt, um das Wissen um die Geheimnisse des Lebens, über seine Entstehung und Beherrschung, kurz: das Wissen um die Essenzen, zu bewahren und zu nutzen. Und nach nur ein paar Dutzend Jahrtausenden wisst ihr nicht einmal mehr etwas von den Schöpfungen, die unter euresgleichen wandeln?«

»Verzeiht«, wiederholte die Druidin.

Yokumo schien es langsam zu reichen. Er trat einen Schritt vor, sodass er zwischen Feranemnon und Nikka stand. »Für uns sind Jahrtausende eine etwas andere Spanne als für Euch, Herr. Ihr könnt eine Einzelne nicht dafür verantwortlich machen, dass dieses Wissen über Generationen verloren gegangen ist.«

»Das weiß ich, Yokumo Sinned, Paladin und Clanführer der ›Angelus Mortis‹«, sagte Feranemnon jetzt ruhiger. Dann blickte er erneut Lysanna an. »Lasst es mich erklären und hört gut zu, damit die Kenntnisse der Druiden wieder erweitert seien. Meine Kinder handeln und wirken im Verborgenen. Sie lenken den Kreislauf des Lebens aller Wesen und der Welt selbst, ohne dass man ihrer gewahr wird. Doch sie haben die Möglichkeit, einen Teil ihrer Macht auf Sterbliche zu übertragen. Diese Macht übersteigt das, was die

Druiden benutzen, um ein Vielfaches. Doch kaum ein Sterblicher ist stark genug, diese Gabe unbeschadet in sich zu tragen. Die meisten gehen an ihrer Kraft elend zugrunde. Von Zeit zu Zeit gibt es jedoch Wesen, deren Wille, zu leben, so groß ist, dass sie es schaffen, die Gabe zu bändigen. Sie wachsen zu großen Persönlichkeiten heran und sind oftmals diejenigen, die ihre Zeit nachhaltig prägen. Sie sind große Krieger, weise Gelehrte oder Herrscher ganzer Völker, so wie es im Moment der Fall ist. Wahrlich setzen sie ihre Gabe nicht immer zum Guten ein, das muss ich einräumen.«

Alle sahen Feranemnon fragend an.

»Von welchem Herrscher sprecht Ihr?«, fragte Yokumo das, was allen auf der Zunge lag.

»Von der Herrin der ›Netherlande‹, Fürstin Lawinia. Sie ist die Schöpfung meines Sohnes Harkas, der Essenz der Seelen. Was glaubt ihr, woher sie sonst die Macht hat, die Seelen längst Verstorbener in dieser Welt zu halten? Und auch du, Lysanna Rakenshar, Jägerin vom Stamme der Lohensans ...«

Lysanna presste die Zähne aufeinander, als er sie mit dem verhassten Namen ansprach, doch sie behielt die Beherrschung und unterbrach den Hüter nicht.

»Auch du bist eine dieser Schöpfungen.«

Er hätte es nicht aussprechen müssen. Sie hatte bereits verstanden, was er versuchte, ihr zu sagen. Das, was Orano ihr einst als Hochzeitsgeschenk vermacht hatte, war kein einfacher Fluch, wie sie immer geglaubt hatte. Es war die Gabe der Essenz des Feuers, die Gabe Ardérus, des Flammenden Lords.

Orano hatte einen Pakt mit ihm geschlossen, das hatte er ihr selbst erzählt. Allerdings war dies wohl schon lange vor dem Verschwinden von Fayori und Mitzum geschehen. Er hatte sie beherrschen wollen und dafür ihre Seele an den Flammenden verkauft. Oder war es vielleicht sogar Ardérus selbst gewesen, der Orano dieses Angebot unterbreitet hatte?

»Es ist ein Wunder, dass du noch lebst, Jägerin«, unterbrach Feranemnon ihre Gedanken. »Denn gerade das Feuer brennt heiß und tötet gnadenlos. Ich kann gut verstehen, dass Ardérus ein solches Interesse an dir hat.«

»Es ist also wahr?«, fragte sie und hielt die Einladung der Fürstin in die Höhe. »Dies hier gilt mir. Und die Stimme, die ich so oft gehört habe, das war er – Ardérus?«

Feranemnon nickte. »Und du wirst seinem Ruf folgen, das tut ihr Schöpfungen immer. Ob du dich jedoch an seine Seite stellst, bleibt deine freie Wahl. Aber bedenke – seine Gabe magst du überlebt haben, sein Zorn hingegen wird tödlich für dich enden.«

»Der Einzige, der den Tod finden wird, ist Ardérus selbst«, stieß sie mühsam beherrscht hervor.

Feranemnon lachte. »Als ob eine einzelne Elfe fähig wäre, eine Essenz auszulöschen!«

In diesem Moment trat Aerthas, der sich bisher im Hintergrund gehalten hatte, an ihre Seite. »Eine Elfe allein vielleicht nicht, da mögt Ihr recht haben. Aber Lysanna ist nicht allein!«

Diese hob den Kopf und sah ihn an. Aerthas legte ihr eine Hand auf die Schulter und nickte ihr aufmunternd zu. Dankbar für seine Unterstützung, legte sie ihre Hand auf die seine und lächelte.

»Das kann nicht sein …«, flüsterte Feranemnon und klang dabei so überrascht, dass Lysanna sich ihm wieder zuwandte.

Wie es schien, war dem Hüter der Zeit bisher etwas entgangen, dessen er nun gewahr geworden war.

»Tetis!« Seine Stimme donnerte durch den Saal und ließ eine der kapuzenverhüllten Gestalten zusammenzucken.

Sogleich setzte sich diese in Bewegung und schloss zu Feranemnon auf. Während der Bewegung, die man nicht als Laufen, sondern eher als Dahinfließen bezeichnen musste, strich sich das Wesen den Mantel vom Kopf.

Auch sie hatte ein Antlitz, welches entfernt an einen Elfen oder Menschen erinnern konnte. Ihre Haut war jedoch schuppig und glitzerte, als das Fackellicht sich darauf brach. Das blaue, halb durchsichtig scheinende Haar hing ihr über den Rücken bis auf den Boden, wo es beim Gehen eine feuchte Spur hinterließ. Bei ihrem Anblick musste Lysanna an eine der Nymphen denken, die den alten Geschichten nach die Meere bewohnten.

»Ja, Vater?«

Ihre Stimme hatte einen Wohlklang wie das Plätschern eines Baches. Lysanna war sich sicher, dass sie hier die Essenz des Wassers vor sich hatte.

»Hatte ich euch nach Harkas' Fiasko nicht untersagt, neue Schöpfungen zu kreieren?«, fuhr Feranemnon sie an.

Die schöne Nymphe begann um Aerthas und Lysanna herumzutänzeln. »Ich weiß, ich weiß«, flötete sie. »Aber er wäre ohnehin gestorben und da ich noch niemals eine erschaffen habe, dachte ich, ich könnte mich an ihm versuchen. Wer hätte gedacht, dass eine solche Kraft in dir schlummert?« Sie begutachtete Aerthas' Gesicht aus nächster Nähe. »So kräftig und so schön.« Sie sprang einen Schritt zurück und klatschte in die Hände.

»Genug jetzt!«, unterbrach Feranemnon sie mit dröhnender Stimme und Tetis wich noch ein paar Schritte weiter zurück, sodass der Hüter nun wieder freie Sicht auf die beiden Elfen vor sich hatte. Er kniff die Augen leicht zusammen und legte den Kopf schief. Dann hob er die Hände und trommelte nachdenklich mit den Fingerspitzen gegeneinander.

»Feuer und Eis«, murmelte er. »Das könnte interessant werden.«

Jetzt dämmerte Lysanna, was hier vor sich ging. So wie sie selbst hatte auch Aerthas seine Kraft nicht durch Oranos Zutun erlangt, sondern durch die Gabe einer Essenz.

Fühlten sie sich deshalb so zueinander hingezogen? War es durch die Gabe? War es das Schicksal, das sie beide teilten?

»Eine Schöpfung allein ist mächtig«, sprach Feranemnon indes weiter. »Doch vereinen sich zwei … ihre Stärke wäre unberechenbar! Vielleicht habe ich euch unterschätzt. Vielleicht besteht doch eine Möglichkeit, dass ihr Ardérus die Stirn bieten könnt. Dazu solltet ihr allerdings lernen, wie ihr eure Gabe nutzen könnt. Eine Schöpfung lernt immer nur von ihrem Schöpfer. Dir, Lysanna Rakenshar, ist das nicht vergönnt. Doch für dich, Aerthas Merinon, ist das etwas anderes.« Feranemnon wandte sich ab und schritt auf den Ausgang zu. »Tetis wird in der Nähe bleiben und dir zur Verfügung stehen, wenn du es wünschst.«

Wieder hüpfte die Nymphe auf und ab und klatschte in die Hände, bis ihr Vater ihr einen warnenden Blick zuwarf.

Als er die Tür fast erreicht hatte, hob der Hüter die Hand. Er vollführte eine kreisförmige Bewegung und der Tisch, der sich vor Kurzem zu Staub aufgelöst hatte, erschien erneut in der Mitte des Versammlungsraumes.

»Herr ...«, erhob Lysanna noch einmal ihre Stimme. »Was wird mit Ardérus geschehen, wenn es uns gelingt, ihn zu töten?«

»Essenzen sterben nicht«, antwortete Feranemnon sofort, als hätte er auf diese Frage gewartet. »Sie kehren zurück und suchen sich eine neue Hülle, beginnen ein neues Dasein mit neuen Zielen und Plänen, aber mit der alten Macht. Das Feuer wird immer da sein, doch die Richtung, in welche die Flammen schlagen, kann sich ändern. Ich wünsche euch bei eurem Vorhaben viel Glück.«

Dann schritt er hinaus, gefolgt von seinen vier Kindern. Sobald sich die Tür hinter Tetis geschlossen hatte, lösten sich die Anwesenden aus ihrer Starre.

»... noch zu Besuch kommen?«, beendete Tessel den Satz, welchen er vor einer ganzen Weile begonnen hatte.

»Die Sitzung ist beendet«, verkündete Yokumo mit tonloser Stimme und starrte weiter fassungslos auf die Tür, während ihn der Rest des Rates verdutzt ansah.

Lysanna lag in völliger Dunkelheit auf ihrem Bett, den Blick fest an die Decke geheftet.

Anstatt sich, müde wie sie war, sofort nach der Versammlung zu Bett zu begeben, hatte sie Leinenhemd und -hose gegen ihre Rüstung eingetauscht und lag nun damit bekleidet ausgestreckt auf ihrem Bett.

Das eng anliegende Leder gab ihr ein Gefühl der Sicherheit und genau das brauchte sie jetzt, um mit einem klaren Kopf in Ruhe nachdenken zu können – über alles, was geschehen war, über alles, was sie erfahren hatte …

Sie wusste nun, wieso es dem Flammenden Lord so leichtfiel, in ihre Gedanken und Träume einzudringen, ihr Bilder und Worte zu schicken. Sie wusste nun auch, wieso er so danach gierte, sie zu sich zu holen.

Sie war seine Schöpfung und hatte seine Gabe überlebt. Es war selbstverständlich, dass Ardérus sie in seinem Streben nach Macht und Herrschaft an seiner Seite wissen wollte.

Ihre Gedanken kreisten ebenfalls um Aerthas. Jetzt war ihr klar, warum sie sich so sehr zu ihm hingezogen fühlte. Es war wohl doch keine Liebe, auch wenn es schwer war, sich das einzugestehen. Es war einzig und allein die Magie der Essenzen, die in ihnen beiden wohnte.

Folglich bedeutete das wohl, dass es zu Ende sein würde, wenn sie Ardérus besiegt hatten.

Lysanna war überzeugt, dass der Tod des Flammenden Lords sie von seinem Fluch und allen damit verbundenen Gefühlen befreien würde … ob sie das wollte oder nicht. Wie viel Zeit ihr wohl noch blieb, auszukosten, was sie jetzt für Aerthas empfand?

Yokumo hatte für den nächsten Tag eine weitere Versammlung angesetzt. Er wollte den Ratsmitgliedern reinen Wein einschenken und ihnen die Wahrheit über Ardérus und diesen Krieg erzählen, der weit über das Ermessen der Sterblichen hinausging. Dann würden sie gemeinsam den Angriff auf die Himmelsfestung planen.

Die Gedanken kreisten in Lysannas Kopf und sie war nicht fähig, in den Schlaf zu finden. Nachdem sie noch eine Weile an die Decke gestarrt hatte, stand sie auf und verließ auf leisen Sohlen ihr Schlafzimmer.

Die Küche war in ein schummriges Licht getaucht, das von den noch immer glimmenden Kohlen im Herd stammte.

Feranemnons Worte kamen ihr wieder in den Sinn – *die Gabe nutzen* – und sie dachte an den Moment am Nachmittag, als sie mit der reinen Kraft ihrer Gedanken die brennende Öllampe gelöscht hatte. Vielleicht konnte sie nicht nur löschen, sondern auch entfachen …

Sie legte ein frisches Holzscheit auf die Kohlen und konzentrierte sich. Minutenlang fixierte sie das Stück Holz und versuchte, es zu entzünden, doch es gelang ihr nicht.

Während sie so gebannt in den Herd starrte, vernahm sie plötzlich dumpfe Stimmen. Sie spitzte die Ohren und erkannte, dass sie aus Fayoris Zimmer kamen.

Langsam schlich sie zur Tür und öffnete diese, ohne ein Geräusch zu verursachen.

»Hat sie dir wenigstens ihren Namen verraten?«, fragte Fayori gerade.

»Sie redet überhaupt nicht, kein einziges Wort. Der Junge ist da schon etwas gesprächiger. Sein Name ist Kenric.«

»Der Junge? Du bist kaum älter als er!« Ein Kichern folgte.

Lysanna blinzelte ein paar Mal, eh sich ihre Augen an die Dunkelheit gewöhnt hatten.

Fayori saß auf ihrem Bett, den Rücken an die Wand gelehnt und die Füße entspannt über dem Bettrand baumelnd. Sedan hatte sich lang auf dem Bett ausgestreckt und den Kopf in ihren Schoß gebettet. Beide trugen sie die dunkle Kluft der Diebe von Hohenfels, was es Lysanna nicht leichter machte, sie zu erkennen. Doch die Gesichter hoben sich hell aus dem Dunkeln ab und waren für das geübte Auge der Jägerin gut sichtbar.

Fayoris Blick war zur Decke gerichtet. »Und hat er dir noch mehr verraten als nur seinen Namen?«

»Noch nicht. Er selbst scheint erst seit Kurzem unter den Seelenlosen zu wandern und weiß daher nicht viel über die Vorgänge an der Netherburg oder dem Hof der Himmelsfestung zu berichten. Aber er hat mir erzählt, dass Rawena, das Mädchen, eine Bedienstete des Flammenden Lords ist. Wenn das stimmt, kennt sie sich in der Festung aus und kann uns bestimmt wichtige Informationen geben.«

»Solange sie nicht spricht, wird uns das kaum etwas nützen«, meinte Fayori.

»Deswegen möchte ich, dass du morgen mit zu ihr kommst. Ihr seid im gleichen Alter, vielleicht kannst du ihr Vertrauen gewinnen.«

Nun senkte das Mädchen den Kopf und sah Sedan an. »Du weißt, dass ich mitkommen werde, wenn ihr zur Himmelsfestung geht.«

»Du weißt, dass ich das nicht zulassen werde«, antwortete Sedan und reckte den Kopf, um sie ebenfalls anzusehen.

»Du weißt, dass mich das nicht interessiert.«

Plötzlich ertönte ein Laut, von dem Lysanna sicher war, ihn noch nie gehört zu haben. Eine Sekunde später wusste sie, was es war: Sedan lachte.

»Ich weiß.«

Fayori gähnte.

»Bist du müde?«

»Du nicht?«, fragte das Mädchen.

Wieder ein Lachen.

›*Ob er das öfter tut, wenn er mit ihr allein ist?*‹, fragte sich Lysanna. ›*Es würde zumindest erklären, wie sie es mit ihm aushält.*‹

»Du scheinst zu vergessen, wen du vor dir hast«, sagte Sedan.

»Ach ja, Seelenlose schlafen ja nicht …«

Sedan griff nach Fayori und brachte sie dazu, sich neben ihn zu legen.

»Wenn du wirklich willst, dass ich dich mitnehme, dann musst du jetzt schlafen. Denn unser Training in den nächsten Tagen wird deine ganze Kraft fordern.«

Lautlos schloss Lysanna die Tür.

Kurz hatte sie überlegt, die beiden zu stören und den Seelenlosen fortzuschicken. Fayori war viel zu jung, um nächtlichen Besuch zu haben, noch dazu von einem wie Sedan. Doch sie war sich sicher, dass in dieser Nacht nichts geschehen würde, wofür ihre Tochter noch nicht bereit war.

Sie trat ein paar Schritte zurück in den Raum und sah noch einmal in den Ofen.

Die Glut war erloschen und auch das Holzscheit, das sie hineingelegt hatte, war bis auf ein paar Rußflecken unversehrt geblieben.

Auf einmal kam Lysanna sich schrecklich einsam vor, wie sie in dem dunklen, leeren Zimmer stand.

Ohne weiter darüber nachzudenken, griff sie nach ihrem dunklen Cape, das auf einem Haken an der Wand hing, und verließ das Haus.

Die Hütte der Merinons nebenan war hell erleuchtet.

Lysanna drückte sich in die Schatten und schlich zu einem der Fenster, um hineinspähen zu können.

Das Haus war genauso aufgebaut wie ihr eigenes. In dem großen Vorraum saß Tâlie an einem Tisch und war mit einem Stapel Pergament beschäftigt, während Aerthas auf und ab ging.

Als Lysanna ihren Blick weiter durch den Raum wandern ließ, entdeckte sie Tetis, die auf einer Kommode an der Wand ihr gegenüber saß. Sie war also tatsächlich geblieben.

»Das ist es doch, was ich meine. Genau darin liegt das Problem«, drang die Stimme der Nymphe plätschernd an Lysannas Ohr. »Ihr bekämpft die Gabe mit aller Macht. Ihr seid so sehr bemüht, sie unter Verschluss zu halten, eure Fähigkeiten zu verstecken. Doch ihr solltet euch öffnen und sie nach außen tragen. Nur dann könnt ihr die euch gegebene Kraft willentlich nutzen.«

»Ich habe schon einmal zugelassen, dass die Kraft nach außen dringt und dabei einen wehrlosen Gefangenen getötet. Und meine Schwester verletzt …« Aerthas war neben Tâlie stehen geblieben.

Er nahm die Hand seiner Schwester und besah sich die Fingerkuppen. Holly hatte gute Arbeit geleistet, denn bis auf einen leichten blauen Schimmer an den Fingerspitzen war nichts von der Erfrierung zurückgeblieben.

Tâlie, die keinen Wert auf das Mitleid ihres Bruders legte, entzog ihm barsch ihre Hand.

»Dieser Troll war keineswegs wehrlos. Immerhin hat er deine Freundin angegriffen«, widersprach Tetis. »Er hat den Tod verdient und das weißt du.«

»Aber nicht auf diese Weise.« Aerthas begann wieder im Raum umherzugehen.

»Schön, du magst es noch nicht kontrollieren können. Aber du hast gesehen, wozu du fähig bist«, fuhr die Nymphe unbeirrt fort.

»Meinst du, er kann lernen, es zu kontrollieren?«, fragte Tâlie und legte die Papiere beiseite.

»Denk nicht einmal daran«, fuhr Aerthas sie an.

»Natürlich kann er das. Ich kann es ihm zeigen«, ignorierte Tetis seinen Einwurf. »Und wenn er es erst einmal beherrscht, wird es ihn zu einem der mächtigsten Krieger machen. Glaub mir, es ist gar nicht so schwer. Deine kleine Freundin hat es ja schließlich auch schon geschafft.«

»Meine kleine Freundin?« Aerthas tat, als wüsste er nicht, wen Tetis damit meinte.

»Ja, die Jägerin, die draußen vor dem Fenster herumschleicht.«

Lysanna war so auf das Gespräch konzentriert gewesen, dass sie erst jetzt bemerkte, wie Tetis sie fixierte. Erschrocken drehte sie sich zur Seite und presste sich an die kalte Hauswand.

24

Aerthas

»Lysanna?« Angestrengt starrte Aerthas aus dem Fenster in die Dunkelheit, doch er konnte nichts erkennen.

Hatte er sich den Schatten, der gerade draußen vorbeigehuscht war, nur eingebildet?

Doch schon im nächsten Moment klopfte es an der Tür. Er ging hinüber und öffnete sie.

Davor, gehüllt in ihren dunkelgrünen Mantel und mit tief ins Gesicht gezogener Kapuze, stand Lysanna.

»Was machst du denn hier?«, fragte Tâlie, als sie erkannte, wer der späte Besuch war.

»Ich habe nur einen kleinen Kontrollgang gemacht und geschaut, ob im Dorf alles ruhig ist«, stammelte die Jägerin.

Es lag auf der Hand, dass sie log. Den wahren Grund, warum sie sich vor seinem Fenster herumtrieb, konnte er nur erahnen. Doch schon die bloße Vermutung erfüllte ihn mit Freude und er konnte ein leichtes Grinsen nicht unterdrücken.

»Komm rein, die Nächte sind kalt.« Er wies mit der Hand in den Raum.

Kurze Zeit später saßen sie alle vier um den Tisch. Es fiel Aerthas schwer, dem Gespräch zu folgen. Lysanna hatte den Mantel abgelegt und er konnte nicht anders, als immer wieder ihr schönes Gesicht, das wallende Haar und den wohl geformten Körper zu betrachten, der sich unter der engen Lederrüstung so reizvoll abzeichnete.

»Konzentrier dich«, zischte Tâlie ihm zu, der die Unaufmerksamkeit ihres Bruders nicht entging.

Recht hatte sie, denn Tetis hatte begonnen, mit ihnen das bevorstehende Training zu besprechen. Sowohl Lysanna als auch er selbst hatten zugestimmt, es auf einen Versuch ankommen zu lassen.

»Das Feuer ist eine mächtige Waffe im Angriff«, erklärte Tetis gerade mit ernster Stimme. »Das Eis bietet Schutz, stärker als jedes Metall. Wenn ihr es schafft, diese beiden Fähigkeiten zu vereinen, solltet ihr stark genug sein, es mit Ardérus aufnehmen zu können. Aber bedenkt immer: Die Beherrschung einer Gabe durch Sterbliche, genau wie der Kampf der Essenzen, findet nicht auf dem Schlachtfeld statt, sondern im Kopf.«

Bei diesen Worten legte Tetis sanft einen Finger auf Aerthas' Stirn. Die Berührung ließ ihn erschaudern, denn es fühlte sich an, als wäre ein kalter Wasserstrahl direkt auf seinen Kopf gerichtet. Trotzdem ließ er es zu. Er wollte Tetis nicht verärgern.

Verstohlen sah er Lysanna an und konnte erkennen, wie sich ihre Kiefermuskeln bei der Berührung der Nymphe anspannten. Aus Eifersucht etwa?

»Ihr werdet morgen früh auf die Versammlung des Rates gehen«, fuhr Tetis unbeirrt fort und senkte die Hand wieder. »Danach erwarte ich euch auf eurem sogenannten Übungsplatz. Ihr kommt ohne Waffen, ohne Rüstung. Ab heute werdet ihr nur noch mit dem kämpfen, was in euch ruht.« Sie erhob sich. »Ich verabschiede mich nun fürs Erste. Doch ich bin immer in deiner Nähe, falls du meine Gesellschaft wünschst.«

Sie bedachte Aerthas mit einem versonnenen Blick. Dann hüpfte sie zur Tür und noch bevor sie diese ganz erreicht hatte, verging ihr Körper zu weißem Nebel und verschwand.

Tâlie gähnte übertrieben. »Das war ein langer Tag. Wir sollten nun alle zu Bett gehen. Die kommenden Wochen werden noch anstrengend genug.« Sie stand auf und ging zu ihrem Zimmer. »Gute Nacht, ihr beiden«, sagte sie, bevor sie durch die Tür schlüpfte und sie geräuschvoll hinter sich zuzog.

Nun waren Aerthas und Lysanna allein.

»Tâlie hat recht, es ist spät. Ich sollte wohl auch langsam zu Bett gehen«, sagte diese und erhob sich.

Er stand ebenfalls auf, nahm ihren Mantel und reichte ihn ihr. Dann gingen sie beide zur Tür.

Widerstrebend öffnete er sie.

Lysanna stand bereits im Türrahmen, den Mantel über den Arm geschlagen und schon einen Fuß über die Schwelle setzend, als er leise sagte: »Willst heute Nacht bei mir bleiben?«

Stunden später war Aerthas immer noch wach. Lysanna lag neben ihm, das Haar wie ein roter Fächer auf dem Kissen ausgebreitet, den Rücken ihm zugewandt.

Sie hatten sich noch eine Weile unterhalten – über die Gabe, was sie bisher damit erlebt hatten und welche Möglichkeiten es wohl geben konnte, sie zu kontrollieren.

Dabei hatten sie nur nebeneinander gelegen, sich nicht einmal berührt, bis sich Lysanna auf die Seite gedreht hatte und eingeschlafen war.

Nun war er mit sich und seinen Gedanken allein.

Sie hatte ihm von ihrer Vermutung erzählt, dass es die Gaben waren, die sie miteinander verbanden. Doch er wusste es besser, kannte er sie doch schon aus einer Zeit, als sie noch keine Schöpfung gewesen war.

Er betrachtete sie, wie sie so seelenruhig neben ihm lag, und wünschte sich nichts sehnlicher, als ihr für immer einen solchen Frieden zu ermöglichen. Er würde an ihrer Seite stehen, bis zum bitteren Ende.

Irgendwann wurden seine Lider schwer. Er rutschte eng an sie heran, vergrub sein Gesicht in ihrem Haar und schlief ein.

Die Ratssitzung am nächsten Tag zog sich über mehrere Stunden. Yokumo hielt eine lange Rede, in der er allen Ratsmitgliedern die vollständige Wahrheit offenbarte. Er berichtete bis ins Detail, was sich am Abend zuvor zugetragen hatte: von Feranemnon, von den Essenzen und von den Gaben, die Aerthas und Lysanna zuteil geworden waren. Dann besprachen sie, wie sie am Tag des Festes vorgehen wollten.

Während Aerthas und Lysanna als Vertreter des Clans das Fest besuchen sollten, würde der Rest des Angriffstrupps auf eine günstige Gelegenheit warten, die Festung zu stürmen.

Tâlie, die bereits eine Liste aller kampffähigen Soldaten vor sich liegen hatte, und Haudrauf, der sich über Nacht einen Überblick verschafft hatte, wie viele Rüstungen ihnen zur Verfügung standen, kamen schnell überein, dass das Heer, welches der Clan auf die Beine zu stellen imstande war, viel zu schwach sein würde, auch nur in die Himmelsfestung einzudringen.

So wurde beschlossen, in Elesztrah um Hilfe zu bitten. Gleich nach diesem Treffen würde Yokumo einen Boten der ›Angelus Mortis‹ ausschicken, um bei Prinz Etheron Unterstützung anzufordern.

Noch während die Versammlung tagte, stieß Fayori dazu und berichtete, dass sie es geschafft hatte, die Seelenlose Rawena zum Sprechen zu bringen.

Das Mädchen war tatsächlich Bedienstete und Magd am Hof des Flammenden Lords gewesen und kannte sich gut in der Himmelsfestung aus. Sie musste dort Schreckliches erlebt haben, denn sie war bereit, ihnen alle Informationen zu geben, die sie wollten, wenn man sie nur nicht dorthin zurückschickte. Sie kannte die Gänge und wusste ebenfalls, wo sich die privaten Gemächer des Lords befanden. Außerdem hatte sie von einem Weg berichtet, über den man die Festung halbwegs ungesehen betreten konnte.

Weit nach Mittag löste Yokumo die Versammlung mit den Worten auf, man würde wieder zusammenfinden, wenn die Verstärkung des Prinzen eingetroffen war.

Doch auch wenn sie jetzt einen Plan hatten, wie sie vorgehen wollten, blieb noch immer die Frage offen, ob es ihnen auch möglich war, Ardérus zu besiegen.

Wenn man Feranemnon glauben konnte, hing dies ganz allein von Aerthas und Lysanna ab.

Das Training mit Tetis stellte sich als schwieriger heraus, als Aerthas erwartet hatte, obwohl es keine körperliche Arbeit war, die sie ihnen abverlangte. Die ständige Anwesenheit und Aufdringlichkeit der Nymphe war anstrengend, doch die Konzentration, die sie forderte, brachte ihn an seine mentalen Grenzen. Immer wieder zeigte sie ihm, wie sie spielerisch das Wasser ganz nach ihren Wünschen formte und leitete. Doch weder er noch Lysanna, die dem Training ebenfalls aufmerksam folgte, brachten Ähnliches zustande. Dabei hatte Lysanna es deutlich schwerer als er, denn Tetis ignorierte ihre Anwesenheit fast vollständig, außer er bat sie darum, ihr zu helfen.

Das einzig Gute an den kommenden Tagen war, dass er fast die ganze Zeit mit der Jägerin zusammen war. Wenn sie nicht gemeinsam auf dem Übungsplatz trainierten, bestritten sie als Partner den Wachdienst oder standen im Haus des Ratsherrn Modell für Nikka und Tanafeh, die ihre Tanzgarderobe für das Fest fertigten. Sie konnten ja auf einem Ball keinesfalls in Leder- und Kettenrüstung erscheinen. Dabei war Nikka stets darauf bedacht, dass keiner die Garderobe des anderen zu Gesicht bekam.

»Wir wollen dem Ganzen doch auch etwas Etikette belassen«, schimpfte sie jedes Mal, wenn einer von ihnen versuchte, einen Blick auf ihr Werk zu werfen.

Auch die Zeit, die zu ihrer freien Verfügung stand, verbrachten Aerthas und Lysanna zusammen. Sie gingen viel spazieren und genossen die letzten warmen Tage, die der sterbende Sommer zu bieten hatte.

Nach außen hin vermieden sie es, einander zu nahe zu kommen. Doch wenn die Dunkelheit sich über das Dorf gelegt und alle in das Reich der Träume geschickt hatte, konnte man Bewegung in den Gassen erkennen. Nacht für Nacht lag Aerthas wach in seinem Bett, wälzte sich von einer Seite auf die andere, nur um doch nicht in den Schlaf zu finden und am Ende auf leisen Sohlen zu Lysannas Haus zu schleichen – wenn nicht sie selbst schon vorher zaghaft an sein Fenster klopfte.

Wenn sie dann endlich neben ihm lag, die Augen geschlossen hatte und ihr Brustkorb sich gleichmäßig hob und senkte, wagte er es, die Hand nach ihr auszustrecken, ihr zärtlich durchs Haar zu fahren, über die Wange, über den Rücken. Und erst dann, wenn er ganz sicher war, dass sie schlief, küsste er sie.

Sie wusste, dass er das tat, hatte er sie doch noch in der ersten Nacht um Erlaubnis gebeten.

»Wenn ich schlafe, dann ist es doch nicht viel mehr als ein Traum, oder?«, hatte sie gesagt und sich neben ihm zusammengerollt.

Und manchmal, wenn er doch eingenickt war, morgens erwachte und sie ihn bereits mit großen Augen betrachtete, hatte er das Gefühl, die sanfte Berührung ihrer süßen Lippen noch immer zu schmecken, die wohl vor wenigen Sekunden noch auf den seinen gelegen hatten. Aber das war selten, was wohl daran lag, dass er kaum schlief.

Doch genau wie Lysanna gesagt hatte, blieb das, was nachts geschah, nicht mehr als ein Traum davon, wie die Tage hätten sein können.

Sie hielten sich zurück, das Gerede um ihre angebliche Beziehung, die Holly immer wieder giftig anprangerte, flaute ab und selbst Sedan trat Aerthas etwas weniger feindselig gegenüber – auch wenn das wohl eher daran lag, dass sie einander eines frühen Morgens in Lysannas Küche über den Weg gelaufen waren, als sie beide versucht hatten, heimlich das Haus zu verlassen.

Aerthas hatte gegenüber Lysanna kein Wort darüber verloren, dass ihre Tochter ebenfalls nächtlichen Besuch erhielt, und Sedan dankte es ihm, indem er die Freundschaft der Jägerin zu ihm ohne weitere Einmischungen duldete.

Zeit jedoch vergeht schnell, wenn man nicht viel davon besitzt. So blieb ihnen bald nicht mal mehr eine Woche, bis das große Fest stattfinden sollte.

25

Aerthas

Schon vor Tagen hatte Yokumo die Antwort des Prinzen erhalten, dass das Volk der Elfen ihr Vorhaben vollends unterstütze und dass er bereit sei, ihnen seine besten Männer zur Verstärkung zu senden.

Aerthas und Lysanna hingegen waren in ihren Bemühungen, die Gabe zu kontrollieren, keinen Schritt weitergekommen und quälten ihre Geister Tag für Tag auf dem Übungsplatz, während Tetis' Verzweiflung immer weiter wuchs.

Auch jetzt konnte Aerthas vom Rand des Platzes aus beobachten, wie Lysanna immer wieder die Arme hob, als würde sie die Sehne eines Bogens spannen – und nichts geschah.

Aufgebracht und jeglicher Geduld beraubt, von der sie ohnehin wenig für die Jägerin aufbringen konnte, sprang Tetis um sie herum und gab ihr Ratschläge, obwohl sie selbst nichts von der Beherrschung des Feuers verstand.

Aus Gründen, die keiner von ihnen nachvollziehen konnte, war die Nymphe jedoch überzeugt gewesen, dass die beiden noch an diesem Tag entdecken würden, wie sie ihre Kräfte nutzen konnten. Dies mochte wohl der Grund sein, wieso sie sich so ehrgeizig bemühte, Lysanna zu helfen.

Genervt von den belehrenden Worten der Nymphe, sah diese jetzt zu Aerthas herüber und schnitt eine Grimasse. Tetis, die das sehr wohl bemerkt hatte, strafte sie mit einem Schwall Wasser, den sie direkt auf Lysannas Gesicht lenkte.

Daraufhin konnte er sich ein Lachen nicht verkneifen.

Er war nicht der einzige Zuschauer des Geschehens. Wie jedes Mal, wenn sie trainierten, schien sich das halbe Dorf am Übungsplatz versammelt zu haben, unter ihnen nahezu jedes Mitglied des ›Hohen Rates‹. Sie alle wollten über die Fortschritte der beiden Schöpfungen im Bilde sein, da ihr Können über Sieg oder Niederlage entscheiden sollte.

»Ich habe Lysanna noch nie so gesehen«, sagte Tâlie, die plötzlich neben Aerthas aufgetaucht war und sich zu ihm setzte.

Das Gerede der Umstehenden war wie immer so laut, dass er nicht gemerkt hatte, wie sich seine Schwester genähert hatte.

»Wieso? Sie trainiert doch hart wie immer«, stellte er fest.

Tâlie schüttelte mit dem Kopf. »Nein, das meine ich nicht. Sie ist so ausgelassen, so lebensfroh, als würden wir uns in den Vorbereitungen zu einem Familienausflug und nicht zu einer Schlacht befinden.«

»Ich glaube, sie verdrängt einfach nur die Tatsache, dass wir wahrscheinlich nicht lebend zurückkehren werden, wenn nicht noch ein Wunder geschieht. Wir haben nichts erreicht«, sagte Aerthas resigniert. Doch schon im nächsten Moment biss er sich auf die Zunge, als ihm bewusst wurde, mit wem er sprach. Er wusste genau, dass Tâlie das Gleiche dachte, es sich aber selbst niemals eingestehen würde und auch nicht bereit war, zu hören, wie er es aussprach.

Doch sie schüttelte nur wieder den Kopf. »Ich glaube, das hat einen anderen Grund.«

»Was denkst du?«

»Ich glaube, sie ist verliebt.«

Er antwortete nicht, sondern starrte nur weiter auf den Übungsplatz. Das war etwas, das *er* nicht hören wollte.

»Ich kenne dich. Ich weiß, was du fühlst, Brüderchen«, fuhr sie ungeniert fort. »Und wenn ich euch beide zusammen sehe, dann weiß ich, dass es ihr genauso geht.«

Seine Stimme klang erschöpft, als er ihr endlich Antwort gab. »Erinnerst du dich an das Mädchen im Wald, von dem ich dir einst erzählt habe – die schöne Waldläuferin, die mich vom Pferd geworfen hat?« Er wartete, bis Tâlie nickte, bevor er ihr gestand: »Das war *sie*.«

»Ich habe es vermutet. Nicht ohne Grund habe ich damals Lysanna und niemanden sonst zu dir geschickt, als du in unserem Lager aufgetaucht bist«, antwortete Tâlie, die ebenfalls nur vor sich hin starrte.

»Aber sie meint, es sei nur die Gabe, die uns miteinander verbindet.«

»Sie weiß, dass es nicht so ist. Ich kenne Lysanna schon eine ganze Weile, Aerthas. Schon aus der Zeit, als Mitzum noch bei ihr war

– die beiden waren immer füreinander da und hätten sich, ohne mit der Wimper zu zucken, für den anderen geopfert. Sie waren ein perfektes Paar … Doch ihre Beziehung lebte nur von Taktik, Kampf und Krieg. Eine Liebe, die nur auf dem Schlachtfeld bestand.«

»Mit uns ist es doch genauso«, sagte er traurig.

»Das sehe ich anders.«

»Und wie kommst du darauf?«

»Sie lacht, ist fröhlich und …«, Tâlie grinste verschmitzt, »… ich habe ihr Haar noch nie so leuchten gesehen wie jetzt.«

Aerthas sah zu Lysanna und in der Tat war es, als loderte das Feuer in ihrem Inneren nun auch in grellstem Rot auf ihrem Kopf.

»Wenn das hier vorbei ist, werdet ihr Zeit haben, zueinander zu finden«, versuchte Tâlie ihn aufzumuntern.

»Du weißt, dass das unmöglich ist«, seufzte er. »Gesetzt den Fall, wir sollten dieses utopische Vorhaben überleben, wird mich der Prinz niemals von meinem Versprechen entbinden.«

»Wenn es möglich ist, dass ein bunter Haufen Krieger wie die ›Angelus Mortis‹ eine Essenz besiegt, dann ist alles möglich«, stellte Tâlie bestimmt fest und schmunzelte. Dann erhob sie sich. »So, und jetzt muss ich Lysanna zu Nikka bringen. Sie will noch ein paar Änderungen an ihrem Kleid vornehmen.«

»Wie wunderbar«, seufzte Aerthas abermals. »Dann wird sich Tetis jetzt wohl wieder mit mir beschäftigen.«

Tâlie lachte leise und ging zu den Übenden hinüber. Nachdem sie sich kurz unterhalten hatten, folgte Lysanna seiner Schwester.

Doch anders als erwartet kam Tetis nicht zu Aerthas. Sie reckte den Kopf und schien auf etwas zu warten. Dann verschwand sie und ließ nur eine feine Nebelwolke zurück, die sich schnell verflüchtigte.

Das kam nicht selten vor. Sie löste sich oft einfach so auf, wenn ihr die Unfähigkeit der Sterblichen zu viel wurde, nur um keine Stunde später erneut und unerwartet an Aerthas' Seite aufzutauchen.

Ihm war das nur recht. Der wenige Schlaf, den er in letzter Zeit bekommen hatte, machte sich langsam bemerkbar und so ließ er sich erschöpft nach hinten ins Gras fallen. Er schloss die Augen und entspannte sich.

Unbewusst folgte er dem Gespräch zwischen Semei, Bosco und Sedan, die nur wenige Schritte entfernt standen. Semei erzählte gerade von einem Mädchen in einer der benachbarten Siedlungen, welches er kennengelernt und schon mehrmals ausgeführt hatte. Immer wieder lachten und grölten die drei Männer.

»Normalität – welch seltenes Gut«, murmelte Aerthas, während seine trägen Gedanken immer weiter abdrifteten.

Doch noch bevor er in einen leichten Dämmerschlaf sinken konnte, riss ihn eine Stimme zurück ins volle Bewusstsein.

»Na schau mal einer an«, stieß Sedan überrascht aus. »Wir bekommen Besuch!«

Aerthas richtete sich zur Hälfte auf und schirmte die Augen mit der Hand ab, um gegen die tiefstehende Sonne etwas erkennen zu können. Jetzt sah auch er, was Sedan meinte. Fünf Männer, allesamt in schwere Kriegsrüstung gekleidet, näherten sich dem Übungsplatz.

Als sie den Rand des Platzes erreicht hatten, blieben die Neuankömmlinge stehen. Nur einer von ihnen löste sich aus der Gruppe und ging weiter. Er trug keinen Helm wie die anderen und als er näher kam, erkannte Aerthas auch, wer es war: der General des Prinzen, Orano Rakenshar persönlich.

»Natürlich«, stöhnte Aerthas laut. »Wen würde der Prinz wohl sonst schicken, wenn er von seinen besten Männern spricht.«

Bosco ging neben ihm in die Hocke. »Yokumo ist auf Wachrundgang. Als sein Vertreter obliegt es wohl dir, die Gesandten des Prinzen zu begrüßen.«

Widerwillig rappelte Aerthas sich auf, um Orano entgegenzugehen.

Wie zwei Duellanten trafen die beiden Männer in der Mitte des leeren Übungsplatzes aufeinander.

»General, schön, euch wiederzusehen«, sagte Aerthas, der jedoch über Oranos Anwesenheit alles andere als erfreut war.

Er konnte sich schon lebhaft vorstellen, wie Lysanna darauf reagieren würde und auch er selbst hatte in letzter Zeit eine gewisse Abneigung gegen ihn aufgebaut.

»Kommandant«, erwiderte der General den Gruß freundlich. »Immer noch bei den Geächteten, wie ich sehe?« Er lachte abfällig.

Aerthas schluckte den Ärger, der in ihm aufstieg, hinunter. ›*Immer freundlich bleiben*‹, dachte er sich. ›*Wir sind auf diese Verstärkung angewiesen.*‹ Laut antwortete er: »Ich bin dort, wo man mich braucht, General«, und grinste. »Doch erzählt mir, wie ist die Lage in Hohenfels?«

»Angespannt, sehr angespannt«, entgegnete Orano nun wieder ernst. »Elesztrah gleicht momentan einem Hexenkessel. Der Ansturm auf die Landesgrenzen ist stark, seien es die Orks aus dem Süden oder die Trolle aus dem Norden. Und auch an der Westgrenze Richtung Kambrion werden mehr und mehr Überfälle gemeldet. Allesamt vollführt von Banditen jeder Rasse unter dem Banner des Flammenden Lords. Jeder, der alt genug ist, eine Waffe zu führen, wurde eingezogen und trotzdem scheint das Heer von Elesztrah nicht annähernd stark genug, den Angriffen noch lange Stand zu halten. Das mag auch der Grund sein, wieso uns der Prinz ohne zu zögern abgestellt hat, um Euch zu unterstützen. Trotzdem, Aerthas, wenn all dies hier vorbei ist würde ich es sehr begrüßen, Euch wieder unter meinem Kommando zu wissen.«

Aerthas zögerte einen Moment, bevor er antwortete. »Das ist sehr schmeichelhaft, General, doch ich denke, mein Platz ist hier.«

Orano sah ihn forschend an. »Ich frage mich ernsthaft, was Euch mit diesen Geächteten hier verbindet.«

»Meine Schwester ist eine von ihnen«, meinte Aerthas nur schulterzuckend.

»Ich glaube nicht, dass das alles ist. Sie ist seit Jahren fort gewesen und ich kann mich noch gut erinnern, dass es Euch damals, als Ihr in die Stadtwache eingetreten seid, vollkommen gleichgültig war, was Eure Schwester darüber dachte und unter wessen Kommando sie selbst gerade stand. Liegt es am Sold, an Eurem Rang oder etwas Ähnlichem? Ich habe Einfluss und kann sicher etwas für Euch tun!«

In diesem Moment tauchte wie aus dem Nichts Tetis hinter dem General auf. Sie legte ihre Hände auf dessen Schultern, doch Orano schien sie nicht zu bemerken. Immer noch sah er Aerthas fragend an. Tetis führte ihre Lippen dicht an sein Ohr.

»Ihr kennt den Grund, General. Er hat ihn Euch doch selbst gesagt – damals, in der Nacht am Feuer, als Ihr ihm Eure intimsten Geheimnisse erzählt habt. Ihr erinnert Euch, habe ich nicht recht?«

Sie hatte so leise gesprochen und trotzdem hatte Aerthas jedes Wort verstanden. Er konnte spüren, wie sein Gesicht aschfahl wurde. »Tetis, nicht«, flüsterte er, der selbst nicht mehr daran gedacht hatte, wie offen die beiden in dieser Nacht miteinander gesprochen hatten.

Doch die Nymphe tat, als würde sie ihn ebenso wenig bemerken wie Orano sie selbst. »*Ich liebe Eure Frau*, das waren doch seine Worte gewesen. Und soll ich Euch noch etwas sagen? Er schläft sogar mit ihr!«

Sofort veränderte sich der Ausdruck auf Oranos Gesicht, als ihm dämmerte, was die Stimme in seinem Kopf ihm zu sagen versuchte. Die nachdenklich hochgezogene Augenbraue senkte sich und Wut verzerrte das ernste Gesicht.

»Verräter«, zischte er leise.

Beschwichtigend hob Aerthas die Hände. »General, glaubt nicht, was körperlose Stimmen Euch zuraunen!«

Doch Orano nahm kaum Notiz von dem, was Aerthas sagte. Er hatte es auch nicht anders erwartet. Nach dem, was Lysanna ihm über Orano erzählt hatte, wusste er, dass der General keinen Rivalen um ihre Gunst duldete – auch wenn dieser nur in seiner Vermutung bestand.

»Ich habe Euch vertraut, Euch immer gefördert und zugesprochen. Ohne mich wärt Ihr noch heute ein einfacher Soldat. Aber was ist der Dank?« Orano griff an seine Seite und zog ein breites

Schwert aus der Scheide an seinem Gürtel. »Was ist der Dank?«, brüllte er noch einmal, sodass sich bereits einige der am Rand versammelten Trainingszuschauer zu ihnen umdrehten.

»Bitte beruhigt Euch«, versuchte es Aerthas erneut. »Es ist nichts zwischen Lysanna und mir. Das, was ich damals gesagt habe … Nun, sicher ist sie attraktiv, aber es war der Alkohol, der aus mir sprach, nichts weiter!«

Der General schenkte seinen Worten keine Beachtung. Schon holte er aus und hieb mit dem Schwert in Aerthas' Richtung.

Dieser sprang zurück und wich dem Schlag aus, doch sein erster Fehlversuch trieb Orano nur weiter an.

»Ich habe es satt, dass ständig irgendjemand meiner Frau nachstellt«, knurrte der General, während er wieder und wieder mit der Klinge ausholte. »Kaum hat man sich dieses stinkenden Diebs entledigt, schon steht der Nächste vor der Tür. Und dann auch noch einer meiner eigenen Männer. Einer, dem ich vertraut habe und der mir dazu noch sein Leben verdankt!«

Wieder schwang Orano sein Schwert und wieder wich Aerthas ihm aus. Doch der General war wie von Sinnen. So oft Aerthas auch wiederholte, dass er Lysanna niemals angerührt hatte, schienen seine Worte ihn nicht einmal zu erreichen.

Als Orano zu einem gewaltsamem Hieb von oben herab ansetzte, hechtete Aerthas zur Seite und rollte sich über die Schulter ab. Schnell sprang er wieder auf die Füße und sah sich hektisch um.

»Aerthas!«, hörte er plötzlich Semei, der an seinen Gürtel gegriffen hatte und bereit war, ihm sein Schwert zuzuwerfen. Doch als er ausholte, erhob sich eine hohe Wand aus Wasser zwischen dem

Bogenschützen und Aerthas, die nach hinten schwappte und Semei von den Füßen riss. Eine weitere Welle, und eine dicke Schicht aus klarem Eis trennte die Zuschauer vom Ort des Geschehens, sodass die beiden Kämpfer wie in einer Art gläsernen Arena eingeschlossen waren.

»Niemand mischt sich da ein. Das ist etwas, das die beiden unter sich ausmachen müssen!«, donnerte Tetis' Stimme magisch verstärkt über die Fläche.

Aerthas sah nur noch, wie sich Semei aufrappelte und panisch davonlief, eh er ein Geräusch hinter sich wahrnahm. Blitzschnell drehte er sich um und erkannte, dass Orano bereits zum nächsten Angriff ausholte.

Wäre er gut bei Kräften gewesen, hätte er diesem Schlag mühelos ausweichen können. Doch die Müdigkeit, die sich wie ein lähmendes Gift durch seinen Geist und seine Glieder schlängelte, verlangsamte seine Reaktion.

Das Reißen von Stoff, ein stechender Schmerz im linken Oberarm, und schon fühlte er, wie eine warme Flüssigkeit den Ärmel seines Hemdes tränkte.

Er sprang ein paar Schritte zurück. »Orano, beendet diesen Wahnsinn, eh Ihr etwas tut, das Ihr hinterher bereut!«, versuchte er es noch einmal mit Vernunft, doch seine Bitte bekam kein Gehör.

Schon hob Orano das Schwert erneut, wohl um einen Schwung quer über Aerthas' Brust auszuführen.

›*Jetzt oder nie*‹, dachte Aerthas.

Er war unbewaffnet und seine einzige Chance, diesem Irrsinn ein Ende zu setzen, bestand darin, Orano sich ebenbürtig zu machen.

Als dieser den Arm ausstreckte und ausholte, zog Aerthas sein Knie zum Bauch und versetzte dem Arm des Generals einen heftigen Tritt. Sicher konnte er kaum etwas davon gespürt haben. Die Eisenplatten, mit welchen seine Rüstung verstärkt war, fingen jeden waffenlosen Angriff ohne Probleme ab.

Doch der Widerstand, den Aerthas' Tritt dem Schwung entgegenbrachte, war so abrupt, dass dem General das Schwert aus der Hand glitt. Klirrend fiel es in einiger Entfernung in den Staub. Aerthas ignorierte den pochenden Schmerz in seinem Bein, den das harte Auftreffen auf die Platten ausgelöst hatte, und wollte loshechten, um die Waffe selbst aufzuheben. Doch er kam nicht weit.

»So nicht, mein Freund!«, brüllte Orano, packte ihn bei der Schulter und drehte in zu sich um.

Das Nächste, was Aerthas wahrnahm, war ein durchdringender Schmerz, der sich von der Mitte aus in seinem ganzen Körper auszubreiten schien. Keuchend sackte er auf die Knie.

Oranos Faustschlag hatte ihn in die Magengrube getroffen. Er rang noch nach Luft, als der General auch schon ein weiteres Mal ausholte und ihn an der Schläfe traf, sodass Aerthas auf die Seite fiel.

Anders als in einem ehrlichen Kampf, in welchem man abließ, wenn der Gegner am Boden lag, nutzte Orano seine Chance.

Als er Aerthas in die Seite trat, war ein lautes Knacken zu hören. Vergeblich bemühte sich Aerthas, seine Lunge mit Luft zu füllen. Jeder Versuch schickte eine Salve von Schmerzen in seine Flanke und vernebelte ihm die Sinne. Dann gelang es ihm doch, tief einzuatmen, und als er keuchend die Luft ausstieß, stieg sie als eine weiße Wolke vor ihm auf.

Der Schmerz ebbte ab und an seine Stelle trat eine eisige Kälte, die Aerthas nur zu bekannt war.

Er versuchte ruhig zu atmen und Schmerz und Wut in den Griff zu bekommen. Er konnte nicht zulassen, dass das Eis jetzt aus ihm hervorbrach, noch dazu vor den Augen des Generals. Wenn er es nicht im Zaum hielt, würde er abermals damit töten – und selbst wenn es Orano treffen würde, konnte er das nicht zulassen. Egal wie sehr er ihn auch verabscheute. Er hatte sich geschworen, nie wieder unbeherrscht damit zu töten.

Für eine Sekunde hatte er die Hoffnung, Orano würde einfach von ihm ablassen, doch dann spürte er dessen Fuß abermals brutal in seiner Seite.

»Ich sollte Euch fast dankbar sein, dass Ihr es mir so leicht macht, ein Exempel zu statuieren«, drang die finstere Stimme des Generals wie von weit her zu ihm.

Aerthas konnte hören, wie sich Oranos Schritte entfernten. Dann folgte ein schabendes Geräusch, als dieser sein Schwert vom Boden aufhob.

›*Ich kann nicht zulassen, dass er mich vor meinen eigenen Männern abschlachtet wie einen dummen Troll*‹, schoss es Aerthas durch den Kopf, als er sich auf den Bauch rollte und versuchte, auf die Knie zu kommen.

Blut lief kalt von seiner Schläfe herab und gefror im selben Moment, da es den Boden unter ihm berührte, zu einem dunkelroten Spiegel.

Er war blind und taub für alles andere um ihn herum, hörte nur noch das schallende Gelächter des Generals.

»Habt Ihr noch etwas zu sagen, bevor Ihr sterbt, Kommandant?«, fragte Orano, während er auf ihn zukam, die Waffe zum Schlag erhoben.

26

Lysanna

»Holly ist einfach nur hinterhältig, intrigant und falsch«, regte sich Lysanna seit sicher schon zehn Minuten über die Priesterin auf.

Sie stand mitten in Nikkas Haus, nur mit ihrer Unterwäsche bekleidet, und sah der Ratsherrin zu, die damit beschäftigt war, noch ein paar Änderungen an ihrem Festgewand vorzunehmen. Auf einem weiteren Hocker saß Tâlie und polierte mit akribischer Präzision das Adamantschwert ihres Bruders.

»Erst verbreitet sie, wie tödlich unser Vorhaben doch wäre, nur um später selbst die Clanmitglieder zu überzeugen, uns zu begleiten. Ihr hättet hören müssen, wie sie vor Yokumo damit geprahlt hat!« Sie pustete sich eine wirre Haarsträhne aus dem Gesicht.

»Vielleicht hat sie ihre Meinung über den Plan einfach nur geändert«, warf Tâlie ein, konnte sich aber ein ironisches Grinsen dabei nicht verkneifen.

»Blödsinn«, sagte Lysanna und wischte diesen Einwurf mit einer Handbewegung fort. »Ich frage mich ehrlich, wie du das aushältst, Nikka.«

»Was denn?«, fragte die Druidin und trennte einen Faden mit ihrer Kräutersichel durch. Dann reichte sie Lysanna das Kleid, damit sie es erneut anprobieren konnte.

»Na, wie Holly ständig um Yokumos Gunst buhlt. Sie schleicht um ihn herum wie Bella um einen verwundeten Wieseneber. Nichts für ungut, Kleines.« Sie sah zu der großen Katze, die neben der Tür lag, eh sie sich das Kleid über den Kopf zog.

»Ich bin es nicht anders gewohnt«, antwortete Nikka ruhig, während sie Lysanna half, in den hochwertig verarbeiteten, weißen Seidenstoff zu schlüpfen. »Sie tut das, seit ich Yokumo kennengelernt habe. Von Anfang an hat sie versucht, sich zwischen uns zu stellen, doch es ist ihr nie gelungen. Und ich vertraue darauf, dass Yokumo weiß, was er tut. Ich vertraue ihm.«

Lysanna hatte es mittlerweile geschafft, ihren Kopf durch die schmale Halsöffnung zu bekommen und schob gerade ihre Hände in die langen, eng anliegenden Ärmel.

»Ja, deinem Mann kannst du wohl vertrauen, aber was ist denn mit ihr? Wer weiß, was sie mit ihm macht, wenn sie allein sind?«

Lysanna dachte an das Gespräch, welches sie damals im Lazarett belauscht hatte, und haderte mit sich, ob sie Nikka davon erzählen sollte.

Doch ein Blick von Tâlie, die wohl wieder einmal das Gleiche dachte wie sie selbst, reichte aus und sie behielt es für sich.

»Mich jedenfalls macht dieses ständige Angeschmachte wahnsinnig«, sagte sie stattdessen und ging zu dem großen Spiegel, um ihr Gewand eingehend zu betrachten.

»Wieso? Eigentlich könnte es dir doch einerlei sein, was Yokumo und Holly tun?«, fragte Nikka skeptisch.

Lysanna wollte bereits etwas erwidern, als Tâlie herzhaft zu lachen begann. »Ich glaube, sie meint eher, wie Tetis Aerthas umgarnt.«

Spontan griff Lysanna nach einem Stoffballen und warf damit nach Tâlie. Schlimm genug, dass die Freundin genau zu wissen schien, was zwischen ihr und ihrem Bruder vorging, doch musste sie es auch noch im ganzen Dorf breittreten?

»Ach so! Das hätte ich mir ja denken können«, entgegnete Nikka, die nun ebenfalls lachte. Sie sah Lysanna an. »Mir ist nicht entgangen, wie eng die Zusammenarbeit zwischen unseren beiden Schöpfungen ist«, erklärte sie und zwinkerte.

Lysanna stöhnte. Sie ging zum Bett hinüber und ließ sich rücklings darauf fallen. Anscheinend wusste die Ratsherrin ebenfalls Bescheid und der Versuch, sie vom Gegenteil zu überzeugen, wäre vergeudete Zeit.

Also sprach sie ganz offen über das, was sie seit Tagen beschäftigte. »Sie ist ständig da, schwirrt um ihn herum, berührt ihn, wann immer sie nur kann. Sie ist doch eine Essenz, was will sie denn von ihm?«

»Ihr Verhalten ist vollkommen normal.«

Lysanna hob kurz den Kopf und sah Nikka fragend an.

»Eine Essenz wählt sehr bewusst, wenn sie eine Schöpfung erschafft«, erklärte die Druidin. »Der Auserwählte muss anders, außerordentlich sein, sonst hätte er keine Chance, die Gabe zu überleben. Und diejenigen, die das wirklich tun, sind in den Augen der Essenzen perfekte irdische Wesen. Sie lieben ihre Schöpfungen, es liegt in ihrer Natur, und keine Essenz kann sich dem entziehen.«

Lysanna verzog das Gesicht.

»Oh, keine Angst. Ihre Liebe ist etwas anderes als die unsere«, fuhr Nikka schnell fort. »Sie genießen die Nähe der Schöpfung und fühlen sich durch ihre Existenz mehr denn je als Teil dieser Welt. Natürlich wäre es das höchste der Gefühle für Tetis, wenn Aerthas sein Leben an ihrer Seite verbringen würde. Das ist ja auch der Grund, wieso Ardérus dich bei sich haben will. Erst durch eure Nähe erreichen sie ihre maximale Kraft. Doch anders als ihr Bruder, ist sich Tetis wohl bewusst, dass das Herz ihrer Schöpfung schon bei seiner Erschaffung nicht mehr frei war. Du brauchst keine Angst zu haben. Sie ist keine Konkurrenz, glaub mir.«

»Woher weißt du das alles?«, fragte Tâlie. »Bis vor Kurzem wusstest du nicht mal von der Existenz der Schöpfungen.«

»Shurya, die Orkschamanin, hat mir davon erzählt. Es ist erstaunlich, dass diese Wilden anscheinend viel mehr über die Zusammenhänge dieser Welt wissen als unser hochentwickeltes Volk.«

»Trotzdem geht sie mir auf die Nerven«, stieß Lysanna trotzig aus. »Sie kann doch genauso gut verschwinden. Sie hat uns keinen Schritt weitergebracht!«

Plötzlich flog krachend die Tür auf. Tropfnass, als wäre er gerade in den Fluss gefallen, stand Semei im Türbogen.

»Tâlie, endlich hab ich dich gefunden! Die Verstärkung des Prinzen ist eingetroffen. Orano führt sie an. Du musst mitkommen!«, sprudelte es aus ihm heraus.

Lysanna sah auf und stützte sich auf die Unterarme. »Orano? Das ist nicht dein Ernst!«

»Lysanna! Du bist auch hier! Den Ahnen sei Dank!«, stieß er aus, ja, schrie sie fast an. Panik stand dem jungen Mann ins Gesicht geschrieben.

»Semei, beruhige dich. Was ist denn passiert?«, mischte sich Nikka ein.

»Aerthas und Orano – sie haben gestritten. Ich glaube, es ging um dich«, antwortete er und deutete auf Lysanna.

»Großartig. Wer hier im Dorf weiß eigentlich nicht über uns Bescheid?«, fragte sie zynisch, doch Semeis Miene hellte sich nicht auf.

»Sie kämpfen miteinander«, stieß er hervor. »Auf dem Trainingsplatz!«

Augenblicklich war Lysanna auf den Füßen und riss Semei fast um, als sie an ihm vorbei aus dem Haus stürmte.

An dem Scheppern hinter sich erkannte sie, dass Tâlie ebenfalls aufgesprungen war, doch sie sah sich nicht um. Blind vor Sorge rannte sie los in Richtung des Übungsgeländes.

Es war genau das passiert, vor dem sie sich am meisten fürchtete. Orano hatte erfahren, dass es einen neuen Mann in ihrem Leben gab. Die Ahnen allein konnten sagen, woher er es wusste. Doch das spielte auch keine Rolle. Sie kannte Orano und wusste, dass sie sich beeilen musste.

Als sie um eine Ecke bog, stolperte sie über den Saum ihres Kleides und fiel der Länge nach in den Staub. Ihre Handflächen brannten durch den Versuch, sich abzufangen. Doch sie ignorierte es, stand auf und rannte weiter.

Tâlie rief ihren Namen. Doch da die Kriegerin wie immer ihre schwere Rüstung trug, war sie deutlich langsamer als Lysanna in ihrem leichten Seidenkleid.

Sie wollte und konnte nicht auf Tâlie warten und lief ungeachtet der Rufe weiter.

Sie hatte noch nie so viele Leute gleichzeitig am Übungsplatz gesehen. Als sie das Feld erreichte, war ihr der Blick darauf vollständig durch die Umstehenden versperrt.

Sie bahnte sich einen Weg durch die Schaulustigen, bis sie den Rand des Platzes erreicht hatte. Dort wurde sie abrupt gestoppt, als sie gegen den Wall aus Eis prallte. Taumelnd trat sie einen Schritt zurück und blickte hektisch durch die spiegelnde Fläche.

Ungefähr dreißig Schritte von ihr entfernt stand Orano und bückte sich gerade, um ein Schwert vom Boden aufzuheben. Ein Stück weiter hockte Aerthas. Er krümmte sich und sein Hemd war blutüberströmt.

Ihr Herz setzte einen Moment aus. Sofort blitzte eine Erinnerung auf – sie kannte dieses Bild, hatte es schon einmal gesehen. Damals war es Mitzum gewesen, auf den Oranos Waffe gerichtet war.

»Aerthas!«, schrie sie und schlug mit der Faust gegen den Eiswall. »Aerthas!«

Doch es hatte keinen Zweck. Das Eis war so dick, dass es ihre Stimme vollständig verschluckte. Reflexartig fuhr ihre Hand an ihr

Bein zu der Stelle, an der ihre Hose sonst den Dolch verbarg. Aber alles, was sie zu fassen bekam, war der weiche Stoff des Kleides. Sie hatte nichts, um sich den Weg frei zu machen.

Verzweifelt presste sie ihre Hände gegen das Eis – und zog sie erschrocken zurück, als zischend weiße Wolken davon aufstiegen.

Erst jetzt merkte sie, wie heiß ihr war. Nein, besser wie heiß *ihr Körper* war. Doch in diesem Moment war ihr das Feuer willkommen.

Schon begann die Luft um sie zu flimmern und die Menschenfrauen, die um sie herum standen, zogen sich von ihr zurück.

»Natürlich«, stieß sie plötzlich aus, als sie sah, wie das Gras zu ihren Füßen verkohlte.

Schnell drückte sie die Hände abermals gegen die Wand vor sich und schloss die Augen. Während sie sonst versuchte, ihr inneres Feuer zu bändigen, strengte sie sich nun an, es weiter anzufachen. Im nächsten Augenblick schon konnte sie fühlen, wie ihre Hände ins Leere griffen. Was gerade noch gläserne Eiswand gewesen war, ergoss sich nun als Sturzbach und überflutete den staubigen Boden unter ihr, ließ ihre nackten Füße im Schlamm versinken.

Sie riss die Augen auf. Nur wenige Schritte trennten Aerthas noch von Orano, der das Schwert bereits hocherhoben hielt. Selbst wenn sie jetzt losrannte, würde sie die beiden nicht erreichen, bevor Orano zum tödlichen Schlag ansetzen konnte.

Ohne darüber nachzudenken, streckte sie ihre Arme nach vorn und stellte die Hände übereinander, sodass sich die gegenüberliegenden Fingerspitzen berührten. In einem weiten Bogen zog sie Hände senkrecht auseinander und hinterließ einen feurigen Halbkreis in der Luft. Eine weitere Bewegung und eine dünne, flammende Linie verband die beiden Enden.

Glühend heiße Luft wehte ihr entgegen und ließ ihre Augen brennen. Funken stoben, doch sie hielt ihren Blick fest auf ihr Ziel gerichtet. Sie griff den brennenden Bogen aus der Luft und begann die Sehne zu spannen.

»Orano!«, brüllte sie. Jetzt hinderte ihre Stimme nichts mehr daran, sich weit über das Feld auszubreiten, sodass sich der General abrupt zu ihr umdrehte.

27

Aerthas

Obwohl die Stimme hysterisch und schrill klang, erkannte Aerthas sofort, wer da gerufen hatte. Er hob den Kopf und sah zuerst Orano an, der mit erhobenem Schwert stehen geblieben war und sich gerade umdrehte. Dann blickte auch er in die Richtung, aus der Lysannas Ruf gekommen war.

Sie stand am Rande des Platzes. Das weiße Kleid, ihr wehendes rotes Haar und die Flammen in ihrer Hand ließen sie wie einen wunderschönen Racheengel aussehen. Und dieser Engel war gekommen, um ihn zu retten.

Aerthas lächelte unwillkürlich und ließ den Kopf wieder sinken. Dann fiel sein Blick in den dunklen Spiegel gefrorenen Blutes, der sich vor ihm gebildet hatte. Anders als erwartet, blickte ihm nicht sein eigenes geschundenes Gesicht entgegen. Es war Tetis, die ihn mit großen Augen anlächelte.

»Hab keine Angst davor«, formten ihre Lippen und er begann zu verstehen.

Nochmal sah er zu Orano. In den Zügen des Generals spiegelte sich blanke Furcht wider.

»Dieses Miststück, das wagt sie nicht noch einmal«, stieß er aus, wich aber einen Schritt zurück, näher an Aerthas heran.

In dieser Sekunde riss Lysanna ihre Hand zurück und ein flammendes Geschoss raste auf Orano zu. Doch noch bevor Aerthas erkennen konnte, dass es ein Pfeil war, erlosch das Gebilde mitten im Flug zu weißem Nebel.

Tetis erschien vor Lysanna und versperrte ihm mit einer erneuten Wassersäule die Sicht auf die Jägerin.

Orano stieß erleichtert die Luft aus und grinste. »Doch nicht so mächtig, meine Schöne. Umso besser, dass du da bist – vielleicht lernst du daraus, wo dein Platz ist!«, rief er, auch wenn sie ihn wohl kaum hören konnte, und drehte sich wieder zu Aerthas um.

Angetrieben von Lysannas Anblick, hatte Aerthas es mittlerweile geschafft, auf die Knie zu kommen und stemmte sich vom Boden hoch. Dann ließ er seinen Gefühlen freien Lauf und sofort begannen die kalten Kristalle über seine Haut zu rasen.

Von seinem Brustkorb aus floss das Eis seine Arme und Beine hinab, hinauf zu seinem Hals und über seinen Rücken, bis ein feiner Panzer seinen Körper vollständig bedeckte. Die Eisschicht war so dünn, dass man sie nur aus der Nähe sehen konnte, und er fragte sich noch, ob es reichen würde, als Orano ihm auch schon sein Schwert entgegenschwang.

Reflexartig riss Aerthas einen Arm hoch, um sich zu schützen. Er kniff die Augen zusammen und wartete auf den grellen Schmerz, wenn das Schwert sein Ziel erreichte. Doch stattdessen hörte er nur dessen dumpfen Aufprall auf etwas Hartem und spürte, wie sein Arm nach hinten gedrückt wurde. Als er die Augen öffnete, erkannte er, was den Angriff gestoppt hatte.

Das Eis hatte einen riesigen, weiß schimmernden Schild vor seinem Arm gebildet, an dem das Schwert abgeprallt war.

Orano, für den diese Abwehr vollkommen unerwartet gekommen war, hatte es nach hinten geworfen und nun sah er Aerthas mit einer Mischung aus Wut und Entsetzen an.

»Was ist das für eine Hexerei?«, brüllte er.

Genugtuung machte sich in Aerthas breit, den General ängstlich im Staub liegen zu sehen. Beflügelt von diesem Gefühl und der kalten Macht, die durch seine Adern floss, ging er auf ihn zu.

Er streckte eine Hand aus und fühlte den Griff eines Schwertes schon, als dieses noch dabei war, aus dem Nichts zu entstehen. Dann richtete er die Spitze der durchscheinenden, ganz aus Eis bestehenden Waffe auf Oranos Herz. Dort, wo sie den General berührte, bildete sich ein feines Geflecht aus weißen Kristallen und Oranos Augen weiteten sich noch mehr.

Sekunden später zerplatzte der metallene Harnisch in tausend Teile und alles, was Orano nun noch schützte, war ein dünnes Leinenhemd.

»Nicht, bitte«, keuchte der General.

Aerthas spürte, wie sich ein Lächeln, genauso kalt wie das Schwert in seiner Hand, auf seinem Gesicht ausbreitete.

Nein, er spürte es nicht nur, er sah es buchstäblich.

Plötzlich war ihm, als würde er aus seinem Körper treten und die Szene aus einigen Schritten Entfernung betrachten. In der Ferne sah er Lysanna, den feurigen Bogen noch immer hocherhoben und in seine Richtung gespannt, eh eine erneut aufbrausende Welle ihm den Blick abermals versperrte.

Er sah Orano, nicht mehr als ein wimmernder Wurm, und er sah sich selbst, eingehüllt in eine glänzende Rüstung, die ihn vollständig bedeckte.

Doch war das wirklich noch er selbst? Gehörten diese matten, eisblauen Augen mit dem feindseligen Blick wirklich zu ihm? Was tat er da eigentlich? Er würde niemals einen wehrlosen Gegner derart bedrohen. Oder doch?

»Ich habe dich davor gewarnt.«

Aerthas schaute zur Seite. Eigentlich hätte es ihn verwundern sollen, dass Tetis auf einmal neben ihm stand – konnte er ja genau sehen, wie sie dabei war, Lysanna in Schach zu halten, die Salve um Salve versuchte, ihre brennenden Pfeile durch die Wasserwand zu jagen. Doch die letzten Wochen hatten ihn gelehrt, dass auf dieser Welt wohl so ziemlich alles möglich war.

»Was passiert mit mir?«, fragte er die Nymphe und sah zurück zu sich selbst.

»Ich habe dich gewarnt«, wiederholte diese ruhig. »Immer und immer wieder habe ich es euch gesagt. Das Feuer ist eine verheerende Waffe, das Eis euer stärkster Schutz. Nur dann könnt ihr eure Gaben kontrollieren – wenn ihr sie dazu einsetzt, wofür sie gemacht sind.«

»Aber genau das tue ich doch. Er hätte mich getötet!« Aber noch in dem Moment, als er die Worte aussprach, wusste er bereits, dass dies nicht die Wahrheit war.

»Dein Schild hat dich beschützt. Doch wenn ich mich nicht irre, hältst du jetzt etwas anderes in der Hand.«

Die Nymphe trat hinter ihn und legte ihre Hände um seine Taille. Als sie sich an ihn schmiegte, fühlte es sich an, als würde er mit dem Rücken auf einem Fluss treiben.

»Deine kleine Freundin hat es leicht. Sie muss der Kraft nur ihren Lauf lassen und mit ein wenig Konzentration findet ihr Feuer das gewünschte Ziel. Du hingegen ...«

Sie ließ ihn los, umrundete ihn mit schnellen Bewegungen und stand vor ihm. Den Kopf leicht schief gelegt, sah sie ihn an. Dann hob sie die Hand und strich sanft über die aufgeplatzte Stelle an seiner Schläfe. Die Berührung war liebevoll und wirkte beruhigend. Er konnte fühlen, wie sein Herzschlag langsamer wurde und sein Atem ruhiger floss.

»Kontrolle, Aerthas, Kontrolle. Wenn du dich dem Eis vollends hingibst, wirst du dich darin verlieren und nie wieder zurückfinden, wirst alles vergessen, was dir einst wichtig war. Dann strebst du nach ebensolcher Macht wie Ardérus oder Lawinia, gleichgültig über wie viele Leichen du gehen musst, und erfrierst in der Kälte deiner eigenen Seelenqual. Das willst du doch nicht.«

Tetis lächelte mild und fuhr ihm noch einmal über die Wange, eh sie die Hand sinken ließ und nach der seinen griff.

»Heute werde ich dir noch einmal helfen, Liebling, doch dies wird das letzte Mal sein. Von nun an seid ihr auf euch allein gestellt.«

Mit diesen Worten übergab sie ihm einen Gegenstand und bevor er etwas sagen konnte, setzte sich das Bild vor ihm wieder in Bewegung und er fand sich zurück in seinem eigenen Körper.

Als er auf das Schwert sah, welches noch immer auf Oranos Brust gerichtet war, erkannte er, was Tetis ihm gerade gegeben hatte. In seiner Hand lag nicht länger ein Schwert aus Eis, fremd und bedrohlich, sondern sein eigenes Schwert aus Adamant, welches er von seinem Vater geerbt hatte.

»Bitte …«, wimmerte Orano abermals.

Aerthas, wieder ganz Herr seiner Sinne, zog die Spitze des Schwertes ein Stück von der Brust des Generals fort.

»Damals habt Ihr versucht, mein Leben zu retten«, sprach er ruhig. »Heute habt Ihr versucht, es mir zu nehmen. Ich denke, damit stehe ich nicht länger in Eurer Schuld. Seid Euch gewiss, dass ich jeden Schritt, den ihr in diesem Lager und unter dem Banner der ›Angelus Mortis‹ macht, genau beobachte. Ihr solltet Euch keinen Fehler erlauben, wenn ihr meine Fähigkeiten nicht noch einmal herausfordern wollt. Ihr werdet unter meiner Führung an unserer Seite kämpfen, loyal und bis zum bitteren Ende. Habt Ihr verstanden?«

Orano nickte nur. Sein Gesicht war noch immer blass, doch in seinen Augen glitzerte pure Wut.

Aerthas ließ das Schwert sinken und sah sich um. Die Wälle aus Wasser und Eis, die aus dem Übungsplatz eine Arena gemacht hatten, waren verschwunden und auch Tetis konnte er nirgendwo entdecken. Dafür drang nun der Lärm, den die umstehenden Zuschauer machten, umso lauter an sein Ohr, wie sie brüllten und ihrem Kommandanten zujubelten.

Dann sah er, wie Lysanna auf ihn zustürmte. Das rote Haar hing ihr wirr ins Gesicht und das wohl einst schneeweiße Kleid war verdreckt mit Schlamm und Ruß.

Er ging ihr einige Schritte entgegen und ließ dann kraftlos seine Waffe fallen. Schon befürchtete er, sie würde ihn einfach umreißen, so schnell rannte sie auf ihn zu. Doch kurz bevor dies geschah, bremste sie ab.

»Aerthas, bei den Ahnen! Geht es dir gut?«, keuchte sie. Angst lag in ihrem Blick und er hatte das Gefühl, sie würde jeden Moment anfangen zu weinen.

»Alles in Ordnung.« Er streckte einen Arm aus und griff nach ihrer Hand.

Diese kleine Bewegung reichte aus und er zuckte zusammen. Die eisige Rüstung, die seine Verletzungen gekühlt und geschient hatte, war verschwunden und nun breitete sich der Schmerz wie eine Welle in seinem Körper aus. Mit der freien rechten Hand wanderte er zu seinen Rippen, die bei jedem Atemzug abermals zu brechen schienen.

Sie folgte seiner Bewegung mit den Augen, musterte seine Flanke, seinen Arm, sein Gesicht. Dann änderte sich der Ausdruck in ihrem Gesicht schlagartig. Angst wich Wut. Sie ließ ihn los und schob sich an ihm vorbei.

Orano, der sich aufgerappelt hatte und dabei war, den Staub von seinem Hemd zu klopfen, hielt inne und sah die beiden an. Er öffnete den Mund. Sein Blick ließ keinen Zweifel daran offen, dass er den Schock über die Niederlage bereits verwunden hatte und seine Zunge gewohnt locker saß. Doch Lysanna ließ ihm keine Zeit für irgendeine seiner anzüglichen Bemerkungen.

»Du!«, stieß sie hervor und holte schon im Laufen mit der Faust aus.

Aerthas sprang vor, ignorierte dabei das Reißen in seiner Flanke und griff nach ihrem Arm.

»Nicht«, sagte er und zog sie zurück.

»Lass mich!«, brüllte sie und wand sich, als er ihr den gesunden Arm um die Taille legte und sie festhielt.

»Beruhige dich«, versuchte er es noch einmal. »Der General und ich haben alles geklärt.«

Sie schüttelte sich zunächst noch widerwillig, doch dann gab sie nach.

»Ich hasse dich«, zischte sie Orano zu.

Dieser grinste nur und zuckte wortlos mit den Schultern.

Aerthas sah ihn fest an. »Ich denke, wir haben alles besprochen, General. Ihr solltet zu Euren Männern gehen und Euer Quartier für die Nacht aufschlagen. Ich werde Euch morgen rufen lassen, um die Einzelheiten des Angriffs abzustimmen.«

»Wie Ihr es wünscht, Kommandant«, antwortete Orano kühl, drehte sich um und entfernte sich.

Aerthas sah ihm nach. Er war sich sicher, wenn dessen Schwert nicht Schritte entfernt im Dreck gelegen hätte – Orano hätte sofort einen weiteren Angriff gewagt. Er musste vorsichtig sein und durfte diesen Elfen niemals unterschätzen. Mit ihm hatte er sich einen Feind auf Lebenszeit gemacht.

Lysanna drehte den Kopf und sah zu ihm hoch. »Du blutest«, stellte sie leise fest.

Er griff an seine Schläfe und bemerkte, dass sie recht hatte.

Sie löste sich aus seiner Umarmung und trat einen Schritt zurück. Er versuchte zu lächeln, doch der Schmerz, der von den gebrochenen Rippen ausging, schien mit jedem Atemzug weiter zuzunehmen.

»Würdest du mich bitte zu Holly bringen?«, presste er zwischen zusammengebissenen Zähnen hervor. »Ich glaube, ich brauche ein wenig Hilfe, wenn ich morgen mit dir zu einem Ball aufbrechen will.«

Lysanna nickte. Sie bückte sich und hob sein Schwert auf.

Er legte den Arm um ihre Schultern. Für die anderen musste es wirken, als würde er sich abstützen, doch in Wahrheit war er nur froh, sie ganz nah bei sich zu spüren. Er lächelte zu ihr hinab und sie erwiderte es.

»Danach erzählst du mir genau, was geschehen ist«, bat sie ihn noch, bevor sie sich schweigend zum Lazarett aufmachten.

28

Aerthas

Einige Zeit später befanden sie sich allein in einem der Krankenzimmer.

Die Wunden an Aerthas' Kopf und Schulter hatte Holly sofort behandeln können. Die Stellen waren zwar noch gerötet, aber kaum noch sichtbar und würden in kurzer Zeit ganz verschwunden sein. Die Rippen allerdings, so hatte Holly gesagt, würden selbst mithilfe von Magie einige Stunden brauchen, eh sie wieder verwachsen waren, und Aerthas sollte in dieser Zeit hierbleiben.

Noch während die Priesterin seine Verletzungen versorgt hatte, waren Yokumo, Nikka und Tâlie zu ihnen gestoßen. Neugierig hatten sie Lysanna und ihn mit allerlei Fragen gelöchert und jeder der beiden hatte seine Sicht von dem erzählt, was geschehen war.

Yokumo war begeistert gewesen, dass sie nun endlich eine mächtige Waffe gegen den Flammenden Lord hatten. Nikka hingegen hatte sich nur über den Zustand von Lysannas Kleid beschwert und sie aufgefordert, es ihr sofort mitzugeben, damit sie retten konnte, was zu retten war. Jetzt saßen sie nebeneinander auf der Kante des Bettes, schweigend, und genossen die beruhigende Sicherheit, die ihnen diese Kammer gab.

Aerthas trug nur noch eine leichte Hose. Seine Stiefel und das blutige Hemd hatte er für Hollys Behandlung ausziehen müssen und diese lagen jetzt zusammengeknüllt in einer Ecke.

Lysanna wiederum, die ihr Kleid Nikka hatte mitgeben sollen, trug nichts weiter als ein weißes Nachthemd, welches oberhalb ihrer Knie endete und ihm einen freien Blick auf ihre schlanken Beine gewährte.

Sie hatte ihren Kopf gegen seine nackte Schulter gelehnt und atmete ruhig. Ohne nachzudenken, legte er seine Hand auf ihren leicht gebräunten Oberschenkel und strich sanft über die zarte Haut. Sie kicherte verlegen und legte ihre Hand auf die seine, um ihn daran zu hindern, damit weiter nach oben zu wandern. Die Stimmung zwischen ihnen war so entspannt, wie sie es lange nicht mehr gewesen war.

»Ich hatte wirklich große Angst um dich«, flüsterte sie mit müder Stimme.

Er zog seine Hand zurück und erhob sich. Seufzend tat er ein paar Schritte, drehte sich um und sah sie an.

Bei den Ahnen, sie war so wunderschön.

Er ging zurück und vor ihr auf die Knie. Überrascht sah sie zu ihm herab. Er küsste die Innenseite ihrer Schenkel, erst den einen, dann den anderen. Mit der Anspannung des Tages war auch jeder

Vorsatz von ihm abgefallen und er wollte sie jetzt einfach nur noch ganz nah bei sich haben, jeden Zentimeter ihrer Haut auskosten, den sie ihn gewähren ließ.

Mit den Händen fuhr er an ihren Beinen hinab bis zu den Knöcheln und dann wieder nach oben. Ihr schien es nicht anders zu gehen als ihm, denn anstatt ihn fortzuschieben, stöhnte sie leise und vergrub ihre Hände in seinem Haar. Die Begierde, die er seit Tagen im Zaum gehalten hatte, brannte jetzt heißer denn je in ihm und schien keinen Platz mehr für irgendein anderes Gefühl zu lassen.

Und doch war es genau das, was er jetzt wollte.

Er musste einfach wissen, ob er bereit war, die neu gewonnene Kraft zu jeder Zeit und in jeder Situation nach seinem Wunsch anzurufen. Und mehr noch, er musste wissen, ob er sie wirklich damit beschützen konnte, so wie er sich selbst geschützt hatte.

Er zog sich zurück.

»Was hast du?«, hauchte sie und ihre Stimme ließ keinen Zweifel daran, dass sie nicht wollte, dass er aufhörte.

»Ich möchte etwas versuchen.«

Er legte seine Hand auf ihr Knie und schloss die Augen. Er suchte in sich nach der vertrauten Kälte, fand sie und zog sie aus den Tiefen seiner Seele empor. Schon spürte er das kalte Kribbeln in seinen Fingerspitzen.

Langsam, ganz langsam und vorsichtig ließ er es los. Er brauchte die Augen nicht zu öffnen, um zu wissen, wie die eisigen Kristalle über Lysannas Bein wanderten.

Es fühlte sich unglaublich an. Mit jedem Stück, welches das Eis mehr von ihr in Besitz nahm, wuchs das Gefühl der grenzenlosen

Macht und Beherrschung in ihm an, das er schon am Nachmittag empfunden hatte, als er Orano gegenüberstand. Doch das hier war mehr.

Es war berauschend, zu spüren, wie sie immer mehr ein Teil von ihm selbst zu werden schien. Seine kalte Kraft konnte sich von ihr nehmen, was er wollte. Und hatte er sie erst ganz umsponnen, würde sie für immer nur die Seine sein!

So schnell diese Gedanken kamen, so schnell hatte er sie auch wieder unter Kontrolle. Wenn er jetzt weitermachte, würde er sie töten und das würde er niemals zulassen.

So wunderte es ihn kaum, mit welcher Leichtigkeit es ihm gelang, die kalten Finger wieder von ihrer Haut zu lösen. Er öffnete die Augen und blickte sie an.

Erst verstörte ihn der erstaunte Ausdruck auf ihrem Gesicht, doch dann erkannte er, dass es Anerkennung war und keine Abscheu, die sich darin spiegelte.

Ihr Bein war vollkommen ummantelt von einer schillernden Schicht und schimmerte in einem leichten Blau.

»Das ist atemberaubend«, entfuhr es ihr und sie ließ ihren Unterschenkel vom Bett herabbaumeln.

Dann stand sie auf und ging ein paar Schritte in dem kleinen Raum hin und her. »Ich kann es sehen, aber es ist so leicht, dass ich es kaum spüren kann.«

»Und trotzdem ist es härter, als jede Plattenrüstung es sein könnte. Nicht einmal mein Adamantschwert könnte es durchdringen«, erklärte er ihr nicht ohne ein wenig Stolz in der Stimme. Er wusste nun, dass er seine Gabe vollständig kontrollieren konnte.

Sie sah ihn an und strahlte. Mit schnellen Schritten war sie wieder bei ihm, legte die Hände an sein Gesicht und presste ihre Lippen stürmisch auf die seinen. Sie drückte ihn nach hinten, legte sich auf ihn und griff wieder in sein Haar.

»Ich glaube, wir sind bereit für den Flammenden«, keuchte er, als sie ihn für einen Moment freigab, eh er die Arme um sie schlang und ihre Lippen erneut zueinander fanden.

Es dämmerte gerade erst, als Aerthas am nächsten Morgen das Lazarett verlassen wollte.

Am Abend zuvor war Lysanna noch lange geblieben. Sie hatten sich geliebt, geredet und sich wieder geliebt, bis ein lautes Klopfen an der Tür sie jäh unterbrochen hatte.

Es war bereits weit nach Mitternacht gewesen und Holly hatte sie mit groben Worten darauf hingewiesen, wo sie sich befänden und dass Aerthas noch immer ihr Patient sei und Ruhe bräuchte.

Nachdem Lysanna gegangen war, durfte er eine schier endlose Predigt der Priesterin über sich ergehen lassen, in der sie ihm vorgehalten hatte, wo sein Platz in dieser Welt sei und was er zu tun und zu lassen hätte.

Er hatte ihr kaum zugehört, sondern sich in sich zurückgezogen und von einem Stückchen heile Welt geträumt, wie er sie für Lysanna und sich wünschte.

Irgendwann hatte Holly es aufgegeben und ihn allein gelassen.

Nachdem er noch lange wach gelegen und über den kommenden Tag nachgegrübelt hatte, war er endlich in einen traumreichen Halbschlaf gesunken.

Jetzt stand er vor dem Lazarett und atmete tief durch. Ein leichter Nebel hatte sich über den Grünen Gürtel gelegt und machte die Luft unangenehm schwer. Hatten die letzten kühlen Nächte schon davon gekündet, so war es jetzt eindeutig: Der Sommer war zu Ende, der Herbst hatte Einzug in Kambrion gehalten.

Schwermütig seufzte Aerthas.

Irgendwie fand er das Wetter ganz passend für diesen Tag. Auch wenn sie zu einem Fest aufbrechen wollten, würde die Stimmung wohl ähnlich getrübt sein wie der Himmel an diesem Morgen.

Er wollte sich gerade in Richtung des Versammlungsplatzes aufmachen, wo sich alle Teilnehmer ihres Kriegskommandos bei Sonnenaufgang einfinden sollten, als eine Stimme ihn aufhielt.

»Du hast noch nicht einmal gefrühstückt«, hörte er Holly kühl in seinem Rücken. »Denk nicht, dass ich dich so gehen lasse. Gerade nach einer anstrengenden Nacht ist ein ausgiebiges Frühstück wichtig.«

Aerthas presste die Zähne aufeinander. Dass Holly gestern Abend zu viel mitbekommen hatte, war ihm schon während ihrer ausschweifenden Rede in der Nacht klar geworden.

Was hatte er denn auch erwartet? Dass sie einfach schweigen würde und so tat, als hätte sie nichts bemerkt – ganz so wie alle anderen Bewohner dieses Dorfes?

Nein, das war sicher nicht Hollys Art. Außerdem war sie viel zu sehr in die ganze Sache involviert. Sie hatte ihn in der Hand und das wusste er. Wenn ein einfaches Frühstück alles war, was sie im Moment verlangte ... Also drehte er sich murrend um und ging zurück ins Haus.

Er bemerkte erst, wie hungrig er war, als er am Tisch saß und frisches Brot und herrlich duftende gebratene Eier vor sich hatte.

Zu seiner Überraschung verlief das Frühstück weitgehend in Stille, bis auf die Bitte von Holly, er möge gut auf Yokumo achtgeben. Damit war klar, welche Dienste sie sich von Aerthas für ihr Schweigen erhoffte. Doch sie war zumindest so taktvoll, dies auf eine Zeit nach der Schlacht aufzuschieben.

Als er seinen Teller restlos geleert hatte, stand er auf, verabschiedete sich knapp von der Priesterin und verließ das Haus.

29

Aerthas

Je näher Aerthas dem Versammlungsplatz in der Mitte des Dorfes kam, desto lauter wurden die Geräusche, die ihm entgegendrangen: Stimmengewirr, das Klingen von Metall und das Schnauben von Pferden konnte er vernehmen.

Als er den Rand des Platzes erreicht hatte, blieb er stehen.

Ernüchtert stellte er fest, dass sich wesentlich weniger Kämpfer hier eingefunden hatten, als er erwartet hatte. Er ließ den Blick schweifen und schätzte das Heer auf ungefähr sechzig Mann aus ihren eigenen Reihen, dazu noch etwa dreißig Soldaten des Prinzen, die etwas abseits der anderen standen.

Je länger er diesen zusammengewürfelten Haufen betrachtete, desto düsterer wurde seine Stimmung.

Dies hier war kein Heer, was man dem Flammenden Lord entgegenstellen konnte. Die wenigen unter ihnen, die fähig waren, einen solchen Kampf zu bestreiten, konnte man beinahe an einer Hand abzählen und waren ausnahmslos Mitglieder des Rates.

Sie hatten sich fast alle auf den Stufen des Ratshauses versammelt: Bruhn und Tessel, einstige Anführer des Zwergenaufstandes in den Minen der nördlichsten Bergkette, Semei und Bosco, ewige Freiheitskämpfer der schon so lange unterdrückten Menschen, Sedan und Lysanna, zwei der wichtigsten Figuren im Kampf gegen den betrügerischen General von Hohenfels, und schließlich Yokumo und Tâlie, rebellierende Paladine und Beschützer eines ganzen Clans.

Sie alle hatten bereits in Schlachten gekämpft, Verbündete fallen sehen und selbst hunderte von Feinden in den Tod geschickt.

Doch der Rest? Sie mochten gut ausgebildet sein und wohl auch schon hier und da einen Trolltrupp zerschlagen haben. Doch keiner von ihnen hatte jemals an einem echten Blutvergießen teilgenommen.

In diesem Moment war Aerthas froh, sich der Unterstützung des Prinzen gewiss zu sein. Auch wenn er Orano in keiner Weise schätzte, konnte er sich doch darauf verlassen, dass er und seine Männer der kommenden Situation gewachsen sein würden.

Jetzt hatten ihn einige der Clanmitglieder entdeckt. Sie tuschelten und zeigten auf ihn, reckten Daumen in die Höhe oder salutierten.

Yokumo trat neben ihn.

»Es gibt wohl kaum einen unter ihnen, der über das, was gestern auf dem Übungsplatz passiert ist, nicht Bescheid wüsste«, sagte er in brüderlichem Ton. »Zu wissen, mit welcher Macht wir dem Feind entgegentreten, stimmt sie mutig und siegesgewiss.«

Gemeinsam bahnten sich die beiden Elfenkrieger einen Weg durch die versammelten Soldaten.

»Ich möchte ihnen diesen Enthusiasmus keinesfalls nehmen«, fuhr Yokumo fort. »Ich will aber auch nicht, dass sie blauäugig in diesen Kampf rennen. Sie müssen daran erinnert werden, dass dies hier kein Spiel ist.«

»Worauf willst du hinaus?«, fragte Aerthas stirnrunzelnd.

»Rede mit ihnen«, bat Yokumo.

Aerthas nickte – er hatte mit so etwas gerechnet, schließlich war er der Kommandant dieser Truppe.

Gemeinsam stiegen sie die Treppe zum Ratshaus empor. Nachdem er alle begrüßt und ein paar kurze Worte mit seiner Schwester gewechselt hatte, wandte Aerthas sich der Menge zu.

Er hob die Hand und wollte sich durch einen lauten Ruf die Aufmerksamkeit der Soldaten sichern. Das war aber nicht nötig, denn die Anwesenden verstummten bei seinem Anblick sofort. Alle sahen gespannt zu ihm auf.

Für einen kurzen Moment meldete sich ein flaues Gefühl in seiner Magengegend. Er war es nicht gewohnt, vor so vielen zu sprechen. Doch er hatte in der letzten Nacht genug Zeit gehabt, darüber nachzudenken, was er in einem solchen Moment sagen könnte.

»Soldaten!«, rief er in die Menge. »Schwere Zeiten liegen hinter uns. Ein jeder von euch hat die Auswirkungen dieses finsteren Krieges am eigenen Leib erfahren. Ihr habt Verluste erlitten oder auch selbst gräuliche Taten begangen. Doch was auch immer euch widerfahren sein mag, ihr habt nicht aufgegeben und euch selbst nicht verloren. Ihr habt einen neuen Weg, eine neue Bestimmung gefunden in den Reihen dieses Clans. Für die meisten von uns sind die ›Angelus Mortis‹ mehr als nur eine Gemeinschaft, die das Überleben leichter macht. Für die meisten unter euch – und da zähle ich mich dazu – ersetzt sie Vater, Mutter, Freunde oder Heimat. Und genau das ist es, was uns in der kommenden Schlacht stark macht. Wir haben etwas Entscheidendes, was der Flammende Lord nicht besitzt – ein Ziel, für das es sich lohnt, zu kämpfen. Auf dass die Zukunft derer, die wir lieben und heute hier zurücklassen, besser sein möge als unsere eigene Vergangenheit!«

Er riss den Arm in die Höhe und streckte die geballte Faust gen Himmel.

Dieses Mal dauerte es nur den Bruchteil einer Sekunde, bis die eisige Rüstung seinen ganzen Körper überzogen hatte. Doch gestern war sie unauffällig gewesen und hatte nur zum reinen Schutz gedient, heute wirkte sie massiv und imposant. Die Schultern waren ausladend und verliefen an den Enden scharf wie Dolche. Seine Arme und Beine waren mit spitzen Dornen übersät und auf seiner Brust und dem Schild an seinem ausgestreckten Arm prangten die Insignien der ›Angelus Mortis‹.

Noch immer verblüffte es ihn, zu was er fähig war. Doch das ließ er sich nicht anmerken.

Jubel brach aus, begleitet von tosendem Beifall und dem Geräusch von vor Freude aneinander geschlagenen Klingen.

Aerthas senkte den Arm und sofort verschwand auch die Rüstung von seinem Körper. Dann spürte er eine Hand auf seiner Schulter. Es war Yokumo.

»Beeindruckend, wirklich beeindruckend«, murmelte der Ratsherr anerkennend. Dann hob auch er die Hand und brachte die

Menge erneut zum Schweigen. »Ihr habt eine Stunde, um euch zu verabschieden«, sagte er knapp.

Mit einer Hand winkte er Orano zu sich heran, mit der anderen schob er Aerthas vor sich her und sie betraten das Ratshaus.

Als sie eingetreten waren, nahm Tâlie Aerthas kurz beiseite.

»Nikka hat deine Festkleidung in dem Raum nebenan für dich bereitgelegt. Zieh dich um und komm dann wieder zu uns. Und beeil dich, wir haben noch einiges zu besprechen!«

Er betrachtete sich in dem großen Spiegel und konnte sich ein Lächeln nicht verkneifen. Es war sehr lange her, dass er solch edle Kleidung getragen hatte, und Nikka hatte wirklich gute Arbeit geleistet.

Das weiße Hemd und die gleichfarbige Hose waren bequem und eindeutig kampftauglich. Der hellblaue Gehrock aus Seidenstoff hingegen wirkte festlich und betonte seine breiten Schultern. Abgerundet wurde das Ganze noch durch die hochgeschlossenen schwarzen Lederstiefel.

Doch das Interessanteste an seiner Erscheinung war wohl der Gehstock, auf welchen sich Aerthas stützte. Es war eine Spezialanfertigung von Haudrauf, breit und dennoch elegant verziert, sodass er zum übrigen Anblick passte. Niemand würde erahnen, dass in seinem Inneren Aerthas' Schwert verborgen war.

Das zumindest hofften sie. Es war riskant, eine Waffe auf den Ball zu schmuggeln. Aber noch riskanter war es, unbewaffnet dort aufzutauchen.

Einzig die blaue Verfärbung, die seine Schläfe und sein Auge umgab, passte nicht so recht zu dem elegant gekleideten Elfen dort im Spiegel. Sicher hatte Holly seine Wunde schnell verschließen können. Aber die Farbe war geblieben, obwohl Aerthas wusste, dass die Priesterin es sehr wohl besser konnte.

Der Rat hatte lange darüber diskutiert, welchen Weg man zur Himmelsfestung nehmen wollte, und am Ende entschieden, den direkten zu wählen. Es hätte zu viel Zeit und Kraft gekostet, einen Bogen um die Berge zu machen.

Auch wenn sie auf diese Weise wohl vermehrt Spähtrupps der Fürstin und des Flammenden Lords begegnen würden.

Das war auch der Grund, warum Aerthas bereits jetzt sein Festgewand trug. Um vorzeitige Konfrontationen zu vermeiden und ihr Vorhaben, so gut es ging, geheim zu halten, wollten sie nicht als Heer zur Festung reisen, sondern als geladene Gäste mit ihrem Gefolge. Dafür standen am Rande des Dorfes Planwagen bereit, welche die Soldaten verbergen konnten, sowie eine edlere Kutsche, in der Lysanna und er reisen würden – getarnt als Lord und Lady Sinned, Anführer der ›Angelus Mortis‹.

Sein Grinsen wurde breiter, als ihm der Gedanke an Lysanna als seine Ehegattin durch den Kopf ging. Ein Kribbeln breitete sich in seinem Bauch aus, was jedoch schnell wieder abebbte. Er würde niemals Wirklichkeit werden, das wusste er.

Um sich nicht noch weiter in seinen Träumereien zu verlieren, löste Aerthas den Blick von seinem Spiegelbild und ging zurück in den großen Versammlungssaal.

Während seiner Abwesenheit hatte sich der Raum noch weiter gefüllt und nahezu alle Mitglieder des Rates und Anführer der einzelnen Truppen waren nun versammelt, unter ihnen auch diejenigen, die an diesem Unterfangen nicht teilnehmen würden, wie zum Beispiel Holly und Nikka, deren praller Bauch ihr gar keine andere Wahl ließ.

Gerade als Aerthas den Raum betrat, öffnete sich auch die große Eingangstür und Shurya, die alte Orkschamanin, trat ein. Auch sie würde im Dorf bleiben, hatte aber angeboten, diejenigen unter ihnen, die kämpfen würden, vorher noch mit dem Segen der Ahnen zu weihen, um ihnen Schutz und Stärke zu verleihen.

Sie stützte sich auf Rawena. Wenn auch Fayori immer noch die Einzige war, mit der die junge Seelenlose sprach, so war sie in letzter Zeit doch häufig an der Seite der alten Schamanin zu sehen – was nicht verwunderlich war, denn die Rasse der Orks war dem Mädchen vertraut. Das hatte Fayori berichtet. Es waren nicht nur Seelenlose und Trolle, die unter dem Kommando der Fürstin und somit auch des Flammenden Lords standen, sondern auch mehr und mehr Orkstämme.

Rawena führte die Alte zu einem Stuhl, der etwas abseits des großen Tisches stand, und half ihr, darauf Platz zu nehmen.

Aerthas wandte seine Aufmerksamkeit nun wieder auf das Geschehen am Tisch.

Fayori, die mittlerweile ebenfalls eingetroffen war, saß dort vor einem großen Blatt Pergament und schien Yokumo und Tâlie zu erklären, was das Gekritzel darauf zu bedeuten hatte. Als sie Aerthas sah, lächelte sie ihn matt an. Dann senkte sie den Blick und redete weiter.

Die junge Elfe tat ihm leid. Ihre Augen wirkten so müde, das Gesicht so blass und ihr ganzer Körper schien ausgemergelt. Doch ihr

Anblick war nicht verwunderlich, wenn man bedachte, was sie in der letzten Woche geleistet hatte. Er hatte oft beobachtet, wie sie am Tage hart mit Sedan trainiert hatte, und von Lysanna wusste er, dass die Kleine viele Nächte bei Rawena verbracht hatte, um das fertigzustellen, was jetzt vor ihr lag – eine Art Lageplan der Himmelsfestung.

»Sie wird uns nicht begleiten«, sagte Sedan leise, der gerade neben ihn getreten war. Seiner Stimme war anzuhören, dass er keinesfalls traurig darüber war.

Aerthas konnte es verstehen, er selbst wäre auch froh gewesen, Lysanna hier in Sicherheit zu wissen.

»Du glaubst wirklich, dass sie sich an Lysannas Verbot halten wird?«, fragte er den Seelenlosen.

Dieser schüttelte den Kopf. »Das ist wohl sicher nicht der Grund. Aber sieh sie dir doch an. Sie schafft es nicht, und das weiß sie selbst.«

»Du hast keinen unerheblichen Anteil an ihrem Zustand«, stellte Aerthas fest.

»Ich weiß«, antwortete Sedan und die beiden Männer grinsten einander an.

Dies mochte wohl das erste Mal sein, dass sie so ungezwungen miteinander sprachen und es tat Aerthas gut, zu wissen, dass die Spannungen, die zwischen ihnen geherrscht hatten, zur Ruhe gekommen waren – wenigstens für den Moment.

Gemeinsam traten sie an den Tisch heran.

»Und dieser Gang hier führt direkt vom Festsaal zur Küche. Dort gibt es nur wenige Soldaten, fast nur Personal«, erklärte Fayori gerade und fuhr mit dem Finger über das vergilbte Pergament. »Hier ist der Dienstboteneingang, von dem Rawena gesprochen hat. Er lässt sich nur von innen öffnen und wenn man nicht weiß, wo man suchen soll, ist er von außen so gut wie unsichtbar. Doch für euch ist es wohl der einzige Weg, ungesehen in die Festung hineinzukommen, wenn ihr nicht bis auf den höchsten Turm klettern wollt. Ihr werdet euch von Westen her nähern.« Sie zog mit dem Finger einen großen Kreis außerhalb des Grundrisses entlang. »Aerthas und Lysanna werden euch hineinlassen. Danach wird es ein bisschen schwieriger. Selbst wenn euer Eindringen bis dahin unentdeckt geblieben ist, wird der Weg zu den Kammern des Lords gepflastert sein mit Wachposten.« Wieder fuhr ihr Finger über das Pergament und zeigte einen Weg bis hin zu einer rot umkreisten Kammer.

»Das haben wir bereits besprochen«, unterbrach Yokumo sie. »Unsere Männer sowie die Soldaten des Prinzen werden uns den Weg frei machen.«

»Kanonenfutter ...«, murmelte Sedan leise, was ihm einen scharfen Blick von Yokumo einbrachte.

Fayori jedoch nicke. »Aerthas«, sagte sie nun, »ich habe nur diese eine Karte und es ist schwieriger, von der Küche zu den privaten Gemächern zu gelangen, als vom Ballsaal zur Küche. Ihr müsst euch den Weg gut einprägen. Wo ist eigentlich meine Mutter? Sie sollte sich das hier ebenfalls ansehen.«

Richtig, Lysanna war noch nicht da – wieso fiel Aerthas das jetzt erst auf?

»Ich werde sehen, wo sie bleibt«, sagte Tâlie und wollte gerade auf die Tür zugehen, als diese sich öffnete und Lysanna eintrat.

Genau wie allen anderen im Raum verschlug es Aerthas die Sprache bei ihrem Anblick.

Lysanna trug dasselbe Kleid wie am Vortag, doch war es kaum wiederzuerkennen. Von der weißen Seide war durch den Kampf nur wenig übrig geblieben, das noch hätte verwendet werden können. Die Ärmel waren daher nun mit roten Bahnen ergänzt worden und hingen weit um ihre Handgelenke. Auch das Oberteil und der Rock waren nicht mehr weiß, sondern rot gefärbt – wohl um die braunen Schlammflecken ihres Sturzes zu verdecken. Auf den Ärmeln und Schultern, am Saum des Rockes und auch an dem tiefliegenden Brustausschnitt waren Federn in Rot, Weiß und Gold angebracht, sodass von den Brandlöchern, die ihr Feuerbogen hinterlassen hatte, keine Spur mehr geblieben war.

Ihr Haar war zu einem Zopf geflochten, ebenfalls mit weißen Federn geschmückt, der nun seitlich über ihrer Schulter lag. Ein paar vereinzelte Strähnen hatten sich gelöst und hingen in ihr Gesicht, gaben damit aber der vornehmen Blässe, den rosigen Wangen und rot geschminkten Lippen den richtigen Rahmen.

Sie machte zwei Schritte in den Raum hinein und lächelte anhand der eingetretenen Stille. »Entschuldigt, ich bin ein wenig spät.«

Unfähig, sich zu rühren oder etwas zu sagen, starrte Aerthas sie mit offenem Mund an.

Orano war es, der sich von den anderen löste, vor sie trat und nach ihrer in einen weißen Seidenhandschuh gehüllten Hand griff. »Mylady, Eure Schönheit ist atemberaubend«, raunte er mit tiefer Stimme und drückte einen Kuss auf ihren Handrücken.

Lysannas versteinerte Miene zeigte eindeutig, dass sie diese Geste zwar gewähren ließ, aber keineswegs genoss.

Aerthas spürte, wie Sedan, der Orano ebenfalls hasste, sich versteifte. Erst jetzt bemerkte er, dass auch er selbst die Hände zu Fäusten geballt hatte.

Orano trat nun wieder zur Seite und Lysanna näherte sich dem Tisch, während die Gespräche wieder aufgenommen wurden.

Sie blieb vor Aerthas stehen und blickte ihn an.

»Ich dachte, du trägst niemals einen Zopf?«, neckte er sie und fügte dann leiser hinzu: »Du siehst wunderschön aus.«

Sie lächelte und selbst unter der Maske aus Puder und Rouge konnte er sehen, wie sie errötete.

»Du siehst auch ziemlich gut aus. Wenn auch ungewohnt«, bemerkte sie.

Dann lachten sie beide.

Auch Fayori begann zu lachen. »Ihr werdet ein wundervolles Paar abgeben. Auch wenn du mich ein bisschen an einen Vogel erinnerst, Lysanna!«

Ein abschätziger Laut kam vom anderen Ende des Tisches. Holly hatte das Kinn vorgestreckt und sah mit funkelnden Augen zu ihnen herüber. »Ja, ein wunderbares Paar«, sagte sie zynisch. »Herz erweichend – der Eisprinz und der Feuervogel ...«

Ein Klirren ließ sie alle herumfahren.

Rawena stand neben Shurya, die sie mit blinden Augen ansah und noch immer einen Tonbecher in der ausgestreckten Hand hielt. Vor ihren Füßen lagen die braunen Scherben einer Karaffe und das Wasser, welches sich gerade noch darin befunden hatte, breitete sich nun langsam über den Steinfliesen aus.

Das Mädchen starrte Holly mit weit aufgerissenen Augen an. Ihre Hände, noch immer vor dem Körper erhoben, als würde sich die

Karaffe noch dazwischen befinden, zitterten. Bräunliche Flecken zeigten sich auf dem sonst so fahlen Gesicht.

»Rawena, verdammt noch mal! Was ist denn mit dir los?«, fragte Fayori, deren Nerven für einen solchen Schreck viel zu gespannt waren.

Aerthas sah zwischen den beiden Mädchen hin und her. Zu seiner Verblüffung reagierte Rawena tatsächlich auf Fayoris Frage. Die Furcht wich vom Gesicht des seelenlosen Mädchens und Misstrauen trat an deren Stelle. Sie schob den Kopf vor und ihre Augen verengten sich zu Schlitzen, während sie weiter fest auf Holly fixiert waren.

»Woher kennt Ihr diese Namen?«, stieß sie hervor. Ihre Stimme war kraftlos und bebte, ob vor Angst oder vor Zorn war nicht zu sagen.

Holly hob nur abwehrend die Hände. »Das .... ich ... also ...«, stammelte sie, unsicher, warum Rawena sie derart anstarrte.

Der Kopf des Mädchens zuckte hoch und mit nun wieder geweiteten Augen richtete sie den Blick auf Fayori. »Er weiß es. Der Herr weiß, dass er kommt!«

Sie deutete mit dem Finger auf Aerthas.

Irritiert schüttelte Fayori den Kopf. »Blödsinn! Das ist unmöglich. Er kann es nicht wissen.«

»Aber er weiß es!«, bekräftigte Rawena mit lauterer Stimme.

»Was macht dich da so sicher?«, mischte sich nun Tâlie ein.

Rawena holte tief Luft, antwortete aber nicht, sondern starrte nur Holly mit angsterfüllten Augen an.

»Mir reicht's!«, entfuhr es Tâlie.

Mit einer Schnelligkeit, die man ihr in ihrem Kettenhemd nicht zugetraut hätte, sprang sie über den Tisch, packte die Priesterin am Kragen und zog sie von ihrem Stuhl. Sie drückte Holly gegen die Wand, eine Hand fest auf ihre Kehle gepresst. »Das Mädchen hat dich gefragt, woher du diesen Namen kennst. Ich habe es immer schon geahnt, du miese Verräterin! Du bist eine Spionin des Flammenden Lords, habe ich recht?«

Holly wimmerte und versuchte vergeblich, sich zu befreien.

»Ohne Luft wird sie kaum etwas sagen können«, wandte Sedan ein, den dieses Schauspiel sichtlich belustigte.

Tâlie lockerte ihren Griff etwas. »Rede!«

»Es war doch … nur ein Scherz …«, japste die Priesterin, in deren Gesicht Aerthas zum ersten Mal so etwas wie Furcht zu sehen glaubte.

»Er beherrscht das Eis … und er ist ein Prinz, also …«

»Er ist kein Prinz«, herrschte Tâlie sie an.

»Aber er wird einer sein, wenn …«

An Hollys Gesicht konnte man ablesen, dass Tâlie den Druck auf ihre Kehle noch verstärkt hatte, sodass ihr die weiteren Worte im Hals stecken blieben.

»Tâlie, hör auf!«, mischte sich nun Yokumo ein und zerrte die Kriegerin zurück, sodass sie Holly losließ. »Ihr könnt eure Differenzen ein anderes Mal klären. Holly ist ein ehrenvolles Mitglied meines Clans und ich bürge für ihre Loyalität!«

Die Priesterin hustete übertrieben und rieb sich die Kehle.

»Rawena …«, ertönte zaghaft Fayoris Stimme. »Kannst du uns bitte erklären, wie du darauf kommst, dass der Flammende Lord von unseren Plänen weiß?«

»In der Kammer des Herrn gibt es einen Vorhang, den niemand anrühren darf«, begann die Seelenlose. »Als ich ihm einmal sein Mahl bringen sollte, war der Herr nicht da. Da habe ich hinter diesen Vorhang gesehen … Ich wollte wissen, worum er ein so großes Geheimnis macht. Dahinter war eine Art Bild, gesponnen aus unzähligen Fäden.« Sie stockte.

»Was sieht man auf diesem Bild?«, fragte Yokumo sanft.

»Es war der Herr, also die menschliche Gestalt des Herrn, in der er sich uns stets zu zeigen pflegte. In einen dunklen Umhang gehüllt und mit einer brennenden Krone auf seinem Haupt, kämpfte er mit einem anderen Mann, ganz in schillernd weißer Rüstung. Beide sahen sie hoch in den Himmel, in dem ein brennender Vogel schwebte, ein Phönix, und Asche auf sie regnen ließ. Das Bild war wunderschön und wirkte so lebendig, als ob sich die Figuren darauf wirklich bewegen würden. Ich habe dagestanden und es angestarrt – bis der Herr zurückkam.« Sie hielt kurz inne, doch als keiner einen Ton sagte, fuhr sie fort. »Er war sehr freundlich und erklärte mir, was dieses Bild zu bedeuten hatte. Und dann … wurde er unheimlich wütend …«

»Sag uns bitte, welche Bedeutung der Flammende Lord diesem Bild zusprach«, drängte Yokumo.

»Der Herr meinte, dass wir alle in großer Gefahr wären. Eines Tages würde der Eisprinz kommen, diese Festung zu stürmen und unser aller Leben zu beenden. Doch er würde uns beschützen und das nicht zulassen. Und wenn erst sein Feuervogel wieder bei ihm sei, würde er sich dem Prinzen stellen und mit dessen Tod würde eine neue Ära des Friedens eingeleitet.«

»Was ist dann passiert?«, fragte Aerthas.

Doch Rawena presste nur die Lippen aufeinander und drehte den Kopf zur Seite, sodass ihr Gesicht hinter dem dichten Schleier ihres Haares verschwand.

Das reichte Aerthas als Antwort und auch der Rest der Anwesenden schien zu verstehen. Fayori legte erschrocken eine Hand auf den Mund.

»Fayori, es wäre besser, wenn du Rawena zurück in ihre Hütte begleitest«, sagte Lysanna und fügte leise hinzu: »Ich denke, sie kann jetzt eine Freundin gebrauchen. Nichts ist unangenehmer als ein Gespräch über den eigenen Tod.«

Fayori nickte. Doch bevor sie zu der Seelenlosen hinüberging, trat sie noch einmal vor Lysanna. Sie schlang die Arme um ihre Mutter und Tränen rannen über ihre Wangen. »Ich hab dich so lieb, Mama!«, schluchzte sie.

Lysanna schloss ihre Arme ebenfalls um das Mädchen. »Ich dich auch«, antwortete sie und Aerthas konnte das Beben in ihrer Stimme hören.

»Pass bitte auf dich auf, ja?«, bat Fayori und löste sich von ihr. Schnell wischte sie die Tränen mit dem Handrücken fort und ging, immer noch schniefend, auf Rawena zu. Sie legte dem Mädchen einen Arm um die Schultern und führte sie hinaus.

Aerthas sah das Glitzern in Lysannas Augen. Unauffällig trat er dichter an sie heran und suchte unter dem weiten Stoff ihrer Ärmel ihre Hand, verborgen vor den Blicken der anderen. Sanft strich er über ihren Handrücken, als er sie gefunden hatte.

Sie erwiderte seine Berührung mit einem leichten Druck, ohne ihn jedoch dabei anzusehen.

»Ein Schicksalsteppich«, unterbrach Shuryas raue Stimme die drückende Stille.

»Was?«, fragte Aerthas irritiert.

»Das, was das Mädchen gesehen hat, war ein Schicksalsteppich. Gewoben von einer der Töchter des Feranemnon. Die Schicksalsteppiche zeigen unumstößlich das, was ist, was war und was sein wird. Deswegen weiß er, dass der Elf mit der Gabe zu ihm kommen wird, und deswegen weiß er, dass die Feuerelfe zu ihm zurückkehrt.«

Jetzt sahen alle zu der alten Orkschamanin. Yokumo war der Erste, der sich wieder rührte. Er drehte sich zurück zum Tisch und stützte die Hände auf das Pergament.

»Vielleicht sollten wir unseren Plan noch einmal überdenken. Bisher sind wir immer der Annahme gewesen, er würde nur Lysanna erwarten und nichts von deiner Existenz wissen«, murmelte er und sah Aerthas an. »Doch er ist gewarnt. Er weiß genau, was wir vorhaben.«

»Das weiß er nicht«, widersprach Aerthas, ließ Lysannas Hand los und besah sich ebenfalls das Pergament. »Er geht davon aus, dass Lysanna seiner Einladung Folge leistet, ahnt vielleicht sogar, dass auch ich mich in dieser Nacht auf den Weg zu ihm machen werde. Doch er hat keine Ahnung davon, mit welcher Verstärkung wir eintreffen werden. Nicht wir Schöpfungen sind der Trumpf in dieser Schlacht – ihr seid es! Außerdem …«, ergänzte er mit einem schiefen Lächeln, »hat er keine Ahnung, dass sein Vöglein sich bereits entschieden hat, an wessen Seite es kämpfen will.«

»Ich stimme Aerthas vollkommen zu.« Lysanna trat näher an den Tisch. »Es ist ohnehin zu spät, noch irgendetwas an dem Plan zu ändern.« Sie blickte auf die Skizze vor sich. »Diesen Weg werden wir nehmen?«, fragte sie und fuhr mit dem Finger die gleiche Linie entlang, die Fayori ihm vor wenigen Minuten gezeigt hatte.

»Ja«, bestätigte Aerthas.

»Und ihr nehmt diesen Weg?«, fragte sie nun Yokumo, der zustimmend nickte.

»Dann ist ja alles geklärt. Aerthas, ich glaube, unsere Kutsche wartet.« Sie hielt eine Hand in die Höhe, auf dass er sie führen möge.

Ohne ein weiteres Wort griff er danach. Nun gab es kein Zurück mehr.

30

Lysanna

Sie hatten fast den ganzen Weg ohne Rast zurückgelegt. Einen Tag und eine Nacht hatte die Reise gedauert und erst als die Sonne sich abermals dem Horizont näherte, war der Sternenberg vor ihnen aufgetaucht.

Jetzt war es bald eine halbe Stunde her, dass die Planwagenkolonne auf einer Anhöhe etwas unterhalb des Gipfels gehalten hatte, um ein Lager aufzuschlagen. Ab hier würden die Soldaten den Weg zu Fuß fortsetzen.

Die Kutsche mit Aerthas und Lysanna war allerdings weiter gefahren und hatte nun das ›Dach der Welt‹ erreicht.

Lysanna lehnte sich aus dem Fenster und blickte in den rot leuchtenden Abgrund, der sich neben dem Weg auftat. Glühende Lava wirbelte darin wie ein brennendes Meer und tauchte die Umgebung selbst in tiefster Nacht in ein warmes Licht.

Beim Anblick des fließenden Gesteins begann ihr Herz aufgeregt zu flattern. Schnell ließ sie sich zurück gegen die Sitzbank fallen.

Sie hatte es schon seit einigen Stunden gespürt. Je näher sie ihrem Ziel gekommen waren, desto verwirrender waren ihre Gefühle geworden. Ein Teil von ihr fühlte sich fast so, als würde er nach Hause kommen, und dieser Teil wurde immer stärker, brannte heißer und heißer in ihr, je weiter sie fuhren.

Sie sah zu Aerthas, der neben ihr saß und immer noch mit geschlossenen Augen vor sich hin döste. Gern hätte sie mit ihm darüber gesprochen, doch es hatte keinen Sinn, ihn mit solchen Gedanken zu verunsichern.

Die meiste Zeit der Reise hatte Stille in der kleinen Kutsche geherrscht. Nikka hatte ihnen vor der Abreise einen Trank gegeben, der sie stärken sollte. Nun wusste Lysanna, dass es sich wohl um einen Schlaftrunk gehandelt haben musste, denn weder sie noch Aerthas hatten viel von der Fahrt mitbekommen.

Sie war schon seit geraumer Zeit wach, während Aerthas noch immer in der Welt der Träume verweilte. Jetzt begann er sich endlich zu regen.

»Wie weit ist es noch?«, murmelte er schlaftrunken.

»Wir werden wohl in wenigen Minuten ankommen.«

Er streckte sich, wischte sich mit den Händen übers Gesicht und gähnte. Dann spähte er an ihr vorbei auf das Schauspiel unterhalb des Weges. »Ob es seine Macht zusätzlich stärkt, wenn er sich mit den Gewalten des Feuers umgibt?«

Als sie nicht reagierte, sah er sie fragend an.

»Ich weiß nicht«, antwortete sie abwesend, eh sie das aussprach, was sie wirklich beschäftigte. »Ich frage mich die ganze Zeit, was wird, wenn der Flammende geschlagen ist – vorausgesetzt es gelingt uns, ihn zur Strecke zu bringen«, fügte sie rasch hinzu. »Was passiert dann mit Al'Arizon, mit Elesztrah, mit uns?«

»Es wird endlich Frieden geben zwischen den Nationen. Das, was wir uns gewünscht haben«, erwiderte er zögerlich.

»Und dann? Werden wir Bauern und Viehzüchter, Gärtner und Jäger?« Ihr Ton war herablassender, als sie beabsichtigt hatte.

»Du entstammst einer Familie von Jägern«, hielt er dagegen.

»Ja, aber die Zeiten, in denen ich eine einfache Waldläuferin war, sind lange vorbei. Wir sind Krieger, Aerthas, was sollen wir tun, wenn es keinen Krieg mehr gibt, den wir führen können? Wo siehst du dich in zehn, fünfzig oder hundert Jahren?«

Er legte seine Hand an ihr Kinn und zwang sie, ihn anzusehen. »An deiner Seite«, antwortete er knapp.

Mit einem Schlag ebbte der feurige Sturm in ihrer Brust ab – das war genau das, was sie sich wünschte. Doch bevor sie etwas erwidern konnte, hielt die Kutsche mit einem Ruck an.

Die Tür wurde geöffnet und Haudraufs Stimme, der sie als Kutscher begleitet hatte, drang ins Wageninnere.

»Mein Herr.«

Aerthas ließ Lysannas Gesicht los und schenkte ihr einen tiefen Blick, bevor er ausstieg und die Tür wieder hinter sich schloss.

Sie konnte hören, wie er ein paar Worte mit dem Troll wechselte. Nervös blickte sie auf ihre Hände und in diesem einsamen Moment wurde ihr bewusst, was sie wirklich für Aerthas empfand.

Es war nicht die Gabe, die sie miteinander verband, so wie sie immer vermutet hatte – ganz im Gegenteil! Diese Seite von ihr hätte den störenden Begleiter am liebsten in Brand gesteckt, wäre in die Festung hineingelaufen und demütig vor ihrem Herrn niedergekniet, den zu töten sie eigentlich gekommen waren.

Nein, dieser Teil war es ganz sicher nicht.

Es war sie selbst – Lysanna Lohensan – und ihr Herz, das sich an den Elfenkrieger gebunden hatte, stärker und tiefer als an ein anderes Wesen zuvor.

Es war sie selbst, für die es keine größere Hoffnung gab, als den Rest ihres Lebens mit ihm gemeinsam zu verbringen.

Nun ging auch ihre Tür auf und Aerthas streckte ihr die Hand entgegen. »Mylady.«

Sie griff danach und er half ihr, auszusteigen.

Die Kutsche hatte direkt vor einer Brücke angehalten, die sich über einen breiten Lavafluss erstreckte, welcher sie noch von ihrem eigentlichen Ziel trennte. Das letzte Stück würden sie zu Fuß zurücklegen.

Doch zuvor hob Lysanna den Kopf, um die vor ihr aufragende Himmelsfestung genauer zu betrachten. Sie war aus mattschwarzem Gestein erbaut, oder vielmehr gewachsen. Denn jetzt, wo sie die riesige Burg mit eigenen Augen sah, glaubte sie nicht mehr daran, dass auch nur irgendein sterbliches Wesen fähig gewesen wäre, dieses Gebilde mit reiner Körperkraft zu erschaffen.

Wenn man nicht wusste, worum es sich handelte, konnte man die Festung leicht für eine abstrakte Steinformation halten. Und selbst ein Vogel, flöge er in solcher Höhe, würde kaum Zinnen oder Türme erkennen.

Doch für geladene Gäste blieb die Festung nicht länger im Verborgenen. Sie erkannten die großen, massiven Wälle, die drei hohen, spitzen Burgtürme und das riesige Eingangsportal auf der anderen Seite des Flusses.

Ehrfürchtig blickte Lysanna an den Mauern nach oben. Jetzt verstand sie auch, woher die Festung ihren Namen hatte. Gewachsen aus der Tiefe der Erde, schienen ihre schwarzen Spitzen eins mit dem dunklen Nachthimmel zu sein.

Sie umschloss Aerthas' Hand fester und blickte zu dem von Lava beleuchteten Ende der Brücke. Vor dem Tor konnte sie undeutlich Wächter ausmachen. Es waren drei hochgewachsene Soldaten in dunkler Rüstung, auf der sich das Licht der Lava reflektierte. Daneben stand eine vierte Person, schmal und klein und eindeutig in festlichem Gewand.

»Trolle …« Aerthas rümpfte abschätzig die Nase.

»Bei dieser Bewachung hätten die anderen uns gleich durch das Eingangstor begleiten können«, versuchte Lysanna zu scherzen. Doch sogar sie selbst konnte hören, wie nervös sie dabei klang.

»Du weißt nicht, was uns drinnen noch erwartet«, antwortete Aerthas unruhig. »Bereit?«

»Bereit.«

Langsam und mit erhobenem Haupt, wie es sich für den Adel geziemte, schritten sie Hand in Hand über die Brücke.

»Ich liebe dich«, sagte er plötzlich, als sie die Hälfte des Weges zurückgelegt hatten. »Und ich werde immer dafür sorgen, dass es dir gut geht – was auch geschieht. Ich wollte nur, dass du das weißt.«

Diese Offenbarung kam so überraschend, dass es ihr die Sprache verschlug und sie kurz strauchelte.

Als sie ihre Stimme endlich wiederfand, war es zu spät, um zu reagieren. Sie hatten bereits den ersten der Wächter erreicht.

Er war ein alter Mann oder wohl eher ein Seelenloser, wenn man beachtete, wer seine Herrin war. In seinen Fingern hielt er ein dickes Buch, in dem er, ohne aufzublicken, herumblätterte.

»Name und Clanzugehörigkeit?«, forderte er sie auf, ihre Identität preiszugeben.

»Lord Sinned, Ratsherr der ›Angelus Mortis‹, nebst Gattin«, antwortete Aerthas in stolzem Tonfall.

Der Mann überblätterte einige Seiten und studierte eine genauer. Dann schüttelte er mit dem Kopf. »Vom Clan der ›Angelus Mortis‹ erwarten wir Prinz Aerthas Merinon und Lady Lysanna Rakenshar.« Erwartungsvoll sah der greise Seelenlose sie mit trüben Augen an.

Lysanna biss sich auf die Unterlippe, doch Aerthas zuckte nur mit den Schultern. »Dann eben die!«

Einen Moment noch zögerte der Wächter, doch schließlich wies er die Soldaten hinter sich an, das Tor freizugeben.

»Prinz?«, fragte Lysanna leise.

»Ich weiß nicht, was er damit meint«, wich Aerthas aus. »Wahrscheinlich ist es eine Anspielung auf den Eisprinzen, für den mich der Flammende hält.«

Skeptisch sah sie ihn an. »Holly hat dich auch schon oft als Prinzen bezeichnet«, hakte sie nach.

»Das ist nicht der richtige Moment«, raunte er. »Ich erkläre dir alles, wenn wir wieder zu Hause sind – versprochen. Damit hast du wenigstens einen Grund, heute zu überleben.«

Er zwinkerte ihr zu, aber sie sah ihn weiter argwöhnisch an.

Sein Liebesgeständnis auf der Brücke kam ihr wieder in den Sinn und wischte die Besorgnis aus ihrem Gesicht.

Mit einem lauten Knirschen öffnete sich in diesem Moment das große Eingangsportal und ein greller Pfad aus Licht wies ihnen den Weg in die feindliche Burg.

31

Lysanna

So finster die Festung von außen gewirkt hatte, so hell war es in ihrem Inneren. Schon die Eingangshalle wirkte edel und prunkvoll, sodass Lysanna der Mund offen stehen blieb.

Unzählige Lichtkugeln waren an der Decke verteilt und erfüllten den Raum mit ihrem silbernen Schein, während sie in sanften Bewegungen hin und her schwebten.

»Dieser Ort ist so mit Magie durchwoben, dass man es förmlich spüren kann«, flüsterte sie, als ihr Blick über den hellen Marmorfußboden und die mit Silber verzierten Wände glitt. »Man kann nicht sagen, was echt ist und was Illusion.«

Aerthas führte sie zu einem verschnörkelten Bogentor gegenüber dem Eingangsportal, das in den eigentlichen Ballsaal führte.

Dieser war noch eindrucksvoller als die Vorhalle und überfüllt mit geladenen Gästen in bunter Festtagskleidung. Die Wände waren ebenfalls silbern verziert, zusätzlich aber mit farbenprächtigen Bildern und gerahmten Spiegeln behangen, die den Raum noch gewaltiger erscheinen ließen. Dazwischen gab es immer wieder Türen, die jeweils von einem in schwarzes Leder gekleideten Soldaten bewacht wurden.

Hinter einem dieser Durchgänge musste sich der Weg befinden, der sie direkt zur Küche führen würde. Nur welcher mochte es sein?

Sie hatte sich nur wenig Zeit genommen, den Lageplan der Festung zu studieren, und sich mehr auf Aerthas' Erinnerungsvermögen verlassen. Gerade wollte Lysanna ihn danach fragen, als laute Fanfaren einsetzten, welche die Gespräche der Gäste verstummen ließen.

Aerthas deutete auf das Ende des Saales. »Ich glaube, das Fest beginnt«, stellte er leise fest.

An der gegenüberliegenden Wand befand sich auf halber Höhe eine Empore, auf der unzählige Musiker platziert waren. Die vier Blechbläser unter ihnen standen an dem vorderen Geländer und brachten ihre Instrumente schallend zum Vibrieren.

Unter der Empore führten einige Stufen zu einem Podest. Es war hoch genug, sodass man trotz der vielen Gäste auch vom hintersten Ende des Raumes gut sehen konnte, was sich dort abspielte. Darauf befanden sich zwei Throne, beide mit hohen Lehnen, der eine jedoch etwas größer als der andere.

Dahinter hingen an der Wand aufgereiht die Banner verschiedener Clans, die sich wohl alle zu diesem Fest eingefunden hatten.

In der Mitte, als würde es das Zentrum bilden, hing das grünweiße Wappen der ›Angelus Mortis‹. Auch von den anderen Bannern, die links und rechts eine Art Kette bildeten, erkannte Lysanna einige, darunter das von Oranos altem Clan, den ›Obscuritates‹. Sie war nicht verwundert, Vertreter dieser Gruppe hier zu treffen. An angemessenem Sold, sich deren Loyalität zu erkaufen, mangelte es dem Flammenden Lord sicher nicht.

Ansonsten war das Podest leer.

Doch in diesem Moment öffnete sich eine Tür links davon und sechs Gestalten in dunklen Kutten traten heraus. Niemand im Saal wagte auch nur zu atmen, während sie die Stufen zu den Thronen emporstiegen.

Jeweils zwei der verhüllten Personen stellten sich neben den hohen Lehnstühlen auf. Kleidung aus schwarzem Leder blitzte unter den Mänteln hervor, als sie ihre Positionen einnahmen. Die anderen beiden traten an den vorderen Rand der Erhöhung.

Ohne dass es ihr jemand sagen musste, spürte Lysanna ganz deutlich, wer hier den Festsaal betreten hatte.

Sie machte unwillkürlich einen Schritt nach vorn.

Aerthas, der immer noch ihre Hand umfasste, hielt sie zurück. »Jetzt ist nicht der richtige Moment für einen Angriff«, raunte er ihr zu. »Wir müssen an dem alten Plan festhalten. Hab Geduld.«

Was redete er von einem Angriff? Sie musste auf ihren Platz an der Seite ihres … Als sie sich ihrer eigenen Gedanken gewahr wurde, trat sie hastig zurück.

»Was ist nur mit mir los?«, flüsterte sie mehr zu sich selbst.

Aerthas musste ihren inneren Kampf gespürt haben. »Entspann dich. Alles wird gut. Wir schaffen das. *Du* schaffst das!«

Aber sie war sich dessen nicht mehr so sicher.

Jetzt hob eine der Gestalten auf dem Podium die Hand und die Fanfaren verstummten. Dann schob sie die weite Kapuze zurück und entblößte ihr Gesicht.

Lysanna hatte richtig vermutet: Es handelte sich dabei eindeutig um Ardérus.

Seine erhabene Ausstrahlung und das Flimmern der Luft, die ihn umgab, ließen keinen Zweifel daran. Die menschliche Hülle, die er sich erwählt hatte, überraschte sie allerdings.

Er war viel älter, als sie erwartet hatte. Das kurz geschorene Haar und die buschigen Augenbrauen waren bereits aschgrau und deutliche Falten zogen sich durch das kantige Gesicht. Trotzdem wirkte er mit dem spitzen Kinn und der schmalen Nase recht attraktiv, was durch die stechenden rotbraunen Augen noch verstärkt wurde.

Als auch die übrigen Gäste erkannten, wer da vor ihnen stand, brachen sie in lauten Jubel aus.

Die Stimme, mit der Ardérus nun zu sprechen begann, war dunkel und brummend und wirkte auf der Stelle betörend auf Lysanna.

»Meine lieben Gäste«, rief er und brachte damit die aufgebrachte Menge zum Schweigen. »Es erfreut mich zutiefst, zu sehen, wie viele von euch der Einladung meiner lieben Freundin Lawinia gefolgt sind.« Er verneigte sich leicht zu der Person, die neben ihm stand.

Mit einer galanten Bewegung streifte die Fürstin den Umhang von ihren Schultern, der fast lautlos zu Boden glitt. Auch darunter war ihr Kopf von einem schwarzen Seidentuch verhüllt. Einzig ein schmaler Streifen um die Augen lag frei und am unteren Saum quollen Strähnen dichten braunen Haares hervor.

Im Gegensatz zu dem vielen Stoff, der das Gesicht verbarg, bedeckte umso weniger den grazilen Körper. Das Kleid der Fürstin – wenn man es so nennen konnte – bestand aus nachtblauem Tüll, der nur im Bereich von Brust und Becken von gleichfarbigem Samt ersetzt wurde. Der Stoff war so durchscheinend, dass jeder Zentimeter der elfenbeinfarbenen Haut darunter zu sehen war. Selbst vom anderen Ende des Saales konnte Lysanna erkennen, dass diese Frau nicht nur schlank, sondern auch muskulös gebaut war, was für eine Adlige ihres Standes nicht selbstverständlich war.

Ardérus sprach indessen weiter. »Ihr alle seid zu diesem Fest geladen, weil ich euch meine Hochachtung aussprechen möchte. Inmitten dieser politischen Dramen habt ihr es geschafft, euch von euren Obrigkeiten loszusagen. Anstatt andere für euch denken und entscheiden zu lassen, habt ihr den Weg der Freiheit gewählt und euch, ungeachtet jeder Rasse, jeder Herkunft, neu zusammengeschlossen zu einem freien Bund. Ihr seid keine Figuren mehr in einem Spiel, das die großen Herrscher dieser Welt spielen. Und genau das ist es, was euch vereint – was *uns* vereint! Denn auch ich habe die Riege meiner Schwestern und Brüder verlassen, habe meinem Herrn entsagt und damit den ersten Schritt zu einer freien Welt getan. Doch wir sind noch lange nicht am Ziel! So viele eurer Völker leben noch immer in Knechtschaft und Unterdrückung. Aber irgendwann, wenn wir alle Hand in Hand arbeiten, werden auch sie befreit sein und die Welt wird Frieden finden. Dieses Fest steht nicht unter dem Zeichen der Netherburg, deren Herrin wir es verdanken, es steht unter unser aller Zeichen, unter dem Zeichen des Friedens!«

Bei diesen Worten fingen alle Banner Feuer, die hinter den Thronen aufgereiht waren, und formten sich zu einem neuen Bild – dem Bild einer einzigen lodernden Flamme. Erneut brach ohrenbetäubender Jubel im Saal aus.

Aerthas ließ Lysannas Hand los und legte seinen Arm stattdessen um ihre Taille, zog sie ganz nah zu sich, als müsse er sie vor einer nahenden Bedrohung schützen.

»Wie blind sind sie, dass sie nicht bemerken, was hier vor sich geht?«, murmelte er und schüttelte den Kopf.

»Sie wissen nicht, was wir wissen«, antwortete Lysanna.

»Doch nun …«, erhob sich Ardérus' Stimme erneut, »tun wir das, wofür wir gekommen sind. Feiern wir ein Fest!«

Er blickte nach oben zu den Musikern und sofort fingen diese an zu spielen. Dann ging er zu einem der beiden Throne und ließ sich darauf nieder.

Die Anwesenden verstanden das Zeichen. Der Jubel ebbte ab, Gespräche setzten wieder ein und die Menge teilte sich, um in der Mitte des großen Saales die Fläche für den Tanz freizugeben.

Aus allen Türen an den Seiten stoben Bedienstete hervor und bauten in Windeseile Tische mit Speisen auf. So schnell, wie sie gekommen waren, waren sie auch wieder verschwunden.

Während die ersten Paare bereits zu tanzen begannen, führte Aerthas Lysanna zu einem der Tische und tat, als würde er sich die darauf drapierten Kuchen genauer ansehen.

Lysanna schaute indes immer wieder nervös zum Podium hinüber. Ardérus saß auf seinem Thron und trommelte mit den Fingern gelangweilt auf der geschwungenen Armlehne. Lawinia, die bisher ungerührt am Rand des Podestes gestanden hatte, ging nun die wenigen Stufen hinab und fing an, mit einigen der Gäste zu plaudern.

»Was machen wir, wenn er die ganze Zeit dort sitzen bleibt?«, fragte Lysanna unruhig.

»Umso besser«, erwiderte Aerthas. »Irgendwann ist jedes Fest vorbei und die Überraschung wird viel größer, wenn wir bereits in seinen Gemächern auf ihn warten.«

Sie nickte und hakte sich bei ihm unter.

»Jetzt müssen wir nur noch herausfinden, welche Tür diejenige ist, hinter der wir den Gang zur Küche finden«, raunte Aerthas, als sie weitergingen, und sah sich dabei aufmerksam um.

Als Lysanna das nächste Mal zum Podium emporblickte, bemerkte sie, dass die Augen des Lords fest auf sie gerichtet waren. Schnell wandte sie den Kopf wieder Aerthas zu. »Er hat uns entdeckt!«

»Er hat von Anfang an gewusst, dass wir da sind«, korrigierte er. »Los, lass uns tanzen, um nicht noch mehr aufzufallen.«

Ihr letzter Tanz lag Jahre zurück, doch bevor sie protestieren konnte, hatte Aerthas seinen Stock bereits an eine Wand gelehnt, sie bei der Hand genommen und führte sie auf die Tanzfläche. In diesem Moment setzte die Kapelle zu einem neuen Lied an, ruhiger und schwermütiger als das vorherige, doch immer noch melodisch genug, um auf einem Fest gespielt zu werden.

Mühelos übernahm Aerthas die Führung und lenkte Lysanna in eleganten Schritten und Drehungen zwischen den anderen Paaren hindurch.

»Du bist ein herausragender Tänzer«, lächelte sie, als er sie ein weiteres Mal um die eigene Achse kreisen ließ.

»Hast du etwas anderes erwartet?«, erwiderte er scherzhaft und zog sie wieder an sich heran.

»Nein«, antwortete sie und dachte zurück an ihre erste Trainingsstunde. »Nur hätte ich nie gedacht, dass ich deine Philosophie über die Zusammenhänge der Führung eines Schwertes und des Tanzens einmal am eigenen Leib spüren würde.«

»Ich würde mir nur wünschen, die Umstände wären andere.«

Unter dem sanften Druck seiner Hände bewegte sie sich, als hätte sie nie etwas anderes getan, als zu tanzen. Alles um sie herum verschwand und es gab nur noch sie und den Mann, mit dem sie bereit war, ihre Zukunft zu verbringen – sofern es denn eine für sie beide geben würde.

Es mochten nur wenige Minuten gewesen sein, bis die Musik erneut verstummte. Doch für Lysanna war es ein endloser Augenblick.

»Habt Dank, Mylady«, flüsterte Aerthas, dem es nicht anders zu ergehen schien, und küsste ihre Hand.

»Ihr seid ein gar wunderbarer Tänzer«, ertönte auf einmal eine zarte Stimme neben ihnen.

Ohne dass die beiden es bemerkt hatten, war die Fürstin an sie herangetreten.

»Euer Hoheit«, sagten sie fast gleichzeitig und verbeugten sich.

»Habt Dank für Eure Einladung«, ergriff Aerthas das Wort. »Leider war es unserem Ratsherrn nicht vergönnt, persönlich zu erscheinen. Ich hoffe, wir sind eine würdevolle Vertretung.«

»Ohne Frage«, erwiderte die Fürstin kokett. »Ich bin froh, dass Ihr meinem Ruf gefolgt seid, Prinz Aerthas. Würdet Ihr mir nun die Ehre des nächsten Tanzes erweisen?«

»Nun, ich weiß nicht, ob ich meine Begleiterin allein lassen sollte …«, zögerte der Elf.

»Oh, ich denke, sie hat nichts dagegen«, unterbrach Lawinia ihn. »Habe ich nicht recht, Lady Rakenshar?«

Jetzt sah Lawinia sie zum ersten Mal direkt an. Ihre Blicke trafen sich und kurzzeitig versank sie in den grünen, großen Augen der Fürstin, die ein Gefühl vertrauter Erinnerung in ihr wachriefen.

»Natürlich nicht, Hoheit«, antwortete sie und senkte demütig den Kopf.

»Ich danke Euch«, sagte die Fürstin erhaben.

Sie streckte Aerthas die Hand entgegen, der zögerlich danach griff, und Lysanna verließ die Tanzfläche.

Was war das gerade gewesen? Nie zuvor war sie der Fürstin begegnet und kannte auch nur wenige Geschichten um die Frau, die dem letzten König der Menschen vor zwei Jahren noch am Sterbebett das Eheversprechen entlockt hatte. Trotzdem war ihr, als würde sie diese Frau schon ihr ganzes Leben lang kennen.

Doch sie hatte keine Zeit, weiter darüber nachzudenken. Jetzt, wo sie sich von Aerthas entfernt hatte, spürte sie, wie wichtig seine Nähe momentan für sie war. Er hatte ihr heißes Blut gekühlt und ihren Gedanken Klarheit verliehen. Nun brach die Gegenwart ihres Schöpfers ungebremst über sie herein.

Abermals huschten ihre Augen zu dem Thron – und fanden ihn zu ihrer Verblüffung leer. Sie suchte den ganzen Saal ab, konnte den Lord aber nirgends finden.

Stattdessen entdeckte sie einen seiner Leibwächter, der ebenfalls vor Kurzem noch auf dem Podest gestanden hatte. Er hatte sich neben einer der seitlichen Türen aufgebaut.

Das war ein klares Zeichen: Ardérus musste den Festsaal verlassen haben und dieser Wächter sollte sicherstellen, dass ihm niemand folgte.

Lysanna beobachtete ihn in der Hoffnung, er würde bald an seinen alten Platz neben dem Thron zurückkehren.

Das tat er jedoch nicht, sondern beobachtete sie ebenfalls. Natürlich konnte sie nicht erkennen, ob seine Blicke wirklich ihr galten. Aber sein Kopf war eindeutig in ihre Richtung gedreht.

Lysanna schaute zu Boden, wollte vermeiden, seine Aufmerksamkeit noch stärker auf sich zu ziehen. Hilfesuchend sah sie zu Aerthas, doch der tanzte noch immer mit der Fürstin.

Ohne dass sie etwas dagegen tun konnte, wanderten ihre Augen erneut zu dem Wächter.

Genau in diesem Moment schob er seine Kapuze nach hinten – und ihr Herz stand still.

Das war unmöglich!

Er konnte nicht hier sein, er konnte nicht so lange fort gewesen sein, um dann plötzlich auf diesem Fest in der Uniform der Fürstin, die jetzt deutlich unter dem zurückgeschlagenen Umhang zu erkennen war, wieder aufzutauchen.

Lysanna war sich nun auch sicher, dass er sie genauso anstarrte wie sie ihn.

Vielleicht irrte sie sich ja und er sah ihm einfach so ähnlich, dass sie die Unterschiede auf die Entfernung nicht erkannte.

Der Mann neben der Tür strich sich das braune, halblange Haar aus dem Gesicht.

›*Diese Geste ist so typisch für ihn …*‹, schoss es ihr durch den Kopf und jetzt wusste sie mit Sicherheit, wer den Weg zwischen ihr und ihrem Erzfeind versperrte.

»Den Ahnen sei Dank, dass dieses Stück vorbei ist«, stöhnte Aerthas, der gerade wieder neben sie getreten war. »Die Kraft zur Manipulation und der Charme dieser Frau sind erstaunlich. Ich frage mich, ob das Teil ihrer Gabe als Schöpfung ist oder ob sie diese Fähigkeiten schon vorher besessen hat. Was hast du?«, fragte er, als er bemerkte, dass sie ihm nicht zuhörte. »Du siehst aus, als hättest du ein Gespenst gesehen.«

»Ich glaube, das habe ich auch gerade«, murmelte sie.

Noch immer starrte sie den Wächter an, der jetzt, da sie nicht mehr allein war, sichtlich nervös von einem Fuß auf den anderen trat.

»Wer ist das?«, fragte Aerthas, der ihrem Blick gefolgt war, und umschloss ihre Hand mit seinen Fingern.

Lysanna sah ihn an. »Mitzum …«, stieß sie hervor.

Er zog seine Hand zurück, als hätte er sich an ihr verbrannt.

Lysanna lief los und im Gehen bemerkte sie, dass der weiße Seidenstoff ihrer Handschuhe tatsächlich anfing zu schmelzen. Schnell streifte sie beide ab und warf sie achtlos zu Boden. Als sie wieder aufblickte, konnte sie gerade noch sehen, wie Mitzum durch die Tür schlüpfte, die er eben noch bewacht hatte.

»Lysanna!«, rief Aerthas ihr nach, doch sie hörte ihn kaum noch.

Sie hatte so lange nach Mitzum gesucht. Jetzt, da sie ihn endlich gefunden hatte, würde sie nicht zulassen, dass er so einfach wieder verschwand.

Ohne dass jemand versucht hätte, sie aufzuhalten, riss sie die Tür auf, ging hindurch und schlug sie hinter sich zu.

Der Gang dahinter lag im Zwielicht und war nur durch einige Fackeln erleuchtet.

Hektisch sah sie zu den Seiten und erhaschte gerade noch einen Blick auf Mitzum, der rechts um eine Ecke bog. Sie raffte ihren Rock und rannte hinterher, rief seinen Namen, bekam aber keine Antwort.

Sie lief den Gang weiter entlang, eine Biegung rechts, eine Biegung links, wieder rechts. Mitzum blieb ihr immer einen Schritt voraus. Einzig der Klang seiner Schuhe auf dem steinernen Boden wies ihr den Weg, wenn sie an eine Gabelung geriet.

Mehrere Minuten lang jagte sie einem Schatten hinterher, der sie tiefer und tiefer in die Gewölbe der Himmelsfestung hineinlockte.

Schweiß rann ihr die Stirn herab. Die Hitze in den engen Gängen war beinah unerträglich, wobei sie nicht wusste, ob diese schon da war oder erst mit ihr kam.

Die Verfolgung endete abrupt, als sie in einen Raum trat und sah, wie sich an dessen Ende eine große, hölzerne Tür schloss.

Es war eindeutig, dass Mitzum durch sie hindurch geflohen war.

Sie blieb stehen und versuchte, wieder zu Atem zu kommen. Dann trat sie vor die Tür.

Wohin sie führte, wusste sie genau, denn sie spürte die Anwesenheit ihres Schöpfers dahinter in jeder Zelle ihres Körpers.

Fast andächtig legte sie eine Hand auf die Klinke.

Stimmen wurden in ihrem Kopf laut: *Ich warte auf dich … Dein Dieb ist tot … Er hat deinen Namen gerufen, als ich ihn getötet habe …*

Dann hörte sie eine andere, vertraute Stimme, die Sicherheit versprach: *Ich werde an deiner Seite sein … Ich werde immer dafür sorgen, dass es dir gut geht … Ich liebe dich …*

Eines war klar: Sie lief in eine Falle, direkt in die Arme des Flammenden Lords. Doch nicht nur er, sondern auch der Mann, dessen Verlust tiefe Wunden in ihr Herz geschlagen hatte, wartete hinter der Tür.

Sie musste sich endgültig entscheiden, wie viel sie bereit war, zu opfern, um Mitzum wiederzusehen.

32

Aerthas

Aerthas war nur wenige Sekunden nach Lysanna durch die Tür getreten, doch von der Elfe war nichts mehr zu sehen. Er schloss die Augen und konzentrierte sich darauf, ob er irgendwo ihre Schritte vernehmen konnte. Doch nichts außer Stille umgab ihn. Selbst die Musik und die Stimmen aus dem Ballsaal wurden von der Tür vollkommen verschluckt, als hätte er durch sie eine andere Welt betreten.

Intuitiv wandte er sich nach rechts und ging den Gang entlang, bog um die Ecke und um die nächste. Keine Spur von Lysanna.

Stärker denn je griff die Kälte nach seinem Herzen und jeder Schritt, den er tat, hinterließ einen eisigen Fußabdruck auf dem Boden. Seit sie die Himmelsfestung betreten hatten, hatte er gespürt, wie schwer es ihr gefallen war, ihre Gabe im Zaum zu halten. Ihm war es nicht anders gegangen und jetzt, da ihm alles zu entgleiten schien, drohte auch die Kraft des Eises vollkommen außer Kontrolle zu geraten.

Mitzum … Wie viel Liebe, Schmerz und Hoffnung in einem einzigen Wort liegen konnte. Er blieb stehen, stützte sich an der Wand ab, um sich etwas zu sammeln, und sofort begann ein weißes, frostiges Muster seine Linien auf die dunklen Steine zu zeichnen.

Wie hatte er nur so töricht sein können, zu glauben, dass es in ihrem Herzen einen Platz für ihn geben könnte? Er hatte ihr offenbart, dass er sie liebte, und sie hatte nichts erwidert. Eindeutiger ging es wohl nicht.

Sie liebte Mitzum, das war klar.

Und nun, da sie wusste, dass ihr totgeglaubter Gefährte noch lebte, würde sie wahrscheinlich *alles* tun, um wieder mit ihm vereint zu sein.

Doch für Aerthas war es das eine, zu wissen, dass sie ihn nicht liebte. Womöglich gegen sie kämpfen zu müssen, war etwas ganz anderes.

Ungehindert breitete sich das Eis im ganzen Gang aus und begann jetzt auch an seinem Körper emporzukriechen.

»Reiß dich zusammen«, schalt er sich und zog seine Hand zurück.

Sie würde sich niemals auf die Seite des Bösen stellen. So vernebelt ihr Geist auch in Gegenwart des Flammenden Lords sein mochte, sie würde immer unterscheiden können, was richtig und was falsch war.

»Sie wird widerstehen und wir werden diesen Kampf Seite an Seite bestreiten«, sprach er mit fester Stimme zu sich selbst. »Das ist alles, was zählt. Eine gemeinsame Zukunft hat es für uns beide doch ohnehin nie gegeben!«

Seine Selbstgespräche halfen ihm, seine Fassung wenigstens zum Teil wiederzufinden. Als er sich erneut umsah, stellte er mit Verblüffung fest, dass er sich genau in dem Gang befand, den sie gesucht hatten. Es war der Weg, der zum Küchentrakt führte. Konnte das Zufall sein?

»Ich habe mir geschworen, dass ich sie beschützen werde, was auch geschieht. Und das kann ich jetzt nur, wenn ich am alten Plan festhalte«, murmelte er.

Entschlossen ging er weiter.

Schon nach der nächsten Biegung traf er auf den ersten Bediensteten. Der Kleidung nach musste dies einmal eine Frau gewesen sein, doch ihr seelenloser Zustand hatte sie wohl erst sehr spät nach ihrem Ableben ereilt. Was einst weibliche Rundungen gewesen sein mochten, waren nun nicht mehr als bleiche Knochen, über die sich an manchen Stellen ledrige Haut spannte.

»Gäste haben hier keinen Zutritt. Kehrt zurück in den Ballsaal«, krächzte sie mit einer Stimme, die an Sandpapier erinnerte.

»Schwört Ihr dem Lord Treue oder seid Ihr bereit, Euch gegen ihn zu stellen?«, fragte Aerthas, anstatt zu antworten.

Die Frau sagte nichts, sondern blickte ihn nur aus leeren Augenhöhlen an.

»Seid Ihr bereit, Euch gegen Euren Herrn zu stellen?«, wiederholte er seine Frage.

Nun schüttelte sie mit dem Kopf.

Ihm gefiel der Gedanke nicht, Unschuldige zu töten. Doch vielleicht tat er diesem Wesen damit ja sogar einen Gefallen. Er legte die Hand an seinen Gürtel, um sein Schwert zu ziehen, und griff ins Leere. Siedend heiß fiel ihm ein, dass es noch immer in dem Stock versteckt ruhte, welchen er vor dem ersten Tanz mit Lysanna im Ballsaal abgestellt hatte.

Er sah sich kurz um, ob er etwas entdeckte, das als Waffe dienen konnte, fand aber nichts. So war er auf reine Körperkraft angewiesen.

Er hob den Fuß und versetzte der Seelenlosen einen heftigen Tritt. Sie wurde nach hinten geschleudert und ihr Körper zerfiel in seine Bestandteile.

Vor ihrer Abreise hatte der Clan ausgiebig darüber diskutiert, was mit den Dienern des Lords passieren sollte, und sich darauf geeinigt, dass sie denjenigen, die ihm abschworen, die Freiheit schenken würden. Jene jedoch, die ihm weiterhin treu ergeben waren, sollten sterben.

Er stieg über den Haufen Knochen hinweg und setzte seinen Weg fort.

Unterwegs traf er noch vier weitere Seelenlose. Keiner von ihnen war in besserem Zustand als die erste. Keiner von ihnen war bereit, dem Lord seine Loyalität zu entsagen. Keiner von ihnen überlebte das Zusammentreffen mit dem Elfenkrieger.

Je mehr von diesen Wesen er begegnete, desto mehr wurde ihm bewusst, dass die Stärke der Seelenlosen wohl eng damit zusammenhing, wie lange die Körper bereits im Totenreich verweilt hatten. Diese hier waren schon halb verwest und dementsprechend schwach. Doch Menschen wie Sedan, deren Körper kaum eine Veränderung aufwiesen, gewannen nach der Verwandlung noch an Stärke hinzu. Eine Tatsache, die Aerthas sich merken würde.

Er hatte jetzt das Ende eines weiteren Ganges erreicht und stand vor einer Holztür, die sich mit einem metallenen Griff leicht öffnen ließ. Dahinter betrat er die Küche.

Ungefähr ein Dutzend Untote wuselten in dem stickigen Raum umher und niemand schenkte Aerthas Beachtung. Er überlegte einen Moment und entschied sich dann, auch diesen Ort kurz und schmerzlos zu säubern. Er griff nach einem Beil auf einem Tisch und schon nach wenigen Sekunden herrschte Ruhe in der kleinen Küche.

Aerthas warf das Beil beiseite und suchte die Wände nach dem Mechanismus ab, der die Tür ins Freie öffnen würde. Es dauerte nicht lange und er fand einen Hebel, den er umlegen konnte. Mit lautem Knirschen schob sich eine Wand beiseite.

Direkt dahinter blickte er in das Gesicht von Yokumo.

»Was hat dich aufgehalten?«, neckte ihn dieser und erleichtert umarmten sich die beiden Männer.

Nach und nach strömten erst die Soldaten des Prinzen und dann die Krieger der ›Angelus Mortis‹ in die Küche und von dort durch den Gang ins Schlossinnere.

»Wo hast du Lysanna gelassen?«, fragte Sedan, der als einer der Letzten eingetreten war.

Aerthas zögerte einen Moment, ob und wie viel er dem Seelenlosen von der Wahrheit erzählen sollte.

»Wir mussten uns trennen«, antwortete er schließlich ausweichend.

»Euch trennen?«, knurrte Sedan und verengte die Augen.

»Ja. Ardérus war beim Fest persönlich anwesend. Als er es verließ, entschied sich Lysanna, ihm zu folgen. Ich hingegen hielt es für klüger, erst euch zu holen.«

Er war der Meinung, dass diese Aussage der Wahrheit nah genug kam.

»Du hast sie allein dem Flammenden Lord nachjagen lassen?«, warf Sedan ihm wütend vor.

»Du kennst doch ihren Dickschädel«, verteidigte sich Aerthas. »Wenn sie sich etwas in den Kopf gesetzt hat, lässt sie sich nicht aufhalten.«

Sedan schnaubte verächtlich. »Wenn ihr irgendetwas zustößt, mache ich dich persönlich dafür verantwortlich!«

Er stieß Aerthas mit der flachen Hand gegen die Brust und schob sich dann an ihm vorbei.

»Wie ist es euch ergangen?«, fragte Aerthas Yokumo, um das Thema zu wechseln.

»Gut. Keine besonderen Vorkommnisse, keine Wachen – genau wie Rawena gesagt hat. Und bei dir?«

Aerthas zuckte mit den Schultern. »Das Gleiche. Nur ein paar Bedienstete.«

Yokumo sah sich in der Küche um. Er brauchte nicht zu fragen, was Aerthas mit diesen Bediensteten gemacht hatte, da das Resultat immer noch in Form von Knochen am Boden verteilt war.

»Wir sollten jetzt wohl aufbrechen«, sagte der Ratsherr stattdessen und ging auf den Gang zu, der zurück ins Innere der Festung führte.

An seiner Stelle trat nun Tâlie an Aerthas' Seite. »Was ist wirklich passiert?«, fragte sie. »Ich kann es an den Spitzen deiner Ohren erkennen, wenn du lügst. Wo ist Lysanna?«

»Höchstwahrscheinlich bei Ardérus.«

Das war keine Lüge und Tâlie musste sich damit zufrieden geben.

»Ich brauche ein Schwert«, stellte Aerthas fest. »Ich habe meines im Festsaal zurücklassen müssen.«

»Dem erstbesten Soldaten, dem wir über den Weg laufen, werden wir eines abnehmen«, schlug Tâlie vor, eh sie den anderen folgten und die Küche verließen.

33

Aerthas

Ihr Plan schien aufzugehen. Ihre eigenen Soldaten hatten sich in der Festung verteilt und stifteten Unruhe, wie man an dem Klingen von Schwertern, das überall ertönte, erkennen konnte. Aerthas und die anderen Ratsmitglieder trafen dementsprechend auf dem Weg zu den Gemächern des Flammenden Lords auf keinerlei Widerstand.

Immer wieder schauten er und Yokumo auf die Karte, um sich zu vergewissern, dass sie den richtigen Weg einschlugen.

»Wir sollten jetzt bald da sein«, vermutete Yokumo irgendwann. »Nur noch ein paar Biegungen und wir müssten zu einer großen Tür gelangen.«

Er faltete die Karte erneut zusammen und steckte sie wieder an seinen Gürtel.

Als Aerthas um die nächste Ecke bog, hielt er abrupt an. Der Gang, der sich vor ihm auftat, lag nicht wie erwartet im warmen

Schein von Fackeln, die bisher überall an den Wänden gebrannt hatten. Stattdessen war er in ein kaltes, weißliches Licht getaucht, das von einigen Silberkugeln ausging, die an der Decke vor ihm schwirrten. Es handelte sich um die gleichen, wie er sie schon in der Eingangshalle gesehen hatte. Sie beleuchteten ein Stück des Ganges vor ihm, eh sich dieser in vollkommener Dunkelheit verlor.

Aerthas spürte, dass dort irgendetwas oder irgendjemand auf sie wartete. Er machte eine leichte Bewegung in der Dunkelheit aus, als sich auch schon eine schmale Gestalt aus den Schatten löste.

Zuerst dachte er, es wäre Lysanna. Aber er irrte sich.

»Guten Abend, meine Herren … und meine Dame«, begrüßte die Fürstin sie freundlich.

Noch immer trug sie das nachtblaue Tüllkleid. Nur das dunkle Seidentuch hatte sie abgelegt, welches ihr Gesicht verborgen hatte.

Aerthas hatte schon gehört, dass die Fürstin von wahrer Schönheit sei und in der Tat wirkte ihr blasses Gesicht mit den markanten Wangenknochen und den dunkelroten, vollen Lippen wie gemalt. Ihr langes, rostbraunes Haar floss in sanften Wellen über ihre Schultern und ihre ganze Erscheinung wirkte erhaben und würdevoll.

Der Elfenkrieger war davon ausgegangen, dass es sich bei der dritten Frau des letzten Königs der ›Netherlande‹ ebenso um einen Menschen handeln musste, wie der König selbst einer gewesen war, bevor er vor zwei Jahren auf mysteriöse Weise verstarb. Das war kurz nachdem er und Lawinia sich die Ehe versprochen hatten. Doch die Frau, die hier vor ihm stand, war ganz eindeutig vom Geschlecht der Elfen.

»Prinz Aerthas«, setzte Lawinia nun fort. »Wenn ich gewusst hätte, dass mir noch mehr Mitglieder Eures Clans die Aufwartung machen würden, hätte ich meine Diener angehalten, für mehr Speis und Trank zu sorgen.«

»Wir sind nicht gekommen, um an Eurem Fest teilzunehmen, Hoheit«, antwortete Yokumo an seiner Stelle. »Wir sind aufgrund der Annahme gekommen, dass sich der Flammende Lord ebenfalls in diesen Gemäuern aufhält.«

»Natürlich seid Ihr seinetwegen gekommen.« Lawinia lächelte freundlich. »Ich will Euch auch keinesfalls aufhalten. Mir ist nur zu Ohren gekommen, dass Euch ein alter Freund von mir begleitet.« Sie neigte sich ein wenig zur Seite, um an Aerthas vorbeischauen zu können. »Orano, Liebling! Schön, dich wiederzusehen.«

Der General, der erst jetzt um die Ecke gebogen war, blieb wie angewurzelt stehen. »Du? Das kann nicht ... Ich dachte, du bist ...«, stammelte er und starrte die Fürstin an, als wäre sie ein Geist.

»Manchmal nehmen die Dinge eine überraschende Wendung, nicht wahr?«, sagte sie mit süßer Stimme, doch ihre Augen leuchteten vor Schadenfreude und Genugtuung. Sie genoss es sichtlich, Orano so aus der Fassung zu bringen.

»In der Tat«, antwortete dieser immer noch verwirrt.

»Ich habe die Erlaubnis, dich mitzunehmen«, fuhr Lawinia fort. »Also, komm. Dies hier ist nicht unser Kampf.« Sie breitete die Arme aus und wartete.

»Wieder irrt Ihr, Hoheit«, sagte Yokumo. »Orano ist auf Geheiß des Prinzen von Elesztrah hier und untersteht meinem Kommando.

Lawinia kicherte. »Oh, ich denke, er weiß genau, *wem* er verpflichtet ist. Nicht wahr, Liebling?«

Es kam für Aerthas keineswegs unerwartet, als sich Orano tatsächlich in Bewegung setzte und auf die Fürstin zuging.

Als er sie erreicht hatte, drehte sich der General noch einmal zu ihnen um. »Was soll ich sagen? Ich konnte schönen Frauen noch nie widerstehen.«

Lawinia schloss besitzergreifend die Arme um Oranos Brust und zog ihn rückwärts mit sich in die Finsternis. Die silbernen Lichter folgten ihnen und flogen eines nach dem anderen den Gang entlang, bis sie nach einigen Metern um die nächste Biegung huschten und erloschen.

Doch bevor der letzte Lichtschein ganz verschwunden war, konnte Aerthas noch vier weitere Gestalten am Ende des Ganges erkennen, größer und breiter als die der Fürstin.

Ein letztes Mal hallte Lawinias Stimme durch die Dunkelheit: »Schnappt sie euch, Männer!«

Mit dem Erlöschen der letzten Lichtkugel war der Gang wieder in vollkommene Finsternis getaucht. Doch Aerthas wusste, was sich da auf sie zubewegte. Er hatte die Männer wiedererkannt. Es waren die Leibwächter des Lords und der Fürstin, die er bereits im Festsaal auf dem Podium gesehen hatte.

Auch dort waren sie zu viert gewesen und wenn Lysanna sich nicht getäuscht hatte, konnte das nur eines bedeuten: Einer der Männer, die sie gleich angreifen würden, war ihr totgeglaubter Gefährte.

Er handelte schnell.

»Sedan«, flüsterte er, »gib mir dein Schwert und geh den Gang zurück bis an sein Ende. Du wirst dich raushalten aus diesem Kampf.«

Auch wenn er ihn nicht sonderlich gut leiden konnte, war er der Meinung, dass der junge Seelenlose bereits genug durchgemacht hatte und nicht auch noch die Schuld am endgültigen Tod seines früheren Mentors auf seinen Schultern tragen sollte.

»Was? Das ist nicht dein Ernst! Ich bin der Einzige von euch, der in dieser Dunkelheit etwas sehen kann, und du willst, dass ich mich raushalte?«, protestierte Sedan.

Dieser Einwand kam Aerthas gerade recht. Dass Seelenlose in der Dunkelheit fast so gut sahen wie bei Tageslicht, hatte er beinahe vergessen.

»Genau aus diesem Grund will ich, dass du nach hinten gehst. Du musst uns die Augen ersetzen, unsere Angriffe koordinieren und uns sagen, was wir tun und wie wir uns bewegen sollen.«

Sedan murrte kurz, doch dann fühlte Aerthas, wie er ihm den Griff seines Schwertes in die Hand drückte.

»Es sind vier Kämpfer, jeweils zwei an jede Wand gepresst«, beschrieb der Seelenlose gerade laut genug, dass seine Mitstreiter ihn hören konnten. »Jeder von ihnen hält in beiden Händen eine Waffe mit langer Klinge, vermutlich Säbel.«

Aerthas merkte, wie sich seine Augen langsam an die Finsternis gewöhnten, sodass er wenigstens schemenhafte Bewegungen wahrnehmen konnte.

»Es geht los!«, schrie er, als er mit hocherhobenem Schwert nach vorn stürzte.

Sofort waren die anderen hinter ihm.

»Bosco nach rechts! Tâlie, links von dir!«, brüllte Sedan von hinten.

Das Geräusch aufeinanderprallender Klingen setzte ein. Obgleich sie auf Orano und Sedan verzichten mussten, waren sie immer noch doppelt so viele wie ihre Angreifer. Diese hatten aber den Vorteil, nahezu unsichtbar zu sein.

Immer wieder erhob sich Sedans Stimme: »Kirkon, ducken! Yokumo – Hieb direkt nach vorn!«

»Noch drei!«, rief Tâlie in triumphierendem Ton ein Stück weiter links von Aerthas und nur Sekunden später hörte er Bosco sagen: »Noch zwei!«

»Aerthas, zur Seite!«, wies Sedan ihn an, doch es war zu spät.

Ein harter Tritt gegen die Brust schleuderte den Elfenkrieger nach hinten und er prallte mit dem Kopf unsanft gegen die Steinwand. Instinktiv neigte er sich zur Seite und hörte, wie ein Säbel genau an der Stelle, wo gerade noch sein Kopf gewesen war, gegen die Wand schlug.

»Noch einer!«, rief Tâlie abermals.

Ein Luftzug verriet ihm, dass sein Gegner bereits zum nächsten Schlag ausholte. Ohne darüber nachzudenken, griff er mit der freien Hand nach dem Ende seines Schwertes und hielt es waagerecht vor sich, sodass er den Angriff parieren konnte, wobei sich seine eigene Klinge tief in seine Handfläche grub.

»Bosco, hinter dir, schnell!«, dirigierte Sedan.

»Nicht nötig«, presste Aerthas hervor.

Er drückte sein Schwert schwungvoll nach vorn, sodass sein Gegner taumelte. Mit einer schnellen Bewegung drehte Aerthas es und stieß zu.

»Der Letzte«, keuchte er, während der Leibwächter ächzend vor ihm zu Boden sank. Er konnte hören, wie die anderen ebenfalls heftig schnauften. »Seid ihr in Ordnung? Ist jemand verletzt?«

»Nur ein Kratzer …«, meinte Semei, der mit seinem Bogen im Nahkampf nahezu wehrlos gewesen war.

Aerthas griff sich an den Hinterkopf und ertastete eine klebrige Flüssigkeit. Als er die Finger an die Lippen führte, schmeckte er Blut. Wenn er doch nur einen Helm aufgehabt hätte!

Er versuchte das Pochen in seinem Kopf zu ignorieren und dachte nach. Eigentlich sollten sie einfach weitergehen. Doch wenn sie Lysanna fanden, würden die anderen ihr erzählen, gegen wen sie hier gekämpft hatten. Sie hatte es verdient, zu erfahren, ob es wirklich Mitzum gewesen war, den sie gesehen hatte. Doch ohne Licht gab es nur eine Möglichkeit, das herauszufinden.

»Sedan«, sagte Aerthas leise. »Ich möchte, dass du ihnen die Masken abnimmst und nachsiehst, ob du einen von ihnen kennst. Ich will wissen, wer sie sind.«

»Es sind Seelenlose, mehr braucht uns doch nicht zu interessieren.«

»Sieh nach, ob du sie kennst!«, wies Aerthas in einem Tonfall an, der keinen Widerspruch duldete.

Er vernahm, wie Sedan sich in Bewegung setzte. Es raschelte und Aerthas konnte hören, wie er jedem der vier die Masken abnahm. Für einen Moment hielt er den Atem an.

»Nein, niemanden, Kommandant«, sagte Sedan in gleichgültigem Tonfall.

Erleichtert stieß Aerthas die Luft aus. Wenn Sedan niemanden von ihnen kannte, konnte es sich auch nicht um Mitzum handeln.

Dann spitzte er die Ohren. Schritte waren zu hören, leise und vorsichtig. Sie bewegten sich auf sie zu.

Die anderen schienen es auch gehört haben, denn niemand gab auch nur den geringsten Laut von sich. Aerthas starrte auf das andere Ende des Ganges, in dem Lawinia verschwunden war. Langsam breitete sich dort ein heller Schimmer aus, der sich immer weiter auf sie zubewegte.

Dieses Licht war jedoch nicht weiß und kalt wie das der Silberkugeln der Fürstin, sondern warm und freundlich wie das einer Fackel.

Die Quelle des Lichts näherte sich ihnen so langsam, dass ihre Augen genug Zeit hatten, sich daran zu gewöhnen. So erkannte er die Person, die nun um die Ecke bog, sofort. Es war Lysanna.

Ihr Haar war etwas zerzaust. Von dem einst akkurat geflochtenen Zopf war nur noch wenig zu sehen und ihr Kleid wies einige Dreckflecken auf. Aber sie schien unverletzt und das war das Wichtigste.

Sie hielt einen Arm nach vorn gestreckt und auf der tellerartig geformten Handfläche tanzte eine kleine, gelb leuchtende Flamme.

Die Elfe brauchte einen Moment, bis sie erkannte, wen sie vor sich hatte. Sie betrachtete jeden von ihnen und als ihre Augen Aerthas erreichten, legte sich ein Lächeln auf ihre Lippen. Es verschwand jedoch gleich wieder, als ihr Blick zu Boden glitt.

»Lysanna«, sagte Tâlie freudig. »Da bist du ja!«

Doch diese reagierte nicht, starrte nur mit geweiteten Augen zu Boden, die Flamme wie einen Schutzschild vor sich haltend.

»Oh nein«, keuchte Aerthas, als er begriff, was hier gerade geschah.

Lysanna sah nicht nur zu Boden. Sie starrte auf die toten Körper zu seinen Füßen, wohl wissend, um wen es sich dabei handeln musste.

Er stürzte nach vorn, stolperte über eine der Leichen und fing sich gerade noch ab, um nicht zu fallen. Als er Lysanna erreicht hatte, war die Flamme in ihrer Hand bereits auf die Größe eines Kopfes angewachsen. Als er ihre Schultern packte, konnte er selbst durch den Stoff des Kleides spüren, wie heiß ihr Körper war.

»Lysanna, es ist nicht so, wie es aussieht.«

Sie schien ihn gar nicht wahrzunehmen. Ihr Atem ging in flachen Stößen und ihre Augen waren weiter starr zu Boden gerichtet, als würde sie durch ihn hindurchschauen.

Er nahm ihr Gesicht in beide Hände, zwang sie so, ihn anzusehen.

»Er ist nicht dabei, hörst du mich? Er. Ist. Nicht. Dabei.«

Jetzt blinzelte sie. »Nein?« Ihre Stimme war höher als sonst und leise.

»Nein.« Er schüttelte beharrlich den Kopf und ließ ihr Gesicht los.

Sie sah auf den Feuerball in ihrer Hand, der an Größe noch weiter zugenommen hatte, und warf ihn auf eine Fackel an der Wand, als wolle sie damit verhindern, dass Schlimmeres damit passierte.

»Du hast ihn also nicht gefunden?«, fragte er zögerlich.

»Ich habe mich lediglich dazu entschlossen, nicht weiter nach ihm zu suchen«.

»Was ist los? Von wem redet ihr da eigentlich?«, brummte Sedan, der neben sie getreten war.

Der Seelenlose ging auf die Knie, griff unter Lysannas Kleid und als er die Hand wieder hervorzog, hielt er Mitzums Dolch darin, der durch ein Strumpfband an Lysannas Oberschenkel befestigt gewesen war.

»Ich habe Mitzum gesehen«, antwortete die Jägerin so leise, dass nur Aerthas und Sedan sie hören konnten. »Jedenfalls glaube ich, dass er es war.«

Mitten in der Bewegung hielt Sedan kurz inne, doch dann fuhr er fort, ihr Kleid zu bearbeiten. Mit einem reißenden Geräusch trennte er den Stoff des Rockes kurz oberhalb der Knie ab.

»So hast du etwas mehr Beinfreiheit«, sagte er betont ruhig, ohne auf ihre Bemerkung einzugehen, und hielt ihr den Dolch entgegen.

Abwehrend hob sie die Hände. »Meine Gabe ist in Ardérus' Nähe so stark, ich werde keine andere Waffe brauchen. Nimm du ihn.«

Sedan erhob sich. »Na ja, da Aerthas mein Schwert hat, kann ich eine andere Waffe gut gebrauchen.« Er ließ den Dolch ein Mal durch die Luft wirbeln und fing ihn an seinem Schaft wieder auf. »Mit kurzer Klinge lässt es sich ohnehin besser angreifen.«

»Wo hast du denn dein Schwert gelassen?«, fragte Lysanna, nun wieder an Aerthas gewandt.

»Ich habe es im Ballsaal abgestellt, erinnerst du dich? Da wird es wohl noch immer sein …«

»Dann müssen wir es holen!«, rief sie aus.

»Dafür bleibt uns keine Zeit«, mischte sich Yokumo ein. »Unsere Anwesenheit in der Festung ist eindeutig bemerkt worden und wir müssen uns beeilen, wenn wir dem Flammenden Lord keine Zeit zur Flucht geben wollen.«

»Er wird nicht fliehen, er wartet auf uns. Und die wirst du nicht brauchen, ich habe seine Gemächer bereits gefunden«, sagte Lysanna, als sie sah, wie Yokumo erneut nach der Karte an seinem Gürtel griff. »Kommt.«

Sie ging den Gang zurück, den sie gekommen war, Aerthas dicht an ihrer Seite. Geistesabwesend wischte sie über ihre Wange, dort, wo der Elfenkrieger sie vorhin berührt hatte, und sah dann auf ihre Fingerspitzen. »Das ist Blut – dein Blut!«

Sie sah ihn an.

Nun blickte auch er auf seine Hände. Vorhin im Kampf hatte er nicht bemerkt, wie das Schwert in seine Haut geschnitten hatte, doch jetzt sah er die tiefe Kerbe in seiner Handfläche.

»Es ist nichts. Schau, es hat schon aufgehört.«

»Wieso trägst du keine Rüstung?«, fragte sie.

Natürlich, das hatte er vollkommen vergessen. Nach wie vor trug er nicht mehr als sein Festgewand.

»Ich wollte auf dich warten«, sagte er mit einem verschmitzten Lächeln. Er griff nach ihrer Hand und wenige Sekunden später waren sie beide von einem eisigen Schutz überzogen.

»Du hast mir einen ganz schönen Schrecken eingejagt«, flüsterte er schließlich. »Lass mich nicht noch einmal einfach so allein, in Ordnung?«

»Ich werde dich nie wieder allein lassen.«

Sie drückte seine Hand stärker, wohl in der Angst, er würde sie sonst loslassen. Das hatte er nicht vor. Er hielt sie fest, die ganze Zeit, bis sie eine höhere Kammer erreichten und vor einer großen, hölzernen Tür stehenblieben.

»Das ist es nun also«, hörte Aerthas Yokumo hinter sich sagen. »Dann wollen wir uns mal in die Höhle des Löwen wagen.«

Aerthas ließ Lysanna los und stellte sich vor die Tür. Was auch immer dahinter wartete, er wollte der Erste sein, der den Raum betrat, um die anderen notfalls vor lauernden Gefahren abschirmen zu können. Gedanklich machte er sich bereit, beim kleinsten Anzeichen einer Gefahr einen Schild aus Eis vor ihnen aufzubauen, ganz wie Tetis vor wenigen Tagen auf dem Übungsplatz.

Er legte eine Hand auf die gusseiserne Türklinke.

Niemals in seinem Leben hatte er sich vor einem Kampf gefürchtet. Doch hier und heute drohte das ängstliche Pochen seines Herzens seine Brust zu sprengen. Jeder Winkel seines Körpers schien zu schreien: ›*Lauf weg, nimm Lysanna und lauf weg!*‹

Doch das würde er nicht tun. Er würde das hier zu Ende bringen, koste es, was es wolle.

»Dann schauen wir doch mal, wie so ein Lord zu wohnen pflegt«, sagte er und drückte die schwere Klinke nach unten.

34

Aerthas

Er drückte gegen die Tür, doch nichts geschah. Er versuchte es noch einmal und noch einmal, doch die Tür rührte sich nicht.

»Was hast du denn erwartet?«, brummelte Tessel. »Dass er uns mit offenen Armen empfängt? Ihr Elfen habt wirklich eigenartige Vorstellungen davon, wie man eine Burg erobert. Geh mal zur Seite, Bürschchen!«

Er schob Aerthas von der Tür weg und hob seine große Axt.

»Das wird nicht funktionieren …«, wandte Lysanna ein.

Ungeachtet der Warnung schwang Tessel die Axt hinter den Rücken, zog sie mit voller Wucht nach vorn und hieb das Blatt gegen die Tür. Es gab einen lauten Knall und die Axt prallte zurück, als wäre sie auf hartes Metall gestoßen.

»Das gibt es doch nicht. Meine Axt hat nicht mal eine Kerbe hinterlassen!«, rief der Zwerg aus.

»Ich habe es dir doch gesagt. Aber danke, dass du für uns angeklopft hast«, erwiderte Lysanna und postierte sich gegenüber der Tür. »Jetzt geht zur Seite.«

Aerthas und Tessel, die immer noch vor der Tür standen, sahen sie irritiert an.

»Na los doch«, forderte sie noch einmal und machte eine wedelnde Handbewegung, als wolle sie ein paar Fliegen verscheuchen.

Aerthas packte Tessel an der Schulter und zog ihn mit sich beiseite.

Nun hob sie die Arme über den Kopf und führte die Handflächen zusammen. Als sie diese wieder auseinanderzog, bildete sich eine leuchtende Kugel dazwischen, ähnlich dem Feuerwirbel, den sie vorhin auf ihrer Handfläche getragen hatte. Sie bewegte die Hände vor den Körper, wobei der Feuerball an Größe immer mehr zunahm. Dann, mit einem einzigen Ruck, drückte sie ihn von sich weg in Richtung der Tür.

Die darauf folgende Explosion war ohrenbetäubend. Holzsplitter flogen in alle Richtungen und der Gang füllte sich mit einem Gemisch aus Rauch und aufgewirbeltem Dreck.

Jeglicher Sicht beraubt, presste sich Aerthas einen Ärmel vor Mund und Nase. Es half nichts. Schon spürte er, wie sich die staubige Luft auf seinen Rachen legte und seine Lunge reizte.

Den anderen ging es ähnlich. Er hörte, wie sie gleichfalls röchelten und husteten.

»Eine diskretere Art ist dir wohl nicht eingefallen?«, stieß Tâlie keuchend hervor.

»Wenigstens ist die Tür jetzt offen«, entgegnete Lysanna und Aerthas hörte in dem Unterton, dass sie von der Macht ihres Feuers selbst überrascht war.

Langsam verzog sich der Staub und das Erste, was er sehen konnte, war Tessel, der verzweifelt auf die kleinen Funken trommelte, die sich auf seinem Bart niederlassen wollten.

»Bei meiner Axt ...«, schimpfte der Zwerg und versuchte, das sich unter der Hitze kräuselnde Haar zu löschen.

Aerthas zog Tessels Hand beiseite, hielt stattdessen seine eigene über den Bart und ließ weiße Flocken darauf niederfallen, sodass jedes Glühen erlosch.»Wir werden mit Würde dort hineinschreiten und uns dem stellen, was uns erwartet«, sagte er zu den anderen, während er dem Zwerg aufhalf. »Einer nach dem anderen – Yokumo, du gehst voran, Lysanna als Letzte.«

Nach und nach betraten die Krieger den Raum hinter der zerborstenen Tür.

Der brennende Bart des Zwerges hatte ihm gezeigt, dass eine reine Rüstung aus Metall in diesem Kampf nicht viel nützen würde. So berührte Aerthas jeden der Freunde, der an ihm vorbeischritt, und versah auch sie mit einer Rüstung aus Eis.

Als Lysanna ebenfalls an ihm vorbeigehen wollte, hielt er sie zurück und betrat noch vor ihr die Gemächer des Flammenden Lords. Er wollte sichergehen, dass sie hinter ihm genug Deckung finden konnte, falls Ardérus sich sofort auf sie stürzen sollte.

Als er eintrat, stieg ihm sofort der Geruch von Ruß und Schwefel in die Nase. Doch das war es nicht, was ihn an diesem Ort so verblüffte.

Nach dem, was Fayori von Rawena hatte erfahren können, hatte er mit den typischen Gemächern eines Adligen gerechnet: mit Truhen für Kleidung, einem Schreibpult, einem Himmelbett vielleicht. Doch dieser Raum war ganz anders und erinnerte ihn eher an eine Folterkammer als an ein Schlafgemach.

Die anderen waren ein knappes Stück hinter dem Eingang stehen geblieben. Aerthas ging nach vorn und baute sich schützend vor ihnen auf.

Der Raum erinnerte vom Aufbau her ein wenig an den Festsaal. Er war ebenso langgezogen und an seinem Ende führten genauso Stufen hinauf zu einem riesigen Thron. Der Rest unterschied sich jedoch vollkommen. Es gab hier weder Silber noch anderen Schmuck an den Wänden, die aus dem gleichen schwarzen Gestein bestanden wie auch die Gänge, durch die sie gekommen waren. Vielmehr fanden sich Fesseln und Folterwerkzeuge aus dunklem Metall daran befestigt. Der Boden, ebenfalls schwarz wie die Nacht, erreichte die Wände nicht, sondern brach etwa zwei Schritt davor ab und ließ Platz für einen Strom aus Lava, der einen steinernen Weg zum Thron rechts und links eingrenzte. Außerdem war er die einzige Lichtquelle im Raum, der dadurch in ein gelbliches Halbdunkel getaucht wurde, in dem immer wieder bedrohliche Schatten über die Wände tanzten.

Aerthas beachtete das jedoch nicht weiter, sondern konzentrierte sich auf das, was vor ihm lag. Der Thron wirkte wie eine Miniaturausgabe der Himmelsfestung selbst. Die hohen Türme bildeten die Rückenlehne, die Burgwälle dienten als Lehnen für die Arme. Er war überwältigend und würde jeden, der auf ihm saß, nahezu unwichtig erscheinen lassen. Jeden, außer den Flammenden Lord, den er jetzt erblickte.

»Lord Ardérus!«, rief Aerthas ihm entgegen.

Der Mann auf dem Thron richtete sich ein wenig auf. »Prinz Aerthas, wie schön, dass Ihr mich doch noch besuchen kommt. Ich fürchtete schon, Lawinia würde Euch genügen«, sagte er in freundlichem Tonfall. »Und wie ich sehe, seid Ihr nicht allein. Wollt Ihr mir Euer Gefolge nicht vorstellen?«

»Ich glaube nicht, dass das nötig ist.«

»In der Tat«, bestätigte der Lord, lehnte sich noch ein wenig weiter vor und legte die Fingerspitzen aneinander. »Eure Gesichter sind mir nicht fremd. Wie Ihr sicherlich wisst, beobachte ich Euch schon eine ganze Weile.«

Er taxierte die Anwesenden mit einem grimmigen Blick, bis sich der Ausdruck auf seinem Gesicht plötzlich erhellte.

»Oh, und Ihr bringt mir mein Vöglein, wie nett! So lange warte ich jetzt schon auf dich. Komm zu mir, mein kleiner Feuervogel!«

Elegant erhob er sich und streckte eine Hand nach vorn.

Aus dem Augenwinkel konnte Aerthas erkennen, wie Tâlie und Yokumo einen Schritt nach vorn traten und Lysanna in ihrer Mitte etwas nach hinten wich.

Sie hatte die Lippen aufeinandergepresst und die Augen zu schmalen Schlitzen verengt.

Aerthas sah wieder in Richtung des Flammenden Lords. »Vögel sind sehr freiheitsliebende Tiere, müsst Ihr wissen. Und ich glaube, dieser hier würde lieber sterben, als freiwillig in Euren Käfig zu flattern.«

Das Lächeln auf Ardérus' Gesicht gefror und er ließ die Hand sinken. »Feranemnon hält sich für sehr schlau, dich zu mir zu schicken. Aber wie töricht ist er, zu glauben, dass ein paar Sterbliche in der Lage wären, unerkannt in mein Schloss einzudringen und mich einfach so zu töten? Wie töricht seid *Ihr*, das zu glauben?« Jetzt lachte er.

Zorn stieg in Aerthas auf. Immerhin *waren* sie unentdeckt in sein Schloss gekommen, immerhin *standen* sie jetzt vor ihm in eindeutiger Überzahl. Immerhin *waren* unter ihnen zwei Schöpfungen, die gemeinsam sicherlich ebenso mächtig waren wie er.

»Denkt Ihr wirklich, ich hätte nicht schon längst gewusst, was Ihr plant? Wieso wohl habe ich eine einfache, untote Magd in Begleitung eines erbärmlichen Leibwächters zu Euch geschickt? Noch dazu eine, die sich besser in diesen Mauern auskennt als viele andere? Ihr seid nur hier, weil ich es wollte, weil ich Lysanna eine letzte Chance gebe, sich zu mir zu bekennen. Komm an meine Seite und gemeinsam werden wir aus dieser Welt einen besseren Ort für uns machen!«

»Niemals«, zischte die Jägerin so leise, dass Ardérus es sicher nicht hören konnte, und doch schien er ihre Worte wohl vernommen zu haben.

»So sei es denn«, sagte der Lord bitter. »Dann stirb eben mit den anderen.« Er riss die Arme in die Höhe und mit einem Mal begann sich die Lava links und rechts zu erheben. Sie wogte hin und her, brodelte und kochte.

Hektisch blickte Aerthas immer wieder von rechts nach links und merkte, dass auch seine Freunde hinter ihm unruhig wurden.

Im nächsten Augenblick türmten sich die Lavabäche auf und zwei riesige Körper stießen daraus empor. Mit einem gewaltigen Beben sprangen sie auf den schwarzen Weg vor ihnen.

Die Geschöpfe erinnerten Aerthas entfernt an die Feuerechsen, denen sie in Kambrion öfters begegnet waren. Doch diese Exemplare waren viel größer und ihre massigen Körper schienen aus reiner Lava zu bestehen.

Die gigantischen Schwänze peitschten durch die Luft und jedes Mal, wenn sie auf den Boden trafen, erschütterte ein weiteres Beben die Halle. Eine der Bestien riss ihren Kopf empor und öffnete das Maul. Doch anstatt eines gellenden Brüllens, das Aerthas erwartet hatte, schoss eine Feuerfontäne daraus hervor. Dann, als hätten sie jetzt erst bemerkt, dass sie nicht allein waren, drehten beide Echsen ruckartig ihre Köpfe zu ihnen.

›*Platz, wir brauchen dringend Platz*‹, war der erste klare Gedanke, der sich in Aerthas' Kopf formte.

Wenn diese Biester ihren Feuerstrahl auf sie richteten, mussten sie ausweichen können.

Er lenkte seine Konzentration auf die beiden Lavaströme, die jetzt wieder ruhig dalagen. Trotz des stechenden Schmerzes, den er dabei im ganzen Körper spürte, schaffte er es im Bruchteil einer Sekunde, die Lava so weit abzukühlen, dass sie zu Stein erstarrte.

Schon riss die Echse, die ihm am nächsten stand, erneut das Maul auf und dieses Mal richtete sie ihren tödlichen Atem direkt auf Aerthas.

Er sprang zur Seite und rollte sich über die Schulter ab. Besorgt sah er sich um. Er musste sich zu vergewissern, dass auch die anderen unversehrt geblieben waren.

»Mach das doch einfach noch mal, aber mit ihnen!«, brüllte Tâlie, die ihm am nächsten stand, und deutete auf das neu entstandene Gestein zu ihren Füßen.

»Ich kann nicht!«, schrie er zurück und erklärte: »Ich kann es nicht einsetzen, um anderen zu schaden.«

Beim Angriff der Echse war die Gruppe auseinander gesprungen und hatte sich auf verschiedenen Seiten des Raumes in Sicherheit gebracht. Den Umstand, dass sie sich geteilt hatten, nutzten die Ungeheuer jetzt und jedes von ihnen wandte sich nun einer Gruppe zu.

Aerthas hörte ein dunkles Knurren und stellte fest, dass Kirkon, der ebenfalls in seiner Nähe war, in seine Wolfsgestalt gewechselt hatte. Er stand tief geduckt, die grauen Nackenhaare aufgerichtet, und fixierte mit seinen gelben Augen die Bestie vor sich. Ein weiteres Knurren, gefolgt von einem Bellen, und der Wolf preschte nach vorn.

Aerthas blieb noch genug Zeit, festzustellen, dass Kirkon mit der menschlichen Haut auch den schillernden Schutz des Eises abgeworfen hatte, als dieser sich vom Boden abdrückte und der Echse an die Kehle sprang.

Sofort ging der Tierkörper in Flammen auf und der Geruch von verbranntem Fell mischte sich in die stickige Luft.

Die Feuerechse hob eine ihrer mit mächtigen Krallen versehenen Pranken und schlug nach dem Angreifer, schleuderte ihn zur Seite. Der Wolf heulte noch einmal auf, als er gegen die Wand prallte und daran herunterrutschte, bevor er regungslos liegen blieb.

Die Echse wollte zu ihm stapfen. Schon leckte eine feurige Zunge begierig über die Lippen, in Erwartung der ersten Mahlzeit. Doch noch eh sie sich in Bewegung gesetzt hatte, surrte etwas durch die Luft und prallte auf ihren Rumpf, sodass sie sich von Kirkon abwandte und umsah.

Semei hatte den Bogen erhoben und schoss einen Pfeil nach dem anderen auf die Echse. Nicht dass auch nur eines der Geschosse das Ungeheuer verletzt hätte, aber Semei lenkte zumindest dessen Aufmerksamkeit auf sich.

Wieder riss die Echse das Maul auf und stieß einen weiteren Feuerschwall in ihre Richtung.

Dieses Mal schafften sie es nicht alle, auszuweichen.

Mit vor Schreck geweiteten Augen musste Aerthas zusehen, wie der Sturm aus Flammen Tâlie erreichte und vollkommen verschlang. Stumm entsandte er ein Stoßgebet, flehte Tetis an, sie möge ihm die Kraft geben, seine Schwester zu beschützen – die einzige lebende Verwandte, die ihm noch geblieben war. Er wollte sie nicht verlieren, schon gar nicht, wenn er danebenstand und nichts tun konnte, als zuzusehen.

Doch! Er konnte etwas tun!

Er stellte sich vor, wie das schützende Eis auf ihrer Haut immer dicker wurde und nicht einen Funken hindurchließ.

Die Bestie schloss das Maul und warf wütend den Kopf hin und her.

Tâlie stand noch immer an derselben Stelle, eine Hand schützend vors Gesicht erhoben. Sie ließ diese sinken und sah sich fassungslos um. Bis auf einige Rußflecken auf ihrer Rüstung war sie tatsächlich unversehrt.

Aerthas stürzte zu ihr hinüber und riss sie an sich, weg aus der Reichweite der Bestie. Seine Schwester zitterte, doch sie erwiderte die Umarmung.

»Das … hast du gemacht«, stammelte sie. »Du hast mir das Leben gerettet!«

»Du bist meine Schwester, hast du etwas anderes erwartet?«

Wie immer währte dieser Anflug von Gefühl nur kurz und schnell zog sich Tâlie wieder hinter ihre steinerne Fassade zurück.

»Wir müssen diese Ungeheuer vernichten, eh sie uns alle umbringen.« Sie schob ihn von sich.

»Sie sind nicht unser eigentliches Ziel, vergesst das nicht«, mischte sich Sedan ein, der eben an ihnen vorbeischritt. Er riss einige der Ketten, die an den Wänden angebracht waren, herunter. »Wir müssen sie nur lange genug in Schach halten, damit Aerthas und Lysanna ihre Aufgabe erfüllen können.« Bei diesen Worten nickte er dem Flammenden auf seinem Podest zu, der das Geschehen mit hämischem Grinsen verfolgte.

Sedan warf Tâlie eine der Ketten zu und sie verstand sofort.

»Aerthas, sieh zu, dass deine Schilde halten, bis wir das hier im Griff haben«, sagte sie und ließ ihn stehen.

Aber er brauchte nicht zu *sehen*. Er fühlte es. Jedes Mal, wenn eine der Rüstungen schwächer wurde und die allgegenwärtige Hitze drohte, die Haut darunter zu versengen, spürte er es, als würde es ihm selbst geschehen. So war es ein Leichtes, die Rüstung erneut zu verstärken, ohne dass er die Person berühren musste. Er hatte die Gabe vollständig unter Kontrolle.

Einzig Lysanna forderte ein wenig mehr seiner Konzentration, denn bei ihr war es nicht nur die äußere Hitze, sondern auch ihr inneres Feuer, das den eisigen Schutz ständig zum Schmelzen bringen wollte. Doch auch für sie genügte ein Blick und er wusste sie in Sicherheit.

So stand er da und beobachtete seine Freunde, wie sie sich gegen die Biester zur Wehr setzten.

Tâlie schwang die große Kette wie ein Lasso über dem Kopf und warf sie in hohem Bogen über den Hals der Feuerechse. Auf der anderen Seite stand Sedan, bereit, das Ende aufzufangen, um so die Kreatur zu Boden zu ringen.

Doch kaum dass das Metall die brennende Haut berührt hatte, zerschmolz es und die Kette fiel auseinander.

»Eisprinz, schenk mir mal kurz deine Aufmerksamkeit!«, brüllte Sedan ihm zu und er wusste sofort, was der Seelenlose wollte.

Tâlie schnappte sich eine weitere Kette und als sie diese erneut schwang, hüllte Aerthas auch sie in ein frostiges Kleid. Sie traf den Hals des Untiers, das kurz aufjaulte. Doch dieses Mal hielt die Kette und das andere Ende flog wie geplant zu Sedan hinüber.

Dieser sprang in die Luft und hielt sich an der Kette fest, flog unter dem Kopf der Echse hindurch und wurde auf der anderen Seite nach oben katapultiert, sodass er auf dem Rücken des Tieres landete.

Der Aufprall kam so überraschend, dass es Aerthas förmlich die Füße wegriss. Er spürte das Brennen des Tieres so stark, als würde er selbst dort oben stehen.

Überwältigt von diesem Schmerz, fiel er auf die Knie. Nie zuvor hatte er eine solche Hitze erlebt. Er war sich sicher, dass diese Echsen direkt aus der Hölle emporgestiegen sein mussten. Ihrer direkten Berührung zu widerstehen, forderte all seine Kraft. Er richtete seinen Blick starr auf Sedan, fixierte ihn und die Kette, die jetzt eng um den Hals des Tieres geschlungen war.

Die Feuerechse wehrte sich gegen ihren neuen Reiter und bäumte sich auf. Man konnte sehen, wie sich ihr Körper langsam aufzublähen schien. Nicht mehr lange, und sie würde ein weiteres Mal ihren feurigen Atem über sie ergießen.

Aber auch Aerthas würde nicht mehr lange standhalten können. Das Brennen hatte sich von seinen Füßen ausgebreitet, durchwanderte seinen Körper bis zum Kopf, als wolle es diesen zum Kochen bringen. Er vergaß alles um sich herum, konzentrierte sich nur noch auf Sedan und niemanden sonst.

Der Seelenlose hielt sich aufrecht, so sehr sich das Untier auch zur Wehr setzte. Es schien beinah, als würde er auf etwas warten.

Und in der Tat, als das Biest das nächste Mal das Maul aufriss, um seinen Feuersturm herauszulassen, zog Sedan die Kette straff und schnürte der Echse damit die Kehle ab.

Nun, da sie den Druck in ihrem Inneren nicht mehr entladen konnte, verfiel sie in noch größere Raserei. Ihr Leib schwoll weiter an und ihr Schwanz peitschte wie wild in alle Richtungen.

Im letzten Moment stieß sich Sedan von ihrem Rücken ab, bevor der Körper der Echse explodierte. Er flog durch die Luft und landete katzengleich neben Aerthas, den der Schwall heißer Luft, mit der sich die Explosion entlud, gegen die nahe liegende Wand geschleudert hatte.

Sedan streckte dem Elfenkrieger die Hand entgegen und half ihm, aufzustehen.

»Langsam sind wir ganz gut aufeinander eingespielt«, bedankte sich Aerthas für die helfende Hand.

»Bild dir bloß nichts darauf ein«, erwiderte Sedan mit einem Augenzwinkern und fragte dann wieder ernst: »Wie steht es um die anderen?«

»Ich habe keine Ahnung. Während du da oben warst, konnte ich sie nicht schützen …« Aerthas blickte sich nach seinen Freunden um und erstarrte, als er sah, wie sie gerade von der zweiten Echse in die Ecke gedrängt wurden.

35

Lysanna

Als die Echse explodierte, hatte Lysanna wie gebannt zugeschaut. Die Tiere waren also doch nicht unbesiegbar, es gab Möglichkeiten, sie zu vernichten.

Dieser Moment der Unaufmerksamkeit hatte jedoch gereicht. Die zweite Echse, die sie bisher mit Angriffen aus immer wechselnden Richtungen verwirrt hatten, nutzte die Gelegenheit, um sich zu orientieren und sie gezielt zu attackieren.

Als Lysanna wieder nach vorn sah, schwang das Tier seinen Schwanz durch die Luft und ließ ihn mit voller Wucht auf einen der Zwerge prallen.

Die Jägerin wusste nicht, wen der beiden es getroffen hatte, sah nur, dass der andere zu ihm lief, seine Axt beiseite warf und neben dem Bruder auf die Knie fiel.

Die Echse zögerte keine Sekunde und hatte sich bereits ihr nächstes Opfer ausgewählt. Ihre schimmernden Augen richteten sich auf

Lysanna. Mit Schritten, die die Erde beben ließen, kam sie auf die Jägerin zu.

Lysanna wich zurück, bis sie die kalte Steinwand im Rücken spürte.

Nur eine Handbreite vor ihrem Gesicht hielt das Tier an. Die gespaltene Zunge zuckte umher und der heiße, nach Schwefel riechende Atem brannte in ihrer Nase.

Die Echse riss das Maul auf und entließ einen schrillen Schrei.

Noch immer hielt Lysanna ihren Flammenbogen in der Hand und schlug damit nach der Bestie. Doch diese brüllte nur noch einmal, ungerührt von den mageren Versuchen der Elfe, sich zu wehren. Die großen Obsidianaugen des Tieres zuckten hin und her und als die Echse Bosco zu ihrer Rechten erblickte, drehte sie den Kopf und schleuderte einen weiteren Flammenstrahl in seine Richtung.

Es kam Lysanna vor, als hätte die Bestie den Befehl erhalten, sie von den anderen zu trennen.

»Aber natürlich«, stieß sie aus, als ihr schlagartig klar wurde, was hier geschah.

Das Ungeheuer drehte ihr den Kopf zu und funkelte sie an.

»Du kannst mir nichts tun.« Sie warf dem Flammenden Lord einen kurzen Blick zu, der das Geschehen immer noch bewegungslos von dem Podest aus beobachtete. »Er ist dein Meister und allein sein Wille ist es, der dich am Leben hält. Und du weißt, dass ich ein Teil von ihm bin und die gleiche Macht besitze, über dein Schicksal zu bestimmen!«

Das Tier stieß ein erneutes Brüllen aus. Jetzt klang es allerdings eher verängstigt als aggressiv.

»Du musst meinen Befehlen genauso Folge leisten wie den seinen!«, schmetterte sie ihm entgegen.

Dann tat sie das, was sie immer getan hatte, seit sie die Gabe in sich trug: Sie drängte das Feuer zurück in die Tiefen ihres eigenen Inneren, entzog allem in ihrer unmittelbaren Umgebung die Wärme und nahm sie in sich auf.

Schon konnte man sehen, wie die orange leuchtenden Magmaströme im Gesicht der Feuerechse dunkler wurden. Nicht wissend, wie ihr geschah, begann die Echse rückwärts zu wanken und mit jedem Schritt, den sie tat, wurden ihre Bewegungen zähflüssiger und die Farbe ihres Körpers dunkler.

Lysanna folgte dem Tier und saugte mehr und mehr der sengenden Hitze aus dessen Körper, bis es fast gänzlich in seiner Bewegung erstarrte.

Das Herz der Jägerin raste und ihr Blut schien zu kochen. Doch die Euphorie über das Ausmaß ihrer eigenen Macht war so groß, dass sie es kaum bemerkte.

Die Echse sah nun aus, als wäre sie vollkommen zu Stein erkaltet. Die Zunge hing wie ein schwarzer Schatten zwischen den massigen Kiefern hervor und nur der wabernde Dampf, der noch aus dem Spalt hervorquoll, wies darauf hin, dass der heiße Kern in ihrem Inneren noch nicht vollständig versiegt war.

»Wenn ihr dieses Vieh angreifen wollt, dann solltet ihr es verdammt noch mal jetzt tun!«, brüllte Lysanna ihren Kameraden zu, die die Szenerie allesamt nur mit geweiteten Augen beobachtet hatten.

Der Zwerg war der Erste, der reagierte. Er sprang auf und griff nach seiner Axt. »Das ist für Bruhn!«, rief er aus und schleuderte seine Waffe der erstarrten Kreatur entgegen.

Dort, wo sie auftraf, trennte sie den Schwanz vom Rumpf, der darauf krachend zu Boden fiel und zersprang. Nun wurden auch die anderen wach, attackierten die Echse mit Schwertern, Äxten und Hämmern und ließen Pfeile auf sie niederregnen, bis kurze Zeit später nichts als ein Haufen Geröll von dem Biest übrig war.

Nur ein einziger der riesigen Felsbrocken glühte noch in rotem Schein und zeugte davon, dass hier gerade etwas Außergewöhnliches geschehen war.

»Ich könnte jetzt gut eine Abkühlung gebrauchen«, murmelte Lysanna und suchte den Raum mit den Augen nach Aerthas ab.

Als sich ihre Blicke trafen, spürte sie sofort, wie sich ihr Puls beruhigte. Obwohl er ein ganzes Stück von ihr entfernt stand, war seine Wirkung auf sie stark wie nie zuvor.

Ein Klatschen ließ Lysanna herumfahren. Oben auf dem Podest stand Ardérus, ihr Schöpfer und größter Feind, und applaudierte ihnen.

»Ich muss gestehen: Ihr Sterblichen überrascht mich«, erklang seine Stimme laut und hämisch. »Ich hätte nicht gedacht, dass auch nur einer von euch den Liebkosungen meiner beiden Lieblinge widerstehen kann. Ihr habt euch meinen Respekt verdient …«

»Wir wollen nicht deinen Respekt, wir wollen deinen Tod!«, rief Yokumo.

Sie hatten sich neu formiert. Wie die Spitze eines Pfeils stand der Ratsherr ganz vorn, während die anderen mit ihren Waffen seine scharfen Flanken bildeten.

»Es ist vorbei, Ardérus«, fügte Yokumo noch hinzu.

»Vorbei?« Ardérus lachte abschätzig. »Dann sollte ich mich wohl geschlagen geben. Nun, wenn dem so ist – hier stehe ich. Komm und hol mich, edler Krieger, ich bin bereit zu sterben.«

Einen Moment noch zögerte Yokumo, dann riss er sein Schwert in die Höhe und stürmte mit einem lauten Kriegsschrei nach vorn. Die anderen taten es ihm gleich, nur Lysanna blieb zurück.

Sie konnte Ardérus einfach nicht angreifen. Irgendwie fühlte es sich falsch an, gefährlich.

Wie in Zeitlupe beobachtete sie, wie Yokumo das Podest erreichte, gefolgt von seinen Gefährten die Stufen emporsprang und sich vor der Essenz des Feuers aufbaute. Ohne dass diese auch nur versuchte, sich zu wehren, holte Yokumo aus und schwang das Schwert durch die Luft.

Es glitt durch den Hals des Flammenden Lords, als wäre dieser aus Wachs. Mit einem dumpfen Geräusch prallte der Kopf auf dem Boden auf und rollte noch ein Stück weiter, bis er schließlich, mit dem Gesicht zu Lysanna gewandt, liegen blieb.

Selbst vom Rumpf getrennt, verlor der Schädel nicht das spöttische Grinsen und das Funkeln der Augen. Auch der Körper stand noch immer so, als ob Yokumos Schlag ihn verfehlt hätte.

Dieser warf nun sein Schwert zur Seite.

»Ja! Ja! Ja!«, jubelte er, packte Tâlie, die neben ihm stand, und wirbelte sie durch die Luft.

»Sieg den ›Angelus Mortis‹!«, brüllten Semei und Bosco gleichzeitig, während sie ihre Fäuste gegeneinanderschlugen.

Selbst der sonst so kühle Sedan konnte sich einen Jubelschrei nicht verkneifen.

Lysannas Siegesfreude hielt sich jedoch in Grenzen. Sollte wirklich nicht mehr nötig gewesen sein, als der irdischen Hülle einer Essenz den Todesschlag zu versetzen?

»Das war zu einfach …«, sagte sie leise.

Die anderen stiegen die Stufen des Podests herunter. Sie jubelten und grölten noch immer, als sie langsam zu ihr herüberkamen.

Mit einem Mal begann die Erde erneut zu beben. Die felsigen Überreste der Echse neben ihr vibrierten und einige Gesteinsbrocken rieselten von der Decke.

»Ohne ihren Herrn scheint auch diese Festung nicht länger Bestand zu haben«, mutmaßte Yokumo, dessen Arm noch immer locker um Tâlies Schultern lag, die sich unter dieser Berührung sichtlich wohl fühlte. »Wir sollten zusehen, dass wir hier schleunigst verschwinden. Bosco, Semei ihr kümmert euch um Kirkon. Sedan und Lysanna – ihr holt den Zwerg. Wir lassen niemanden hier zurück, ganz gleich, ob tot oder lebendig.«

Lysanna hatte seine Worte wohl gehört, doch war sie unfähig, sich zu bewegen. Wie hypnotisiert starrte sie noch immer in Richtung des Podests.

Aerthas musste den Schrecken in ihrem Gesicht erkannt haben. Als er sich umdrehte und sah, was sie gerade erblickte, begann er zu rennen.

Zur selben Zeit, wie das Beben begonnen hatte, war der Körper des Flammenden Lords zu dunklem Staub zerfallen, der sich nun erhob und in einer bedrohlichen Wolke über dem Thron schwebte.

Wie von einem plötzlichen Windstoß erfasst, schoss diese nun auf Lysanna zu.

Obwohl sie wusste, dass es zwecklos sein würde, hob sie die Hand, um die drohende Gefahr abzuwehren.

Sie konnte noch spüren, wie sich Aerthas' Finger um die ihren schlossen, als die dunkle Wolke sie erreichte und durch Ohren, Mund und Nase in ihren Kopf drang, bis der Staub sie vollständig auszufüllen schien.

36

Lysanna

Als sie wieder zu sich kam, bemerkte sie sofort, dass es nicht der schwarze Steinboden war, auf dem sie lag. Benommen rappelte sie sich auf und sah sich um.

Der lange Gang, in dem sie sich befand, war in ein warmes Licht getaucht, obwohl Lysanna weder Fenster noch Fackel erblicken konnte. Die Wände, die Decke und auch der Boden, auf dem sie gelegen hatte, bestanden vollkommen aus Holz. Es handelte sich aber nicht um Planken oder Leisten, die mühselig aneinandergesetzt worden waren, sondern schien vielmehr aus einem Ganzen zu bestehen, fast als wäre es natürlich so gewachsen.

In die Wände waren eine Vielzahl von Türen eingelassen, wobei jede von einem kunstvoll gewebten Wandteppich geschmückt war.

Der ganze Ort wirkte so bizarr und fremd, dass Lysanna ein Schauer über den Rücken lief.

Wie war sie hierhergekommen? Und was noch wichtiger war: Wo war sie?

Sie ging auf eine der Türen zu und betrachtete den Teppich, der an ihr befestigt war.

Eine Gruppe von Elfen war darauf abgebildet, allesamt gekleidet in Soldatenkluft, die vor einem hohen Torbogen standen. Im Hintergrund konnte man die spitzen Dächer von Kasernen erkennen.

Zwei Elfen stachen besonders hervor. Die eine war zierlich und jung, hatte flammend rotes Haar und einen Bogen geschultert. Der andere, schwarzhaarig und mit breiten Schultern, trug keine Soldatenkluft, sondern eine Rüstung und darüber einen Wappenrock mit dem Zeichen der ›Obscuritates‹. Er hatte die Hand der jungen Elfe ergriffen und senkte den Kopf zum Gruß.

Lysanna kannte die Szene, die hier abgebildet war, ganz genau. Es war der Moment, als sie Orano zum ersten Mal begegnet war. Die Erinnerung an diesen Tag überkam sie, als wäre es erst gestern gewesen.

Damals schien die Welt noch in Ordnung zu sein. Sie hatte gerade ihre Ausbildung in Klingensang abgeschlossen, in der das Kämpfen Mann gegen Mann nicht mehr als ein Spiel gewesen war. Es war eine solche Ehre gewesen, als dieser weithin bekannte und dazu noch höchst attraktive Clanführer ihr persönlich einen Platz in seinen Reihen angeboten hatte. Sie konnte sich noch zu gut daran erinnern, wie eifersüchtig ihre Schwester damals war – immerhin war dieser Elf doch der Schwarm aller unverheirateten Frauen gewesen.

Geistesabwesend strich sie mit den Fingern über den Teppich. Da begann sich das Bild zu verändern.

Die Stadt, der Torbogen und auch die anderen Soldaten verschwanden. Stattdessen sah man nun das Innere einer Kirche. Die junge, rothaarige Elfe trug nicht länger die Kluft des Krieges, sondern war in ein langes, weißes Kleid gehüllt. Auch der Krieger hatte die Rüstung gegen einen schwarzen Festanzug getauscht. Sie standen einander gegenüber und hielten sich an den Händen – der Moment, in dem sie Orano die ewige Treue versprochen hatte.

Wie gebannt starrte Lysanna weiter auf den Teppich, als dieser sich erneut verwandelte.

Jetzt zeigte er ein Schlachtfeld, auf dem Orano hocherhobenen Schwertes über einem Mann stand. Ein Stück dahinter sah sie sich selbst mit Mitzums Dolch in der Hand.

Das reichte, sie wollte nicht länger hinsehen. Schnell zog sie die Hand zurück, denn die Bilder weckten nicht nur alte Erinnerungen, sondern ließen sie auch das Gleiche empfinden wie damals. Um keinen Preis wollte sie das Gefühl ewiger Verdammnis noch einmal erleben.

Sie wandte sich ab und ging den Gang weiter entlang. Der nächste Teppich zeigte zwei Elfenkinder, die mit Spielzeugbögen auf eine Vogelscheuche zielten.

Sie lächelte, als sie daran dachte, wie ihr Vater die Bögen einst für sie und ihre Schwester geschnitzt hatte. Schon hob sie die Hand, um den Teppich zu berühren und noch mehr zu sehen. Doch sie ließ sie wieder sinken. Das Verhältnis zwischen ihr und ihrer Schwester hatte kein gutes Ende genommen und war sicher nichts, was man sich noch einmal hätte ansehen wollen.

Stattdessen drehte sie sich um. Wem der Teppich an der gegenüberliegenden Tür gewidmet war, musste sie nicht lange überlegen. Das kleine Mädchen mit dem rabenschwarzen Haar und den großen Kulleraugen, mit denen es den Betrachter schüchtern ansah, war unverkennbar Fayori. Auch den Mann, hinter dem sie sich halb versteckt hielt, kannte sie.

»Mitzum …«, flüsterte sie und berührte mit den Fingerspitzen sein Gesicht. Da wandelte sich die Szene. Nun zeigte sie Fayori, hier schon deutlich älter, im Training mit Sedan.

Ob es von Mitzum hier auch einen Teppich gab?

Sie schritt den Gang weiter entlang und musterte die anderen Abbildungen. Alle Teppiche zeigten Personen, die ihr in Vergangenheit oder Gegenwart am Herzen gelegen hatten: ihre Eltern, Freunde, Mitstreiter. Schließlich fand sie auch den Teppich, der Mitzum zeigte.

Wie sie erwartet hatte, war auch hier der Moment ihrer ersten Begegnung festgehalten. Die einige Jahre jüngere Lysanna stand in einem ausladenden Ballkleid auf einem Balkon, hatte den Kopf auf die Hände gestützt und den Blick in den dunklen Nachthimmel gerichtet. Hinter ihr trat gerade ein ganz in schwarz gekleideter Mitzum nach draußen.

Zu Beginn hatte sein Interesse lediglich darin bestanden, sie als Maulwurf im Umfeld des Generals zu gewinnen. Sicher hatte sie ihn von Anfang an attraktiv gefunden, aber geliebt und vertraut hatte sie zu diesem Zeitpunkt noch Orano.

Lysanna seufzte. So schön ihre Erinnerung an die gemeinsame Zeit, die nach dieser ersten Begegnung folgte, auch war, so schmerzhaft war es auch zu wissen, dass es wohl niemals wieder so sein würde.

Vorsichtig streckte sie die Hand aus, berührte den Teppich und wie schon die anderen zuvor veränderte er sein Aussehen, zeigte ihr immer wieder neue Ausschnitte aus der gemeinsamen Vergangenheit: Versammlungen im Untergrund, bei denen sie sich verstohlenen Blicke zuwarfen, ihr erster Kuss am Tag vor der verhängnisvollen Hochzeit mit Orano, die heftigen Diskussionen, die sie so oft geführt hatten, nachdem dieser längst vernichtet worden war und schließlich auch ihren letzten Kuss vor ihrer getrennten Flucht aus Frostwall.

Sie hielt den Atem an. Würde der Teppich ihr jetzt zeigen, was mit Mitzum danach geschehen war?

»Faszinierend, diese Schicksalsteppiche, nicht wahr?«

Erschrocken zog sie die Hand zurück und drehte sich zur Quelle der Stimme um.

Ardérus war einige Schritte entfernt von ihr aufgetaucht und kam nun langsam auf sie zu.

Gern hätte sie sich noch einmal dem Teppich zugewandt, doch es schien ihr zu gefährlich, solange der Flammende Lord in der Nähe war. Auch wenn sie spürte, dass von ihm im Moment keine Bedrohung ausging, wollte sie die Fortsetzung der Geschichte nicht in seinem Beisein betrachten.

»Es freut mich sehr, dass Ihr gekommen seid«, sagte Ardérus mit weicher Stimme.

»Ihr habt mir wohl kaum eine Wahl gelassen«, erwiderte sie, so beherrscht sie konnte. »Wo sind wir hier?«

»Über uns befindet sich der Baum der Gezeiten und dies hier sind seine Wurzeln«, erklärte der Flammende Lord, während seine Hand sacht über die hölzerne Wand strich. »In ihnen findet Ihr die Geschichte eines jeden Lebens, festgehalten auf den Schicksalsteppichen und alle eng miteinander verknüpft.« Er drehte sich zu der Tür, vor der er gerade stand, und betrachtete den Teppich, der daran befestigt war. »An manche Begegnungen erinnern wir uns unser ganzes Leben, andere vergessen wir wieder.«

Lysanna trat neben ihn. Das Bild, das Ardérus gerade ansah, zeigte eine Gruppe Soldaten zu Pferd in einem schattigen Wald. Einer von ihnen war abgestiegen und stand vor einem toten Reh, neben dem eine junge, rothaarige Elfe kniete.

Sie überlegte einen Moment. Dann fiel ihr ein, dass dies der Tag ihrer Einberufung gewesen war, an dem sie auch den charmanten, unbekannten Hauptmann getroffen hatte.

»Man kann sich wohl nur an die wichtigen Begegnungen erinnern«, sagte sie nachdenklich zu Ardérus.

»Wenn ich mich nicht irre, spielt dieser Hauptmann sogar eine sehr wichtige Rolle für Euch«, meinte er fast liebevoll und forderte sie mit einer Handbewegung auf, den Teppich seine Geschichte erzählen zu lassen.

Sie war verwirrt. Sicher hatte sie sich damals sehr gewünscht, den geheimnisvollen Ritter mit den schönen grünen Augen noch einmal wiederzusehen. Doch bereits am nächsten Morgen war sie nach Klingensang, der militärischen Hochburg Elesztrahs, aufgebrochen, um ihre Kampfausbildung anzutreten. Wenn sie dem Hauptmann dort begegnet wäre, hätte sie es doch sicher gemerkt.

Von Neugier getrieben, streckte sie die Hand aus.

Dieses Mal veränderte sich die Szenerie jedoch nicht vollständig. Vielmehr begannen sich die dargestellten Figuren in einer schnellen Abfolge von Bildern zu bewegen. Sie sah, wie der Hauptmann erneut auf sein Pferd stieg, der Trupp weiterritt und sie selbst von der Bildfläche verschwand. Die Reiter hielten abermals, nun war es schon Nacht. Es wurde abgestiegen und ein Lager errichtet. Jetzt rückte der Hauptmann ins Zentrum des Betrachters. Er wurde größer und größer, bis man jedes einzelne Detail seiner Rüstung erkennen konnte. Dann nahm er seinen Helm ab.

Als der Elf sich das silberne Haar aus dem Gesicht strich, schnappte Lysanna nach Luft und presste die Hand auf den Mund. Augenblicklich hielt die Bilderfolge an, sodass Aerthas mitten in der Bewegung erstarrte und ihr mit verträumter Miene entgegenlächelte.

Jegliches Blut schien aus ihrem Körper zu weichen und selbst die lodernde Glut in ihrer Brust verlor für einen Moment all ihre brennend heiße Kraft.

Sie spürte, wie Ardérus ihr sanft die Hand auf die Schulter legte.

»Ich dachte, Ihr hättet gewusst, mit wem Ihr da Seite an Seite kämpft?«, fragte er entschuldigend.

»Nein ... «, stammelte sie. »Woher auch?«

»Hat er es Euch denn nicht gesagt?«

Plötzlich ergab alles, was Aerthas je gesagt oder getan hatte, einen Sinn. Seine Überraschung, als er ihr das erste Mal ins Gesicht gesehen hatte, seine Äußerung, wie lange er nach ihr gesucht und auf sie gewartet hatte, und das Gefühl, als würden sie einander schon ewig kennen, das sie ständig begleitet hatte.

Aber warum hatte er es ihr nicht erzählt?

»Vielleicht hat er es verschwiegen, weil er genau weiß, dass es keine gemeinsame Zukunft für Euch gibt«, überlegte Ardérus laut, als hätte er ihre Gedanken gelesen.

Sie biss sich auf die Unterlippe.

»Ich kann mir gut vorstellen, was in Euch vorgeht, meine Liebe.« Sein Tonfall klang besorgt, fast väterlich. Er ließ ihre Schulter los und ging langsam den Gang zurück, den Lysanna gerade gekommen war.

Sie warf noch einen kurzen Blick auf den Teppich vor sich, eh sie ihm folgte.

»Ihr fragt Euch immer wieder, warum es das Schicksal so schlecht mit Euch meint, warum Euch ein Übel nach dem anderen heimsucht«, sinnierte der Lord.

Im Gehen ließ er seinen Blick über die Personen auf den Wandteppichen gleiten.

»Die Sache mit den Männern zum Beispiel. Ihr verliebt Euch zum ersten Mal, nur um später zu erfahren, dass Euer Mann einen Königsmord plant und seid am Ende sogar gezwungen, ihn selbst zu töten. Doch Ihr verliert den Glauben an die Männer nicht und verschenkt Euer Herz ein weiteres Mal, wieder an einen Anführer – doch einen mit ganz anderen Idealen. Ihr überwindet mit ihm alle Hindernisse und schöpft schon Hoffnung auf eine glückliche Zukunft, als auch er Euch entrissen wird, Ihr seinetwegen sogar in den Krieg der Essenzen hineingezogen werdet. Und dann tritt noch ein Mann in Euer Leben, den Ihr lieben könntet. Doch er hat Geheimnisse vor Euch, verschweigt Euch die Wahrheit und wird Euch am Ende nur enttäuschen.«

Er sah sie mitleidig an.

»Oder nehmen wir Eure Familie. Eure Schwester zum Beispiel – als Kinder wart ihr unzertrennlich und später hat sie Euch gehasst,

Euch verraten und Euch sogar das Kind gestohlen. Fayori …« Er sah auf das Bild des Mädchens, an dem sie gerade vorbeigingen, und lächelte. »Wäre nicht jede Mutter stolz, ein solches Kind ihr Eigen nennen zu können? Aber Ihr empfindet nicht viel mehr als Mitleid für das junge Ding, das in Euren Augen immer nur eine Waise war, derer Ihr Euch angenommen habt. Wie könntet Ihr auch mehr fühlen, wo Ihr doch der Freude beraubt wurdet, sie in Eurem Leib zu spüren und sie aufwachsen zu sehen. Soll ich weitermachen?«

Langsam schüttelte Lysanna den Kopf. Eine große Leere machte sich in ihr breit. Ardérus hatte recht. Ihr Leben war nicht mehr als eine Aneinanderreihung von Leid, Verlust und Enttäuschung.

Gerade passierten sie Oranos Bildnis.

All das war nur seine Schuld. Ihr Leben hatte sich erst zum Schlechteren gewandt, als sie ihn kennengelernt hatte. Wenn sie ihm doch nur niemals begegnet wäre …

»Ist es nicht ein wenig egoistisch, die Ursache dafür bei anderen zu suchen?«

Irritiert wollte sie stehenbleiben, doch Ardérus führte sie am Ellenbogen weiter den Gang entlang, der nun eine Biegung beschrieb.

Seine Stimme hatte jede Wärme und jedes Mitgefühl verloren und klang nun kalt und abschätzig. »Orano gierte nach Macht, nur um sie Euch zu Füßen zu legen und als er Euch aus den Klauen seines Erzfeindes befreien wollte, fand er den Tod. Er ist gestorben, weil er Euch geliebt hat! Eure Schwester hat ihr Leben lang in Eurem Schatten gestanden und stets nur versucht, Eure Gunst zu erringen. Sie ist gestorben, weil sie Euch verehrt hat! Für Mitzum solltet Ihr nur ein Mittel zum Zweck sein. Doch Ihr habt ihm den Kopf verdreht, ihn glauben gemacht, dass ihm die Flucht mit Euch in eine glückliche Zukunft führe. Aber die Flucht ist gescheitert. Er ist gestorben, weil er Euch vertraut hat.«

Lysannas Magen verkrampfte sich und es war, als würde eine schwere Last auf ihren Brustkorb drücken.

»Und es wird ewig so weitergehen«, fuhr Ardérus unbarmherzig fort. »Ihr habt Euch in den Kopf gesetzt, mich zu töten und Aerthas in diesen Kampf mit hineingezogen. Wie wird es wohl für ihn ausgehen? Auch Eure Tochter lernt von Euch nichts anderes als Kampf und Opferbereitschaft. Welches andere Schicksal sollte ihr also bevorstehen als ein frühzeitiger Tod?«

Der Gang weitete sich jetzt zu einer Art riesigen Halle, von der über ein Dutzend Wege abgingen. An den Wänden aufgereiht standen meterhohe Regale, die bis auf den letzten Platz angefüllt waren mit Papieren, Schriftrollen und Büchern, sodass der Eindruck entstand, man befände sich in einer Bibliothek.

Vereinzelte Stühle und Tische, die in unregelmäßiger Anordnung im Raum verteilt standen, verstärkten dieses Gefühl noch.

In der Mitte stand ein einzelner hölzerner Rahmen, in dem ein weiterer Teppich aufgespannt war. Es war jener, von dem Rawena gesprochen hatte: das Abbild der großen Schlacht zwischen dem Eisprinzen und dem Flammenden Lord.

Wie gebannt starrte Lysanna auf den großen, glühenden Phönix, der kreischend über den beiden Kämpfenden schwebte.

Ardérus ließ ihren Arm los und ging auf den Teppich zu.

»Du musst es akzeptieren, wie es ist«, sprach er und verzichtete nun auf jede Förmlichkeit. »Es ist nicht dein Leben, das von Leid gezeichnet ist, sondern du bist es, die das Leid in das Leben anderer bringt.«

Er drehte sich wieder zu ihr um und faltete die Hände vor dem Körper. Als er ihren verzweifelten Gesichtsausdruck bemerkte, stahl sich ein triumphierendes Lächeln auf seine Lippen.

»Es muss nicht so weitergehen, Lysanna. Du kannst es beenden, indem du dich an meine Seite stellst. Mit deiner Hilfe wird meine Macht ins Unermessliche steigen. Bin ich dann erst der neue Hüter der Zeit, stehen die anderen Essenzen unter meiner Kontrolle – auch die Weberin, die die Schicksalsteppiche fertigt. Gemeinsam können wir dann Vergangenheit, Gegenwart und Zukunft ganz nach unseren Wünschen verändern. Wenn du mein Angebot annimmst, garantiere ich dir, dass weder Aerthas, noch Fayori, noch irgendjemand anderem, der dir wichtig ist, jemals wieder ein Leid geschieht.« Er streckte ihr eine Hand entgegen und als sie zögerte, fügte er noch hinzu: »In jeder Welt gibt es Licht und Dunkelheit. Und du, meine Liebe, gehörst eindeutig auf die Seite der Schatten.«

»Habt Dank für dieses Angebot«, sagte sie betont langsam und streckte ebenfalls eine Hand aus, als wolle sie die seine ergreifen. »Aber ich entscheide selbst, auf welcher Seite ich stehe.«

Sie drehte die Handfläche nach oben. Sofort entstand darauf ein Feuerball, den sie Ardérus entgegenwarf. Dieser wich aus, sodass die brennende Kugel ihn verfehlte und stattdessen auf den Teppich hinter ihm prallte, der sofort in Flammen aufging.

Mit vor Wut verzerrtem Gesicht blickte Ardérus erst auf den schwelenden Teppich und dann wieder zu ihr.

»*Das*, Jägerin, war ein Fehler.«

37

Aerthas

Aerthas drehte sich abermals auf die andere Seite. Das Quietschen des Bettes, auf dem er lag, riss ihn endgültig aus dem Schlaf. Sein Kopf schmerzte, sein Mund war staubtrocken und wirre Bilder eines schrecklichen Traumes spukten durch seine Gedanken. Mühsam setzte er sich auf und rieb sich mit den Händen über das Gesicht.

Selbst jetzt, nach dem Erwachen, fragte er sich, ob das, was er gerade erlebt hatte, wirklich nur ein Traum gewesen war. Allein die Erinnerung daran schien ihm so echt wie etwas, was er wirklich erlebt hatte.

Das war natürlich nicht möglich! Seit Jahrhunderten hatte Elesztrah keinen Krieg mehr erlebt. Monster wie diese brennenden Echsen gab es nicht und er selbst hatte seit Ewigkeiten kein Schwert mehr angerührt. Oder etwa doch?

Das Schlimmste war aber: So real ihm der vergangene Traum vorkam – so fremd schien ihm plötzlich dieses Zimmer. Er wusste genau, dass dies sein Haus war und dass auch der Hof und die Felder, die er durch das Fenster sehen konnte, ihm gehörten. Trotzdem ließ ihn das Gefühl nicht los, er würde hier nicht hingehören.

Langsam stand er auf und ging hinüber zu der Kommode, auf der eine gefüllte Waschschüssel stand. Mehrmals schöpfte er sich mit beiden Händen kaltes Wasser ins Gesicht. Dann griff er nach dem Krug, der danebenstand, und trank das darin verbliebene Wasser in einem Zug aus.

Allmählich wich die Benommenheit, doch das komische Gefühl blieb.

Er zog sich frische Kleidung an und ging dann in den Nebenraum.

Die Küche war leer, wenngleich das prasselnde Feuer im Ofen in der Ecke ihm auch verriet, dass bis vor Kurzem noch jemand im Haus gewesen sein musste. Auf dem runden Tisch in der Mitte des Raumes standen drei Teller und Becher aus Ton sowie eine Karaffe mit Milch, ein Laib Brot und ein Topf Marmelade.

Ein Lächeln legte sich auf seine Lippen, als er sah, dass sie mit dem Frühstück auf ihn gewartet hatten. Das Lächeln verschwand jedoch gleich wieder, als er sich fragte: Wer waren *sie*? Er konnte sich nicht erinnern.

Plötzlich hörte er von draußen das Brüllen einer Raubkatze.

Er schritt auf die Eingangstür zu, öffnete sie und trat ins Freie.

Die Sonne stand noch nicht sehr hoch und schien ihm direkt ins Gesicht. Mit einer Hand schirmte er die Augen ab, bis er sich an die Helligkeit gewöhnt hatte.

Als er sich umsah, bemerkte er Lysanna, die, einen Korb tragend, von einem der Ställe zu ihm herüberkam. Nie war sie schöner, als wenn das goldene Licht der Morgensonne ihre wohlgeformten Rundungen sanft unter ihrem Kleid abzeichnete und ihr Haar im schönsten Rot leuchten ließ wie lodernde Flammen.

Ein eisiger Schauer überlief seinen Rücken, als ihn dieser Anblick an die brennenden Monster erinnerte, die ihn in der vergangenen Nacht heimgesucht hatten.

Lysanna hatte ihn noch nicht bemerkt. Sie war in ein Gespräch mit einem kleinen Mädchen vertieft, das an ihrer Hand lief. Die Kleine mochte vier oder fünf Jahre alt sein und er bemerkte sofort die Ähnlichkeit, die zwischen ihr und Lysanna bestand.

Als das Mädchen ihn entdeckte, ließ sie Lysannas Hand los und kam auf ihn zugerannt. Ihre honigblonden Locken hüpften bei jedem Schritt und sie strahlte ihn mit einer solchen Freude an, dass es Aerthas das Herz wärmte.

Unwillkürlich ging er in die Knie und fing sie auf, als sie sich ihm entgegenwarf.

»Na, du alte Schlafmütze, bist du endlich aufgewacht?«, quietschte sie und schlang ihre kurzen Arme um seinen Hals.

Er erwiderte die Umarmung, bevor er sich von ihr löste. »Darf ich fragen, mit wem ich hier die Ehre habe, kleine Lady?«

»Lady?« Das Mädchen kicherte. »Mirai ist mein Name. Aber das weißt du doch, Papa!«

Bei diesen Worten riss er überrascht die Augen auf.

Mirai bemerkte das nicht. Sie hatte sich bereits abgewandt und schenkte ihre Aufmerksamkeit jetzt der großen, weißen Tigerkatze, die gerade um die Hausecke getrottet kam.

»Bella, komm!«, rief sie vergnügt. »Lass uns noch ein paar Hühner erschrecken!«

»Aber mach dich nicht schmutzig, es gibt gleich Essen!«, rief Lysanna ihr nach, die Aerthas gerade erreicht hatte.

Die Tigerin knurrte freundlich, als das Mädchen auf ihren Rücken kletterte, eh sie mit ihr davonsprang.

»Sie ist meine Tochter«, stellte er verblüfft fest. Dann schaute er zu Lysanna. »Unsere Tochter.«

»Natürlich.« Sie sah ihn besorgt an. »Liebling, stimmt etwas nicht?«

»Wie alt ist sie?«, fragte er, ohne ihr zu antworten.

»Vier Jahre«, erwiderte sie und betrachtete ihn stirnrunzelnd.

Langsam kam die Erinnerung zurück.

»Sie ist geboren, ein paar Monate nachdem wir geheiratet haben«, stellte er fest.

Lysanna nickte. »Aerthas, was ist los mit dir? Geht es dir nicht gut?«

Bedächtig schüttelte er den Kopf. »Ich weiß auch nicht. Ich habe nicht sonderlich gut geschlafen, vielleicht liegt es daran.«

Sie betrachtete ihn noch einen Moment argwöhnisch, doch dann entspannte sich ihr Gesicht. »Ich mache uns jetzt erst einmal ein schönes Frühstück. Danach wirst du dich bestimmt besser fühlen. Unsere Hühner waren fleißig.« Sie hielt ihm den mit Eiern gefüllten Korb entgegen.

Er nahm ihn ihr ab, legte einen Arm um ihre Schultern und gemeinsam gingen sie ins Haus zurück.

Im Laufe des Frühstücks entspannte er sich endlich. Noch während Lysanna die Eier in der Pfanne brutzelte, kam Mirai hereingestapft.

Mit Tränen in den Augen erklärte sie, dass es nicht ihre Schuld gewesen sei, dass eine der dummen Hennen auf sie zugeflattert gekommen war und ihr Kleid völlig verdreckt hatte.

Aerthas hatte die Kleine auf seinen Schoß gezogen, sie getröstet und ihr erklärt, dass genau so etwas dabei herauskäme, wenn man wehrlose Tiere ärgerte.

Beim Essen hatten sie gemeinsam gelacht und gescherzt. Mirai zog ihn immer wieder damit auf, dass er ihren Namen vergessen hatte, bis er schließlich aufgesprungen war, sie geschnappt hatte und damit drohte, sie kopfüber in den Schweinetrog hinter dem Haus zu stecken, während sie lachend versuchte, sich zu befreien.

Als die Teller leer waren, verabschiedete er sich von den beiden. Er gab Lysanna einen leidenschaftlichen Kuss, den Mirai mit einem Kichern kommentierte. Dann brach er auf zu seiner Arbeit auf dem Feld.

Mittlerweile war es kurz nach Mittag.

Der Ochsbär, den Aerthas führte, keuchte – zog er doch schon seit mehreren Stunden den schweren Pflug über den Acker.

Auch Aerthas schwitzte. Die Sonne brannte heiß an diesen Tagen und machte die Arbeit nicht leichter. Doch er war zufrieden, hatten sie doch schon die Hälfte des Feldes gepflügt, sodass er wohl übermorgen mit der Aussaat würde beginnen können.

»Wir haben gute Arbeit geleistet, mein Großer«, sagte er und tätschelte dem Tier liebevoll den Kopf. »Aber ich denke, wir haben uns eine kleine Pause verdient, oder?«

Er machte sich daran, das Geschirr zu lösen, mit dem der Pflug an dem Bären befestigt war, und brachte ihn zurück auf die schattige Koppel, damit er sich für den weiteren Dienst am frühen Abend ausruhen konnte.

Als er auf den Hof zurückkam und sein Blick über die Stallungen und das Wohnhaus glitt, wurde ihm einmal mehr bewusst, was für ein gutes Leben er führte.

Er besaß ein Stück Land und etwas Vieh, von dessen Ertrag es sich gut leben ließ. Er hatte eine wunderschöne Frau und eine kluge Tochter, auf die er stolz war und die in dieser abgeschiedenen Idylle in aller Ruhe aufwachsen konnte. Und selbst wenn es sie nach der Gesellschaft anderer Elfen verlangte, lag die große Stadt mit ihren Märkten und Festen nicht weit entfernt und die Tür seiner Schwester und ihres Mannes, die dort wohnten, stand ihnen jederzeit offen.

Doch als er jetzt quer über den Hof auf das Wohnhaus zulief, machte sich eine nervöse Unruhe in ihm breit. Er dachte an den Traum, den er in der letzten Nacht gehabt hatte. Er war nicht mehr als eine blasse Erinnerung. Doch der fade Beigeschmack, den er hinterlassen hatte, war geblieben.

Plötzlich hatte er das unbestimmte Gefühl von drohender Gefahr. Er beschleunigte seine Schritte und riss die Tür zum Wohnhaus auf.

Auf den ersten Blick schien alles normal. Die Sonne strahlte durch das Fenster und tauchte alles in einen warmen Glanz. Auf den Regalen an der Wand war das saubere Geschirr ordentlich gestapelt. Die Stühle standen an ihrem gewohnten Platz und auf dem Esstisch lagen bereits einige Zutaten für das Abendessen. Selbst die Blumen, die er Lysanna am Tag zuvor mitgebracht hatte, standen hübsch arrangiert in einer Vase auf der Kommode.

Nichts wies darauf hin, dass etwas nicht in Ordnung wäre.

Dann sah er Lysanna an und in dieser Sekunde wusste er, dass sehr wohl etwas nicht stimmte.

Sie kniete vor dem Ofen. Ihre Hände hatte sie im Schoß gefaltet und ihr Oberkörper wippte leicht vor und zurück. Dabei starrte sie wie gebannt auf die geöffnete Ofentür, hinter der ein kleines Feuer loderte.

Hinter ihr konnte er Mirai im Nebenzimmer erkennen. Sie saß auf ihrem Bett, die Beine von der Bettkante hängend und den Kopf gesenkt, sodass er durch den Schleier blonder Locken ihr Gesicht nicht sehen konnte. Ihre Hände lagen, wie die ihrer Mutter, in ihrem Schoß.

Jetzt sagte Lysanna etwas, doch ihre Stimme war so leise, dass Aerthas sie nicht verstand.

»Lysanna …«, sagt er betont ruhig. »Was ist los? Was ist passiert?«

Sie drehte ihm den Kopf zu, als würde sie erst jetzt bemerken, dass er sich im Zimmer befand. Ihre Augen waren gerötet und das Gesicht tränennass.

»Wieso bist du nicht da?«, fragte sie mit weinerlicher Stimme. »Du hast gesagt, du willst an meiner Seite sein, doch das bist du nicht. Ich schaffe das nicht allein, ich brauche dich!«

Panik stieg in ihm auf. Was war hier nur geschehen? Als er die beiden vor ein paar Stunden verlassen hatte, waren sie wohlauf gewesen und hatten vergnügt über ihren kommenden Ausflug in die Stadt geplaudert. Und jetzt, bei seiner Rückkehr, fand er seine Tochter apathisch und seine Frau vollkommen verzweifelt vor.

»Lysanna …«, versuchte er es noch einmal und streckte die Hand nach ihr aus.

In einer einzigen Bewegung sprang sie auf und schlug seine Hand fort. »Du solltest jetzt bei mir sein, stattdessen flüchtest du dich in deine eigene Welt«, brüllte sie ihn an.

Ihr Blick war jetzt fiebrig, fast als würde sie innerlich verbrennen.

»Ich bin doch da! Was zum Henker ist los mit dir?«, schrie er zurück.

Sie fing wieder an zu weinen, presste die Hände vors Gesicht und schüttelte wild mit dem Kopf. »Bitte geh jetzt, hilf mir!«

Er strich sich verzweifelt das Haar zurück und setzte gerade erneut an, etwas zu sagen, als ein Inferno losbrach.

Mannshohe Flammen schlugen mit einem Mal aus dem Ofen und setzten alles in Brand, was sie erreichen konnten: die Stühle, den Tisch, die Vorhänge und selbst Lysannas Kleid.

Sie schien das nicht zu bemerken. »Ich schaffe das nicht allein, ich brauche dich«, wiederholte sie nur immer und immer wieder.

Er sah noch einmal auf seine Tochter, die noch immer auf ihrem Bett saß, eh eine Wand aus Feuer ihm die Sicht versperrte.

»Papa!«, hörte er ihren schrillen Schrei.

Er wollte nach vorn preschen, um sie aus den Flammen zu befreien, doch eine hochschlagende Wand aus Feuer hielt ihn zurück.

»Ihr zu helfen, ist nicht deine Aufgabe.«, sagte Lysanna, plötzlich wieder gefasster.

Das Zimmer war mittlerweile vollkommen von den Flammen ausgefüllt, in deren Mitte ihre Gestalt das Einzige war, was er noch erkennen konnte.

»Geh jetzt«, sagte sie in bestimmtem, aber ruhigem Ton, der nichts mehr von der Hysterie erkennen ließ, von der sie gerade noch besessen gewesen war.

Sie machte ein paar Schritte nach vorn und mit ihr bewegte sich auch die Feuerwand weiter auf ihn zu.

Aerthas taumelte zurück, stolperte und fiel rücklings durch die noch immer geöffnete Eingangstür.

Wie gebannt starrte er auf seine Frau, die nun selbst aus purem Feuer zu bestehen schien.

»Geh endlich!«, schrie sie noch einmal, bevor sich die Tür vor ihm mit einem lauten Knall schloss.

Erst jetzt bemerkte er, dass er keineswegs im Freien gelandet war, sondern sich vielmehr in einem Gang aus glattem Holz wiederfand. An die Tür, auf die er blickte, war ein Teppich geheftet und das Bild, das dieser zeigte, kannte Aerthas genau. Es war der Moment, als er Lysanna auf den Geisterfeldern das erste Mal begegnet war.

Er kam auf die Füße und sah sich um.

Wo auch immer er hier war, er sah jetzt wieder ganz klar: Die Welt, die er gerade verlassen hatte, war nichts weiter gewesen als ein schöner Traum, mit dem Ardérus versucht hatte, ihn zu täuschen und von seiner eigentlichen Aufgabe abzuhalten.

Dies hier war die Realität und irgendwo in diesen Gängen kämpfte Lysanna wahrscheinlich gerade um ihr Leben.

Er musste sie finden und zwar schnell.

38

Lysanna

Um Lysanna herum loderten die Flammen. Alles in der großen Kammer hatte Feuer gefangen – die Bücher, die Schriftrollen, die Teppiche und Tische. Doch nichts davon verbrannte. Vielmehr schien es, als wäre dieses Inferno für die Ewigkeit gemacht.

Und genau so lange duellierte sie sich nun schon mit Ardérus – zumindest kam es ihr so vor.

Zu Beginn hatte es wirklich den Anschein gehabt, als könne sie sich gegen ihn behaupten. Mehr als einmal hatte sie ihn mit einem Feuerball getroffen, hatte seinen schwarzen Umhang in Brand gesteckt und sein graues Haar versengt. Auch ihre Feuerpfeile hatten ihr Ziel gefunden, drei davon mitten in seine Brust. Er hatte jedes Mal gebrüllt vor Schmerz, doch sofort war sein Schrei in ein irres Lachen übergegangen. Jeder Treffer, den sie landete, schien ihm ihre Stärke nur noch mehr bewusst zu machen und ihn in dem

Bestreben zu bekräftigen, sie entweder umzustimmen oder zu töten. So wurde seine Gegenwehr mit jedem geglückten Angriff nur noch aggressiver.

Während ihre eigenen Kräfte irgendwann anfingen nachzulassen, schien Ardérus' Macht mehr und mehr zuzunehmen, was aus dem einst ausgeglichenen Kampf nun eine reine Treibjagd machte.

Es fiel ihr immer schwerer, seinen Attacken auszuweichen. Öfters schon hatten seine Feuerwirbel ihren Arm oder das Bein getroffen und auch die brennende Peitsche, die er führte und die ihrem eigenen Bogen so ähnlich war, hatte sie bereits mehrere Male glühend heiß auf ihrem Rücken gespürt.

Sie konnte sich kaum mehr auf den Beinen halten, so sehr schmerzte ihr ganzer Körper, als er ihr einen erneuten Flammensturm entgegenschickte.

Sie sprang zur Seite, um hinter einem der umgestürzten Tische Deckung zu suchen, war aber nicht schnell genug, sodass das Feuer sie für den Bruchteil einer Sekunde vollständig einhüllte.

Sicher, sie hatte eine gewisse Resistenz gegen die Flammen, mehr wohl als jedes andere Wesen dieser Welt. Doch einem solchen Ausmaß an Hitze hielt nicht mal ihr Körper stand.

Hinter dem Tisch, der wie alles andere in dieser Kammer durch Feuer unzerstörbar zu sein schien und ihr etwas Schutz gewährte, kauerte sie sich vor Schmerz zusammen und versuchte einen klaren Gedanken zu fassen. Sie betrachtete ihre Arme und Beine, auf denen sich der geschmolzene Stoff ihres Kleides tief eingebrannt hatte und zusammen mit den wässrigen Blasen, die ihre Haut gebildet hatte, ein bizarres Muster ergab. Sie wollte nur einen Moment ausruhen und lehnte den Rücken gegen die Platte des Tisches, zuckte jedoch sofort zurück. Ihr Rücken war so zerschunden, dass ein Anlehnen nicht möglich war.

Sie zog die Knie an den Bauch, schlang die Arme darum und legte die Stirn darauf.

Der Lärm des tosenden Feuers und Ardérus' Rufe zehrten noch zusätzlich an ihrem Verstand und trieben ihre Gedanken immer mehr in die Abgründe von Wahnsinn und Verzweiflung.

»Sieh es ein, Feuervogel!«, schmetterte Ardérus über das Tosen und Beben hinweg. »Du kannst nichts gegen mich ausrichten, niemand kann das. Auch ohne dich bin ich mächtig genug, ganz Al'Arizon zu unterjochen. Du hingegen hast deine Chance verspielt – dein Weg endet hier. Die Frage ist nur, wann. Komm hervor und ergib dich, dann gewähre ich dir einen schnellen Tod! Tust du es nicht, wartet auf dich nur die Ewigkeit im Fegefeuer!«

›*Das war es nun also …*‹, dachte Lysanna.

Sie hatte so hart gekämpft, so viel gegeben, um am Ende doch nur zu scheitern. Sie presste sich die Hände auf die Ohren, wollte nichts mehr hören von dem, was Ardérus ihr zurief, nichts mehr hören von dem tosenden Sturm aus Feuer und Hitze, der um sie herum herrschte. Warum konnte es nicht einfach vorbei sein …

Wie gern wäre sie einfach aufgestanden und hätte den Flammenden Lord all dem ein Ende machen lassen. Doch nicht mal mehr dafür hatte sie noch Kraft.

Dabei hatte sie so stark sein wollen. Sie hatte stark sein wollen für Mitzum, für Fayori, für Tâlie, für Yokumo und Nikka – und auch für Aerthas.

»Aerthas …« Der Name kam nur als ein Wispern über ihre Lippen. Wenn sie nur wüsste, wo er war, ob es ihm gut ging oder ob er wirklich in den ewigen Schlaf geglitten war, wie der Flammende Lord immer wieder beteuerte.

»Wieso hast du mich allein gelassen?«, murmelte sie. »Ich brauche dich doch. Ich schaffe das nicht allein. Hilf mir, ich brauche dich! Ich schaffe das nicht allein!«

Mal um Mal wiederholte sie die Worte in einem monotonen Singsang, als könnte sie Ruhe und Trost darin finden.

Plötzlich verstummte der Lärm um sie herum.

Zögerlich nahm sie die Hände ein Stück von den Ohren – und wirklich: Die Geräusche, die ihr gerade noch fast den Verstand geraubt hatten, drangen nur noch gedämpft zu ihr.

Sie ließ die Hände sinken. Wahrscheinlich gehörte es zum Sterben dazu, dass die Sinne allmählich schwanden.

»Lysanna … Lysanna …«

Jemand rief nach ihr. Die Stimme war leise und vorsichtig und ihr trotzdem so bekannt. Langsam hob sie den Kopf.

Als sie Aerthas sah, glaubte sie zunächst, sie wäre letztendlich doch gestorben und er wäre gekommen, um sie auf ihrem letzten Weg zu begleiten. Sie versuchte aufzustehen, doch der Schmerz in ihren Gliedern hielt sie zurück, wenn er ihr auch gleichsam zeigte, dass sie sehr wohl noch am Leben war. Tote kannten keinen Schmerz.

Aerthas streckte die Hand nach ihr aus.

Sie wich zurück. Zu gern nur hätte sie sich ihm entgegengeworfen, sich an ihn gepresst und in seiner Umarmung alles um sie herum vergessen. Doch sie wusste, dass seine Berührung ihres geschundenen Körpers alles andere als angenehm und erlösend sein würde.

»Bei den Ahnen, was hat er dir nur angetan?«, stieß Aerthas hervor, ging neben ihr auf die Knie und strich ihr sanft das vor Schweiß nasse Haar aus der Stirn.

»Es ist nicht so schlimm«, murmelte sie wahrheitsgetreu. Schon seine bloße Anwesenheit hatte zur Folge, dass sie sich wesentlich besser fühlte als noch Sekunden zuvor.

Er half ihr aufzustehen, wobei er spürbar bemüht war, sie nur so viel zu berühren wie nötig.

»Was ist hier passiert?«, fragte er.

»Sieht man das nicht?«, antwortete sie mit einem zaghaften Lächeln. »Ich würde es als einen Kampf bezeichnen.«

Dann sah sie nach oben. Sie standen unter einer großen Kuppel aus Eis, die das Feuer zurückgedrängt hatte und Ardérus' Angriffe abschirmte.

»Hast du das gemacht?«

Er nickte, sah sie jedoch immer noch fragend an.

»Ardérus hat mich noch einmal gebeten, an seiner Seite zu kämpfen. Lass es mich so formulieren: Ich habe sein Angebot erneut abgelehnt und das hat ihm nicht sonderlich gefallen.«

Ein lautes Knacken unterbrach sie.

Sie sah abermals nach oben und bemerkte, dass sich in der eisigen Kuppel ein langer Riss gebildet hatte. So stark Aerthas' Schutz auch sein mochte – lange würde er wohl nicht halten.

Sie sah ihn wieder an.

»Er ist unbesiegbar, oder?«, fragte Aerthas nun.

Sie zuckte mit den Schultern. »Ich weiß es nicht. Ich glaube zwar, dass meine Angriffe ihn verletzt haben, doch wohl nicht stark genug, um ihm echten Schaden zuzufügen. Feuer gegen Feuer ist eben nicht so effektiv, wie man glauben könnte.«

Wieder durchbrach ein bedrohliches Knirschen die Stille und ein weiterer Riss bildete sich quer über die seitliche Wand des Schutzschildes.

»Mithilfe deines Eises sollte es uns doch möglich sein, einfach von hier zu verschwinden«, schlug sie vor.

»Und wohin?«

Darauf hatte sie keine Antwort. Ohne die Hilfe einer Essenz, die sich hier unten auskannte, hatten sie wohl kaum eine Chance, in diesem Labyrinth aus Gängen den Ausgang zu finden – wenn es einen solchen denn überhaupt gab.

Gedämpft konnten sie hören, wie Ardérus auf der anderen Seite der Eiswand über das plötzliche und unerwartete Erscheinen des Elfenkriegers tobte. Er schleuderte einen Feuerball nach dem anderen gegen die Kuppel, auf der immer mehr Spalten sichtbar wurden.

»Flucht ist keine Option«, stellte Aerthas mit resignierter Stimme fest. »Uns bleibt nur der Kampf.«

Er überlegte kurz, dann trat er einen Schritt von ihr zurück und hob die Hände vor den Körper, sodass die Handflächen zueinander zeigten. Schon im nächsten Augenblick begannen Schneeflocken dazwischen zu tanzen.

»Was tust du da?«, fragte Lysanna.

Er antwortete ihr nicht, sondern betrachtete nur mit angestrengter Miene das Spiel zwischen seinen Händen. Immer mehr Flocken wirbelten dazwischen. In ihrem irren Tanz fanden sie einander und verbanden sich zu immer größeren Kristallen, als wüssten sie, dass sie zu etwas Höherem bestimmt waren.

Die Schneeflocken blieben nicht nur zwischen Aerthas' Händen. Schon setzten sie sich auf seine Finger und spannen von dort einen Teppich aus weißem Frost an seinen Armen empor.

Sie konnte das Eis spüren, als würde es auf ihrer eigenen Haut wachsen. Die Kälte war angenehm, linderte den Schmerz der Verbrennungen und gab ihr Kraft.

»Was tust du?«, fragte sie noch einmal, doch noch während sie die Worte aussprach, erkannte sie es nun selbst.

Das Gebilde, das zwischen seinen Händen langsam Gestalt annahm, erinnerte entfernt an einen Bumerang, eine hölzerne Wurfwaffe, mit der die einfachen Waldtrolle auf Jagd gingen, um damit ihre Opfer niederzuschlagen. Doch bestand die Ähnlichkeit nur in der groben Form.

Die drei Arme der Waffe waren nicht stumpf und platt wie bei den hölzernen Exemplaren, sondern wirkten mit den glänzenden Spitzen und messerscharfen Kanten eher wie kunstvoll geschmiedete Klingen.

Immer schneller wirbelten die Flocken zwischen Aerthas' Fingern, als wollten sie der Waffe noch den letzten Schliff verleihen.

Noch während Lysanna das Treiben erstaunt betrachtete, verschwand der Schneesturm so plötzlich, wie er gekommen war. Der Bumerang schwebte jetzt ruhig in all seiner tödlichen Schönheit vor Aerthas' Brust.

»Das ist eine Waffe«, sagte sie in ehrfürchtigem Tonfall und sah zum Elfenkrieger auf.

Ein erschrockener Ausdruck löste den bewundernden Blick in ihrem Gesicht ab. Während sie wie gebannt auf den magischen Tanz der Eiskristalle gestarrt und die Rückkehr ihrer eigenen Kräfte dankbar genossen hatte, war ihr nicht bewusst gewesen, welchen Preis Aerthas dafür hatte bezahlen müssen.

Das weiße Geflecht hatte sich von seinen Armen weiter ausgebreitet und bildete dort, wo sein Herz war, einen undurchdringlichen Panzer. Bis in sein Gesicht setzte sich das frostige Muster fort und ummalte die vor Kälte blau gefärbten Lippen und die matten, eisblauen Augen.

»Das ist eine Waffe.« Ihre Stimme zitterte vor Entsetzen, als ihr in den Sinn kam, was Tetis einst zu ihnen gesagt hatte. »Du darfst keine Waffen erschaffen!«

Er antwortete nicht.

Stattdessen zerriss ein klirrendes Geräusch die Stille, als der eisige Bumerang zu Boden fiel. Im selben Moment brach auch Aerthas vor ihr zusammen, fiel auf die Knie und dann zur Seite.

Gerade noch rechtzeitig packte sie ihn bei den Schultern, um zu verhindern, dass sein Kopf hart auf dem Boden aufschlug.

»Oh, bitte, tu mir das nicht an!«, keuchte sie.

Die Arme unter seine Achseln geschoben, zog sie ihn zu dem umgekippten Tisch und lehnte ihn mit dem Rücken dagegen.

»Wieso hast du das bloß gemacht?«, schluchzte sie. Tränen liefen jetzt über ihre Wangen.

Er hatte den Kopf zur Seite gedreht, die Augen geschlossen und kleine, weiße Atemwolken stiegen unregelmäßig von seinen zitternden Lippen auf.

Mit lautem Getöse begann die Kuppel über ihnen zu zerbersten. Große Teile davon stürzten krachend um Lysanna zu Boden und hinterließen klaffende Löcher in dem Schutzschild, durch welche nun die erstickend heiße Luft von draußen einströmte.

»Gleich wird dir wärmer.« Zärtlich strich sie ihm das frostweiße Haar aus der Stirn, da drehte er ihr den Kopf zu.

»Wir kommen hier nicht lebend raus«, sagte er in heiserem Ton, ohne dabei die Augen zu öffnen. »Und wenn wir schon sterben, sollten wir wenigstens alles versucht haben, diesen Bastard mit uns in die ewigen Jagdgründe zu nehmen.«

Er drehte seinen Kopf in Richtung der Waffe, die ein Stück entfernt auf dem Boden lag.

»Nimm ihn und …«

Dann brach seine Stimme und sein Kopf sank leblos zurück auf seine Brust.

»Nein!«, stieß Lysanna hervor. »Nein …«

Sie nahm sein Gesicht in beide Hände, küsste seine Wangen, seine Lider, seine Lippen und benetzte seine Haut mit ihren heißen Tränen.

»Ich muss dir doch noch sagen, dass ich dich liebe«, hauchte sie, aber Aerthas regte sich nicht mehr.

Bebend sank sie auf seiner Brust zusammen und weinte lange – so lange, bis sie keine Tränen mehr hatte und nur noch trockenes Schluchzen aus ihrer Kehle drang.

Sie hatte keine Ahnung, wie viel Zeit verstrichen war, bis die eisige Kuppel vollständig verschwand und das infernalische Toben erneut über sie hereinbrach.

Von allen Seiten drängte sich wieder das Feuer zu ihnen und schien nunmehr mit seinem orangefarbenen Glanz den ganzen Raum auszufüllen.

Aber selbst im Tode schien Aerthas' kalter Körper sie noch immer zu beschützen. Als würde seine eisige Aura eine unsichtbare Barriere bilden, hielt sich das Feuer fern von ihnen und wagte nicht, sie, den Tisch, an dem er lehnte, oder auch nur den Boden um sie herum zu berühren.

Ihr Kopf lag noch immer auf seiner Brust. Stumm hatte sie Ardérus zugehört, wie er erst lieblich säuselte und dann wieder tobte in dem Versuch, sie hervorzulocken.

Nun war er schon seit einer Weile verstummt, hatte sich wohl dazu entschlossen, einfach abzuwarten, bis sie ihr schützendes Versteck aus lauter Verzweiflung verließ. Zeit spielte hier keine Rolle und er schien ihre Qualen zu genießen.

Aber diesen Gefallen würde sie ihm nicht tun. Sie würde einfach hier liegen bleiben, auch wenn es den Rest der Ewigkeit dauern würde.

Ohne ein bestimmtes Ziel glitten ihre Augen träge durch den Raum, über die flackernde Wand aus Feuer und den rußverschmierten Boden um sie herum, bis sie an etwas Glitzerndem hängen blieben. Es war der Bumerang, den Aerthas auf Kosten seines Lebens erschaffen hatte und auf dessen spiegelglatter Oberfläche sich nun die tanzenden Flammen reflektierten, sich jedoch nicht an ihn heranwagten.

Noch immer fragte Lysanna sich, warum er das getan hatte. Was nützte eine solche Waffe, wenn er nicht mehr da war, um sie zu führen?

Sie war ein Kind des Feuers, unfähig, eine Waffe aus Eis zu benutzen. Der Bumerang würde zerfließen, schon in dem Moment, in dem sich ihre Hand ihm nähern würde. Trotzdem war es Aerthas' letzter Wille gewesen, dass sie den Bumerang an sich nahm …

Sie löste sich von seiner Brust und rutschte geduckt zu der Waffe hinüber.

Es überraschte sie selbst, wie leicht ihr diese Bewegung fiel. Nichts war mehr übrig von der schmerzhaften Müdigkeit, die wie ein Schleier über ihr gehangen hatte, bevor Aerthas gekommen war.

Sie sah auf die dreizackige Klinge zu ihren Füßen und streckte die Hand danach aus.

Als ihre Finger die kalte Oberfläche berührten, zerstob diese nicht zu weißem Dampf, wie Lysanna erwartet hatte, sondern ging buchstäblich in Flammen auf. Diese waren nicht rot und heiß, sondern leuchteten in einem fahlen Blau und waren eiskalt.

»Der Schrei des Phönix …«, sagte sie ehrfürchtig, als sich ihre Finger um das Zentrum der Waffe schlossen.

Es war die Gabe in ihr, die den Namen dieser Waffe kannte. Sie war es auch, die wusste, was dieser Bumerang wirklich war: eine Wirbelklinge – eine Waffe, mit der nur die Essenzen kämpften.

Sie richtete sich zu ihrer vollen Größe auf. Die Zeit, sich zu verstecken, war vorbei.

Fast andächtig schritt sie durch das Feuer auf Ardérus zu, der ruhig auf sie wartete. Sie spürte nicht einmal, wie die Flammen um ihre Beine züngelten, an ihrer Haut leckten und das Fleisch darunter zum Kochen brachten.

Ardérus, der selbst nur noch aus fließender Lava und glühendem Gestein zu bestehen schien, schwebte mitten im Raum hoch über ihr.

»Endlich!«, stieß er aus mit einer Stimme, die nichts mehr gemein hatte mit der des freundlichen, alten Mannes, den er in der Rolle des Flammenden Lords so lange gespielt hatte.

Ein triumphierender Ausdruck lag auf dem nur noch entfernt an einen Menschen erinnernden Gesicht.

Lysanna lächelte ebenfalls.

»Du wolltest einen Feuervogel?«, schrie sie ihm entgegen und hob die Wirbelklinge über ihre Schulter.

Als Ardérus die Waffe in ihrer Hand erkannte, legten sich Angst und Entsetzen über seine sonst so selbstsicheren Züge. Er wusste, dass sie seinen Tod in den Fingern hielt.

»Du wolltest einen Feuervogel?«, wiederholte sie noch einmal. »Ein *Phönix* ist es, den du bekommen sollst!«

Dann schleuderte sie ihm die Klinge mit aller Kraft, die sie hatte, entgegen.

Ardérus kam nicht mehr dazu, noch irgendetwas zu erwidern, bevor die Klinge ihn erreichte und sich tief in seine Brust grub. Er spürte, wie sich das blaue Feuer in seinen Körper fraß und seine eigene heiße Macht verdrängte. Er stieß einen letzten, ohrenbetäubenden Schrei aus, eh er in einer Explosion blendend weißen Lichts zu Millionen von heißen Schneeflocken zerbarst.

Lysanna beobachtete, wie die weißen Flocken in alle Richtungen stoben und langsam auf das brennende Inferno herabsanken. Dann schloss sie die Augen und mit dem Gefühl tiefster Zufriedenheit ergab sie sich den hungrigen Flammen um sie herum, die sofort wie wilde Tiere über sie herfielen.

39

Lysanna

Auf ein Knie gestützt und mit demutsvoll gesenktem Kopf hockte sie auf dem purpurfarbenen Teppich, während Prinz Etheron vor ihr auf und ab ging.

»Und was geschah dann?«, forderte er sie auf, weiterzusprechen.

»Dann bin ich aufgewacht«, sagte Lysanna, die dem Prinzen gerade berichtet hatte, was sich in der Himmelsfestung zugetragen hatte. »Die Festung bebte noch immer und meine Freunde meinten, es seien nur Sekunden vergangen zwischen dem Moment, als mich die Aschewolke traf und dem, als ich wieder zu mir fand. Wir schafften es gerade noch, die Festung zu verlassen, bevor sie hinter uns zu einem Haufen schwarzer Trümmer zusammenfiel.«

»Eine höchst wundersame Geschichte und Ihr müsst verstehen, wenn es mir schwerfällt, dieser Glauben zu schenken.«

»Doch genau so hat es sich zugetragen, mein Herr«, bestätigte der Elf, der in der gleichen demütigen Haltung wie sie selbst neben ihr kniete.

»Dann ist der Flammende Lord also wirklich tot?«

»Ja.«

Prinz Etheron blieb stehen und seufzte erleichtert. »Als die ersten Gerüchte dieser Art nach Elesztrah drangen, habe ich es kaum für möglich gehalten. Doch dann nahmen die Angriffe an unseren Landesgrenzen ab und mehr und mehr Geschichten von den glorreichen Taten der ›Angelus Mortis‹ gerieten in Umlauf. Und jetzt stehen die Helden persönlich vor mir, die es fertiggebracht haben, den Flammenden Lord zu stürzen – eine gesuchte Hofverräterin und ein Deserteur meiner eigenen Armee.«

Lysanna drehte den Kopf zur Seite und lächelte. Noch immer steckte ihr das Entsetzen, das sie in den Wurzeln des Gezeitenbaumes erlebt hatte, tief in den Gliedern. Immer wieder musste sie sich vergewissern, dass das, was dort unten geschehen war, fernab von jeder Realität gewesen war.

Aerthas warf ihr einen kurzen Blick zu, bevor er sich wieder auf den Prinzen konzentrierte.

Als wäre das alles nur ein schrecklicher Albtraum gewesen, war er genau wie sie selbst in den Katakomben der Himmelsfestung aus einer kurzen Ohnmacht erwacht. Beide hatten sie nicht die geringste Verletzung und würden sie nicht die gleichen Erinnerungen teilen, hätte niemand bezeugen können, dass der Kampf gegen die Essenz des Feuers wirklich stattgefunden hatte.

Das Ganze war nun über eine Woche her. Sie hatten in dieser Zeit kaum Gelegenheit bekommen, in Ruhe über das, was geschehen war, zu sprechen und waren lediglich übereingekommen, den anderen keine Details von dem zu erzählen, was sie erlebt hatten.

Doch für sie beide waren die Schatten der Erinnerung allgegenwärtig – Aerthas war gestorben und Lysanna hatte in die Ewigkeit des Fegefeuers geblickt.

In der Zeit kurz nach ihrem Erwachen waren sie einander nicht von der Seite gewichen, hatten es nur ungern gewagt, einander loszulassen, aus Angst, einer von ihnen könnte doch noch verschwinden.

Auch jetzt fiel es Lysanna unwahrscheinlich schwer, nicht einfach nach seiner Hand zu greifen, um sicherzugehen, dass er wirklich neben ihr stand.

Doch vorhin vor den Toren von Hohenfels hatte er sie gebeten, innerhalb der Stadtmauern eine gewisse Distanz zu wahren. Warum, wollte er ihr später erklären.

Sie sah wieder nach vorn. Es gab so vieles, was er ihr erklären musste. Aber dafür war noch genug Zeit nach der Unterredung mit Etheron. So versuchte sie, ihre Aufmerksamkeit wieder auf das zu lenken, was der Prinz sagte.

»Es ist erstaunlich«, meinte dieser gerade. »Ihr habt all diese Anstrengung auf Euch genommen, ohne dass Euch jemand dazu beauftragt hätte – nur um den Frieden in dieses Land zu bringen. Es verdient Hochachtung und Ihr könnt Euch des Dankes des ganzen Elfenlandes gewiss sein. Wenn es irgendetwas gibt, was ich für Euch tun kann, so lasst es mich wissen.«

Nun hob Lysanna den Kopf und sah den Prinzen direkt an. »Es gibt in der Tat etwas, um das wir Euch bitten möchten«, sagte sie.

Nachdem die erste Euphorie etwas abgeebbt war, hatten sie innerhalb des Rates lange darüber gesprochen, wie man dem Prinzen am besten gegenübertreten sollte und welche Möglichkeiten es gab, durch den Sieg über Ardérus mehr als Ruhm und Ehre zu erreichen.

»Euer Dank und Eure Achtung bedeuten uns viel«, fuhr sie jetzt fort. »Doch solltet Ihr Euch bewusst sein, dass dieser Triumph über den Flammenden Lord nicht nur einer Hand voll Elfen geglückt ist. Vielmehr ist es ein ganzer Clan gewesen, der hinter diesem Unterfangen stand. Sicher wisst Ihr Bescheid über die Mitglieder der ›Angelus Mortis‹, habt Ihr unsere Unternehmungen doch schon lange verfolgt, wenn ich nicht irre.«

Prinz Etheron spitzte die Lippen. Es war kein Geheimnis, wie er über all jene dachte, die nicht dem Geschlecht der Elfen angehörten oder von diesem ausgeschlossen worden waren.

»Es ist unwichtig, wer daran beteiligt war«, sagte Etheron daher jetzt herablassend. »Entscheidend ist nur, dass es zwei Elfen waren, die ihn schlussendlich besiegt haben.«

»Das ist nicht wahr«, widersprach sie. »Nur durch die Hilfe dieser vielen verschiedenen Wesen war es uns überhaupt erst möglich, bis zu dem Flammenden Lord vorzudringen und selbst im direkten Kampf gegen ihn standen wir Seite an Seite mit Zwergen, Wölfen und Seelenlosen. Wir haben mit Waffen gekämpft, die ein Troll für uns gefertigt hat, und waren gesegnet mit der Magie der Orks.«

Der Elfenprinz öffnete den Mund, um etwas zu sagen, doch sie ließ ihn nicht zu Wort kommen. Ihr war bewusst, dass diese Unhöflichkeit sie den Kopf kosten konnte. Doch im Vergleich zu dem, was sie durchgemacht hatte, erschien ihr der Zorn eines Elfenherrschers wie ein Spaziergang.

»Es mag sein, dass unsere Urahnen, die Hochelfen, intelligenter, anmutiger und mächtiger waren als andere Völker. Doch Abstammung allein entscheidet nicht über Gut oder Böse. Jedes Wesen, ganz gleich von welcher Rasse, ist selbst für das verantwortlich, was es tut, und sollte auch allein danach beurteilt werden.«

»Schweigt!«, unterbrach Etheron sie nun mit erhobener Hand.

Sie verstummte zwar, sah dem Prinzen jedoch weiterhin direkt in die Augen. Verblüfft stellte sie fest, dass er lächelte.

»Das, was Ihr sagt, beschäftigt mich schon eine ganze Weile«, fuhr er milder fort. »Schon seit dem Moment, als Euer Clan, ein Haufen von niederem Abschaum, um meine Unterstützung gebeten hat. Und habe ich sie Euch nicht geschickt? Wenngleich ich auch der Auffassung bin, dass die Führung dieser Welt in den Händen der Elfen liegen sollte, habt Ihr mir gezeigt, dass es keinen Grund gibt, die anderen Völker aus dieser Welt auszuschließen.«

Er begann erneut hin und her zu gehen.

»In einigen Wochen begehe ich meinen einhundertsten Geburtstag. Dieser Tag wird gleichsam der Tag meiner Krönung zum König Elesztrahs werden. Von der Stunde an, in der ich das Zepter unseres Landes in Händen halte, werden unsere Grenzen all denen offen stehen, die nach Frieden suchen und all denen, die bereit sind, für diesen Frieden zu kämpfen.«

Immer noch erstaunt, doch jetzt mit wesentlich freundlicherer Miene, folgte Lysanna jedem Schritt des Prinzen. Dass es so einfach werden würde, hätte sie nicht gedacht.

»Hohenfels allerdings …«, fügte Etheron hinzu, »wird weiterhin die Hochburg der Elfen bleiben und der Zutritt keinem anderen

Volk jemals gewährt sein – den Mitgliedern der ›Angelus Mortis‹ ausgenommen. Was natürlich die Aufhebung Eurer Verbannung mit einschließt.« Er nickte Lysanna erhaben zu.

»Und der General ist tatsächlich bei der Fürstin geblieben, sagtet Ihr?«, wechselte Etheron mit ernster Stimme das Thema und blieb vor Aerthas stehen.

»Ja, Euer Majestät«, bestätigte dieser knapp.

»Ich kann es immer noch nicht glauben ...«

»Ich habe Euch schon damals vor ihm gewarnt und Euch gesagt, welch falsches Spiel er treibt«, mischte sich Lysanna ein, schwieg jedoch sofort wieder, als sie Aerthas' mahnenden Blick sah.

»Sicher«, gab der Prinz zu. »Doch waren die Geschichten, die er mir erzählte, von ganz anderem Inhalt. Ihr müsst verstehen, dass ich dem Anführer meines Heeres mehr Glauben geschenkt habe als einer einfachen Jägerin, die noch dazu seine untreue Ehefrau war. Dass dies ein Fehler war, bin ich heute bereit einzuräumen.«

»Euer Majestät ...«, begann Aerthas zögerlich. »Wäre es unter den gegebenen Umständen nicht möglich, Lysanna aus dem Bund, den sie mit Orano geschlossen hat, zu entlassen?«

Überrascht blickte die Elfe ihn an. Sie hatte nicht damit gerechnet, dass er den Prinzen um so etwas bitten würde, war nicht einmal selbst darauf gekommen, danach zu fragen.

Etheron zögerte einen Moment.

»Natürlich«, antwortete er schließlich, machte sich aber nicht die Mühe, den Widerwillen in seiner Stimme zu unterdrücken.

Lysanna verstand, warum. Wenn der Prinz heute der Auflösung dieser Ehe zustimmte, käme das einem Eingeständnis gleich, dass seine Entscheidungen in Bezug auf Oranos Unterstützung und Lysannas Verbannung falsch gewesen waren. Das zumindest würde der ganze Hofstaat annehmen. Aber unter diesen Umständen hatte Etheron kaum eine andere Wahl. Er schuldete Lysanna und den ›Angelus Mortis‹ zu viel. Und wenn dazu noch die Runde machte, dass Orano sich dem Feind angeschlossen hatte …

Dies schien auch dem Prinzen klar zu sein.

»Ich gebe Euch frei, Lysanna Lohensan«, sprach er schließlich die Worte aus, die Lysanna nie zu hören gewagt hätte.

»Danke«, sagte sie leise, obwohl sie die Freude darüber, endlich von dem verhassten Elfen loszukommen, am liebsten laut herausgeschrien hätte.

»Ich denke, somit hätten wir alles Wichtige besprochen. Eine Sache wäre da allerdings noch.« Etheron blickte aus dem nahliegenden Fenster, an das er gerade getreten war. »Es ist dem Volk von Elesztrah nicht verborgen geblieben, dass sich die Helden von Hohenfels in meinem Schloss aufhalten. Viele von ihnen sind gekommen, Euch selbst ihren Dank auszusprechen.«

Auch Lysanna und Aerthas war nicht entgangen, dass der Burgplatz bis auf den letzten Fleck angefüllt war mit Elfen, die nur darauf warteten, dass sie das Schloss verließen, um sie mit eigenen Augen zu sehen.

»Ihr könnt dort hinaustreten und ihnen geben, was sie wollen – den Eisprinzen und den Feuervogel«, sprach der Prinz. »Präsentiert Euch heroisch, badet in dem Ruhm, der Euch zweifellos zusteht, und lasst Euch in alle Ewigkeit als Helden feiern. Oder kehrt unerkannt nach Hause zurück und lebt Euer Leben weiter, als wäre nichts geschehen.«

Er deutete auf ein Kissen, das neben dem Thron auf einer kleinen Anrichte lag.

Weder Aerthas noch Lysanna wagten es, aufzustehen.

»Bitte, das ist für Euch. Betrachtet es als ein Geschenk«, forderte der Prinz seine beiden Gäste auf.

Lysanna erhob sich als Erste, ging zu dem Kissen und betrachtete die beiden Stoffstapel, die darauf gebettet waren: der eine weiß wie Schnee, der andere rot wie Feuer. Sie griff nach dem, welcher offensichtlich für sie vorgesehen war und faltete den Stoff auseinander.

Es handelte sich um einen Umhang aus rot und golden schimmernder Seide, an dessen Saum glänzende Federn angebracht waren. In den Umhang eingehüllt fand sie eine Maske mit langer, spitzer Nase, verziert mit den gleichen Federn wie jenen am Saum des Umhangs.

»Ein Kostüm ...«, murmelte sie. Dann drehte sie sich zu Etheron um und verneigte sich. »Euer Majestät, habt Dank für alles, was Ihr für uns getan habt und bereit seid, noch zu tun.«

Der Prinz winkte ab.

Aerthas war mittlerweile neben sie getreten und hatte den weißen Stoff aufgeschlagen, in dem sich ebenfalls eine Maske befand, deren Verzierung ein Muster tanzender, blauweißer Schneeflocken darstellte.

»Lysanna, wenn Ihr jetzt so nett wäret, Aerthas und mich noch einen Moment allein zu lassen.« Etheron deutete mit einer Hand auf die Tür. »Wartet doch bitte im Vorraum, es wird nicht lange dauern.«

Lysanna sah Aerthas an. Er wirkte nervös, nickte aber zustimmend.

Mit einer letzten Verbeugung verabschiedete sie sich von dem Prinzen. Dann ging sie in Richtung des Ausgangs.

»Mein Heer hat keinen General mehr, das ist ein Problem. Ich kenne nur einen, der fähig genug wäre, Orano zu ersetzen«, hörte sie Etheron noch sagen, bevor sich die großen Flügeltüren hinter ihr schlossen.

Stille empfing sie in dem kleinen Vorsaal und ein Anflug von Panik stieg in ihr auf. Es war das erste Mal seit dem Kampf gegen Ardérus, dass sie allein war.

Sie legte sich den Umhang um die Schultern, trat ans Fenster und hielt sich die Maske vors Gesicht. Aus der Spiegelung der Scheibe blickte ihr jetzt eine Gestalt mit Vogelmaske entgegen. Für fremde Augen mochte es nicht einmal möglich sein, zu erkennen, ob es sich unter der Maske um Mann oder Frau handelte.

Der Prinz war schlau. Er inszenierte ihren Auftritt vor dem Volk mit dieser Verkleidung perfekt. Ob sie die Maske aber aufbehielt und damit ihre Identität geheim hielt oder ob sie ihr Gesicht den Bewunderern offenbarte, blieb dabei ganz ihre eigene Entscheidung.

Sie ließ die Maske wieder sinken und sah durch das Fenster auf den Burgplatz. Die Elfenmasse, die dort wartete, war beeindruckend und Lysanna war froh, dass der Prinz ihnen die Möglichkeit gegeben hatte, Hohenfels unerkannt zu verlassen. Sie wünschte sich nichts sehnlicher als eine ruhige Zukunft – an der Seite von Aerthas.

»Lysanna Lohensan«, sagte plötzlich eine vertraute Stimme hinter ihr.

Sie fuhr herum.

Wie aus dem Nichts standen plötzlich zwei übernatürlich große Gestalten in dem Vorraum, die sie nur allzu gut kannte.

»Feranemnon … und Tetis«, stammelte sie, als sie den Hüter der Zeit und seine Tochter, die Essenz des Wassers, erblickte. »Was macht Ihr hier?«

»Wir wollten es uns nicht nehmen lassen, euch persönlich zu eurem Sieg zu gratulieren«, trällerte Tetis in ihrer altgewohnten Überschwänglichkeit.

»Danke«, antwortete Lysanna zurückhaltend.

»Ihr habt viel für diese Welt getan, junge Jägerin. Und auch für mich.« Feranemnon neigte leicht den Kopf. Es wirkte fast, als wolle er sich vor ihr verbeugen.

Dann schritt er zu einer kleinen Anrichte und legte ein großes Bündel darauf ab, das er unter dem Arm gehalten hatte.

»Seht dies als ein kleines Geschenk für all Eure Mühen.«

Sie ging zu ihm und betrachtete das, was er soeben abgelegt hatte, wagte es aber nicht, danach zu greifen.

Feranemnon bemerkte ihre Zurückhaltung und begann seinerseits, den Stoffballen zu entrollen. Dabei verdeckte er ihn mit seinem Rücken, sodass sie noch immer nicht erkannte, was sich darin befand.

Als sich der Hüter der Zeit wieder zu ihr drehte, hielt er ein langes, azurblau schimmerndes Schwert in der Hand.

»Dies hier ist das Eigentum von Aerthas Merinon«, sagte Feranemnon ruhig und strich dabei sanft über die glänzende Adamantklinge.

»Er hat ein Recht darauf, es zurückzubekommen.«

Er griff nach ihrer freien Hand und legte den Schaft des Schwertes hinein. Dann drehte er sich erneut um und hob ein Stück grobes Gewebe an. Lysannas Augen weiteten sich, als sie erkannte, um was es sich dabei handelte, auch wenn er nun viel kleiner war als im Gezeitenbaum: Es war der Schicksalsteppich des Flammenden Lords, auf dem der Kampf des Eisprinzen und des Feuervogels gegen ihn abgebildet war.

»Dies hier soll Euch stets daran erinnern, zu was Ihr einmal fähig wart«, fuhr Feranemnon fort. »Unter Eurer Kontrolle sind die Gaben mittlerweile zu mächtig, als dass ich sie Euch zu Eurer freien Verfügung lassen kann. Natürlich kann man sie Euch nicht einfach nehmen. Ihr seid Schöpfungen, daran vermag nicht einmal ich etwas zu ändern. Doch ich habe Eure Fähigkeiten tief in Euch verschlossen und bitte Euch, nicht danach zu suchen, auch wenn Spuren Eurer Gabe immer wieder an die Oberfläche dringen werden.«

Lysanna nickte. Sie hatte sich schon gewundert, warum sie das Feuer in sich nicht mehr spüren konnte, dies aber eher dem Ableben des Flammenden Lords zugesprochen.

Mit geschickten Fingern schob er den Schicksalsteppich unter ihren Gürtel. Dann griff er nach dem letzten Gegenstand, der auf der Anrichte lag. Es war der ›Schrei des Phönix‹ – der Bumerang, den Aerthas im Kampf gegen Ardérus erschaffen hatte.

»Diese Wirbelklinge ist eine starke Waffe, geschaffen von einer Schöpfung für eine Schöpfung. Niemand anderes als Ihr wäre würdig, sie zu führen.« Der Hüter befestigte die Klinge neben dem Teppich. »Aerthas und Ihr seid großartige Wesen, sowohl die Schöpfung als auch der Teil der Elfen in Euch. Was Ihr beide gemeinsam hervorbringt, wird mächtiger sein als alles, was diese Welt bisher gesehen hat. Merkt Euch das gut!«

Mit einem Ausdruck väterlicher Zuneigung strich er Lysanna mit dem Handrücken über die Wange. Dann trat er einen Schritt zurück und betrachtete sie von Kopf bis Fuß.

»Ich hätte mir sehr gewünscht, dass Ihr meine nächste Tochter des Feuers werdet«, seufzte er. »Doch ich habe keinen Einfluss darauf, wen sich die Essenzen als Träger suchen.«

»Ist Ardérus bereits zurück?«, fragte Lysanna.

Feranemnon schüttelte den Kopf. »Ardérus ist tot. Das Feuer hingegen lebt.«

»Wir haben sie bereits gefunden«, plapperte Tetis dazwischen. »Ein kleines Trollmädchen namens Ignis.«

Lysanna lächelte. Wenn Prinz Etheron wüsste, dass ein Troll würdig genug war, eine Essenz zu sein …

»Dann wird jetzt Frieden in Elesztrah Einzug halten?«, fragte sie hoffnungsvoll.

Doch Feranemnon schüttelte erneut den Kopf. »Ihr mögt einen großen Feind bezwungen haben, doch ihr Sterblichen seid selbst sehr gut darin, Kriege zu führen – dafür bedarf es nicht unbedingt dem Zutun des Überirdischen.« Der Hüter der Zeit seufzte abermals. »Tetis, ich denke, dies ist der rechte Moment, um die Jägerin allein zu lassen.«

Ohne Vorwarnung schlang die Nymphe ihre Arme um Lysannas Hals und drückte sie an sich. »Grüß deinen Prinzen von mir, ja?«, bat sie, als sie die Elfe endlich wieder losließ.

Feranemnon nickte Lysanna zu. »Wir werden uns wiedersehen, Lysanna, Jägerin und Heldin vom Stamm der Lohensans. Bis dahin rate ich Euch, gut auf Euch achtzugeben. Orano ist nicht der Einzige, den Ihr geliebt habt und der Euch dann verraten hat.« Abrupt brach er ab, als hätte er zu viel gesagt.

»Wen meint Ihr?«, fragte Lysanna stirnrunzelnd.

Plötzlich hörte sie, wie jemand ihren Namen rief. Sie drehte sich um und sah, wie Holly und eine weitere Elfe auf sie zukamen.

»Moment!«, rief Lysanna ihnen entgegen und wandte sich wieder Feranemnon zu.

Doch der Hüter der Zeit und seine Tochter waren verschwunden.

Ihr blieb keine Zeit, über Feranemnons letzte Worte nachzudenken, denn Holly hatte sie bereits erreicht.

Die Priesterin war in Begleitung einer edel gekleideten, rothaarigen Elfe, die ungefähr in Lysannas Alter war.

»Lysanna, ich wusste gar nicht, dass du auch hier bist. Ich dachte, Aerthas sei allein gekommen«, sagte Holly mit gespielter Überraschung und schenkte ihr ein aufgesetztes Lächeln. »Darf ich dir meine Cousine vorstellen? Das ist Estaria, Schwester des zukünftigen Königs, Prinzessin von Elesztrah.«

»Euer Majestät.« Lysanna wollte sich verbeugen, doch die junge Frau hielt sie davon ab.

»Lasst das bitte. Wenn sich hier jemand verneigen sollte, dann bin das wohl ich. Ihr habt Großartiges für unser Land getan, Lysanna.« Die Prinzessin sprach mit einer angenehm warmen Stimme.

Lysanna mochte sie sofort. Doch eh sie etwas antworten konnte, hörte sie, wie sich die Tür hinter ihr öffnete. Als sie sich umdrehte, sah sie, wie Aerthas den Thronsaal verließ. Der weiße Umhang lag bereits über seinen Schultern, die Maske ruhte in seiner Hand. Als er die drei Frauen bemerkte, erstarrte sein Blick.

Lysanna setzte an, auf ihn zuzugehen, als Estaria an ihr vorbei eilte und zu Aerthas lief.

»Endlich bist du wieder da!«, rief die Prinzessin aus, als sie ihn erreicht hatte, und schlang die Arme um den Elfenkrieger.

Dann küsste sie ihn – leidenschaftlich und voller Liebe. Und Aerthas ließ es zu, legte sogar eine Hand an die Taille der Prinzessin und erwiderte den Kuss.

Sein Schwert glitt aus Lysannas Händen und fiel klirrend auf die Steinfliesen.

»Er hat es dir immer noch nicht gesagt, oder?«, hörte sie Hollys hämische Stimme ganz nah an ihrem Ohr. »Aerthas ist nicht nur der Eisprinz. Bald wird er auch der Prinz dieses Landes sein, weil er mit der Prinzessin verlobt ist.«

Von dem metallenen Klirren des Schwertes aufgeschreckt, unterbrach Prinzessin Estaria den Kuss und drehte sich zu Lysanna um, die Arme immer noch um Aerthas' Nacken geschlungen.

»Lysanna, ist alles in Ordnung mit Euch?«, fragte sie besorgt.

»Nein … ich meine, ja … entschuldigt mich«, stammelte diese knapp, drehte sich um und rannte los.

»Lysanna!«, hörte sie Aerthas rufen, doch sie beschleunigte ihre Schritte nur noch mehr. Alles, was sie wollte, war, diesen Ort so schnell wie möglich zu verlassen.

Sie eilte durch die Gänge, hörte Aerthas' Schritte hinter sich und auch sein Rufen, aber sie hielt nicht an.

Endlich erreichte sie das große Tor, welches aus dem Schloss führte. Sie stülpte sich die Vogelmaske, die sie bis dahin noch immer fest umklammert gehalten hatte, über ihr Gesicht, drückte das Tor auf und stolperte hinaus auf den Burgplatz, wo das Volk von Elesztrah sie mit lauten Jubelschreien empfing.

Doch sie fühlte sich nicht als Heldin, die hier gerade gefeiert wurde … Sie war vielmehr gerade zur Verliererin geworden.

Epilog

Feranemnon schritt durch den vollkommen mit Holz verkleideten Gang.

Mit einer schwungvollen Handbewegung ließ er den letzten Rußfleck vom Boden verschwinden, sodass nichts mehr von dem Chaos zu sehen war, welches Ardérus hier veranstaltet hatte. Einzig der rauchige Geruch würde wohl noch eine ganze Weile in der Luft hängenbleiben.

Der Hüter der Zeit verließ diesen Zweig der Wurzeln des Gezeitenbaumes, dessen Zugang sich sofort hinter ihm schloss. Er drehte sich noch einmal um und betrachtete den Schicksalsteppich, der nun an der Stelle hing, die er gerade durchschritten hatte. Fast liebevoll schaute er auf das Abbild des Feuervogels, der Jägerin Lysanna, die seinem Sohn die Stirn geboten hatte.

Dass sie etwas Besonderes war, hatte er gespürt, als er das erste Mal vor ihr gestanden hatte. Und ihre Verbindung zum Eisprinzen hatte ihre gesamte Kraft entfesselt.

Die Unterjochung der irdenen Welt war abgewendet, genau wie sein eigener Untergang. Dennoch war Feranemnon schwer ums Herz.

Seufzend wandte er sich vom Schicksalsteppich ab und ging in den Raum, in dem der eigentliche Kampf stattgefunden hatte. Die Verwüstung war hier am größten gewesen, doch auch davon war nicht mehr viel zu sehen.

»Das hast du ganz wunderbar gemacht, Ignis«, begrüßte er seine neue Tochter freundlich, die einen großen Anteil an der wiederhergestellten Ordnung hatte.

Dem Mädchen, das sich jetzt zu ihm umdrehte, war kaum mehr anzusehen, dass sie einst zum Volk der Trolle gehört hatte. Ihre Züge waren weicher und runder geworden: das Kinn, die Nase, die Ohren. Auch ihre Haut war nicht länger von dunklem Blau, sondern hatte einen kupferfarbenen Ton angenommen und schien regelrecht zu wabern, wie Magma in den Tiefen eines Vulkans. Die Luft um sie herum flirrte vor Hitze. Es würde nicht mehr lange dauern, bis ihre Transformation beendet war und sie zu der Flamme werden würde, die ihr schon mit ihrem Namen prophezeit worden war.

Trotzdem war es für Feranemnon immer noch ein eigenartiges Gefühl, die Essenz des Feuers in einer neuen Hülle zu sehen.

Ignis hingegen hatte ihr Schicksal bereits angenommen.

»Es tut mir sehr leid, was hier geschehen ist, Vater«, sagte sie demütig.

Zärtlich strich er ihr über den Kopf. »Das sollte es nicht. Was geschehen ist, ist geschehen. Was uns bleibt, ist, unsere Lehren daraus zu ziehen. Das gilt natürlich besonders für dich. Nicht, dass du die Fehler wiederholst, die das Feuer vor dir begangen hat.« Er blickte zu dem leeren Rahmen in der Mitte des Raumes.

Den Schicksalsteppich mit dem Bild des Kampfes der Schöpfungen gegen die Essenz des Feuers hatte er der Jägerin gegeben und bisher hatte kein neuer Teppich seinen Platz eingenommen.

»Ich werde mich jetzt ein wenig ausruhen«, murmelte der Hüter. »Und auch du hast für heute genug aufgeräumt, Ignis. Geh und übe deine neuen Talente. Vielleicht hilft dir Tetis dabei. Sie hat jetzt einige Erfahrung, was den Unterricht in solchen Dingen angeht.«

Das Mädchen nickte und war im nächsten Augenblick verschwunden.

Feranemnon schloss für einen Moment die Augen. Er brauchte wirklich etwas Ruhe. Die Reise in die Welt der Sterblichen kostete ihn jedes Mal unendlich viel Kraft und entgegen der Regeln, die er sich selbst auferlegt hatte, hatte er die andere Welt sogar zweimal in kurzer Zeit aufgesucht. Ihm war klar, dass er sich damit übernommen hatte.

Als er die Augen wieder öffnete, hatte sich das Bild um ihn herum verändert. Die Wände bestanden nicht länger aus hellem Holz, sondern waren ein Geflecht aus Zweigen und immergrünen Blättern, genau wie der Boden, auf dem er nun stand. Er befand sich nicht mehr in den Wurzeln, sondern am höchsten Punkt des Gezeitenbaums – dem Kronensaal.

An seinen Wänden hingen jene Schicksalsteppiche, deren Fertigstellung noch nicht beendet war und in seiner Mitte befand sich das Herzstück des Baumes. Es war ein riesiger Teppich ohne erkennbares Muster und ohne Anfang oder Ende. Tausende von Fäden flossen aus dem Blätterdach zusammen, bildeten eine bizarre Struktur und verloren sich dann in der Tiefe, um in den Wurzeln jedem irdenen Wesen sein Schicksal zuzuweisen.

Von Zeit zu Zeit hoben sich einige Fäden von den anderen ab, sei es durch ihre Stärke oder ihre Farbe. So wie der feuerrote Faden der Jägerin, der den Hüter auf sie aufmerksam gemacht hatte.

Vor dem Geflecht schwebte eine nebelartige Gestalt. Sie knotete mit ihren durchscheinenden Fingern einen der Fäden, der augenscheinlich gerissen war, wieder zusammen.

Normalerweise bedeutete das Reißen eines Fadens das Ende des entsprechenden Sterblichen. Doch seit Harkas, die Essenz der Seelen, Lawinia zu seiner Schöpfung gemacht und damit gleichsam die Seelenlosen erschaffen hatte, zierten Unmengen von Knoten den Gezeitenteppich.

»Diese Fürstin ist anstrengend«, beschwerte sich die Nebelgestalt und erhob sich. »Durch das ganze Knotenknüpfen komme ich kaum noch zu meiner eigentlichen Arbeit.«

Bei dieser Essenz handelte es sich um Feranemnons liebste Tochter, die Schicksalsweberin. Dem Antlitz nach, welches man bei intensiver Betrachtung erkennen konnte, war sie die jüngste seiner Kinder und doch war sie jene, die am längsten bei ihm war. Insgeheim hoffte er, dass sie einst seinen Platz übernehmen würde, wenn er seiner Aufgabe nicht mehr gewachsen war.

Sie legte den Kopf schief und lächelte ihn an. »Ihr seht erschöpft aus, Vater.« Sie griff nach seiner Hand und führte ihn zu einem Stuhl, der sich in diesen Sekunden aus dem Geäst um sie herum bildete, und er ließ sich dankbar darauf nieder.

»Ihr solltet ruhen. Aber vorher muss ich Euch unbedingt noch etwas zeigen.« Die Essenz schwebte zu einem Webstuhl, der ebenfalls wie aus dem Nichts auftauchte, und löste den Teppich, der dort eingespannt war. Dann kehrte sie zu Feranemnon zurück. »Mit Ardérus' Niederlage wurde eine neue Epoche eingeleitet. Möchtet Ihr sie sehen?«

Er nickte und das Mädchen hielt sich den Teppich so vor den Körper, dass er ihn betrachten konnte.

Er wusste nicht, was er erwartet hatte. Doch das Bild, das er nun sah, überraschte ihn. Die Weberin neigte dazu, gewaltige Szenen von Krieg, Kampf und Triumph darzustellen. Diese hier war schlicht gehalten und zeigte lediglich drei Tiere: einen Raben, einen Fuchs und einen Löwen, die in vertrauter Harmonie zusammensaßen.

»Du wirst mir nicht erklären, was das bedeutet, oder?«, fragte er stirnrunzelnd und wie zu erwarten, schüttelte das Mädchen den Kopf.

Noch nie hatte sie ihn in die Dinge eingeweiht, die nur sie sehen konnte, und das würde auch dieses Mal nicht anders sein.

Wenngleich er auch der Hüter der Zeit war, überstieg ihre Macht die seine doch um ein Vielfaches. Seine Aufgabe war es, den Fluss der Zeit zu behüten – sie hingegen besaß die Fähigkeit, diesen zu beeinflussen.

Er bohrte nicht nach. »Der Teppich ist sehr schön geworden«, lobte er sie. »Du kannst ihn nach unten in die große Halle bringen.« Erschöpft schloss er abermals die Augen und wusste sofort, dass er sie so bald nicht wieder öffnen würde. »Die Jägerin wird kommen«, sagte er mit matter Stimme.

»Ich weiß«, antwortete die Weberin.

Er spürte, wie sie ihm einen Kuss auf die Wange hauchte.

»Würdest du mich bitte wecken, wenn es so weit ist?«

»Aber natürlich, Vater.«

Er hatte nicht mehr die Kraft, ihr zu danken, so sehr zog der Strudel des Schlafes ihn in seine Tiefe. So hörte er auch nicht den letzten Satz, den seine Tochter sagte.

»Ich werde Euch wecken, gleich nachdem ich ihr eine Lektion erteilt habe.«

Glossar

Al'Arizon – Der Kontinent, auf dem sich Elesztrah befindet. Neben dem Elfenland gibt es noch andere Gebiete: Kambrion, Netherlande, Land des ewigen Eises, Shazar-Grohn

Angelus Mortis – Clan, dem sich Lysanna und Aerthas anschließen. Seine Mitglieder stammen von verschiedensten Rassen ab. Der Anführer Yokumo bietet Ausgestoßenen und Geächteten in diesem Zusammenschluss eine halbwegs sichere Zuflucht. Alle wichtigen Entscheidungen obliegen dem ›Hohen Rat‹, dem Yokumo als Ratsherr vorsteht.

Clan – Personen mit ähnlichen Ansichten, Interessen oder Plänen, die nicht in den Städten oder Dörfern des Landes geduldet werden, schließen sich in größeren Gruppen, sogenannten Clans, zusammen, was das Überleben für den Einzelnen erleichtert. Sie werden geduldet, teilweise sogar hoch angesehen, solange sie dem herrschenden Landesoberhaupt nicht in die Quere kommen.

Dach der Welt – Ein Plateau auf dem Sternenberg, auf dem Erzählungen nach eine riesige Burg, die **Himmelsfestung**, stehen soll, deren Bewohner unbekannt sind.

Elesztrah – Heimatland der Elfen, gekennzeichnet durch grüne Wälder mit reichlich Wild und kleine Bäche.

Elfen – Wesen, die äußerlich den Menschen ähneln, bis auf die langen, spitzen Ohren und ihren etwas höheren Wuchs. Sie können sehr lange leben, Hochelfen sogar mehrere hundert Jahre. Oftmals sterben sie nicht eines natürlichen Todes, sondern fallen im Krieg oder erliegen einer Krankheit. Elfen sind ein magiebegabtes Volk – Hexen und Zauberer sind keine Seltenheit, wenn auch nicht alle Elfen magische Fähigkeiten besitzen.

Essenzen – Überirdische Wesen, die alle Vorgänge in der Welt beeinflussen, lenken und ordnen. Sie zeigen sich den Sterblichen nicht, weswegen ihre Anwesenheit oft in Vergessenheit gerät.

Flammender Lord – Er ist ein Gestaltwandler, der sich meist als Mensch zeigt, sein wahres Gesicht ist unbekannt. Er strebt nach Macht und hat Elesztrah den Krieg erklärt.

Frostwall – Stadt im Norden Elesztrahs, in der die ›Angelus Mortis‹ eine Weile gelebt haben.

Fürstin Lawinia – Sie ist die Herrscherin der Netherlande und hat die Gabe, Tote als Seelenlose wieder zum Leben zu erwecken. Dadurch baut sie sich ein gefährliches Heer auf, mit dem sie Elesztrah bedroht.

Geisterfelder – Ort im Süden Elesztrahs, an dem die Elfen einst ihre Toten bestattet haben. Nur reinblütigen Hochelfen ist es gestattet, dort ihre letzte Ruhe zu finden.

Gestaltwandler – Wesen, die fähig sind, ihre äußere Erscheinung zu verändern. Die meisten dieser Art werden mit der Fähigkeit geboren, aber es gibt auch hochbegabte Magier, denen dieses Kunststück gelingt.

Grüner Gürtel – Gebiet im Zentrum Kambrions. Es ist der einzige Teil dieses Landes, an dem es eine üppige Vegetation gibt.

Als Fürstin Lawinia begann, die Seelenlosen zu erschaffen und dafür ihr Volk opferte, zogen die meisten verbliebenen Menschen in dieses Gebiet, um ihrer Herrschaft zu entkommen.

Hochelfen – Die ursprüngliche Rasse der Elfen. Ihre Ohren sind noch länger und spitzer, ihre Ausstrahlung ist stets erhaben und sie wirken besonders attraktiv auf ihr Gegenüber. Legenden sagen, dass sich ihr Blut irgendwann mit dem der Menschen vermischt und zu den heutigen Elfen geführt hat. Hochelfen sind häufig sehr stolz auf ihre reine Abstammung und halten sich für eine überlegene Rasse.

Hohenfels – Hauptstadt des Elfenlandes Elesztrah, gebaut um das königliche Schloss.

Hüter der Zeit – Er ist das Oberhaupt der Essenzen. Man könnte sagen, er herrscht über sie und damit über die ganze Welt. Aber eigentlich bewacht er nur, dass keiner von außen in den Lauf der Dinge eingreift.

Kambrion – Gebiet im Zentrum Al'Arizons. Es ist ein karges Wüstenland, in dem es nur wenige Tierarten und wenig Wasser gibt. Dort zu überleben ist hart, wenn man nicht gerade ein Troll ist.

Laubschattenwald – Waldgebiet um Hohenfels. Hier leben Lysannas Eltern.

Magie – Manche Wesen in Al'Arizon tragen Mächte in sich, mit denen sie ihre Umgebung beeinflussen können, z.B. um zu heilen, zu kämpfen oder zu beschützen. Man wird mit magischen Fähigkeiten geboren oder erhält sie von den Essenzen.

Menschen – Sie sind die Bewohner der Netherlande, vergleichbar mit realen Menschen europäischen Typs. Unter ihnen gibt es eher selten Hexen oder Zauberer, welche aber sehr hoch angesehen sind.

Netherlande – Gebiet im Westen Al'Arizons, das früher von Menschen bewohnt wurde. Heute leben fast nur noch Seelenlose dort, die sich um die Hauptstadt Netherburg angesiedelt haben. Hier gibt es viele Felder und Waldgebiete.

Nymphen – Diese Wesen leben in Seen. Ihr Antlitz ähnelt dem weiblicher Elfen. Ihre Haut ist jedoch mit der eines Fisches vergleichbar, schuppig und in allen Farben schillernd. Sie sind friedlich und sehr schüchtern, sodass ihre Existenz immer wieder angezweifelt wird.

Obscuritates – Clan, dem Lysanna früher angehört hat und der unter dem Kommando von Orano, ihrem Gemahl steht.

Orks – Sie sind die Bewohner von Shazar-Grohn, das im Süden Al'Arizons liegt. Sie haben eine ledrige, braune bis grüne Haut und sind ungefähr so groß wie Elfen, allerdings ist ihr Körperbau viel massiger. Ein markantes Merkmal sind ihre hervorstehenden Eckzähne, die aussehen wie die Hauer eines Ebers. Teilweise sind Orks sehr intelligent, ihr Handeln unterliegt aber oftmals ihren Emotionen und Instinkten.

Prinz Etheron – Der Herrscher Elesztrahs. Obwohl sein Vater vor Jahren gestorben ist, ist er noch zu jung, um König zu sein. Trotzdem geschieht alles in Elesztrah nach seinem Willen, so sieht es das Gesetz vor.

Seelenlose – Dieses Volk existiert erst seit drei oder vier Jahren. Zuerst tauchten sie nur vereinzelt auf, aber nachdem Fürstin Lawinia den König der Netherlande geheiratet hatte, verbreiteten sie sich rasend schnell. Sie haben keinen Herzschlag und altern nicht, weswegen man daran zweifelt, dass sie eine Seele besitzen. Sie verhalten sich aber ganz so, als wären sie am Leben. Seelenlose haben keine Erinnerung an die Zeit vor ihrem Tod und ihr Körper verbleibt in dem Zustand, wie er zu ihrer Wiedererweckung war.

Sternenberg – Vulkan in einem Gebirge, welches sich im Süden der Netherlande befindet. Auf ihm befindet sich die Himmelsfestung.

Trolle – Es sind plumpe, schlacksige oder korpulente Geschöpfe, deren Wuchs die Elfen oftmals überragt. Sie sind nicht sehr intelligent, dafür aber umso kräftiger. Die Farbe ihrer Haut variiert von Blau bis Lila, oftmals sind großflächige Tätowierungen darauf zu erkennen. Man findet sie überall in Al'Arizon verstreut in Gruppen zusammenlebend. Sie handeln nur nach Instinkt und erfreuen sich an Gewalt, was sie zu perfekten Söldnern machen würde, wenn sie durch ihre Dummheit nicht so schwer zu kontrollieren wären.

Zwerge – Diese Wesen haben einen kleinen Wuchs und kräftigen Knochenbau. Sie sind wild, urig, aber sehr humorvoll und berühmt für ihren Umgang mit Metall. Wie viele Zwerge es noch gibt, weiß keiner zu sagen – nicht mal die Zwerge selbst, da sie sich nur selten aus ihren Heimatorten unterhalb massiver Gebirgskämme hervorwagen.

Dank

Als ich in verrückten Tagträumen das erste Mal nach Elesztrah reiste (was eine gefühlte Ewigkeit her ist), gab es nur Lysanna und den Beginn einer Geschichte. Erst Jahre später kamen mir Gedanken wie: »Hey, schreib das alles einfach mal auf!« oder »Hey, veröffentliche es doch als Buch!« Angestachelt dazu hat mich ein Freund, Mark M., ohne den heute niemand etwas von mir lesen würde.

Damals hatte ich den Ehrgeiz, alles allein machen zu wollen. Aber nachdem mein Debüt endlich im Handel erhältlich war, habe ich festgestellt, dass man auf Hilfe angewiesen ist, wenn man ein Projekt wie eine Buchveröffentlichung erfolgreich durchziehen will – sei es Korrektur, Gestaltung oder Marketing.

Nur wenige Tage nach dem Start des ›Experiments Elesztrah‹ habe ich zwei wunderbare Bloggerinnen bei Facebook kennengelernt: Liza M. Hubl (von ›Lizas Bücherwelt‹) und Liljanas (von ›Liljanas Rezensionen‹). Ohne die beiden hätte ich nie begriffen, wie die ganze Bloggerszene funktioniert und wie wichtig sie für mich als Autorin ist. Dafür danke ich euch, Mädels, und ich bin wahnsinnig

froh, dass ich euch heute nicht mehr nur als Kolleginnen, sondern als echte Freundinnen bezeichnen darf!
Vor allem Liza verdanke ich viel, denn sie war es, die Corinne Spoerri mein Buch empfohlen und ›Elesztrah‹ damit ein Zuhause beim Sternensand Verlag vermittelt hat.

Der Verlagsvertrag war wie ein Ritterschlag für mich! Es ist das eine, mit begeisterten Lesern zu sprechen … aber wenn ein Verlag mein Buch als würdig empfindet, es zu verlegen, ist das für mich das größte Lob! Vielen Dank, Corinne, dass du mir diese Chance gibst, und auch für alles, was du und dein Team in diesem Rahmen für mich getan habt.

Auch auf die Unterstützung und vor allem Toleranz meiner Familie kann und konnte ich immer zählen. Wenn sie so stolz von mir und meinem Buch reden … das rührt mich jedes Mal unheimlich.
Besonders meinem (baldigen) Mann Michál danke ich, dass er mir den Freiraum gibt, meine Träume zu leben, mich in allen Verrücktheiten unterstützt und sich sogar durch meine Bücher quält, obwohl er gar kein Fantasy-Leser ist. Er ärgert mich zwar zu gern mit Sätzen wie »meinen Schund würde keiner lesen«, wenn er dann aber auf irgendwelchen Feiern stolz mit seinem Handy wedelt, auf dem mein Buch in einem Online-Handel zu sehen ist, weiß ich, wie sehr er hinter mir steht!
Meiner Mama, meinem Papa und meiner Schwester Steffi möchte ich an dieser Stelle sagen: Ich habe euch ganz wahnsinnig lieb! Auch wenn ihr wenig mit der Entstehung dieses Werkes zu tun

hattet, habt ihr für mich schon eine ganze Menge getan und ohne euch wäre ich heute nicht, wie ich bin (und hätte damit vielleicht auch nicht so eine blühende Fantasie).
Ein Extradank geht an meinen Schwager Alex für die tollen Autorenbilder. Ich bin immer noch ganz verliebt!

Und last but not least danke ich allen abenteuerlustigen und romantischen Lesern, denen ›Elesztrah‹ in die Hände fällt. Immer wieder schreiben Leute so wunderbare Rezensionen oder schicken mir Mails, in denen sie mir sagen, wie toll sie Lysannas und Aerthas' Geschichte finden. Und nur das ist der Grund, warum ich weiterschreibe – es gibt nichts Schöneres, als wenn ich Menschen damit begeistern und in eine Welt entführen kann, in der sie alles andere vergessen und sich ganz der Träumerei hingeben können.

Fan werden:

Facebook: www.facebook.com/elesztrah

Bonusmaterial

Fanny Bechert

1) Das sagt die Autorin über sich und das Schreiben

Schon als kleines Kind habe ich es geliebt, mir Geschichten auszudenken und in andere Rollen zu schlüpfen. Was haben meine Kuscheltiere und ich nicht für tolle Abenteuer erlebt.
In der Schulzeit wünschte ich mir dann, Schauspielerin zu werden. Wenigstens auf der Bühne wollte ich in das aufregende und theatralische Leben irgendwelcher Heldinnen schlüpfen, das in so vielen Geschichten beschrieben wird.
Und wo stehe ich heute?

Meine Kuscheltiere »schlafen« in ihrem Quartier auf dem Dachboden. Das größte Abenteuer, das ich bestreite, ist, mein Auto auf einem überfüllten Parkplatz wiederzufinden. Und Theater mache ich nur noch, wenn es morgens keinen Kaffee gibt. Und die Geschichten um heroische Helden ... die schreibe ich nun selbst. Und das erfüllt mich wahnsinnig!

Eine Tagträumerin bin ich immer gewesen. Mit dem Schreiben finde ich einen Kanal, meine überschwängliche Fantasie nach außen zu bringen, ohne dass man mich gleich für verrückt erklärt. Ich bekomme dabei das Gefühl, meine Träume regelrecht leben und vollkommen in meine Fantasie abtauchen zu können. Es gibt mir die Erlaubnis, mich, wann immer ich will, in eine andere Welt zurückzuziehen. Und das Schönste: Ich bin in dieser Welt nicht mehr allein. Ich kann anderen den Weg dorthin öffnen, meine Geschichten mit vielen Menschen teilen und mit ihnen darüber reden, was meine armen Protagonisten so alles durchmachen müssen.

Das macht mich unheimlich glücklich.

2) Blogger fragen – Fanny Bechert antwortet

Desiree von »Eine Leidenschaft für Bücher«

Wie kamst du auf den Namen Elesztrah?

Zu Beginn sollte das Buch nur »Feuer und Eis« heißen. Für eine Reihe, wie ich sie da schon plante, fand ich das aber ungeeignet. Auch Dinge wie »Lysanna – Chroniken einer Jägerin« oder so spukte mir im Kopf, aber das gibt es heutzutage zuhauf. Also kam mir die Idee, die Reihe nach dem Land zu benennen, in dem ein Großteil der Geschichte spielt und die Protagonisten ihre Wurzeln haben. Erst dann habe ich nach einem Namen für das Land gesucht und Elesztrah hatte für mich irgendwie einen schönen Klang.

Welcher Charakter spukte zuerst in deinem Kopf herum?

Das ist schwierig zu beantworten, da die Grundidee der Geschichte eine andere war und schon Jahre vorher begann. Vielleicht nehme ich mir ja irgendwann die Zeit und erzähle die Vorgeschichte … Von den Charakteren, die heute noch im Buch zu finden sind, war es Lysannas Schwester, die im zweiten Band ihren Auftritt haben wird und die mich schließlich zu Lysanna führte.

Wie gehst du mit schlechten Kritiken um?

Als Autorin genauso wie als Mensch: Erstmal gar nicht. Ich schiebe sie zur Seite, schlafe eine Nacht darüber oder lasse einen halben Tag verstreichen. Dann gehe ich sie nochmal durch. Wenn ich mich gleich damit beschäftigen würde, dann würde ich mich angegriffen fühlen und bissig reagieren. Mit etwas Abstand kann ich die Kritik besser nachvollziehen und sachlich damit umgehen, um am Ende daraus zu lernen.

Doris von »Thoras Bücherecke«

War der weibliche oder der männliche Hauptprotagonist schwieriger zu schreiben?

Da gab es keinen Unterschied. Ich habe erst überlegt, alles aus L y-sannas Sicht zu erzählen, aber da wäre dem Leser viel verloren g e-gangen. Und als sich dann die ersten Kapitel von Aerthas in meinem Kopf formten, ging das fast von allein. Obwohl ich vermute, dass ein Mann seine Sicht der Dinge wohl ganz anders geschrieben hätte … härter und männlicher eben. Aber ich mag ihn so sanft, wie er ist.

Hast du einen »Kraftplatz« wo du Energie für deine Geschichten tankst?

Da kommt am ehesten mein Auto in Frage. Wenn ich so durch die Weltgeschichte fahre, die Umwelt an mir vorbeizieht und ich die Musik richtig laut aufdrehen kann, fliegen mir die Ideen manchmal einfach nur zu.

Woher nimmst du die Inspiration für so ein schönes Fantasybuch?

Moment … ich muss mich erstmal über das »schön« freuen!!!

So, nun zur Frage: Ich habe verschiedene Inspirationsquellen. Neben Filmen und Spielen ist Musik ist wohl die Wichtigste, vor allem Filmmusik. Ich liebe Disneysongs und sie lösen in meinem Kopf nicht selten eine wahre Flut von Bildern aus.

Manchmal überrollen mich die Ideen aber auch einfach, ganz ohne Inspiration. Dann sind sie einfach da und ich kann nur hoffen, dass sie nicht wieder verschwinden, bis ich zum Schreiben komme.

Lina von »Lina's Büchertraumwelt«

Mit welchem deiner Protagonisten würdest du den Beziehungsstatus mit dir als schwierig bezeichnen und warum?

Ach, mit den Protagonisten komme ich gut klar. Schwierigkeiten bereiten mir eher die Antagonisten! Ich weiß manchmal nicht, ob ich sie so rüber bringen kann, wie ich sie sehe und im Leser die Gefühle auslöse, die ich für sie habe. Holly ist da besonders knifflig ... Sie ist zwar keine von den »Bösen«, aber ich kann sie trotzdem nicht leiden ... Ich wüsste gern, ob euch das beim Lesen auch so ging?!

Welcher deiner Protagonisten hat dich selbst am meisten überrascht? Man sagt ja immer, dass diese irgendwie ein Eigenleben führen.

Oh ja, das tun sie auf jeden Fall – stets und ständig und egal ob Haupt- oder Nebenrolle. Was denkt ihr, wie überrascht ich über Talies kleines Geheimnis in Bezug auf Yokumo war. Oder als Fayori die Idee mit dem Ruß hatte. Oder als Aerthas die Eisfrau ans Fenster gezaubert hat. Oder ... nein, jetzt höre ich auf, sonst verrate ich vielleicht Dinge, die noch gar nicht geschrieben sind.

Gab es einen bestimmten »Schlüsselreiz«, der die Idee von dieser tollen Geschichte hervorgerufen hat?

Tolle Geschichte ... Moment, ich muss kurz vor Freude rumhüpfen!

Nun zur Frage: Es gab mehrere Reize, jeder Abschnitt hatte irgendwelche »Auslöser«. Aber grundlegender Initiator waren wohl die vielen Stunden des Online-Gamings in einer ebenso fantastischen Welt wie Elesztrah und die Abenteuer, die ich dort erlebt habe. Da mir die Hintergrundgeschichte zu wenig war, habe ich mir nach und nach eine eigene ausgedacht und diese später in »Elesztrah« aufgegriffen.

Liza von »Liza's Bücherwelt«

Brauchst du etwas neben dem Schreiben? Musik, Kaffee, Tee, Schokolade oder etwas ganz anderes?

Ich habe keine festen Rituale, wenn du das meinst. Ein Gläschen Sekt oder Wein kann die Fantasie anregen, eine Tasse Kaffee die Action steigern und ein Tee mich in romantische Stimmung versetzen. Aber es geht auch ohne.

Mit welchem deiner Protagonisten würdest du gerne mal einen Tag verbringen?

Bella! Mal mit so einer großen Katze zu spielen, zu jagen und zu schmusen ... hach wäre das toll. Einer meiner verrückten Träume ist es ja, mal nach Afrika zu reisen und eine wilde Raubkatze in freier Natur zu sehen. Obwohl der Gedanke, eine im eigenen Garten zu haben, noch viel besser ist – aber das gehört zu den verrückteren Träumen. ;)

Möchtest du uns (deinen Lesern) sonst noch etwas sagen / mit auf den Weg geben?

Ganz selten kommt es vor, dass mich Leser noch beim Lesen des Buches anschreiben. Ganz ehrlich – das würde ich mir viel öfter wünschen! Ich liebe es, eure Gedanken zu erfahren, die euch während der Geschichte beschäftigen. Das ist für mich das Größte!

Also bitte, bitte traut euch und nehmt Kontakt zu mir auf. Und wenn es für dieses Buch zu spät ist, dann teilt mir eure Meinung gern hinterher mit. Am liebsten natürlich über eine Rezension oder eine Bewertung bei Amazon, Thalia und Co, um mein Buch auch für andere sichtbar zu machen.

Manja von »Manjas Buchregal«

Wie viel Fanny Bechert steckt in Lysanna?

Lysanna würde jetzt laut lachen und dich an Fayori verweisen. Die Jägerin entspricht wohl eher meinem Ideal (mutig, grazil, schlagfertig, selbstlos), wohingegen ich selbst mehr von Fayori habe (stürmisch, tolpatschig, kindisch, abenteuerlustig) – oder sie von mir. Die roten Haare allerdings und ihre Liebe zu einer Katze, das hat Lysanna von mir.

Wie bist du auf die doch außergewöhnlichen Namen gekommen?

Einige von ihnen habe ich persönlich kennengelernt, bei einem Online-Spiel, was mich sehr zu der Geschichte inspiriert hat. Sie gaben den Charakteren nicht nur ihre Namen, sondern auch gewisse Wesenszüge. Viele sind aber einfach durch rumprobieren mit verschiedenen Klängen entstanden (z.B. Feranemnon).

Fayori bildet eine Ausnahme – sie ist ein Shipping aus Orano und Lysannas Schwester, die damals noch Fabella hieß (in »Elesztrah 2« hat sie allerdings einen Namen bekommen, der besser zu einer Lohensan passt). Und nicht zu vergessen die Namen, die auf lateinischen Begriffen beruhen – ich liebe Latein!

Yvonne von »Yvi's kleine Wunderwelt«

Welche ist deine Lieblingsszene aus Elesztrah?

Ganz klar: Die Szene, in der Lysanna kurz davor steht, sich ihrer Verzweiflung hinzugeben und Aerthas plötzlich wieder auftaucht … Ich habe das Buch nun bestimmt schon sechs Mal gelesen (abgesehen davon, dass ich es ja geschrieben habe) und muss immer noch laut seufzen vor Verzückung, wenn ich an diese Stelle komme.

Hast du einen Lieblingscharakter in deinem Buch? Wenn ja, wer und warum?

Frag mich das regelmäßig jeden Monat und du wirst immer eine andere Antwort bekommen. Je nachdem, an welcher Szene ich gerade schreibe, wechselt auch meine Beziehung zu meinen Charakteren. Sie sind so verschieden und alle auf ihre Art toll, dass ich mich jedes Mal neu in sie verliebe, je nachdem mit wem ich gerade »Zeit« verbringe.

Wenn du selbst ein Element beherrschen könntest, welches wäre es?

Das Feuer! Es kann Leben retten und genauso vernichten, eine unheimlich mächtige Gabe. Wahrscheinlich kann Lysanna es deswegen beherrschen – weil ich es so toll finde!

Veronika von »Lila Bücherwelten«

Haben die Orte in deinem Buch reale Vorbilder oder sind sie alle nur deiner Fantasie entsprungen?

Vorbilder gibt es nicht unbedingt. Ich erlebe die Szene in meinem Kopf mit und versuche dann, das Setting zu erfassen. Oft ist es sogar andersherum: Ich komme an irgendwelche Plätze und denke dann »Mensch, hier sieht es doch genauso aus, wie …« oder »Wahnsinn, dass könnte ja der-und-der Ort sein!«. So ist es mir zum Beispiel letztes Jahr im Polenurlaub ergangen, als wir die Marienburg besichtigt haben. Es gibt da einen ziemlich langen Gang, der zu einem der äußeren Türme führt. Ich betrete den Gang und plötzlich sehe ich förmlich vor mir, wie Aerthas an der Wand steht und sich Eiskristalle im Gang ausbreiten, ganz wie in der Himmelsfestung. Sehr ergreifend!

Vielen Dank, ihr lieben Sternensand-Blogger!

Eure Fragen waren wirklich spannend und ausgefallen. Sie haben mich ganz schön gefordert, aber es hat auch unheimlich Spaß gemacht, sie zu beantworten. Über manche Dinge habe ich vorher noch nie nachgedacht und ich bin sicher, dass die Antworten einen gewissen Einfluss auf den weiteren Verlauf der Geschichte haben werden.

Eure Fanny

Weitere Verlagstitel aus unserem

Fantasy-Programm

C.M. Spoerri & Jasmin Romana Welsch
Conversion (Band 1): Zwischen Tag und Nacht
28. August 2016, Sternensand Verlag
424 Seiten, broschiert
€12,95 [D]

Jugendroman-Dystopie
Als Taschenbuch und E-Book

Jasmin Romana Welsch
Absolution: Wie man eine Sünde überlebt
28. Februar 2016, Sternensand Verlag
224 Seiten, broschiert
€12,95 [D]

Urban Fantasy
Als Taschenbuch und E-Book

C.M. Spoerri

Die Legenden von Karinth (Band 1)

25. September 2016, Sternensand Verlag

448 Seiten, broschiert

€12,95 [D]

High Fantasy

Als Taschenbuch, Hardcover und E-Book

C.M. Spoerri

Die Greifen-Saga (Band 1): Die Ratten von Chakas

6. Juli 2015, Sternensand Verlag

380 Seiten, broschiert

€12,95 [D]

High Fantasy

Als Taschenbuch, Hardcover und E-Book

STERNENSAND VERLAG

Besucht uns im Netz:

www.sternensand-verlag.ch

www.facebook.com/sternensandverlag